POSSÉDÉE

Saga Les liens du sang

A.K ROSE

ATLAS ROSE

UN

Vivienne

J'AI REGARDÉ LE CONTRAT... ET LES MOTS TAPÉS EN caractères gras.

Droit temporaire de possession/utilisation :

1. *Aucune partie physique du parti ne peut interférer avec le sujet. Ces actes incluent, mais ne sont pas limités à :*

1.1. *L'insertion de membres dans n'importe quelle partie du sujet, y compris le pénis, les doigts ou la langue du/de la participant(e) pour son usage personnel et sa jouissance, jusqu'à ce que le/la participant(e) se voie attribuer la pleine propriété du sujet par l'Ordre.*

JUSQU'À CETTE DATE, *le sujet restera la propriété de l'Ordre et sera soumis à des examens physiques aléatoires afin de s'assurer que toutes les parties concernées respectent les règles.*

Le non-respect de cette disposition mettra fin au présent contrat préliminaire entre London St. James et l'Ordre et entraînera des mesures immédiates à l'encontre de la/des partie(s) concernée(s) et le retrait du sujet. Cette mesure reste à la seule discrétion de l'Ordre et le renvoi du sujet ainsi que la résiliation du présent contrat peuvent être initiés à tout moment par l'Ordre.

IL NE POUVAIT pas me toucher.

Les mots flottaient dans mon esprit.

Le sujet... c'était *moi*. Mon corps, mon âme... mon être tout entier réduit à être le « vaisseau » qu'ils avaient créé. Un vaisseau à utiliser par qui bon leur semble, à sonder, à baiser ou à utiliser de la manière la plus dégradante et la plus possessive qui soit par le ou les « *partis* ». Les mots se brouillaient devant moi, mais pas uniquement au nom de London St. James, à ce qu'il semble.

Le bruit sourd des pas s'est amplifié, me faisant jeter un coup d'œil vers la porte du bureau. Je me précipitai, glissai le contrat sous le carnet à reliure de cuir et fis un pas en arrière lorsque la porte du bureau s'ouvrit et que London St. James entra. À sa vue, la chaleur me glissa entre les cuisses, une chaleur et une peur qui m'étreignirent fermement.

Je le détestais.

La façon dont il me *consumait*.

Il avait une allure si parfaite dans son pantalon de tailleur et sa chemise blanche à col ouvert. Il se déplaçait, parlait et se comportait comme un homme. Mais London St. James n'était pas un homme, du moins pas un homme avec une âme. Ce regard froid et insensible m'a trouvé instantanément, avant qu'il ne se concentre sur le bureau et ne ferme la porte.

- Salaud.

Il n'a rien dit, il s'est juste approché.

- Tu m'as entendue ? ai-je lâché, détestant le fait qu'il soit si calme, alors que moi... j'avais l'impression d'être en train de m'effondrer à l'intérieur. *J'ai dit...*

- J'ai entendu la première fois, Vivienne.

Je me suis léché les lèvres, sentant encore le bleu que sa bouche avait laissé derrière elle. Mais l'hématome n'était *rien* comparé à la peur qu'il m'avait fait subir... la peur de libérer la seule personne qui pouvait me sauver de cet enfer.

Ryth occupait tout mon esprit, depuis la première fois que je l'avais vue, lorsqu'elle avait été emmenée à l'Ordre, séquestrée et marquée au fer rouge comme moi, jusqu'au moment où nous avions toutes les deux tenté de nous échapper.

Seulement, elle s'était échappée, n'est-ce pas ? Aidée par le monstre sous mes yeux et par ses hommes, des hommes qu'il appelait ses fils. Et il s'est assuré que je sache que la survie de Ryth dépendait de mon obéissance... et de celle de son père, Jack Castlemaine.

Il avait laissé Ryth et ses frères s'enfuir, leur avait donné une voiture avec de l'argent et des armes, et avait demandé à ses hommes de les surveiller jusqu'à ce qu'ils atteignent les frontières de la ville. Ensuite, ils ont emmené Jack on ne sait où pour qu'il soit enfermé et surveillé, tandis qu'il m'a ramenée ici. Dans cette... cette... *cette putain de maison. Sa maison.*

Je voulais la brûler, détruire cette maison de la manière la plus brutale qui soit, pendant qu'il se tenait là et regardait. Je voulais décimer son monde. Mon attention s'est portée sur sa bouche, sur ces lèvres impitoyables, et le désir entre mes jambes s'est intensifié. Du moment qu'il m'embrassait... Il s'est approché, puis s'est arrêté au bord du bureau, le regard fixé sur le bord blanc du contrat qui dépassait de sous le carnet, là où j'avais frénétiquement essayé de le repousser.

Il repoussa le coin du carnet, dévoilant un peu plus le contrat jusqu'à ce que sa signature soit visible.

- Je vois que tu as trouvé de quoi occuper ton temps.

- Va te faire foutre.

Il a croisé mon regard, ses yeux sombres brillaient.

- Va te faire foutre en enfer, dis-je en me rapprochant. Tu ne peux pas me toucher, tu ne peux pas me baiser... tu ne peux *rien faire du tout.*

Le pli serré de ses lèvres m'a fait trembler.

- Emmène-moi voir Jack, demandai-je en levant le menton en l'air. Emmène-moi, ou...

- Ou ? répéta-t-il, mais le mot m'arrêta, mes pensées s'emballant. Vas-y, *ou quoi ?*

- Ou... ou je ferai de ta vie un putain d'enfer.

Quelque chose a bougé dans ces yeux sombres. Il réagit rapidement, réduisant la distance entre nous et m'attrapant mollement au niveau de la gorge.

- Et qu'est-ce qui te fait penser que ce n'est pas déjà le cas ?

J'ai eu le souffle coupé.

Mon pouls s'est accéléré.

Il y eut une seconde où j'aperçus une lueur de torture, soigneusement cachée derrière son masque, avant qu'elle ne disparaisse une fois de plus, laissant derrière elle le regard sans cœur de ce monstre. Sa poigne se déplaça, son pouce caressant lentement la veine de mon cou. Pensait-il à m'étouffer ou à me mordre comme un putain de vampire ?

Je ne pouvais pas arrêter mon cœur qui battait la chamade, je le sentais s'emballer à son contact. Il le savait... *il le sentait*. Un frémissement est apparu au coin de sa bouche, et tout d'un coup, j'étais brûlante, enflammée par la sensation de sa main. *Oh, mon Dieu... non.*

On frappa violemment à la porte du bureau, brisant ce moment. Lorsqu'il a retiré sa main, j'ai saisi le coin du bureau pour me stabiliser. Je prenais de grandes inspirations tandis qu'il se retournait et s'éloignait à grands pas. *Je ne peux pas... je ne peux pas...*

Il ouvrit la porte et j'aperçus un reflet de cheveux blond platine avant que le grognement grave de son fils ne se fasse entendre.

- Il est là.

Un signe de tête.

- Fais-le entrer.

Faire entrer qui ? J'ai essayé de me ressaisir, de retrouver cette rage brûlante qui semblait si fugace à chaque fois que cet enfoiré me touchait. Des pas ont résonné et j'ai suivi le son jusqu'à ce qu'il se rapproche et qu'un homme que je n'avais jamais vu auparavant entre... transportant une petite trousse de médecin noire.

London a fermé la porte derrière lui, sans jamais croiser mon regard.

- Qui est ce type, putain ? Qu'est-ce qui se passe ?

- Quelque chose que j'aurais dû faire dès que je t'ai amenée ici, a répondu London... mais c'est tout ce qu'il a dit.

Rien.

J'ai fixé cet inconnu, avec le même regard impitoyable, et j'ai su instantanément qu'il était l'un d'entre eux, le genre d'homme qui me qualifiait de « *vaisseau* ». Pour eux, je n'étais pas une personne. Je n'étais pas réelle.

- Assieds-toi, m'a ordonné London en me faisant signe de m'asseoir.

Mais je n'ai pas bougé, jusqu'à ce qu'il se retourne pour croiser mon regard. Des fermoirs s'ouvrirent avant que le docteur ne sorte des objets de son sac.

- Vivienne... dit London, les yeux pétillants. Nous pouvons soit te droguer et t'assommer pour faire ça, soit tu coopères. C'est à toi de décider.

Mon cœur battait la chamade, le son était fort dans mes oreilles. Je connaissais ce scénario, je l'avais déjà vécu. J'ai baissé les yeux sur les pansements stériles que cet inconnu avait sortis et posés sur le bureau de London.

- Vous allez me tatouer ?

J'ai croisé le regard de mon ravisseur.

- Non, répondit-il en s'approchant. On t'a implanté un dispositif de traçage à l'Ordre. Je veux le retirer de ton corps.

Le lourd grondement dans ma poitrine s'est accéléré.

- Vraiment ?

Il a hoché lentement la tête, puis s'est retourné pour s'enfoncer dans le fauteuil, comme un chien qui revient vers son fidèle maître.

Je comprenais maintenant qui était cet individu... un médecin.

- Ces dispositifs se trouvent généralement sous la peau, sous le bras.

Les joues du médecin rougirent tandis qu'il essayait de ne pas croiser mon regard. Mais aucun médecin de l'Ordre que j'ai connu n'était embarrassé par ce qu'il faisait.

Ce n'était donc pas un de leurs hommes...

- Il faut que tu enlèves ta chemise, m'a-t-il dit avec insistance.

J'ai soutenu le regard de London.

- J'avais compris, ai-je marmonné, mes doigts se portant sur mes boutons, les ouvrant avant de dégager le chemisier et de le poser sur le bureau en face de moi.

Les yeux du médecin maladroit se sont écarquillés devant le soutien-gorge en dentelle caramel. La dentelle comportait des interstices qui laissaient entrevoir mon mamelon. Le médecin a détourné le regard, à nouveau gêné.

- Où as-tu trouvé cette gamine, London ? demanda-t-il. À quel genre de jeu tu joues ?

Le monstre en face de moi n'a rien dit tandis que l'idiot maladroit à côté de moi m'a saisi le poignet et a levé mon bras. Mon bras s'est tendu vers le haut, donnant au médecin hésitant tout l'accès qu'il souhaitait. Mais j'ai vu le tressaillement dans le regard d'acier de London. Il aimait mes questions, presque autant qu'il aimait regarder ce type passer ses doigts sous mon bras.

- Peut-être que c'est dans l'autre, a marmonné le médecin.

J'ai tendu l'autre bras sous le regard de London, derrière le bureau. Les doigts du médecin ont effleuré, appuyé et exploré.

- Hmm, murmura-t-il, attirant mon attention sur lui alors qu'il passait sa main le long de mon bras pour la quatrième fois. Je n'arrive pas à le trouver.

Mon estomac se serra.

- Peut-être que je n'en ai pas ?

- Impossible, répondit London en se levant et en s'approchant de moi. Sa détermination glaciale se dissipait sous mes yeux. Ses sourcils se plissèrent et ses lèvres dures se crispèrent. Il doit y en avoir un.

Le jeune idiot se contenta de secouer la tête, la panique l'envahissant tandis qu'il fouillait frénétiquement mon autre bras. J'ai essayé de me souvenir des moments qui ont suivi le moment où mes parents adoptifs m'avaient traînée jusqu'à l'Ordre et laissée seule. J'avais donné des coups de pied et je m'étais battue, criant jusqu'à ce que ma voix s'enroue, et même maintenant, je pouvais encore sentir la douleur.

Mais mon combat avait été de courte durée, car ils avaient recouvert ma bouche d'un chiffon, me mettant hors d'état de nuire.

à mon réveil, j'étais différente, attachée sur une table, l'esprit troublé par ce qu'ils m'avaient donné, et une brûlure sous le nombril, là où ils m'avaient tatouée. J'ai eu mal partout dans les jours et les semaines qui ont suivi. J'ai toujours mal, mais cette douleur est différente. Cette douleur, je l'utilisais pour la rage. Je ne me souvenais pas d'une coupure sous mon bras, mais cela ne signifiait pas qu'il n'y en avait pas.

- Il n'y en a pas, dit le médecin en secouant la tête.

- Il y en a *forcément*, dit London en se penchant sur le bureau et jetant un coup d'œil. Trouve-le.

J'ai grimacé devant la poigne meurtrière de l'idiot qui palpait et fouillait, écrasant le muscle contre l'os. Je serrai la mâchoire et détournai le regard, refusant de lui laisser voir ma douleur.

- Peut-être que c'est ailleurs sur son corps ?

Je tressaillis et ramenai mon regard vers lui.

- Quoi ?

Mais le médecin ne me parlait pas. C'était comme si je n'étais pas du tout dans la pièce. Il a juste déplacé son regard de London à mes seins.

- Est-ce que tu peux enlever son soutien-gorge ? demanda-t-il.

- Ce serait plus facile...

La mâchoire de London frémit.

- Enlève-le, Vivienne.

J'ai tressailli. Il n'était pas sérieux... *Va te faire foutre...*

Connard.

J'ai soutenu son regard, j'ai baissé les bras et j'ai passé la main dans mon dos. Il n'aimait pas ça. Il n'aimait pas ça du tout. Cela me rassura au moins un peu quand je décrochai mon soutien-gorge et le laissai tomber.

- Si elle pouvait se mettre debout.

J'ai dirigé mon regard vers le trou du cul à côté de moi.

- *Elle* est juste là, putain, ai-je lancé, puis je me suis mise debout, je me suis tournée et j'ai levé les bras jusqu'à ce que mes seins soient orientés vers son visage. C'est mieux comme ça ? *Est-ce que cela vous donne tous les éléments dont vous avez besoin, docteur ?*

Ma rage était plus destinée à London qu'à cet idiot qui ne faisait qu'obéir aux ordres. Mais je ne pouvais pas me retenir de la déverser. Le regard glacial de London brûlait plus fort sur mon visage, comme s'il me marquait de son empreinte. Ce salaud pourrait tout aussi bien me tatouer et en finir avec ça.

Il n'aimait pas ça, il n'aimait pas qu'un autre homme me touche, même si c'était à sa demande.

Le médecin a pâli en prenant mon sein dans sa main, son pouce effleurant mon mamelon avant d'en presser le dessous.

- C'est ce dont vous avez besoin ? demandai-je à nouveau, en adoucissant mon ton jusqu'à ce que la tension dans la pièce retombe.

Bien.

Je voulais que London soit aussi énervé que possible alors que le jeune et beau docteur me tripotait le sein.

- Vous êtes mignon, murmurai-je. Vous habitez dans le coin ?

- *Vivienne...*

Son avertissement était féroce. Je me suis retournée et j'ai croisé son regard.

- Oui ?

La mâchoire de London s'est serrée, les muscles se sont tendus lorsque le médecin a palpé le dessous de mon sein et s'est arrêté. La douleur a suivi lorsqu'il a appuyé, une douleur aiguë, lancinante.

- Aïe.

- Désolé, a marmonné le jeune homme en jetant un coup d'œil à London. Je crois que je l'ai trouvé.

- Alors enlève-le, dit mon ravisseur en serrant les dents.

Le jeune médecin avait presque l'air excité lorsqu'il fit un geste.

- Il va falloir que tu t'allonges.

- D'accord.

Je me tournai et m'assis sur l'extrémité du bureau de London, puis je me suis allongée, étirant mes mains bien haut au-dessus de ma tête.

La chaleur s'est répandue entre nous tandis que London me fixait, étendue sur sa paperasse. J'ai levé le pied, cherchant à m'agripper, et j'ai donné un coup de pied, propulsant la souris de son Mac à l'autre bout de la pièce pour qu'elle s'écrase contre le mur.

- *Oups.*

Son œil a tressailli et ses lèvres exsangues se sont serrées l'une contre l'autre tandis que du froid giclait sur le dessous de mon sein.

- Ça va piquer, prévient le jeune.

- Quand est-ce que ça ne pique pas ? répondis-je en soutenant le regard de London.

Je n'ai pas crié lorsque la seringue a pénétré, j'ai serré les dents lorsque la piqûre a traversé mon sein. Le monstre au-dessus de moi ne détournait pas le regard. Pas même lorsque survint un choc sourd et qu'un tintement minuscule heurta le bureau à côté de moi.

- C'est retiré, dit le médecin, satisfait.

- Bien.

London a croisé son regard, puis a hoché la tête.

L'euphorie me gagna à la disparition du contrôle de l'Ordre. Jusqu'à ce que la tension revienne, mais cette fois-ci plus forte, plus profonde. J'ai dirigé mon regard vers le médecin, qui avait la tête penchée, concentré sur ce qu'il faisait. J'ai fait une erreur et j'ai regardé vers le bas.

Il était en train d'enfoncer quelque chose d'autre... quelque chose qui ressemblait terriblement à ce qu'il venait de m'extraire. "Qu'est-ce que vous faites, bordel ?"

Il n'a pas répondu.

J'ai ramené mon attention sur London.

- Qu'est-ce qu'il fait, London ?

Ces lèvres exsangues se sont retroussées et cette lueur possessive a brillé une fois de plus.

- *Espèce de salaud,* ai-je grogné alors que je sentais une traction sous mon sein.

Une fois.

Deux fois.

- C'est fait, a déclaré le jeune en levant les yeux au ciel, fier de lui. Jusqu'à ce qu'il rencontre mon regard féroce.

- Lâchez-moi, *putain* ! J'ai repoussé sa main et j'ai quitté le bureau de London en trébuchant.

- Merci, Leon, murmura London, son attention fixée sur moi. Tu peux t'en aller.

Le gamin se contenta de hocher la tête.

- D'accord, bien sûr.

Il a agi rapidement en rassemblant son scalpel et ses compresses dans leur boîte qu'il a remise dans son sac avant de se diriger vers la porte. Puis il s'est arrêté, la main sur la poignée de la porte.

- Le paiement.

- Carven s'en chargera.

Un hochement de tête et le jeune est parti, sortant à tâtons du bureau et claquant la porte derrière lui avec fracas.

J'ai jeté un regard à London.

Je le détestais.

Je le désirais ardemment.

- C'était ton plan depuis le début, n'est-ce pas ?

Il a fixé ma haine et n'a pas détourné le regard une seule fois.

Je n'ai pas fait un geste pour me cacher, je suis restée là à respirer l'odeur âcre de l'alcool utilisé pour nettoyer la plaie, tandis que mon sein palpitait et me faisait mal. Il a baissé le regard sur l'un d'entre eux.

- Vivienne...

- Arrête, ai-je grogné. Ou tu sais quoi ? *Et si tu te le mettais bien profond, London ? Dans ton putain de cul.*

J'ai pris mon chemisier et mon soutien-gorge sur le bureau, puis je me suis dirigée vers la porte. J'ai refusé de laisser les larmes couler, j'ai ignoré ma vue qui se troublait lorsque j'ai ouvert la porte et que j'ai avancé à grands pas dans le couloir.

Il m'a suivie, comme je l'avais prévu, en s'assurant que sa propriété ne fasse rien d'irréfléchi, comme se jeter du haut de ce putain d'escalier. Dieu sait que ce serait un inconvénient pour lui. Le couloir était flou alors que je me dirigeais vers le bourdonnement des voix avant qu'un bruit sourd et un déclic ne se fassent entendre à la porte d'entrée.

Carven s'est retourné et m'a observée alors que je traversais l'entrée. Son regard s'est fixé sur mes seins qui se balançaient au gré de mes mouvements.

- Joli, a-t-il marmonné avant de se lécher les lèvres.

- Je t'emmerde toi aussi, dis-je en passant devant lui avant de prendre les escaliers. *Allez tous vous faire foutre.*

Un mouvement s'est produit en haut des marches alors que je grimpais. L'autre jumeau m'a regardé m'agripper à la rampe et monter les marches deux par deux jusqu'à ce que je passe devant ma chambre. Il n'a rien dit lorsque j'ai ouvert la porte de ma cellule et que je me suis retournée.

London grimpa la dernière marche et se dirigea vers ma chambre avant de s'arrêter.

Des larmes brillaient dans mes yeux.

Mais ce n'étaient pas des larmes de douleur ou de tristesse.

C'était des larmes de rage incontrôlable.

J'ai serré les poings, lui refusant l'entrée.

La blessure de la trahison se mêlait à la douleur sourde de ma poitrine qui sentait l'emprise d'une main—*de sa main.*

Mais London St. James est resté planté là, le regard fixe, puis a baissé son regard sur ma poitrine.

- Je reviendrai plus tard pour panser ta blessure.

Je retroussai les lèvres, montrant les dents, et grognai.

- Touche-moi et je t'arrache les yeux.

Il a fait un signe de tête prudent.

- Tu peux essayer, a-t-il murmuré. Mais je pense que tu vas...

Je n'ai pas attendu qu'il termine, j'ai fait un pas en arrière, j'ai saisi la porte... et je la lui ai claquée au nez.

DEUX

London

Bang !

Elle claqua la porte.

Ma propre putain de porte...

Dans ma propre maison.

En plein dans ma gueule.

Ce nerf a sauté à la lisière de mon œil. J'ai porté mon regard sur la chambre de mes fils, puis je me suis souvenu qu'ils venaient de partir. C'est vrai. Bon sang, ressaisis-toi. Pars et laisse-la bouillir, putain. Je me suis dirigé vers les escaliers. J'avais la mâchoire serrée, je retenais ma colère.

Cette putain de sale gosse.

Je devrais y retourner.

Je devrais y retourner et...

Je me suis arrêté trois marches plus bas et je me suis retourné pour fixer sa porte. La forcer à retourner dans ce lit et sous moi, *là où elle doit être.* Ses seins remuaient dans mon esprit, ses mamelons roses, tendus et poudreux, se fronçant sous l'effet de la colère. Mais cela ne ferait que la blesser davantage. J'ouvrirais l'incision sous le gonflement de son sein, là où le jeune étudiant en médecine avait implanté la puce de localisation. Pourtant, je voulais... *la toucher.*

Je respirais difficilement. Mon corps et mon esprit étaient en guerre, luttant à la fois contre l'envie de prendre soin d'elle et de l'étrangler. Cette femme était une putain de menace. Une plaie pour moi... *alors pourquoi étais-je si accro ?*

Ma bite s'est mise à trembler au souvenir de cette femme étendue sur mon bureau, les bras levés au-dessus de sa tête, avec ce regard plein de défi. Mes lèvres se sont asséchées. Je les ai léchées, fixant la peinture grise et brillante de sa porte, la rage se propageant au-delà. Je savais qu'elle était là, à me haïr. Mon pouls s'accéléra à cette idée. Attendait-elle qu'on lui donne une leçon ? Attendait-elle que je l'emmène en bas et que je lui montre exactement jusqu'où ses satanées pitreries allaient la mener ici ?

Mes couilles se sont contractées et cette délicieuse douleur s'est répandue le long de ma queue, chatouillant le gland. Une pulsion et je savais qu'une goutte s'échappait de l'œil douloureux, mouillant mon putain de caleçon. Bon sang, elle me donnait envie de me branler comme un putain d'adolescent pour soulager la tension. Elle me donnait envie de me défouler sur son corps.

Je n'avais jamais eu autant envie de baiser.

Pourtant, je me suis forcé à me retourner et à continuer d'avancer, me dirigeant vers le rez-de-chaussée. Vivienne Evans était un pion dans ce jeu, rien de plus, rien de moins. Je lui fournissais la sécurité, un toit au-dessus de sa tête, de la nourriture et des vêtements. Je lui fournissais toutes ces choses pour qu'elle se soumette à mes ordres. Si je ne pouvais pas obtenir cela avec la protection que je lui donnais, alors je l'obtiendrais par la peur.

Elle commençait à le comprendre. Si ce n'est pas encore le cas, cela ne saurait tarder. J'ai pris mon téléphone et j'ai envoyé un message à mon équipe de sécurité :

Faites gaffe qu'elle ne sorte en aucun cas d'ici.

Je me suis dirigé vers le garage. *Putain, ces derniers jours avaient été un véritable chaos.* Une douleur m'a traversé la poitrine, m'obligeant à masser les muscles durs de ma nuque. J'étais trop vieux pour cette merde. Je risquais de faire une putain de crise cardiaque si je ne faisais pas attention. J'ai pris les clés à l'intérieur de la porte, j'ai appuyé sur le bouton de l'élégante Audi gris acier et je suis monté, luttant contre l'envie de faire apparaître la caméra de sa chambre sur mon téléphone et de l'observer.

Elle était probablement encore là, à fixer la porte du regard. Ou était-elle en train de pleurer ?

Non.

Une femme comme Vivienne ne se laissait pas abattre. Elle déglutissait sa rage, la libérant au moment où l'on ne s'y attendait pas. Je devais être prudent avec elle. Cette femme était imprévisible, vengeresse même. Un pli se dessina au coin de ma bouche. Je jouais avec le feu en ce qui la concernait, et bon sang, la fumée était omniprésente. Il suffirait d'un souffle d'air pour l'enflammer, mais je ne le lui permettrais pas, n'est-ce pas ?

Non, je raffermirais mon contrôle. J'avais mis mon propre traceur en elle.

Je la surveillerais jour et nuit.

Je m'assurerais qu'elle sache qu'elle m'appartient.

J'ai appuyé sur le bouton de la porte du garage, j'ai enclenché la vitesse et je suis sorti du garage en accélérant pour passer devant les deux gardes qui patrouillaient sur le terrain. Ce n'étaient pas mes fils, mais ils feraient l'affaire jusqu'au retour de Colt et de Carven, ils ne devaient pas être trop loin. Je voulais arriver à l'entrepôt et revenir avant eux. Je ne pouvais pas prendre le risque de la laisser seule quand ils seraient là. Pas après la scène de l'autre soir dans mon bureau.

Ils avaient la gâchette facile dans le meilleur des cas. Une seule remarque conflictuelle de sa part et ils allaient probablement craquer. Merde, est-ce que c'est ça vivre avec des adolescents ? Toujours belliqueux, ingrats et très irritables.

Ryth et ses putains de frères l'avaient échappé belle. Si j'avais permis qu'elle soit enlevée, ou pire... *tuée*, je ne me serais jamais approché du vrai joueur ici... je ne me serais jamais approché de *King*. C'était ce qui me motivait, le besoin de le trouver.

Je me suis garé dans la rue et j'ai reporté mon attention sur le téléphone à côté de moi. Un sentiment tenace se fraya un chemin sous ma peau... *elle*. Elle devenait rapidement un problème pour moi. Elle dévorait mon attention... elle me faisait réagir d'une manière que je ne pouvais pas me permettre.

Mes mains se serrèrent autour du volant. Ce que je voulais vraiment, c'était qu'elles entourent sa gorge. Une au moins, pendant que j'explorais son corps avec l'autre. Le souvenir de l'autre nuit m'est revenu en mémoire, elle sur le lit, la serviette enroulée autour d'elle, les cuisses écartées.

- Putain, ai-je grogné, mon pouls battant la chamade. J'ai donné un coup de volant, entraînant la voiture sur le bas-côté de la route.

Je n'avais pas le temps pour ça. Je n'avais pas le temps pour *elle*.

Mais je n'ai pas pu m'empêcher d'attraper mon téléphone, d'ouvrir mes applications et d'afficher le flux de la caméra dans sa chambre. Je l'ai regardée arpenter le sol de sa chambre avec un air de pure rage sur le visage. Elle était de nouveau habillée, avec son chemisier en tout cas, ses seins volumineux se balançant à mesure qu'elle bougeait, ce qui me faisait regarder fixement. En un instant, j'ai été hypnotisé, je l'ai regardée. Comme je l'ai toujours regardée.

Au début, je m'étais dit que c'était pour assurer sa sécurité...

DES SEMAINES PLUS TARD, j'étais toujours là... à me torturer. Elle s'est arrêtée de faire les cent pas et a levé son regard vers la caméra. Mais ce n'était pas la caméra factice que j'avais installée dans un coin de sa chambre. C'était la vraie, discrètement cachée à la tête de son lit. Je ne sais pas comment elle avait pu la trouver. Cette saloperie était presque impossible à voir. Mais elle la voyait maintenant, s'approchant jusqu'à ce que son visage remplisse l'écran de mon téléphone, ses yeux bruns profonds impérieux, sa putain de chevelure sauvage libérée, le genre de cheveux que j'avais envie de serrer dans mes poings et de tirer bien fort.

Il y avait un regard intense de concentration sur son visage avant que l'appareil photo ne se brouille avec ses doigts. Puis l'image a tremblé, zoomant sur ces yeux alors qu'elle retirait ce foutu truc. J'ai laissé échapper un grognement. Ce putain de truc m'avait coûté plus de cinq mille dollars... qu'elle jetait maintenant par terre.

- *Ne t'avise pas de...* ai-je grogné alors que l'obscurité s'installait...

Puis il n'y eut plus rien.

J'ai regardé fixement le flux perdu.

- *Putain de merde*, ai-je hurlé en changeant de flux et en l'observant d'un autre côté alors qu'elle se redressait, rejetait ses cheveux en arrière avec indignation et se détournait.

J'ai grogné en baissant mon téléphone.

Mais je ne pouvais pas mettre fin au spectacle, pas encore. J'ai juste déplacé mon regard sur la circulation devant moi, puis j'ai regardé à nouveau, détestant le fait que j'avais toujours envie d'elle, putain. Plus que jamais.

J'ai enclenché la vitesse et j'ai démarré, me dirigeant vers la bretelle d'accès qui me ferait traverser la ville et passer devant les clubs miteux fréquentés par Killion et ses crétins. La nouvelle de la mort de l'avocat avait provoqué une onde de choc au sein de l'élite. Beaucoup de juges de la cour fédérale et d'avocats haut de gamme étaient très nerveux en ce moment.

Bien sûr, ils n'avaient aucune idée de l'identité de l'auteur de cet acte odieux.

La police a supposé qu'il s'agissait d'un ancien client et, à l'heure actuelle, elle passe en revue les milliers de malades qu'il a enfermés au fil des ans, sans jamais penser *qu'il* était le malade à l'origine de tout cela. Il n'y avait pas eu de caméra pour enquêter, pas d'empreintes digitales de Ryth ou de ses frères laissées sur place. En fait, la police ne disposait d'aucun élément pour enquêter.

Les fils s'en étaient assurés en envoyant une équipe de nettoyage très discrète, que j'avais grassement payée.

Le meurtre avait été brutal.

Et attendu.

J'ai accéléré, me faufilant dans le flot de circulation de l'autoroute, me remémorant les derniers instants passés avec Ryth et ses frères. Une monnaie d'échange était cruciale pour accéder à King, mais deux ? Deux, c'est moi qui prendrais le pouvoir. Si je ne pouvais pas avoir Ryth, alors j'aurais son père.

Tant qu'il me donne ce que je veux.

Parce que je ne lui laisserais pas le choix.

J'ai conduit jusqu'au discret entrepôt blanc niché dans une zone commerciale tranquille, et je me suis arrêté devant l'entrée. *Stockage spécialisé*, indiquait l'enseigne à l'entrée. Pas de disponibilité, était-il écrit en dessous. J'ai ouvert ma fenêtre, je me suis penché et j'ai composé le code, puis j'ai attendu que le lourd portail en acier s'ouvre. Le panneau indiquait "Pas de disponibilité" parce que le bâtiment n'avait pas été construit pour accueillir des clients, en tout cas pas des clients normaux.

Des rouleaux de fil de fer barbelé couraient le long de la clôture. Des caméras de vidéosurveillance étaient installées sur tout le terrain, surveillant chaque centimètre carré de la structure. Cela permettait de préserver *mon* activité...

J'ai franchi le portail, me suis arrêté sur le parking vide et me suis garé. Le portail en acier s'est refermé lorsque je suis sorti. J'ai vérifié les rues, m'assurant que personne ne passait, puis j'ai tourné et me suis dirigé vers le bâtiment principal, saluant d'un signe de tête l'un de mes hommes lorsqu'il est apparu au coin de la rue.

Sécurité armée.

Des barbelés.

Une sécurité de pointe.

Pourtant, ce n'était pas suffisant.

Je me suis levé et j'ai massé les muscles tendus de ma nuque. C'était loin d'être assez sûr, pas quand il s'agissait du genre d'hommes contre lesquels j'étais en train de me battre. Haelstrom Hale n'était pas seulement impitoyablement puissant, il était aussi imprévisible.

J'ai appuyé mon pouce sur le capteur, attendu que la lourde porte d'acier se déverrouille, jeté un coup d'œil à la petite fenêtre en verre pare-balles à travers laquelle ils épiaient, puis je l'ai ouverte et j'ai pénétré dans le hall d'entrée frais et climatisé.

- M. St. James, dit le garde en se levant de derrière le bureau.

- Comment se porte-t-il ?

- Il est silencieux, répondit le mercenaire. Un peu trop silencieux.

Cela le surprenait, mais pas moi.

- Bien.

J'ai longé le couloir, passé les autres portes verrouillées, jusqu'à une pièce située à l'arrière du bâtiment. J'ai collé mon pouce contre le capteur et j'ai attendu le bruit sourd de la serrure avant d'ouvrir la porte et de la franchir.

Il m'attendait, comme je m'en doutais. J'ai balayé du regard l'espace dégagé. C'était grand, presque aussi grand qu'un appartement. Un micro-ondes et une carafe trônaient dans une petite kitchenette et une salle de bains donnait sur une chambre à coucher sans cloisons. Il n'y avait pas de murs dans cet espace, pas d'intimité non plus. Mais après avoir été en prison, j'étais sûr que Jack Castlemaine était habitué à cela.

Il ne bougeait pas, assis à la petite table ronde, le journal de la semaine dernière ouvert devant lui. Il n'avait qu'un accès limité au monde extérieur. Un homme comme Jack était pour le moins débrouillard... et c'était la seule raison pour laquelle il était encore en vie.

Je jetai un coup d'œil au bandage blanc qui dépassait du col de sa chemise. Il avait subi un certain nombre de blessures, la pire étant une blessure par balle, mais après la fusillade dans les entrepôts abandonnés, c'était une chance que nous soyons tous encore en vie, et surtout lui.

- Je vois que tu mets ton temps à profit, dis-je en désignant les coupures de presse étalées à côté de lui.

Il ne répondit pas, se contentant de s'occuper de sa tâche.

Je n'aimais pas ça...

- J'espère que le logement est...

- Où est ma fille ? demanda-t-il sans prendre la peine de lever la tête.

Je me suis arrêté près du bord de la table pour le regarder.

- En sécurité.

Ce n'est qu'à ce moment-là qu'il a croisé mon regard.

- Je ne te crois pas.

J'ai pouffé de rire et j'ai cherché son regard, analysant le personnage avant de fouiller dans ma poche, de sortir mon téléphone et d'appuyer sur le numéro enregistré. Il n'a pas détourné le regard, pas même lorsque la sonnerie a retenti dans le haut-parleur et que j'ai posé le téléphone sur la table. Elle mit du temps à répondre... soufflant et haletant lorsqu'elle aboya.

- Oui... *oui, je suis là.*

- T'en as mis du temps, ai-je murmuré. J'espère ne pas t'avoir dérangée ?

Une rougeur est apparue sur les joues de son père.

Il n'aimait pas l'idée que sa fille se tape trois hommes, et encore moins ses demi-frères. Quel scandale ! Mais Jack Castlemaine devrait savoir que ce n'est pas la pire chose qui puisse arriver à une fille... surtout la sienne.

- Non, souffla Ryth en ravalant ses respirations.

J'ouvris la bouche pour parler, mais son père se pencha en avant et me coupa la parole.

- Es-tu en sécurité ?

- Papa ? Sa voix fut remplie d'une joie étonnée. Oui, nous sommes en sécurité.

Il ferma les yeux, respirant difficilement.

- Bien... où êtes-vous...

J'ai tendu la main, appuyé sur l'icône et mis fin à l'appel. La colère s'est emparée de lui lorsqu'il a ouvert les yeux, rencontrant les miens.

- *Salaud !*

J'ai souri, j'ai pris mon téléphone sur la table et je l'ai remis dans ma poche.

- Dis-moi *où il est* ?

Jack s'est immobilisé, ses yeux se sont rétrécis.

- Tu sais que ça ne va pas marcher, n'est-ce pas ?

Je me suis penché en avant, appuyant ma main sur le bord de la table.

- *Jamais* n'est pas un mot de mon vocabulaire, Jack. Pas quand il s'agit d'obtenir ce que je veux. Maintenant, je vais te le redemander... où est-il ?

Jack inspira, puis relâcha son souffle.

- Benjamin viendra. Il me cherchera. Que vas-tu faire alors, London ? Est-ce que tu vas jouer pour l'Ordre d'un côté et combattre la Mafia de l'autre ?

Ce putain de nerf à côté de mon œil est revenu en force, se contractant et pulsant.

- S'il le faut. Maintenant, où est King ? dis-je en me penchant sur lui. Dis-moi comment le trouver.

Mais le salaud n'a pas bronché.

- Nous savons tous les deux que cela n'arrivera pas. S'il voulait entrer en contact avec toi, il t'aurait déjà tendu la main. Tu ne l'approcheras pas.

Puis sa voix s'est adoucie :

- Peu importe combien de ses filles tu contrôles.

Je me suis lentement redressé.

- Il le fera s'il veut les récupérer.

J'ai jeté un coup d'œil aux coupures de presse, pour voir ce qui intéressait ce type. J'ai passé ma vie à découvrir ce qui fait vibrer les gens. Un coup d'œil à Jack et je savais qu'il serait difficile à cerner.

Mais je le ferais... J'avais le temps.

Et sa putain de fille.

J'ai hoché lentement la tête et je me suis dirigé vers la porte. J'avais la main sur la poignée quand il a parlé.

- Elle te détestera, tu le sais, n'est-ce pas ?

J'ai marqué une pause.

- Peu importe ce que tu feras, ou pourquoi... elle te détestera de toute façon.

Ce nerf... ne... voulait... pas... s'arrêter.

- Ce qu'elle pense n'a pas d'importance.

Mon esprit est revenu à Vivienne et j'ajoutai :

- Elle ne signifie rien.

- Continue à te dire ça, a-t-il ricané.

J'ai ouvert la porte d'un coup sec et je suis sorti en vérifiant qu'elle était bien verrouillée, laissant les mots de Jack mourir dans la pièce derrière moi. Mon pouls s'accéléra tandis que je me dirigeais vers la porte d'entrée. Il avait tort. Il avait tellement tort, putain...

Boum.

Boum.

Boum...

J'ai pressé mon doigt contre la pulsation, puis j'ai poussé la porte, la laissant claquer violemment derrière moi.

Vivienne ne représentait rien pour moi. Rien de plus qu'une pièce d'échec à jouer... rien de plus qu'un pion dans mon putain de jeu... et j'allais le prouver.

TROIS

Vivienne

- *OHHH*.

J'ai arrêté de faire les cent pas dans ma chambre et j'ai baissé les yeux, retirant doucement mon chemisier pour constater la tache cramoisie.

- *Fils de pute*.

J'ai touché mon sein délicatement, en grimaçant. La douleur était sourde et lancinante. Mais ce n'était rien comparé à la douleur de sa trahison. J'aurais dû le savoir... je n'aurais pas dû m'attendre à autre chose de sa part.

- Stupide... *pauvre idiote*.

Je me sentais vraiment idiote.

C'est ce qu'il me faisait ressentir.

Comme si j'étais faible et crédule.

Et pendant une seconde, je l'ai été, n'est-ce pas ?

Emportée par le fantasme d'un London qui serait autre chose que ce salopard cruel et dominateur. J'ai jeté un coup d'œil à la caméra brisée, écrasée sur la moquette. Ce salaud obsessionnel et menteur. J'ai serré les poings. Détruire la caméra n'était pas suffisant. C'était loin d'être suffisant. Je voulais détruire sa putain de maison et ruiner sa vie jusqu'à ce qu'il prenne la décision de me laisser partir.

Tout comme il avait laissé partir Ryth.

J'ai soigneusement pressé ma main contre la blessure, puis j'ai regardé le sang sur ma main. Une colère brûlante crépitait en moi. Je lui donnerais envie de se débarrasser de moi. J'en étais capable. J'avais passé ma vie à être isolée, enfermée, réprimée et non désirée. J'ai tressailli. Cela me faisait plus mal que n'importe quelle coupure sous mon sein. J'ai baissé la main vers le tatouage sur mon abdomen.

Non voulue.

Juste *utilisée*.

Mais je n'allais plus être utilisée. Je n'allais pas porter du rouge. Je n'allais plus porter de rouge. J'en avais assez de laisser les autres me contrôler. J'ai marché jusqu'à la porte et l'ai ouverte d'un coup sec. La peur m'a envahie alors que je sortais dans le couloir.

J'ai scruté le hall d'entrée, mais je n'ai trouvé que le silence. Il n'était pas trop tard pour fuir. Je trouverais Ryth et ses frères. Ou, bon sang, je serais seule s'il fallait en arriver là. *Personne* ne voudrait plus de moi.

London pouvait garder son traceur en moi pour ce que j'en avais à faire. Il pouvait m'observer sur les caméras jour et nuit, tant que j'étais loin de l'Ordre. Alors que je me dirigeais vers les escaliers, cette peur se transforma à nouveau en colère. Le silence régnait, mais je savais que je n'étais pas seule. Je savais qu'il y avait des hommes qui me surveillaient, qui s'assuraient que je ne faisais rien de stupide, comme essayer de m'enfuir.

Je me suis dirigée vers la cuisine. L'idée de retirer cette *saloperie* de mon corps et de laisser derrière moi ce *minable* m'a traversé l'esprit, mais je l'ai repoussée. Je ne pourrais pas sortir de la maison avant que les gardes ne m'attrapent. De plus, je devais penser à Ryth.

Sa sécurité et sa liberté étaient sacrifiées au profit de la mienne, et London s'assurait que je le sache, même si elle n'en savait rien. Si elle l'avait su, elle n'aurait jamais fui sans moi. Je le savais.

Nous avions un lien, un lien que j'avais ressenti dès que j'étais entrée dans sa chambre, cette nuit-là, à l'Ordre. Je savais que nous serions amies. Je savais que nous serions alliées. J'en avais plus que jamais besoin.

J'ai fait le tour du comptoir de cuisine en pierre sombre, faisant glisser mes doigts sur la surface, laissant une traînée derrière moi, puis je suis retournée dans son bureau. Maintenant que j'étais seule, je voulais découvrir les autres secrets de London St. James.

Le fait qu'il m'observe depuis des années me donnait la chair de poule, mais c'était le *pourquoi* qui me tourmentait. *Pourquoi moi ?* Qu'est-ce que je pouvais bien lui apporter ? Je n'étais personne. Je n'étais qu'une emmerdeuse, chassée d'un foyer de gamines pour être confiée à des parents adoptifs qui me détestaient. Je suis retournée dans le couloir, je me suis arrêtée devant la porte du bureau et j'ai appuyé sur la poignée.

Mais elle était verrouillée, la petite lumière du détecteur s'allumant en rouge.

- Évidemment.

Je me suis retournée et j'ai balayé les murs du regard, puis j'ai cherché les caméras dont je savais maintenant qu'elles étaient placées partout dans cette maison, comme dans celle de cet enfoiré de Killion.

Bon sang, c'était de la folie.

Enlèvement.

Meurtre.

Trafic.

Tant de trafics.

Ces hommes n'étaient pas seulement dangereux, ils étaient aussi très riches. J'ai renoncé à essayer de comprendre tout cela. Maintenant, j'essayais juste de survivre.

- Et de trouver un putain de moyen de m'en sortir.

Je laissai le bureau derrière moi, passai devant la cuisine et tournai pour entrer dans la salle à manger la plus étonnante que j'aie jamais vue. Une branche massive était suspendue au-dessus de la longue table élégante. Elle était composée de la plus sensationnelle série de petites lumières blanche : elle étincelait, même sans être allumée. Les couleurs noir, rouge et gris dominaient l'ensemble du salon, depuis les sièges en cuir épais, le plateau en verre brillant et les magnifiques fleurs rouges. Les couleurs étaient feutrées et sombres derrière les stores fermés.

Je quittai la pièce et retournai à la cuisine, m'arrêtant devant la seule porte qui me fit reprendre mon souffle. La serrure brillait d'une lueur rouge. Je n'avais pas besoin de tendre la main pour savoir que le chemin menant au sous-sol était verrouillé. Pourtant, je me suis sentie tendre la main pour tester la poignée, luttant contre une forte poussée de désir.

Tac.

La serrure résistait. Une partie de moi était reconnaissante, l'autre partie... la partie *dangereuse*, ne l'était pas. Je tournai la tête, luttant intérieurement contre cette bataille, et me dirigeai vers les escaliers, jetant un coup d'œil à la porte du garage avant de monter les marches. Des portes verrouillées, des règles et du contrôle. J'avais l'impression de devenir folle ici... Je *deviendrais* folle ici si je ne sortais pas, et vite.

Je m'arrêtai sur le palier du deuxième étage et mon attention se porta sur sa chambre. Je m'attendais à ce qu'il y ait une serrure électrique sur sa porte, comme celle qu'il avait sur la mienne. Mais il n'y en avait pas. J'ai bougé sans réfléchir, m'approchant de plus en plus, l'excitation battant son plein dans mes veines.

J'ai dégluti en jetant un coup d'œil par-dessus mon épaule. Je détestais me sentir comme une enfant, puis j'ai tourné la poignée de la porte de sa chambre et je suis entrée. Son odeur m'a frappé comme un chiffon pressé contre mon visage. Je me suis figée, le souffle coupé, ce qui n'a fait qu'empirer les choses.

Je fixai la pénombre. Même en plein jour, la pièce était plongée dans le noir. Fermée au monde par des volets électroniques occultants, elle en disait long sur l'homme.

- Froid et insensible, voilà ce qu'il est.

Mes pas étaient silencieux alors que je me dirigeais vers son lit. Mais je me suis arrêtée au bord et j'ai regardé vers le bas. Je ne pouvais pas bouger, je ne pouvais pas me résoudre à toucher, je ne pouvais rien faire. Regarder le velours gris et doux qui recouvrait le lit provoquait la même réaction que la banquette en cuir dans la pièce du sous-sol.

La peur me saisit.

Une peur comme je n'en avais jamais ressentie auparavant.

Mon pouls battait la chamade, ma respiration était haletante.

La pièce s'est mise à tourner. J'ai couru vers la porte, laissant derrière moi l'odeur enivrante de lui. *Bang !* J'ai claqué la porte de la chambre derrière moi. Ma main tremblait en saisissant la poignée, je fixais le palier avant de me forcer à bouger. Mes genoux tremblaient, me forçant à m'agripper à la rampe d'escalier. J'ai cru que j'allais m'évanouir.

Comment une foutue chambre à coucher pouvait-elle m'affecter de la sorte ?

Comment pouvait-il m'affecter de la sorte ?

Mon esprit tournait.

Et ma chatte palpitait.

Il fallait que je maîtrise la situation.

Que je me *contrôle*.

J'avais besoin... *de ma colère*, me dis-je en grinçant des dents. Voilà ce dont j'avais besoin, de cette rage en moi. Cette pulsation dans mon sein m'a envahie, m'a fait lever la main et le prendre à pleine main. Malgré la douleur, j'ai grimpé jusqu'à ce que j'atteigne mon étage une fois de plus. Mais je n'en avais pas fini avec ma vengeance. Loin de là.

Un souvenir m'envahit. Un bruit à l'extérieur de la porte de ma chambre, suivi d'un bruit de pas.

Les fils...

Je sais que tu es là. Je peux t'entendre respirer. Ma propre voix m'est revenue en écho, suivie de la réponse calme et rauque d'un homme : *Vraiment ?*

Vraiment ? ...

- Oui, vraiment, enfoiré, ai-je grogné en me dirigeant vers le couloir qui longeait ma chambre jusqu'à ce qu'elle s'enfonce dans la pénombre. Vraiment.

Il y avait trois portes. Deux face à face et une au bout. J'ai choisi celle-là, j'ai poussé la poignée et je l'ai ouverte. La porte s'est heurtée au mur dans un bruit sourd. Je suis entrée et j'ai balayé du regard la chambre peu fournie. Le grand lit était défait, le matelas neuf. La chambre avait été occupée. La porte de l'armoire était ouverte, laissant entrevoir les vêtements suspendus à l'intérieur.

Je me suis approchée, j'ai allumé la lumière et j'ai regardé attentivement. Une veste en cuir noir, un casque de moto. Des chaussures de luxe étaient encore dans la boîte et il semblait que trois smokings noirs flambant neufs, encore emballés dans du plastique, avaient été placés au fond.

La pièce avait l'air d'être occupée, mais ce n'était pas le cas. Les objets qui s'y trouvaient avaient été oubliés ou rangés comme s'ils n'étaient pas indispensables. Il n'y avait rien ici pour moi. Je suis sortie, j'ai fermé la porte derrière moi et je me suis tournée vers la porte de droite.

J'ai tourné la poignée et je suis arrivée dans la salle de bains. La porcelaine étincelait lorsque j'ai allumé la lumière et le verre scintillait. Deux serviettes noires moelleuses étaient suspendues au porte-serviettes et un ensemble de flacons d'eau de Cologne et de produits de beauté de luxe pour hommes trônait entre deux lavabos. Du gel douche et du shampoing étaient disposés dans la cabine de douche, mais je me suis retournée et je suis partie, laissant la porte ouverte cette fois-ci, alors que je me trouvais face à la dernière pièce inexplorée.

Ce devait être l'une de leurs chambres. Je ne savais pas où vivait l'autre. Je m'approchai, tournai la poignée et poussai la porte. L'obscurité et l'odeur entêtante de la douleur et de la sueur me dévorèrent en un instant, me faisant chanceler.

- Oh, gémis-je en respirant profondément, puis j'ai baissé la tête.

Mon corps s'est crispé et s'est réchauffé, ce qui m'a fait les détester encore plus. Je me suis forcée à pénétrer dans la chambre, puis j'ai tendu la main pour allumer la lumière. Mais la lumière n'était pas vive, la faible lueur remplissait la pièce juste assez pour se répandre sur les deux lits simples placés contre le mur, de chaque côté.

Mais il n'y avait pas que les lits qui suscitaient mon intérêt.

- Qu'est-ce que c'est que ce bordel ?

Je me suis approchée de celui qui était adossé au mur, à l'autre bout de la pièce. La couette noire était remontée impeccablement, l'oreiller enfoncé au milieu. De l'acier brillait, étendu au milieu du lit.

Qu'est-ce que c'était que ça ?

Je me suis penchée et j'ai touché les sangles épaisses et les chaînes en acier. Elles étaient presque identiques à celles qui se trouvaient au sous-sol, celles avec lesquelles London m'avait menacé auparavant. Mais celles-ci étaient plus larges et plus épaisses, cousues de velcro en plus des fermoirs métalliques. Mon esprit s'emballa, imaginant les jumeaux ici. Était-ce le connard blond et cruel ? Ou le plus silencieux...

Je paniquais alors que je me retournais pour observer le reste de la pièce. Il y avait un bureau contre le mur. Une console de jeu très chère brillait d'un éclat doré. Sa vue me saisit. J'ai jeté un coup d'œil vers les lits contre les murs. S'il y avait un moyen de les énerver, ce serait de saccager leur jouet.

L'idée est devenue plus forte et plus mordante.

J'ai bougé sans même m'en rendre compte, j'ai touché le bureau immaculé et j'ai poussé la large chaise de bureau sur le côté.

- Je vais vous montrer ce qui se passe quand vous me mettez en cage.

Ma voix tremblait. La peur me tenaillait tandis que je serrais mes mains autour de la console PlayStation rutilante. Pendant une seconde, j'ai réfléchi à deux fois, aux chaînes sur ce lit simple dérisoire et à la console parfaite que j'avais entre les mains. Mais j'ai chassé cette voix, aspirant de grandes bouffées d'air. *Fais-le...fais-le...fais-le...fais-le...*

J'ai tiré d'un coup sec, arrachant les câbles alors qu'un mouvement se produisait dans l'embrasure de la porte.

Des ombres s'approchaient de la porte.

Deux ombres.

J'ai dirigé mon regard vers des yeux bleus perçants lorsque le blond est entré. La rage étincelait dans son regard qui passait de mon visage à la console que je tenais dans mes mains et que je soulevais au-dessus de ma tête.

- Ne fais pas ça, a-t-il grogné.

Celui qui était derrière lui n'a pas bougé.

Il n'a pas dit *un mot*.

Mais c'est le connard aux cheveux peroxydés que je fixais, celui qui aimait menacer... voyons comment il allait me menacer maintenant. J'ai jeté la console sur le sol avec toute la force dont je disposais.

- *NON !* a hurlé ce connard qui s'est élancé dans les airs jusqu'à ce qu'il me percute de plein fouet.

J'ai été soulevée et projetée en arrière alors que la pièce oscillait.

- *Putain de salope !* a-t-il rugi.

J'ai été projetée en arrière, rebondissant sur le matelas jusqu'à ce que les chaînes en métal dur s'enfoncent dans mon dos.

- *VA TE FAIRE FOUTRE !* hurlai-je en me débattant.

- *Espèce de salope égoïste*, cria-t-il en me surplombant. *Tu sais ce que t'as fait ?*

Je ne voyais que ses yeux. Je ne sentais que ses mains. Son corps... son *odeur* était envahissante. J'ai levé la tête du lit, les lèvres retroussées, lui crachant le mot au visage :

- Oui !

Il s'est figé, les yeux écarquillés, jetant un regard paniqué par-dessus son épaule vers son frère, qui se tenait toujours dans l'embrasure de la porte.

- C'est bon, dit-il à voix basse. Colt, c'est bon.

Je ne comprenais pas pourquoi il avait si peur pour son frère, et à ce moment-là, je m'en fichais. Je m'élançai, portant ma main à son visage, jusqu'à ce qu'il frappe et saisisse mon poignet, se déplaçant plus vite que je n'avais jamais vu quelqu'un se déplacer auparavant.

La rage brillait dans son regard lorsqu'il s'est retourné vers moi.

- Tu aimes les gifles, grogna-t-il, son regard se rétrécissant. Mais je ne suis pas London, ma fille.

Il a repoussé mon poignet et l'a plaqué contre la chaîne sur le lit.

- Tu n'as pas le droit de me frapper, dit-il.

- *Lâche-moi, MAINTENANT !* criai-je, me débattant aussi fort que possible.

Mais j'étais pitoyablement faible face à ses mains cruelles et à ses gestes sauvages. Il lâcha un grognement en détachant son regard du mien pour le porter sur ma main au-dessus de ma tête. Il bougea et se leva. Le tintement de l'acier retentit avant que le cuir ne se referme autour de mon poignet. Tout s'est passé si vite. Un instant, je me débattais, l'instant d'après, un poignet était attaché au-dessus de moi et il passait à l'autre, refermant le velcro autour de moi.

- *Arrête !* dis-je en donnant un coup de pied, repoussant mes hanches du lit. *Laisse-moi partir, TOUT DE SUITE !*

Le bâtard aux yeux bleus s'est lentement relevé, me fixant du regard. J'ai su immédiatement que cette rage froide et contrôlée s'était transformée en quelque chose d'autre. Il a baissé les yeux, son regard s'est fixé sur mes seins. De l'air froid s'est glissé par les interstices de mon chemisier. J'ai aspiré une bouffée d'air et j'ai regardé vers le bas, constatant qu'il manquait des boutons.

- Colt, dit-il à son frère en soufflant. Comment ça va, mec ?

Comment allait-il ? C'est moi qui étais attaché à un putain de lit avec un putain de meurtrier au-dessus de moi. Si ce *connard* pensait que je ne me souvenais pas de ce qu'il avait fait dans cet entrepôt, alors il se faisait des illusions.

- *Je t'ai vu !* criai-je en montrant les dents. Je t'ai vu tuer tous ces hommes.

Il s'est figé, les sourcils pincés.

- Tu m'as vu, hein ?

Mon Dieu, il était si calme. *Si calme, putain...*

Une lueur glacée de terreur me traversa lorsque le jumeau silencieux s'avança dans l'embrasure de la porte, les morceaux de sa console brisée crissant sous ses bottes.

- Alors tu sais de quoi je suis capable, ajouta son frère au-dessus de moi, attirant mon regard. C'est une bonne chose. Je n'aurai pas besoin de faire semblant. Je déteste faire semblant.

Il se laissa tomber sur le bord du lit, s'asseyant à côté de moi.

- On va t'en acheter une autre, Colt, l'a-t-il rassuré en me regardant de haut. Dès que je...

Sa grosse main s'est refermée sur mon sein, ses doigts se glissant entre les interstices de mon chemisier.

- *Arrête* ! aboyai-je. Enlève tes pattes de *meurtrier* de moi !

- Le meurtre n'est pas la seule chose que ces mains ont commise, a-t-il grogné, puis il a tiré sur mon chemisier, élargissant la brèche.

Ses doigts ont trouvé mon mamelon, l'ont effleuré tandis qu'il se levait et se penchait sur moi. Il appuya une main sur le lit et l'autre massa doucement mon sein. J'ai grimacé sous l'effet de la douleur instantanée.

Je me suis figée, sentant la chaleur de son souffle contre mon oreille.

- *Aucune de la/des parties*, n'est-ce pas ? murmura-t-il. C'est ce que dit le contrat. Mais nous ne sommes pas concernés, *ma fille*. Non, on n'est pas une putain de partie du tout.

Sa main quitta mon sein et se déplaça plus bas, poussant sous la ceinture de mon pantalon, forçant son passage.

- *CARVEN !*

J'ai été ébranlée par le rugissement de London qui a envahi la chambre.

- Lâche-la, *tout de suite !*

Le salaud s'est contenté de sourire, puis s'est rapproché en chuchotant :

- On dirait que *papa* t'a encore sauvé la mise, petit chat sauvage. Mais ce n'est qu'une question de temps... une question de temps, puis il arrivera trop tard.

J'ai retenu mon souffle, attendant qu'il se lève lentement.

Il y avait un frémissement au coin de sa bouche...

Avant que London n'entre dans la pièce, regardant les restes brisés de la console, puis posant sa main sur l'épaule du jumeau mutique.

- On va s'occuper de ça. Ne vous inquiétez pas.

Puis il m'a jeté un regard féroce et glacial.

QUATRE

London

J'AI TRAVERSÉ LA PIÈCE, ME SENTANT FURIEUX DE LA VOIR ainsi attachée, la main de Carven sur son sein, étalant du sang sur son mamelon. J'ai lutté contre l'envie de la lui arracher des mains. Mais j'étais quand même complètement paniqué, cherchant dans ce regard bleu profond un aperçu de la folie qui l'habitait.

Les muscles de sa mâchoire se sont contractés. Ce regard glacial faisait froid dans le dos. Seulement, il n'a pas réagi, pas comme je m'y attendais. Au lieu de cela, il semblait presque... *torturé* alors qu'il s'éloignait d'elle.

- Carven... dis-je prudemment, faisant de mon mieux pour trouver un moyen de débloquer la situation. Tu peux t'éloigner maintenant.

Le métal des boucles des sangles s'est mis à cliqueter tandis que Vivienne grognait et tirait sur les liens autour de ses poignets. *Tiens-toi tranquille, pour l'amour de Dieu !* Je lui lançai un regard noir.

Mais cette fille indomptable s'est contentée de montrer les dents, ses yeux sauvages et féroces tels le putain de chat sauvage qu'ils l'avaient surnommée. Elle ne savait pas ce qu'elle venait de faire, à quel point la situation était grave. Des morceaux de plastique ont craqué sous ma botte alors que j'avançais lentement. Et elle n'avait aucune idée de leur nature instable.

Au mieux, mes fils étaient imprévisibles, au pire, ils étaient terrifiants. Je devrais le savoir... c'est comme ça que je les avais trouvés. *Tabassés, affamés... meurtriers à l'âge de dix ans.*

C'est Colt qui s'est avancé et a saisi le bras de son frère, attirant son attention, et ce regard glacial est passé de moi à lui. La vie est revenue dans le regard de Carven. Au début, ce n'était qu'une lueur, comme s'il avait été attiré au bord de l'abîme et qu'il n'était plus sur le point de nous tuer tous. Son frère était le seul à pouvoir le faire, même moi je n'inspirais pas ce genre de respect, même après toutes ces années.

- Fais-la sortir de ma chambre, London, murmura Carven en tournant son regard glacial vers moi. *Maintenant.*

Je m'avançai, serrai la mâchoire et tentai d'ignorer la rage dans ses yeux en attrapant les sangles. Putain de merde. *Putain de merde !* J'ai libéré les attaches, l'une après l'autre. Ses seins nus se sont mis à osciller quand j'ai attrapé son bras et l'ai soulevée du lit.

- *Allez, lève-toi.*

Je ne lui ai pas laissé le temps de grogner ou de chialer, j'ai simplement traîné son petit cul agressif à travers la chambre des garçons et jusqu'à la porte. Elle a trébuché, sa cheville s'est tordue lorsqu'elle a marché sur la console, mais elle est sortie.

Je n'ai pas perdu de temps, jetant un coup d'œil par-dessus mon épaule avant de la conduire à travers la porte ouverte de sa chambre. Un coup de pied, et la porte s'est refermée avec fracas. En un instant, j'étais sur elle, la serrant de près, la poussant en arrière vers le lit tandis que je rugissais.

- Est-ce que tu as la moindre idée de ce que tu as fait ?

Elle a trébuché et a agité ses bras, se rattrapant avant de tomber. La sauvagerie a assombri ces magnifiques yeux bruns.

- Ce que j'ai fait ? Elle serra les poings et s'avança, se poussant contre moi. C'est moi qui suis enfermée comme un putain d'animal ici. C'est moi qui suis traquée, putain.

Traquée...

Elle ne voyait pas ce que je faisais ici ?

Elle ne voyait pas que j'essayais de...

Elle te détestera, tu le sais, n'est-ce pas ?

Les mots de Jack Castlemaine me revenaient en tête.

- Pourquoi ? Elle a jeté ses mains en l'air. Pourquoi suis-je ici ? Qu'est-ce que tu peux bien me vouloir ? Tu ne peux pas me baiser, n'est-ce pas ? C'est ce que dit le contrat. Même si je n'ai pas la moindre idée de la raison pour laquelle ils en auraient quelque chose à foutre. Mais c'est là. Je l'ai lu noir sur blanc. Tu ne peux pas m'utiliser, alors pourquoi suis-je encore là, London *? Pourquoi. Suis-je. Ici ?*

Pourquoi était-elle ici ?

Pourquoi...

Elle était le fruit d'un plan élaboré il y a quinze ans. Un plan B qui était parti en vrille de la manière la plus spectaculaire qui soit et que j'essayais encore de remettre sur les rails. Parce que Vivienne Evans me hantait d'une manière incompréhensible et que je la détestais pour cela.

Elle te détestera...

Ces mots me sont restés en travers de la gorge lorsque j'ai regardé vers le bas, découvrant la tache cramoisie sur son chemisier. Cette vision m'a frappé plus fort que sa main n'aurait pu le faire. *Elle te détestera... peu importe ce que tu feras, elle te détestera quand même.* Je déglutis et me concentrai sur elle.

- Tu veux t'en aller ?

Elle a tressailli, s'attendant à une lutte.

- Oui. Sa voix était plus douce, comme si elle était un peu méfiante maintenant. Je veux partir. Laisse-moi partir. Je trouverai Ryth, tu pourras nous traquer toutes les deux s'il le faut, mais je ne veux pas être ici... *avec toi.*

- Et qu'est-ce qui vous fait penser qu'elle veut de toi ? Je détestais mon ton insensible.

- Elle est avec ses frères, en train de fuir pour sauver leur vie. Ce sera déjà assez difficile de rester sous le radar de l'Ordre. Avec toi, ce serait impossible. Tu les ferais tuer, Vivienne. Tu les ferais tous tuer.

Je n'aimais pas la façon dont elle déglutissait et détournait le regard, me cachant sa douleur....

J'étais un monstre à ses yeux. Celui qui la gardait enfermée comme une criminelle. Seulement, j'essayais de lui sauver la vie. J'ai regardé la tache, et le doux mouvement de ses seins quand son chemisier s'est ouvert lorsqu'elle s'est retournée vers moi.

- Attends, dis-je en croisant son regard. Je suis sérieux.

Je me suis dirigé vers la porte et l'ai ouverte d'un coup sec. La chambre des fils était silencieuse, la rage meurtrière apaisée - pour l'instant. Jusqu'à la prochaine fois qu'elle déciderait de faire quelque chose de stupide, comme tenter le diable. J'ai descendu les escaliers et me suis dirigé vers ma chambre.

Bon sang, si j'étais arrivé quelques minutes plus tard...

Je serais en train de nettoyer son sang, mais en quantité beaucoup plus importante.

Carven l'aurait tuée. Il n'y avait aucun doute là-dessus et je n'aurais rien pu faire pour l'en empêcher. J'ai ouvert la porte de ma chambre et me suis dirigée vers la salle de bains, me souvenant de la façon dont Carven avait tressailli.

Mon fils se comportait bizarrement avec elle, les regards, les remarques.

Peut-être que c'était une mauvaise idée de l'amener ici après tout.

J'aurais peut-être dû la garder enfermée, cachée dans une autre enceinte, loin de Jack Castlemaine et de tous les autres connards qui voulaient lui mettre des idées dans la tête, surtout à propos de la fuite. Il avait fait un bon boulot avec l'enfant qui n'était pas le sien. Voilà où cela a failli mener Ryth... *à la mort.*

Mais il n'était pas trop tard pour faire ses valises et l'envoyer ailleurs que sous mon nez. Car j'avais bel et bien cette femme dans la peau.

J'ai ouvert le placard, sorti la Bétadine, les compresses et les pansements de gaze, et j'ai quitté la salle de bains, incapable de me remettre de la réaction de Carven. Il aurait pu être terrifiant. Il aurait pu être couvert de son foutu sang. Cette foutue console de jeu était la seule chose qui apaisait Colt, qui lui permettait d'échapper aux cauchemars et à la terreur. C'était sa façon de faire face à ce qu'il avait enduré.

Mais la façon dont Carven est resté figé face à la destruction de la console m'a troublé. Je ne l'avais jamais vu hésiter de la sorte, je ne l'avais jamais vu hésiter à réagir. mon fils était impitoyable, un pitbull quand il s'agissait de son frère, alors le fait que Vivienne soit encore en vie, ou même debout pour être encore une chieuse insupportable en disait long.

Je sortis de la chambre et montai les escaliers, jetant un coup d'œil à la porte de la chambre des fils qui était maintenant fermée. De faibles murmures s'échappaient, mais je ne pouvais pas entendre ce que disait Carven.

La console était facilement remplaçable, mais le fait qu'il nous ait fallu six semaines de terreurs nocturnes sans fin et d'accès de rage meurtrière après que la dernière soit tombée en panne et ait cessé de fonctionner était quelque chose que nous ne voulions pas revivre... *jamais*.

J'ai ouvert la porte de sa chambre, m'attendant à ce qu'elle se jette sur moi, sifflant et crachant au moment où j'entrerais. Mais ce n'était pas le cas... elle était là où je l'avais laissée, me regardant fixement depuis le côté de son lit. Une montée d'excitation m'envahit. Peut-être qu'elle pouvait être dressée après tout... peut-être que Vivienne ferait exactement ce que je lui disais.

- Retire ton chemisier, ai-je ordonné en jetant un coup d'œil sur le devant béant du vêtement en ruine avant de me diriger vers sa salle de bains et de m'occuper à étaler les pansements.

Un mouvement s'est produit dans la chambre, mais je n'ai pas regardé, je me suis simplement frotté les mains, puis j'ai mis de la Bétadine sur un coton-tige avant de retourner auprès d'elle.

- La mise en place de la puce était inévitable, j'en ai bien peur. Tu devras donc porter quelque chose de doux qui ne frottera pas la plaie, au moins jusqu'à ce qu'elle guérisse.

Elle n'a rien dit alors que je m'approchais, luttant contre l'envie de répondre à cette rage. Les murs se sont refermés sur moi tandis que je fixais ses seins parfaits.

- Ce sera plus facile si tu t'allonges.

Elle n'a pas bougé pendant une seconde, puis s'est lentement couchée sur le côté du lit et a basculé en arrière. J'ai posé le sachet stérile sur la table de nuit, j'ai saisi le coton-tige ainsi qu'un autre propre, et je me suis penché.

- Bouge le moins possible, murmurai-je, mon pouls s'emballant tandis que je déglutissais le reste de mes paroles. *Je ne veux pas te faire mal.*

Sa poitrine s'est soulevée lorsque j'ai fixé cet arrondi parfait et que j'ai délicatement nettoyé les deux points de suture sous son sein. Elle a tressailli, ce qui m'a paralysé.

- Tu as mal ?

Je n'ai pas pu m'empêcher de croiser son regard alors qu'elle secouait la tête.

- Non.

- Bien.

J'ai acquiescé, je me suis remis à la tâche et j'ai nettoyé sa blessure, puis je l'ai séchée en la tamponnant soigneusement. La plaie n'était pas ouverte, ce qui était un sacré miracle. J'ai veillé à ce que mon contact soit doux lorsque j'ai mis le pansement en place, en m'assurant qu'il ne bougeait pas.

Puis je me suis dirigé vers son dressing, vers les tiroirs que j'avais remplis de lingerie, et j'en ai sorti une petite brassière en dentelle couleur lavande avant d'attraper un haut en cachemire de la même couleur et de revenir vers elle à grandes enjambées.

- Habille-toi, dis-je en lui tendant les vêtements. Nous partons.

Elle s'est levée du lit, fixant les vêtements dans ma main.

- Partir, mais où ?

- Un endroit où j'aurais dû t'emmener il y a plusieurs jours. Je t'attends en bas.

Je suis parti, j'ai pris les sachets en plastique et les tampons usagés avant de descendre. Ce n'est qu'une fois dans la cuisine, où j'ai jeté les déchets, que je me suis autorisé à respirer. Je me suis agrippé au comptoir, j'ai fermé les yeux et j'ai baissé la tête.

- Quel putain de bordel !

Je me suis accordé une seconde avant d'ouvrir les yeux et de me redresser. Et voilà que le chat sauvage se glissait dans l'escalier. J'ai suivi le bruit de ses pas, puis je me suis retourné et immobilisé, la mine renfrognée.

- Où est le haut en cachemire que je t'ai donné ?

- Sur le lit, là où je l'ai laissé.

Boum...

Ce nerf au coin de l'œil a tressailli. Je serrai les dents, relevai le défi dans son regard et déglutis mes mots.

- Très bien.

- Très bien, a-t-elle répondu en grognant.

Je levai la main, lui indiquai le chemin du garage et déglutis une fois de plus. Vivre avec cette femme, je commençais à en mépriser le goût. Je l'ai suivie, j'ai pris les clés à l'intérieur de la porte et j'ai déverrouillé la voiture. Elle grimpa avant que je ne puisse atteindre sa foutue portière et la claqua avec fracas, me laissant planté là comme un foutu crétin avant de la voir tourner la tête et croiser mon regard.

Elle savait...

Elle savait ce qu'elle faisait, putain.

J'ai serré les poings en luttant contre l'envie de la traîner hors de cette foutue bagnole et d'ouvrir la portière pour la fermer brusquement à nouveau, juste pour prouver que c'était moi le maître de la situation. Mais je ne l'ai pas fait, je me suis détourné de son regard et je me suis installé derrière le volant, ignorant son putain de sourire narquois tandis que j'appuyais sur le bouton et que je démarrais le moteur.

Je suis sorti du garage en accélérant à fond dès que j'ai rencontré l'asphalte, la projetant en arrière contre le siège et effaçant ce sourire de son visage.

Elle n'a rien dit pendant que je me dirigeais vers l'autoroute, quittant la ville pour un endroit où je ne pensais pas remettre les pieds un jour. Le silence qui régnait sur la route était assourdissant. Plus d'une fois, j'ai été obligé de me retenir et de la laisser dans le silence.

Elle se déplaçait sur le siège, jetant des coups d'œil en biais pendant que je changeais les vitesses. Plus d'une fois, je l'ai surprise en train de fixer mes mains enroulées autour du volant avant qu'elle ne détourne le regard, se forçant à regarder par la fenêtre.

- Tu as froid ? demandai-je en m'assurant d'attirer son attention, de régler la température et de mettre ma main sur la bouche d'aération près de sa jambe.

J'ai écarté les doigts, suivant le courant d'air frais jusqu'à sa cuisse. Le contact était délicat, pourtant elle déglutit difficilement, fixant ma main.

- Non.

Mais son ton était rauque. Cette fois, c'était à mon tour de sourire. On aurait dit que la petite diablesse aimait mes mains...

Ce qui était une putain de bonne chose.

Parce que je voulais les avoir sur elle.

- Où allons-nous ?

Je lui ai jeté un coup d'œil.

- Elle sait parler.

- Très drôle.

- Pourquoi, tu es nerveuse à l'idée d'être avec moi ?

- Non, dit-elle un peu trop vite. Je voulais juste savoir.

Je l'ai regardée rapidement.

- Ne marmonne pas, Vivienne.

Le coin de sa lèvre s'est retroussé en un rictus.

- Combien de temps encore vas-tu me traiter comme une enfant ?

- Aussi longtemps que tu agiras comme tel, ai-je répondu en contournant une voiture et en accélérant.

- Pfffff...

Je me suis retourné vers elle et j'ai ressenti de l'agacement.

- Quoi ?

La colère s'est réveillée dans son regard, ses joues ont rougi.

- Rien.

- C'est ce que je pensais.

Elle est restée silencieuse pendant le reste de l'heure de route, faisant la moue tout au long du trajet. Mais au moment où un bâtiment imposant et inquiétant est apparu à travers l'épaisse ligne d'arbres, mon attention s'est détournée de ses états d'âme. Mon estomac s'est retourné, provoquant cette douleur familière et douloureuse dans ma poitrine. Mon pouls battait la chamade, comme un corbeau pris au piège dans mon ventre, griffant et luttant pour se libérer. *Propriété privée, ne pas entrer.* Le panneau défraîchi était toujours sur le côté, maintenant criblé d'impacts de balles, dont certains étaient récents.

Est-ce que mes fils étaient passés par là ?

Si ce n'était pas eux, alors quelqu'un l'avait fait, quelqu'un de tout aussi tourmenté.

J'ai ralenti la voiture, pris le virage serré de la route sinueuse et me suis lentement engagé dans l'allée en passant devant les vestiges de la cabane de garde incendiée qui trônait à l'avant, puis je me suis arrêté devant le portail ouvert et fendu.

Elle regarda le vaste terrain, se concentrant sur le manoir brun foncé et marbré qui dominait au loin.

- Je reviens tout de suite.

Je me suis tourné vers elle et j'ai attendu qu'elle croise mon regard et acquiesce lentement.

Je suis sorti, laissant la portière conducteur ouverte, et je me suis dirigé vers le portail. Les gonds grincèrent, se bloquant d'un côté, et je m'avançai pour les pousser. Mais cette fichue chose ne bougeait pas. Je jetai un coup d'œil par-dessus mon épaule et la vis fixer le bâtiment avec des yeux écarquillés avant de reporter son regard terrifié sur moi.

Je détestais la distance qui nous séparait... je détestais encore plus le fait que nous soyons ici.

J'ai agrippé l'acier rouillé et mes tendons se sont crispés tandis que j'exerçais ma force contre cette foutue chose jusqu'à ce qu'elle cède, se libérant complètement. Puis j'ai ouvert l'autre côté, essuyant la saleté de mes mains sur mon pantalon. J'aurais beaucoup plus de saletés sur moi quand nous en aurions fini.

J'ai jeté un coup d'œil rapide dans sa direction pour m'assurer qu'elle n'était pas en train de se décomposer, puis j'ai enclenché la vitesse et je nous ai fait traverser l'allée jusqu'à l'affreux manoir gothique en briques brunes, laissé à l'abandon. J'ai eu l'impression d'être à bout de souffle en sortant de la voiture, comme si l'air résonnait ici, perçant et strident, avec des cris qui font froid dans le dos.

- C'est quoi cet endroit ? demanda-t-elle à voix basse, son regard attiré par les fenêtres obscures en hauteur.

- L'enfer, répondis-je en fermant la portière conducteur et en contournant l'avant de la voiture. *Ceci... est l'enfer.*

Elle m'a suivi, restant quelques pas derrière moi alors que je me dirigeais vers la porte d'entrée. Les graviers crissaient sous mes bottes, le son ressuscitant des souvenirs que je ne voulais absolument pas revivre. Mais j'y étais.

Je grimpai les escaliers et attrapai la poignée, m'appuyant dessus avant de la pousser. De longues planches de bois avaient été arrachées de l'entrée, laissant derrière elles d'horribles clous rouillés.

- Attention.

J'ai jeté un coup d'œil par-dessus mon épaule et lui ai pris la main.

- Il ne faudrait pas que tu te blesses avec ça.

Je m'attendais à ce qu'elle s'oppose à mon contact.

Je m'attendais à ce qu'elle se mette en colère.

Mais elle ne l'a pas fait. Au lieu de cela, elle m'a pris la main et m'a suivi à l'intérieur.

Nos pas résonnaient tandis que je la guidais plus loin. Mais dans ma tête, il n'y avait pas les planches pourries et les portes peintes écaillées de cette carcasse. Non, la terreur vivait dans ma tête d'une manière aveuglante, si perçante qu'elle en était douloureuse. Je l'ai conduite dans le hall d'entrée, où un faible rayon de soleil passait à travers des fenêtres crasseuses pour éclairer l'espace. Je n'ai pas parlé, la laissant tout assimiler.

Après l'entrée, il y avait la bibliothèque, dont la porte ouverte laissait échapper l'odeur nauséabonde des livres en décrépitude.

- Pouah.

Elle se couvrit le nez, regardant fixement la pièce.

Je lui tirai la main, l'entraînant vers l'avant, au-delà de la grande salle ouverte qui était censée être un lieu de joie, mais je doutais que cet endroit sache ce qu'était la joie.

- La première chose que j'avais remarquée en franchissant ces portes, c'est l'odeur.

Ma voix était caustique.

- Cette odeur s'est estompée aujourd'hui, cela va de soi. Mais une fois qu'on l'a respirée, une fois qu'on l'a laissée entrer, ce genre d'odeur nauséabonde reste en nous. Elle nous tache. Elle nous contamine.

Elle s'est tournée vers moi. Mes mots étaient violents... mais nécessaires.

- Le désespoir et la torture ont une certaine... saveur, comme tu le sais, Vivienne.

Elle a gémi, et à ce moment-là, j'ai su...

Elle commençait à se souvenir.

- L'ammoniaque m'a collé au palais pendant des jours, et ce que j'ai vu dans les yeux de tous ces enfants me racontait le reste. C'était si calme pour une maison, ai-je dit en regardant fixement cette carcasse de salle de jeux. Si calme pour une maison remplie d'enfants. Leurs pas étaient silencieux, leurs respirations superficielles, comme si le simple fait d'exister faisait trop de bruit et qu'ils en craignaient les conséquences.

Je me suis tourné vers elle, me suis assuré qu'elle me voyait, puis j'ai jeté un coup d'œil à la grande porte rouge ouverte. Celle qui était fixée à l'extérieur par quatre gros boulons et qui présentait de minuscules griffures à l'intérieur. Des griffures qui mesuraient à peine un mètre de haut.

Un gémissement s'est échappé de sa gorge.

Elle lâcha ma main et serra les poings. Sa peau olivâtre prit une teinte jaune écœurante.

- Qu'est-ce qui leur est arrivé ? À tous les enfants...

Elle me regarda.

- Dis-moi, London. Dis-moi ce qui s'est passé.

Je n'ai pas répondu, je l'ai regardée fixement, attendant que les pièces du puzzle se mettent en place.

Jusqu'à ce qu'elle bascule sur ses talons, ses sourcils se fronçant en signe de peine alors qu'elle répondait à sa propre question.

CINQ

Vivienne

- L'Ordre.

La pièce a oscillé, s'est brouillée et s'est assombrie quand j'ai compris ce qui était arrivé.

- L'Ordre est intervenu, n'est-ce pas ?

Il hocha lentement la tête, sa mâchoire se serrant tandis qu'il regardait autour de lui.

- Mais aussi mauvais que soit cet endroit... la maison des fils était bien pire. Les atrocités qu'ils y subissaient, la discipline, l'entraînement. Il y avait de quoi briser quelqu'un...

Les fils.

Les fils...

Un son grave et torturé s'échappa du fond de ma gorge. Je fermai les yeux et me repliai sur moi-même, appuyant mes mains sur mes genoux. Mais à chaque respiration, je traînais cette crasse dans mon âme.

- *Ma fille*, ai-je gémi. Ils m'appelaient « ma fille ».

Je me suis forcée à me relever pour croiser son regard.

- Ils m'ont appelée *ma fille* et tu les appelles... *mes fils*.

Je me suis rapprochée, le désespoir hurlant en moi.

- Mais ce ne sont pas tes fils, n'est-ce pas, London ? Ce ne sont pas *tes*...

- Non, a-t-il répondu.

Cette réponse brutale fut plus violente que prévu.

- Mais Carven et Colt font quand même partie de ma famille. Je les ai sortis de cet endroit alors qu'ils étaient de jeunes garçons. C'est à moi de les protéger, de m'en occuper. Ils connaissent tous mes secrets, chacun d'entre eux, et ils connaissent tous les tiens.

- Mes secrets ? dis-je en secouant la tête. Je n'ai pas de secrets.

Il a fait un pas de plus.

- Vivienne... c'est toi le secret.

Mon estomac s'est serré lorsqu'il s'est tourné vers moi, ses yeux complices fixés sur les miens.

- Tu as été emmenée loin d'ici avant qu'ils ne fassent trop de dégâts et tu as été confiée au couple qui t'a élevée. Ils ne t'ont pas fait de mal, dit-il en se tournant vers moi, fixant mon âme. Je m'en suis assuré.

Il s'en est assuré...

Il s'en est assuré...

Je me suis figée, mes pensées s'entrechoquant au fur et à mesure que les pièces du puzzle se mettaient en place. Le carnet que j'avais trouvé dans son bureau avec des photos de moi, des photos qu'il n'aurait *jamais* dû avoir. En croisant son regard, j'ai enfin compris à quel point j'étais impuissante. C'était lui, à chaque étape. Il avait tout le pouvoir... tout le contrôle.

- *Qui es-tu*, putain ?

- Un homme qui essaie de réparer les dégâts qu'il a causés, dit-il en s'approchant. Je n'ai pas pu t'éloigner de l'Ordre, cela aurait attiré beaucoup trop d'attention. Mais j'ai payé tes parents adoptifs pour qu'ils ne te fassent pas de mal. C'est le mieux que je pouvais faire.

À chaque pas, ce monstre devenait trop réel. Mon passé... ces *cauchemars*. Le froid. L'obscurité. Les cris.

- *Oh, mon Dieu.*

J'ai trébuché en arrière, m'éloignant des griffures sur la porte et de la puanteur fétide de la terreur, et je me suis retournée.

J'ai couru avant même de m'en rendre compte, traversant ce cadavre en putréfaction qu'était la maison et j'ai foncé vers la porte d'entrée. Mes talons résonnaient tandis que je dévalais les escaliers en direction de sa voiture et que je plaquais ma main sur le capot, sentant la chaleur du moteur avant que mes genoux ne se dérobent.

- Du calme.

Des bras puissants s'enroulèrent autour de ma taille, m'empêchant de heurter le sol.

- Tout va bien, je te tiens.

Je gémis et secouai la tête, essayant de le repousser. Mais je pouvais aussi bien me battre contre la nuit. London St. James était la nuit, froide, vide, sans fin. Il me retourna, plaça sa main dans mon dos et m'attira contre lui.

- Accroche-toi à moi, Vivienne.

À ce moment-là, c'est tout ce que je pouvais faire pour rester debout. Je me suis retrouvée à saisir ses bras, à m'accrocher à lui. Je détestais avoir besoin de lui alors que je baissais la tête sur son torse.

- C'est quoi cette histoire, London... *c'est quoi cette histoire !*

- Je sais.

Il était si calme... si détendu. *Si froid.*

J'ai levé la tête, croisant son regard vide, puis j'ai frappé son torse, le repoussant, trébuchant en arrière.

- *Tu sais ?* Ne m'approche pas, putain. Tu comprends ça, connard ? Ne m'approche pas, espèce de malade !

Mes talons s'enfonçaient dans les pierres et la terre, me faisant vaciller et trébucher. J'allais vomir... j'allais détaler. J'ai plaqué ma main contre le côté de la voiture et je me suis élancée. Tout ce que je voyais, c'était le ciel qui s'assombrissait et les arbres sombres au loin.

J'avais besoin de partir d'ici. Je devais...

Je fonçai, m'élançant vers l'avant.

- *Vivienne !* cria London.

Fille.

Fille.

Fille.

Et les fils...

Un son blessé s'est libéré de moi alors que je courais vers l'obscurité.

- *PUTAIN !*

Ses pas crissaient contre les pierres derrière moi.

Mais dans ma tête, je n'entendais que ses mots. *Qu'est-ce qui te fait penser qu'elle veut de toi...qu'est-ce qui te fait penser... Qu'elle veut de toi ?*

- Vivienne, *arrête de courir !*

Le bruit sourd de ses pas s'amplifia, jusqu'à ce que sa poigne cruelle se referme sur mon bras et qu'il me tire en arrière.

- *STOP !* mugit-il, les yeux noirs écarquillés et sauvages. Arrête-toi, putain !

- *Lâche-moi !*

Je me débattais, m'élançant, luttant avec tout ce que j'avais.

Les larmes me brûlaient les yeux tandis que la douleur dans ma poitrine se faisait plus forte.

- Lâche-moi, *putain !*

Mais cette fois, il me saisissait les poignets et je visais son visage.

- STOP ! J'ai dit... STOP, *Vivienne !*

- *Je ne suis rien !*

Les mots ont déchiré la plaie qui s'envenimait à l'intérieur de moi.

- Je n'appartiens à aucun endroit !

Il s'est figé, ses mains se sont refermées sur mes poignets.

Bien que je les retenais, mes larmes ont coulé.

- Je n'ai pas ma place, ai-je bredouillé. Ni avec Ryth, ni avec *qui que ce soit.*

- Quoi ? dit-il en fronçant les sourcils.

- C'est ce que tu as dit, n'est-ce pas ?

J'ai crispé mes mains, essayant de me dégager de son emprise.

- Mais ce n'est pas comme si j'avais besoin que tu me le fasses remarquer. Je l'ai vu *tout au long de ma putain de vie !*

Il n'a pas lâché prise pour autant.

La douleur s'estompa, me laissant un sentiment de vide que je n'avais jamais ressenti auparavant. Je l'ai quand même combattu, désirant désespérément m'enfuir, cacher ma honte.

- Laisse-moi partir, London... *laisse-moi partir.* Je n'ai pas ma place. Ni ici, ni avec mes parents, ni avec Ryth... *ni nulle part.*

Ses sourcils se froncèrent et sa poitrine se souleva et s'abaissa sous l'effet d'une respiration difficile.

- Tu penses que personne ne veut de toi ?

- Penser ?

Je me suis mise à rire alors que la douleur dans ma poitrine se transformait en un mur de feu.

- Je n'ai pas besoin de penser. Je *sais* que personne ne veut de moi.

Avec un grognement de colère, il m'a serré contre lui et m'a attrapé par la nuque pour que je ne puisse pas m'échapper.

- *Eh bien, moi, je te veux, Vivienne !* a-t-il grogné, ses yeux sans fond fixant mon âme. *Je... te... veux... putain !*

Je me suis figée, les larmes aux yeux, incapable de reprendre mon souffle. Je ne pouvais pas penser... seulement *sentir*. Sentir le poids de son regard qui se plantait dans le mien et la force de sa poigne. Il écarquilla les yeux de surprise, comme s'il réalisait exactement ce qu'il avait dit. Puis, en un instant, son emprise s'est relâchée.

- Rappelle-toi cela la prochaine fois que tu oublieras où est ta place.

Son ton s'adoucit et il détourna le regard.

- Maintenant... dit-il à bout de souffle, essayant de se ressaisir. Remonte dans cette putain de voiture, Vivienne, et foutons le camp d'ici.

Je ne l'ai pas arrêté lorsqu'il a baissé la main, pris la mienne et m'a entraînée avec lui. Mon regard s'est porté sur cette imposante et terrifiante maison et je l'ai laissé me conduire jusqu'à la voiture et ouvrir la portière. Je l'ai laissé me guider à l'intérieur avant qu'il ne se penche, ne mette la ceinture de sécurité en place et ne ferme la portière avec un bruit sourd.

Les larmes continuaient de couler, lentes et brûlantes. Je les ai essuyées du revers de la main, tout en le regardant se diriger vers l'avant de la voiture. Mais je ne pouvais pas les arrêter, même si j'essayais de toutes mes forces. Je n'ai rien dit lorsqu'il s'est installé derrière le volant et a démarré le moteur.

Il a jeté un coup d'œil dans ma direction, son visage caressé par les lumières du tableau de bord, avant de faire demi-tour. La nuit tombait, obscurcissant le ciel, rendant la maison sinistre encore plus terrifiante qu'elle ne l'était auparavant. London s'est tourné vers moi, a saisi le dossier de mon siège et a fait reculer la voiture.

Mon pouls s'accéléra, vibrant dans mes veines sous l'effet de sa présence. Il y avait une gêne maintenant, une gêne qui était inexistante auparavant. Il m'a jeté des regards en coin tandis que nous roulions vers la grille, avons ralenti suffisamment pour passer sans encombre, puis avons repris la route sinueuse. Les phares ont percé la pénombre avant que nous ne nous enfoncions dans l'obscurité qui se répandait entre les arbres touffus.

Bip.

J'ai jeté un coup d'œil à son téléphone, posé sur la console entre nous, puis au message qui s'affichait à l'écran.

H : On a besoin de toi.

H ? Qui était-ce ? Hélène... Harmonie ? Quels autres noms de femmes pouvais-je évoquer qui commençaient par la lettre H... *et en quoi cela m'intéressait-il ?* Je détournai le regard, les joues en feu, tandis que London se penchait en avant et balayait l'écran, mettant fin au spectacle.

- Désolé d'avoir monopolisé ton temps, ai-je marmonné.

- Tu n'as pas *monopolisé* mon temps, Vivienne, me lance-t-il en me jetant un regard noir.

Je ne sais pas si son agacement était dû à moi ou à ce foutu message. Mais il est devenu plus froid pendant qu'il conduisait, reprenant sa concentration de pierre une fois de plus. Il semblait que les leçons et les confessions de ce soir étaient bel et bien terminées et je ne pouvais pas être plus excitée à l'idée de m'éloigner le plus possible de cet endroit maudit et de London St. James.

Un frisson me parcourut et mes dents grincèrent. Mon souffle se bloqua avant de se libérer comme des lames de rasoir avec un gémissement. Je me suis penchée en avant, j'ai saisi mes genoux et j'ai eu l'impression que j'allais vomir.

Il s'est approché, a réglé la température et a dirigé la chaleur vers moi.

- C'est cette maison. Ça me fait la même chose. Ça va aller, tu as juste besoin de chaleur.

J'ai serré mes genoux, frissonnant lorsque le souffle d'air chaud a déferlé sur moi. Nous avons roulé en silence, sans même la radio pour distraire les pensées paniquées de mon esprit. Tout ce que j'avais, c'était le souffle de l'air chaud, jusqu'à ce que je cesse enfin de frissonner.

Quelque chose avait changé entre nous. Quelque chose que je n'aimais pas. Je cherchai cette part de colère en me redressant lentement, l'observant du coin de l'œil. Mais j'ai eu beau essayer de retrouver cette indignation à son égard, elle avait disparu. Au lieu de la fureur, je ressentais un besoin *douloureux* de regarder cet homme... de faire plus que de regarder, pour être honnête. Je tournai la tête en regardant ses mains sûres actionner les vitesses et tourner le volant, et je me posai trop de questions pour pouvoir les classer par ordre de priorité.

Le désordre qui régnait dans ma tête était encore assombri par sa révélation désolante. *Tu penses qu'on ne veut pas de toi ? Eh bien, moi, je te veux, Vivienne !*

Mon pouls s'est accéléré. Je ne pouvais penser à rien d'autre qu'à l'angoisse dans ses yeux. L'angoisse qu'il cachait si soigneusement sous son apparence de pierre sans émotion. Au moment où nous avons tourné dans l'allée, j'étais déjà en train de saisir la poignée de la portière, désireuse de m'éloigner de lui. Dommage que je n'aie pas pu vaincre mon propre tourment.

Il n'a rien dit, il a coupé le moteur et je suis sortie. Pourtant, je pouvais sentir son regard jusqu'à la porte de la maison. Il fallait que je parte de là, que je prenne de la distance... *que je reprenne le contrôle.*

Mes pas étaient flous tandis que je montais les escaliers à toute allure. Je jetai un coup d'œil à la porte de sa chambre tout en continuant à monter. Cette panique était la même que celle que j'avais ressentie auparavant, celle qui m'avait frappée alors que je me tenais près de son lit. La chaleur me traversa lorsque j'atteignis le sommet de l'escalier et que je me précipitai vers ma chambre.

Il n'y avait pas de pas lourds qui suivaient, pas de poursuite cette fois-ci. Je me suis précipitée à l'intérieur, j'ai fermé la porte et je me suis appuyée contre elle en inspirant profondément.

- Non...juste non.

J'étais si accablée. *Tellement accablée.*

Torturée et exténuée, j'ai fermé les yeux. Mais tout ce que je voyais, c'était ses mains. Ces putains de mains fortes qui tenaient le volant, et ce regard attentif et sombre. Je ne sais pas combien de temps je suis restée ainsi, paralysée par la terreur de savoir maintenant la vérité sur ce qu'il ressentait.

Je n'aimais pas ça. Je voulais effacer toute cette soirée, en commençant par la destruction de cette putain de console de jeu. Des pas résonnèrent, se dirigeant vers ma chambre. Je me suis retournée en entendant le doux toc des articulations.

- Vivienne, murmura London. J'ai ton repas.

- Je n'en veux pas, ai-je craqué, avant d'adoucir mon ton. Je ne pense pas pouvoir le faire.

- Je le laisse devant ta porte.

Je me suis sentie soulagée. Je ne pouvais pas le regarder, pas maintenant. Peut-être même jamais.

J'ai entendu le bruit de la vaisselle. Des ombres se sont déplacées sous la porte tandis que je reculais jusqu'à ce que je m'approche du lit. Le doux cachemire lavande gisait toujours sur le lit, abandonné avec haine. Ce moment me semblait remonter à une éternité, avant que je découvre la vérité. La vérité sur mon passé. Je tournai la tête et me dirigeai vers la salle de bains, tandis que des frissons m'assaillaient à nouveau.

Des souvenirs jaillissaient de ma mémoire.

Des souvenirs qui s'estompaient et qui étaient anciens.

J'avais toujours pensé que je les avais imaginés.

Les cris. La terreur.

Le *boum...boum...boum...* qui accompagnait les lumières clignotantes.

Les orages m'ont toujours terrifiée au-delà de tout ce que j'avais connu.

Ils ne t'ont pas fait de mal. Ces mots me hantaient tandis que je me déshabillais et que j'allais dans la salle de bains. J'ai ouvert l'eau aussi chaude que je le pouvais et j'ai pénétré sous le jet d'eau, prête à tout pour me débarrasser du mal qui émanait de cet endroit.

Deux secondes plus tard, je me suis effondrée sur le sol de la douche, les larmes coulant à flots.

Ils ne t'ont pas fait de mal.

Je ne pouvais entendre que ses mots...

Je m'en suis assuré.

SIX

London

____

JE TE VEUX, VIVIENNE ! LES MOTS RÉSONNAIENT TANDIS QUE je posais le plateau sur le sol devant sa chambre et que je me levais. Putain *d'idiot.* Je fixai la porte de sa chambre. *Quel idiot, quel idiot. Tu as ruiné...*

Bip.

J'ai attrapé mon téléphone et j'ai regardé le message.

H : T'es où putain ?

- Merde.

J'ai jeté un coup d'œil à la porte. La dernière chose que je voulais faire était de la quitter à ce moment précis. Dieu sait que j'avais ouvert une porte sur l'enfer et que tous les démons étaient sur le point d'en sortir avec l'odeur de son sang dans le nez. Mais quand le Diable en personne exigeait ma présence, je n'avais d'autre choix que d'obéir...

Pour l'instant...

Mais pas pour toujours.

Je jetai un coup d'œil au repas et grimaçai. C'était précipité... *désordonné.* Je n'avais pas eu le temps de le préparer correctement, mes foutus doigts tremblaient encore lorsque j'avais tout préparé pour elle et rangé le reste des ingrédients. Saumon fumé, gratin de pommes de terre chaudes, asperges à la vapeur et sauce au beurre poivré. Il manquait quelque chose. Je me suis renfrogné en réfléchissant...

Bip.

Le nerf au coin de mon œil a tressailli. Mes lèvres se sont retroussées et j'ai pris mon téléphone.

H : Si tu réponds pas...

- Putain, grognai-je en tapant ma réponse.

J'arrive. Ne fais rien avant que je sois là.

Envoyer.

Je jetai un coup d'œil vers le plateau, puis me forçai à partir, me dirigeant à nouveau vers les escaliers et le garage. Le moteur de l'Audi rugit de nouveau. La porte du garage se souleva et je sortis. J'ai jeté un coup d'œil dans le rétroviseur à l'espace vide qu'occupait habituellement l'Explorer noir de Carven. Les fils étaient sortis pour suivre une piste que nous avions sur King. J'avais besoin que cette piste aboutisse, qu'elle me donne quelque chose.

J'en avais besoin comme si ma vie en dépendait.

Parce que c'était le cas.

Je me suis concentré sur la route, chassant tout le reste de mon esprit. Je devais être prudent, me montrer froid. Je devais être impitoyable en entrant là-bas. je me suis enfoncé dans l'obscurité... en occultant tout, jusqu'à ce que...

La mousse au chocolat noir...

- *Merde !* criai-je en donnant un coup de poing sur le volant.

J'avais oublié sa putain de mousse. Celle que j'avais préparée ce matin spécialement pour elle, avec les éclats de chocolat blanc, que je savais qu'elle adorerait. Cette putain de mousse... cette putain de mousse. Mon pouls s'est accéléré et ce tressaillement est revenu en force, faisant scintiller les phares des voitures qui arrivaient en sens inverse.

- *Espèce d'imbécile.* Qu'est-ce que tu vas encore foirer ?

D'abord, ce putain d'accès de colère... *Je te veux*, putain ! Les mots résonnaient comme une putain de cloche dans ma tête. J'aurais tout aussi bien pu tomber à ses pieds. J'aurais pu tout lui dire. Mais cela n'aurait fait que l'éloigner, n'est-ce pas ? Cela ne ferait que tout gâcher.

- Putain de Banks... putain de *Castlemaine !*

J'avais besoin de faire parler Jack, de le brusquer. J'avais pensé que le fait d'avoir la vie de Ryth entre mes mains le pousserait à me donner toutes les informations que je voulais sur King. Mais il semble que je me sois trompé. Je pressai davantage l'Audi, tournant sur la bretelle d'accès avant de me diriger vers le nord-ouest.

Peut-être que lorsque Carven trouverait Creed Banks, je pourrais m'en servir pour faire parler Jack. Banks était un enculé corrompu, mais pas à la hauteur de ce dont j'avais besoin. C'était plus un pauvre type qu'autre chose. Mais les hommes faibles sont faciles à utiliser. Et je l'utiliserais. Je les utiliserais tous pour obtenir ce que je voulais.

Même elle ?

Le visage de Vivienne m'est revenu à l'esprit. Ses yeux bruns brillant de larmes non versées, des larmes qu'elle avait refusé de laisser couler avant d'être dans cette foutue voiture. Elle était têtue et forte. Elle n'était pas du genre à plier... ou à se briser facilement. Il suffisait de se pencher sur son passé pour s'en rendre compte. Mais je n'ai pas eu besoin de la faire plier, n'est-ce pas ?

Seulement sur cette foutue table avec ma main entre ses cuisses...

Bon sang.

Ce qu'il y avait entre nous devenait incontrôlable. Elle était une cible. C'est tout. Rien de plus qu'un outil que je pouvais utiliser. Bon sang, je voulais l'utiliser. J'ai changé de vitesse, pris le virage serré et accéléré maintenant que la route était dégagée.

Mon pouls battait plus fort dans mes oreilles, me ramenant au fait que j'avais cette femme dans la peau. J'étais celui qui était censé contrôler la situation, celui qui la contrôlait. Seulement, j'étais en train de me perdre à ses côtés, révélant des éléments qui lui donnaient l'avantage.

Je devais changer cela.

Il fallait que je défasse ce que j'avais fait.

Mais je ne pensais qu'à elle.

Sa douleur.

Son putain de corps.

- Merde, ai-je marmonné en tournant sur la longue route sinueuse et, alors que l'imposante clôture de l'Ordre apparaissait, j'ai réalisé que j'étais bien trop vulnérable pour survivre à cette putain de nuit.

J'ai ralenti la voiture, je me suis arrêté devant le poste de garde et j'ai sorti ma carte d'identité. Le garde l'a à peine regardée. Au lieu de cela, il a hoché la tête.

- Le parking est à gauche, M. St. James.

J'ai détourné mon regard vers le bâtiment au loin.

- A gauche ?

- Suite à l'explosion, monsieur.

J'ai hoché lentement la tête, cachant ma surprise, et j'ai franchi le portail qui s'ouvrait. Des lumières brillaient sur la façade du bâtiment en béton. Cet endroit n'était pas seulement une prison pour les femmes qu'ils amenaient ici, c'était le putain de terrain de jeu de Haelstrom Hale. Tout ce qu'il voulait, il l'avait ici. Le trafic sexuel. Le meurtre. Le chantage... et surtout, l'élevage.

Les choses dégradantes qu'il faisait ici étaient sans fin... et avec deux juges de la Cour Suprême et trois putains de sénateurs dans sa poche, personne n'osait porter son regard sur lui. Sauf King... *et moi...*

Le ruban jaune haute visibilité brillait comme un néon dans l'obscurité.

- Putain, murmurai-je en garant la voiture contre une rangée d'arbres au lieu de l'endroit où je me garais normalement et j'ai coupé le moteur avant de sortir.

Mon regard était rivé sur les dégâts. La moitié de ce foutu mur avait disparu, et des pans de mur éclatés jonchaient le sol. C'est sans doute par là que Jack Castlemaine s'était échappé. Pour faire ce genre de dégâts, il aurait fallu une véritable escouade d'hommes.

Le simple fait qu'ils aient pu pénétrer à l'intérieur et déjouer les gardes qui patrouillaient dans les moindres recoins de ce bâtiment m'intriguait au plus haut point. Son équipe était bonne, mais la mienne était meilleure.

Peu importe ce que King voulait faire subir à l'Ordre Hale pour libérer son ami, je le devancerais toujours. C'est moi qui avais Jack... *et ses filles.*

J'ai lutté contre un sourire en coin et j'ai fouillé dans ma poche en me dirigeant vers la porte latérale. Combien de fois avais-je été dans cet endroit ? Trop souvent, putain. Au début, c'était parce que je le voulais, puis les choses ont changé... c'était parce que je ne pouvais pas m'échapper, et comme j'essayais de réparer les dégâts que j'avais faits, c'était maintenant par désespoir. J'ai appuyé ma carte sur le scanner et j'ai ouvert la porte d'un coup sec.

- Et nous y voilà.

Des murs d'un blanc immaculé et des lumières brillantes et aveuglantes. J'ai cligné des yeux, détourné le regard pendant une seconde jusqu'à ce que mes yeux s'adaptent à l'éblouissement. Mais je n'avais pas besoin de regarder où j'allais. Je connaissais cet endroit comme ma poche - parce que je l'avais construit, n'est-ce pas ?

Presque.

Je l'avais presque construit.

J'ai soupiré bruyamment, hochant la tête au passage d'un garde.

- M. St. James, a-t-il murmuré.

Je me suis retourné, j'ai levé la main et j'ai appuyé la carte sur le scanner. Au moment où j'ai franchi les portes, j'ai entendu le vacarme.

- Tu n'as pas à réfléchir - est-ce que je me fais bien comprendre ? Ton boulot, c'est d'AGIR ! Le mugissement sauvage rebondit contre les murs. Tu *agis*, putain, et tu agis *à ma façon.* Tu aurais dû tuer ta putain de conscience quand tu en avais l'occasion, Riven, maintenant dégage !

Bordel, ça allait être un putain de champ de mines.

J'ai ralenti à l'entrée du grand bureau au bout du couloir. Mais je n'eus pas à attendre longtemps. La porte s'est ouverte d'un coup sec et Riven est sorti, les lèvres retroussées, les dents serrées. Il me jeta un regard féroce en laissant la porte ouverte et passa devant moi sans dire un mot.

Un mouvement est venu de l'intérieur. J'ai inspiré profondément et j'ai enfoui au plus profond de moi toutes les émotions que j'ai jamais eues. On ne flanche pas face à un Grand Blanc aux mâchoires grandes ouvertes. Non, on reste sur ses positions... *et on ment comme un salaud.*

Je me déplaçai doucement, me frayai un chemin à l'intérieur et refermai doucement la porte derrière moi. Haelstrom me lança un regard féroce. Ses yeux sans âme se sont rétrécis sur moi avant qu'il ne se passe les doigts dans les cheveux. Il n'a rien dit. Il a simplement laissé le silence étouffant parler pour lui.

Je me dirigeai vers la sombre rangée d'étagères qui longeait le mur et m'y adossai.

- Où étais-tu, putain ? a-t-il grogné.

- Occupé, ai-je marmonné.

- Trop occupé pour répondre à mes putains de textos ?

- Oui.

Il y a eu un tressaillement au coin de sa bouche. Il était furieux... plus furieux que jamais. On ne dérange pas un homme comme Haelstrom lorsqu'il est à bout de nerfs... à moins d'être moi.

- Ne me prends pas pour ton esclave, s'il te plaît. Je ne suis pas Riven. Mon temps m'appartient.

Il se figea.

- Même quand j'ai besoin de toi ?

J'ai gardé ma voix basse :

- Même dans ce cas.

Il a inspiré fort, sa poitrine s'est soulevée.

- Mais je suis là maintenant, dis-je.

- Oui, a-t-il répondu avec prudence, puis il a contourné son bureau et s'est dirigé vers le petit bar à l'angle de son bureau, se servant un verre avant d'en déglutir le contenu d'un trait. Il ne se retourna pas, se contentant de parler au mur. Sais-tu quelque chose à ce sujet ?

Prudence.

Je ne flanchais pas.

- Comment peux-tu me demander ça ? Je suis ton plus vieil allié.

Il s'est retourné, ses yeux se sont posés sur les miens. Il était impitoyable. Une vipère dressée pour attaquer.

- C'est King. Je le sais.

Il s'est resservi, sans jamais m'offrir quoi que ce soit. Il ne le faisait jamais. Un homme comme Haelstom Hale ne se souciait ni de vous ni de vos désirs. En fait, vous n'existez même pas en dehors de ses murs. Vous occupiez de l'espace dans son monde pour répondre à ses besoins égoïstes, rien de plus.

Dès que vous cessiez de lui être utile...

Eh bien, c'est à ce moment-là que vous cessiez d'exister.

Ses poings se serrèrent et une veine se creusa dans le coin de son œil.

- Je déteste être dans l'aveuglement quand il s'agit de lui.

- Je sais.

- Et toi ? dit-il en s'approchant. J'ai l'impression qu'on m'a arraché les yeux et que je titube en me vidant de mon sang. Ils ont même fait sauter la putain de salle de contrôle, tu le savais ?

Mon sourcil s'est levé.

- Non, je ne le savais pas.

Il a levé une main en l'air.

- Toutes mes putains de caméras, tous mes putains de disques durs. Ils ont tout pris.

- Combien y en avait-il ?

Il m'a lancé un regard hostile.

- Je n'en ai aucune idée. *Aucune idée, putain.* Tout allait bien, puis les bombes ont explosé. Six de mes hommes sont morts... et Castlemaine a disparu.

Six hommes...

Il devait y en avoir au moins quatre... *quatre hommes très entraînés.* Étaient-ils des fils ? Mon esprit revint aux impacts de balles fraîches dans la clôture de l'orphelinat de Hale et se mit en branle, essayant d'assembler les pièces du puzzle.

- Je veux que ce fils de pute soit retrouvé, London.

J'ai levé mon regard vers le sien.

- Je sais.

- Alors pourquoi ne l'as-tu pas trouvé ? Il s'est rapproché, me regardant de plus près. S'il y a bien quelqu'un qui peut retrouver ce bâtard, c'est toi. Alors pourquoi ne l'as-tu pas trouvé, putain ?

- Tu sais bien pourquoi.

Un autre pas... jusqu'à ce qu'il se tienne juste devant moi.

- Redis-moi comment ce mec peut n'être rien qu'un fantôme. Dis-moi comment, après toutes ces putains d'années, nous n'avons pas une seule photo, pas un seul aperçu de ce à quoi il ressemble, et pourtant... il peut faire entrer sa putain de bande dans ma maison et la détruire, sans laisser la moindre trace derrière lui - en emportant le seul putain d'homme qui ait jamais eu un contact avec lui. Dis-moi... parce que je commence à douter de ta loyauté.

Mon estomac se serra.

- Ma loyauté n'a pas faibli, pas une seule fois... tu oublies que c'est moi qui ai initié tout ça. C'est moi qui t'ai dit de te procurer ce que King voulait.

- Mais tu ne voulais pas que je prenne le sperme de ce bâtard, n'est-ce pas ? Tu ne voulais pas non plus contribuer à la destruction du centre de cryogénisation pour en obtenir.

Mon pouls s'est accéléré dans ma poitrine.

Comme d'habitude.

- Non, répondis-je. J'aurais pu suggérer de l'attirer à l'extérieur avec un appât... mais je ne pensais pas que cet appât serait...

- *Des filles.*

Bon sang, mon pouls s'emballait. Mes respirations sont devenues superficielles. Haelstrom baissa les yeux, le regard fixé sur ce mouvement rapide.

- Des filles que je pourrais utiliser.

Mais il ne savait pas... il ne savait pas.

Parce que s'il le savait, je serais mort.

Haelstrom se détourna.

- Mais tu n'as pas hésité une seule fois, n'est-ce pas ? Pas une seule fois tu ne m'as trahi. Tu es resté fort.

Mon cœur battait encore la chamade lorsqu'il vida son verre et le remplit à nouveau.

- C'est la seule raison pour laquelle tu es encore là. Alors trouve-moi cette information, London. Trouve-moi King. Trouve-moi Castlemaine... Bon sang, trouve-moi ce salaud de

Banks, pour ce que j'en ai à faire. Trouve-moi *un coupable*, c'est tout.

- Je le ferai, murmurai-je.

Le silence envahit la pièce. Il semblait que la conversation était terminée et que j'étais congédié.

- Le contrat... commençai-je.

- Oui ?

- Tu ne crois pas qu'on peut se passer des préliminaires à la con ?

Il s'est retourné, son regard cherchant le mien.

- Tu la veux à ce point, London ?

J'ai essayé de ralentir ma respiration, mais c'était comme ralentir une locomotive qui aurait déraillé. Je me suis léché les lèvres.

- Je veux ce pour quoi j'ai payé.

Il a émis un léger gloussement, puis a bu et baissé son verre.

- Et tu as payé. Apporte-moi ce que je veux et elle sera à toi.

J'ai serré la mâchoire, le désespoir hurlant en moi. Mais je voyais bien qu'Haelstrom avait fini de discuter. Faire pression sur lui maintenant attirerait le genre d'attention que je ne voulais pas. Je voulais que Haelstrom s'éloigne de Vivienne... et je voulais qu'il s'éloigne de moi.

- D'accord.

Il fit un signe de tête. Je tournai la tête, mâchoire crispée et la haine brûlant en moi, et me dirigeai vers la porte.

- Avant de partir, il y a un dîner auquel j'aimerais que tu assistes.

Mon cœur se serra et mes couilles se contractèrent.

- Quand ?

- Vendredi soir. Je compte sur toi, *allié*. Ophélia sera là et elle a explicitement sollicité ta présence.

Cette sensation de nausée n'a fait que s'accentuer. Je fis un signe de tête, non pas qu'il en ait besoin ou qu'il s'en soucie, avant d'ouvrir la porte et de quitter la pièce. Je n'ai pas ralenti, mes pas étaient soigneusement rythmés, même si j'avais envie de partir en courant. Avant que je n'aie pu presser ma carte contre le lecteur, les doubles portes se sont ouvertes et Macoy Daniels est entré à grands pas, l'air complètement désemparé.

Il a tressailli et s'est tourné vers moi, les yeux écarquillés par la panique.

- St. James.

- Daniels.

Son regard paniqué balaya le hall derrière moi, puis revint sur moi.

- Tu sais pour Killion ?

Idiot.

- Oui, je suis au courant. Mes plus sincères condoléances. Je sais à quel point vous étiez proche.

Il y a eu un frémissement, puis un hochement de tête.

- Est-ce que tu connais quelqu'un...

- Non.

Il y eut une lueur d'agacement. La douleur et la peur étaient un mélange dangereux chez les hommes faibles. Elles les poussaient à attaquer. Je ne lui en ai pas donné l'occasion.

- Si tu veux bien m'excuser, dis-je.

Il n'a pas bougé, il est resté là tandis que je le contournais et que je franchissais la porte. Ce n'est qu'une fois dans ma voiture que j'ai laissé la terreur et la peur s'échapper. Mes mains ont tremblé jusqu'à ce que je les serre autour du volant, me forçant à ne pas craquer alors que j'approchais des grilles de l'enceinte, puis j'ai tourné sur la route.

Mais deux secondes plus tard, cette terreur s'est transformée en quelque chose qui pouvait m'être utile.

Quelque chose que je connaissais bien...

La détermination.

Trouve-moi King. Trouve-moi Castlemaine. Et même Banks, tant qu'à faire.

J'ai jeté un coup d'œil à l'homme dans le rétroviseur, à la détermination de pierre dans ses yeux... puis j'ai fixé mon regard sur la route devant moi... et j'ai conduit jusqu'à l'entrepôt. Il était temps de se montrer un peu plus agressif avec l'interrogatoire. Il était temps de trouver King avant Haelstrom, *une bonne fois pour toutes.*

SEPT

Vivienne

LES GRIFFURES SUR CETTE FOUTUE PORTE...

Je me suis retournée dans mon lit, j'ai tourné mes fesses et j'ai fermé les yeux. Des cris résonnaient dans ma tête. Des cris d'enfants. Des cris que j'avais entendus toute ma vie. Mais je les avais refoulés, n'est-ce pas ? Je m'étais dit qu'ils étaient le résultat d'une imagination débordante. Ils n'étaient pas réels, ils n'ont jamais été réels. *Parce que s'ils l'avaient été...*

La maison des fils était bien pire... bien pire—j'ai fermé les yeux très fort—*bien pire.*

Mon Dieu.

J'ai ouvert les yeux et j'ai fixé le plafond. Ces mots résonnaient dans ma tête. Le peu de sommeil que j'avais ressenti s'était envolé. Après ce que j'avais vu ce soir, je doutais de pouvoir dormir à nouveau. J'ai poussé l'épaisse couette et me suis redressée, mon regard se portant sur le faible clair de lune qui passait par la fenêtre.

Je te veux, Vivienne, putain !

J'ai eu le souffle coupé par ces mots. Qu'il soit maudit. Qu'il aille au diable. J'écartai la couverture et me levai alors que le froid m'enveloppait instantanément. J'ai frissonné et j'ai tendu la main, tâtonnant. Mes doigts effleurèrent une matière douce. J'attrapai le haut lavande qui se trouvait au bout du lit et l'enfilai.

Il faisait froid ce soir... et il faisait de plus en plus froid.

Je me suis approchée de la fenêtre et j'ai regardé à l'extérieur de ma chambre. L'automne était là, emportant les feuilles et amenant une nouvelle douleur en moi. L'hiver avait toujours été ma période préférée de l'année. Non pas qu'il m'ait jamais apporté le genre de joie que les autres enfants connaissaient. Mais le rêve est toujours possible...

J'ai entouré mon corps de mes bras et je me suis détournée, apercevant le plateau vide sur le bureau. Mais ce ne sont pas les restes de mon repas qui occupaient mes pensées, c'était le bureau. Pas ce bureau... *son bureau.* J'ai lâché un petit gloussement. Les mots de London résonnaient peut-être dans ma tête, mais s'il pensait m'avoir ébranlée avec ses mensonges et ses manipulations, il se trompait.

Sauf si ce n'était pas un mensonge.

Je secouai la tête et me dirigeai lentement vers la porte. C'était un mensonge, parce qu'il ne faisait que mentir. Mentir. Manipuler. Contrôler. Mais il ne pouvait pas me contrôler, plus maintenant. Je savais quel genre de salaud il était maintenant. Il ne se jouerait plus de moi, plus jamais.

J'ai vérifié la poignée, elle n'était pas verrouillée et je l'ai ouverte sans bruit. Mon regard se porta sur le couloir et la chambre des fils, et un sentiment de culpabilité m'envahit. Je regrettais d'avoir cassé cette foutue console. Je n'aurais pas dû faire ça. Je ne savais pas trop ce qui m'avait pris. En fait, si. C'était cet endroit, et ce... *trou du cul*.

- Je te veux, mon cul, ai-je marmonné. Voyons si je peux arranger ça, hein ?

Je détournai mon regard et me dirigeai vers les escaliers. Les pensées sur la façon d'arranger les choses ont été rapidement rejetées. *Aucune de la ou des parties, hein ? Mais nous ne sommes pas concernés...* le grognement sauvage de ce salaud m'envahit. Je déglutis tandis qu'un frisson me parcourait. Ouais, il n'y avait aucune chance que je m'approche de cette ordure de psychopathe.

Je descendis les escaliers et m'arrêtai à l'étage de London. La pénombre me poussa à avancer, m'incitant à envahir son espace une fois de plus. Je fixai sa porte dans l'obscurité. Je pensais à la serrure électronique qui se trouvait à l'extérieur de la porte de son bureau. Mais il y avait quand même une serrure traditionnelle. S'il y avait une serrure, il devait y avoir une clé quelque part.

Quel meilleur endroit pour la cacher que là où ce salaud dormait ?

Je contournai la rampe et m'approchai de la porte. Elle devait être fermée à clé. Mais au moment où je me suis penchée, la poignée a cédé.

- Eh bien !

Je l'ai ouverte d'un coup sec et j'ai scruté l'obscurité.

Son odeur m'a envahie, mon pouls s'est accéléré et mon corps s'est éveillé. J'ai de nouveau croisé les bras sur ma poitrine et je suis entrée.

- Non, chuchotai-je. Je ne vais pas paniquer cette fois.

Je me suis approchée du lit, m'attendant à ce qu'il se redresse et me dévisage.

Bon sang... que se passerait-il s'il faisait ça ?

Je mourrais. Non... je ne mourrais pas. Je me suis léché les lèvres en fixant les draps. Sans pouvoir m'en empêcher, j'ai attrapé le haut de la couette gris foncé et l'ai écartée. Des draps propres, bien bordés. Tout chez ce type était impeccable. J'ai dégagé les draps et les ai retournés en tirant dessus. Puis j'ai attrapé son oreiller, prête à le jeter à travers la pièce, et je me suis arrêtée.

Son odeur s'est amplifiée lorsque je l'ai serré contre moi. Je fermai les yeux et inspirai profondément. Bon sang, il sentait bon. Il sentait si bon, putain. Trop bon. J'ai ouvert les yeux, mon corps se réchauffait.

- Oh, putain.

Dans ma tête, sa main était autour de ma gorge, ses yeux fixés sur la serviette que je portais. Une serviette qui s'écartait entre mes cuisses. Il voulait l'écarter davantage. Je le savais. J'ai baissé la tête et j'ai enfoncé mon visage dans l'oreiller. Putain, je le voulais moi aussi. Je voulais qu'il me touche. J'ai fermé les yeux et poussé un gémissement, puis je me suis reculée. Au lieu de le jeter à travers la pièce comme je le voulais, je l'ai posé, puis j'ai empoigné les draps et l'édredon, faisant de mon mieux pour réparer le bazar que j'avais fait.

Quand j'ai eu fini, je me suis redressée. Même dans la pénombre, je voyais que c'était encore un sacré bordel. Je me suis approchée, j'ai allumé la lampe sur la table de nuit à côté de son lit et j'ai regardé le désastre. La panique m'a envahi lorsque j'ai vu la literie froissée. Je me suis penchée pour la lisser du mieux que j'ai pu, puis je me suis éloignée.

Il le saurait.

Et il serait furieux.

Mais avant que cela n'arrive, je voulais faire autant de dégâts que possible, et il n'y avait pas de meilleures munitions que des informations. J'ai jeté un coup d'œil au tiroir de sa table de nuit et l'ai ouvert. Mes joues se sont empourprées lorsque je me suis approchée. Je dépassais les bornes. Mettre le bazar dans le lit de ce type était une chose, mais fouiller dans ses tiroirs de chevet en était une autre.

J'ai mis la main à l'intérieur, j'ai effleuré quelque chose de dur et je l'ai sorti. Du rose. Le fichu carnet que j'avais trouvé dans le bureau en bas. Il l'avait là, à côté de son lit... *pourquoi ?*

Je m'assis sur le bord du lit, l'ouvris et parcourus les pages une fois de plus. Il manquait les photos. Je me suis rebiffée.

- Qu'est-ce que c'est que ce bordel ?

Et j'ai feuilleté le reste du carnet.

Elles avaient toutes disparu... *sauf...*

sauf une.

Sauf que celle-ci n'avait pas été prise dans le passé. Non, c'était une photo récente. C'était moi, allongée sur le lit, vêtue de cette foutue serviette, la main entre les jambes.

- Donc tu m'observais.

Un élan de satisfaction m'a traversée.

Je ne savais pas pourquoi j'aimais qu'il me regarde de la sorte. Peut-être que j'étais grisée par l'idée d'avoir un tout petit peu de contrôle sur la situation. Je me suis concentrée sur la pulsation sourde sous mon sein et sur le traqueur qu'il avait implanté en moi, sur le contrôle qu'il me permettait d'exercer.

J'ai glissé la photo dans le carnet et l'ai rangé dans le tiroir. Je ne cherchais pas à obtenir des informations que je connaissais déjà. Ce type voulait me baiser, c'était évident. Ma main s'est arrêtée en glissant le livre dans le tiroir. Je pouvais m'en servir... comme de ma propre arme.

Mon pouls s'est accéléré, battant contre ma poitrine. J'ai essayé de repousser cette pensée et je me suis agenouillée, me forçant à me concentrer sur la quête de la clé de secours dans le tiroir. Mais à part deux autres carnets et une grande boîte en velours, il n'y avait rien.

Je n'ai pas pu m'empêcher de toucher à nouveau la boîte, d'entretenir la pensée : *ne le fais pas. Cela ne te regarde pas.* Je l'ai quand même sortie, mes doigts ont glissé sur la jointure avant de l'ouvrir. La lumière de la lampe s'est répandue sur la chaîne fine et le diamant massif en forme de larme.

C'était magnifique.

Le plus beau bijou que j'aie jamais vu de si près.

Je l'ai approché, j'ai touché le bijou et, l'espace d'une seconde, j'ai pensé qu'il l'avait acheté pour moi. Mais c'était stupide. C'était stupide et je ne l'aurais pas porté de toute façon. Je l'ai refermé et ça m'a fait presque mal de le remettre en place. La colère m'a envahie, une colère contre moi et contre lui, et j'ai enfoncé ma main plus profondément, fouillant le fond du tiroir, essayant de trouver quelque chose.

Mais il n'y avait rien. J'ai fouillé le tiroir du dessous, puis la table de nuit de l'autre côté du lit. Ce n'est que lorsque j'ai voulu refermer le tiroir du bas que je l'ai senti... *une éraflure.*

Une éraflure qui semblait anormale.

J'ai ouvert le tiroir et l'ai refermé, plus lentement cette fois. C'est là que j'ai senti l'éraflure en le refermant. J'ai jeté un coup d'œil par-dessus mon épaule vers la porte ouverte de la chambre. Mon pouls battait la chamade lorsque j'ai soulevé le tiroir, le tirant fortement jusqu'à ce qu'il sorte, et sur le dessous il y avait une clé scotchée au fond.

J'ai enfoncé mon ongle en dessous et l'ai dégagée. De la colle est venue avec, se collant à mes doigts tandis que je fixais la clé. Mais c'était ce que je voulais, il le fallait. Sinon, pourquoi un serpent comme London St. James l'aurait-il cachée de la sorte ? Je me suis dépêchée, j'ai remis le tiroir en place et je me suis levée. J'ai éteint la lampe, j'ai laissé la chambre et le superbe collier derrière moi, et je suis descendue dans son bureau.

Le voyant rouge de la serrure électronique clignotait. J'ai essayé d'ignorer le fait qu'il était probablement en train de m'observer. S'il ne l'était pas encore, il le serait bientôt. Je me suis dépêchée, j'ai enfoncé la clé collante dans la serrure et j'ai tourné. Le mécanisme a émis un bruit sourd avant que je n'appuie sur la poignée et n'ouvre la porte.

J'ai allumé la lumière, ignoré les rangées de livres cette fois, et me suis dirigée vers le bureau. Peu importe si je devais trouver un marteau pour l'ouvrir. Je voulais des réponses à la question brûlante que je me posais. *Qu'est-ce qu'il me voulait ?*

C'était la seule question qui comptait. La seule qui noyait toutes les autres. Si je parvenais à le découvrir, je pourrais peut-être négocier ma liberté. Une partie de moi comprenait à quel point cela semblait stupide, et l'autre partie voulait simplement survivre.

J'ai contourné le bureau et j'ai commencé à ouvrir les tiroirs. Mais au lieu d'être verrouillés, ils s'ouvrirent d'un coup sec. Il ne les avait pas fermés à clé... *il ne les avait pas fermés à clé ?*

J'ai jeté un coup d'œil vers la porte, puis vers les épais dossiers posés sur le bureau. J'ai tiré d'un coup sec sur sa chaise avant de m'asseoir et de commencer à comprendre ce type une bonne fois pour toutes. J'ai fouillé dossier après dossier. Mais il n'y avait rien de nouveau, juste un tas de conneries que je ne comprenais pas.

- Encore des rapports d'ADN, ai-je marmonné en fixant les noms inscrits sur les formulaires.

Des noms qui ne signifiaient absolument rien pour moi.

- C'est des conneries.

Je me suis reculée et j'ai regardé le fouillis de pages qui s'étalaient sur son bureau.

Il devait y en avoir d'autres. Il devait y avoir *quelque chose.*

Je me suis redressée, j'ai fouillé sous la pile de pages et j'ai sorti un autre dossier intitulé Contrat.

Contrat ? La chair de poule me parcourut les bras lorsque je l'ouvris et pris le premier rapport. J'avais déjà vu des contrats de droit d'usage, mais celui-ci était différent. Il ne s'agissait pas de ce qu'il pouvait ou ne pouvait pas me faire. Il s'agissait de... combien il avait payé.

- Putain de merde.

J'ai regardé le montant indiqué. Un chiffre à couper le souffle.

- *Trois millions de dollars ?*

Pendant une seconde aveuglante, la surprise m'a envahi, et, pour être honnête, une certaine satisfaction aussi...

Jusqu'à ce que je me souvienne de la raison de cette somme.

Pour moi.

Pour posséder, utiliser, posséder.

C'est ce que ma vie valait pour eux ? Trois minables millions de dollars. La colère s'est emparée de moi, a saisi la lueur de satisfaction au niveau de ma gorge et l'a battue à plate couture. C'était pour moi... pour ce putain de...

Un léger grondement vint des alentours et le vrombissement léger du moteur d'une voiture s'ensuivit.

- Merde, dis-je en regardant le bazar devant moi. *Merde !*

Je me suis redressée et j'ai rassemblé les dossiers au moment où le grognement guttural s'est fait entendre à nouveau, mais cette fois plus fort. Les fils... ça devait être eux. Putain, ils me tueraient s'ils me voyaient. J'ai glissé les dossiers dans le tiroir, en essayant désespérément de me rappeler dans quel sens ils étaient rangés. Mais ça n'avait pas d'importance. Il ne faisait aucun doute que M. Trois millions de dollars s'apercevrait bien assez vite que j'avais fouillé dans ses affaires.

J'ai refermé le tiroir et quelque chose est tombé en dessous. C'était une carte de visite, gris acier avec des lettres blanches au recto. *Stockage de précision, nous protégeons ce qui est précieux pour vous.* Je l'ai ramassée et l'ai regardée fixement. *Nous protégeons ce qui est précieux...*

- Bon sang, Colt !

Le cri profond était rempli de désespoir, ce qui m'a poussé à refermer le tiroir. Colt... le taiseux devait être blessé. Le hurlement misérable de Carven se mêlait aux cris terrifiants qui me revenaient encore en tête. Je me dirigeai en titubant vers la porte et éteignis la lumière, ce qui plongea le bureau dans l'obscurité une fois de plus.

J'attendis que le bruit des grognements et des gémissements s'éloigne, puis j'ouvris la porte du bureau et me glissai à l'extérieur. Ils ne me virent pas lorsque je m'arrêtai au bout du couloir, jetant un coup d'œil au moment où Carven emportait Colt vers les escaliers, des gouttes de sang rouge vif se répandaient dans leur sillage.

Beaucoup de sang...

Mon Dieu. J'ai tressailli et j'ai dirigé mon regard vers le haut, les suivant jusqu'à ce qu'ils disparaissent de mon champ de vision, puis j'ai fait un pas en avant. Les projections n'étaient pas seulement de minuscules taches qui jonchaient le sol carrelé, c'étaient de grosses gouttes rondes, en grand nombre.

J'ai tressailli au cri terrifiant qui a retenti. Mon cœur a battu la chamade lorsque j'ai fait un pas sans m'en rendre compte. Les gémissements gutturaux qui ont suivi étaient écœurants. Même si j'avais peur, j'avais de la peine pour lui, et c'est cette angoisse qui m'a poussée à monter les escaliers et à les suivre.

- Il faut que tu arrêtes de me protéger, putain ! grogna Carven. Combien de fois dois-je le répéter, espèce de bâtard !

J'ai grimpé jusqu'au deuxième étage et j'ai continué à avancer.

Je ne pensais plus au contrat ni à l'argent.

Je n'ai plus pensé à rien.

Tout ce que j'entendais, c'était le tourment dans ce supplice guttural, et cela me frappait de plein fouet. Je suis arrivée à mon étage, j'ai jeté un coup d'œil à la porte de ma chambre et j'ai envisagé de me cacher. Mais j'avais cassé sa console... n'est-ce pas ? J'avais cassé sa putain de console et j'étais une putain de connasse d'avoir fait ça.

Je lui devais une faveur.

Je lui devais au moins d'essayer.

Mes putains de genoux tremblaient tandis que je me dirigeais vers leur chambre. La porte était ouverte et des ombres se déplaçaient dans la lumière terne de l'intérieur.

- Putain, ça craint. Il va falloir appeler le médecin.

Il n'y a pas eu de réponse, du moins pas que j'ai entendue.

Je suis entrée, fixant le dos de Carven qui se penchait sur son frère assis à l'extrémité du lit où j'avais été retenue. Leurs têtes se sont tournées vers moi. Un regard féroce de Carven me cloua sur place avant qu'il n'aboie :

- Qu'est-ce que tu veux, putain ?

Mais il y avait le sang... beaucoup de sang. J'ai regardé la tache qui imprégnait la chemise de Colt et j'ai vu une lueur de...

- C'est du verre ?

Il n'a pas répondu, se contentant de me lancer un regard noir en me dépassant pour se diriger vers la salle de bain. C'est la terrible douleur dans les yeux de son frère qui m'a poussée à avancer. Je me suis lentement agenouillée devant lui, regardant le sang qui imprégnait sa chemise. Du sang qui imprégnait mes narines. Je ne voyais plus le meurtrier. Je ne voyais pas mon ravisseur. Je voyais le fils. Celui qui avait protégé son frère au péril de sa vie, et d'après ce qu'avait dit Carven, ce n'était pas la première fois.

Sa peau blanche pâlissait devant moi, rendant ses grands yeux bleu topaze encore plus visibles qu'ils ne l'étaient auparavant. Des frissons violents lui firent grincer des dents. Ce qui s'était passé ce soir était grave... et je n'avais pas besoin qu'on m'explique que c'était très probablement très illégal et dangereux pour nous tous. Mais il était blessé. Pour l'instant, c'est tout ce qui importait.

- Ça va aller.

Je me suis détournée des éclats de verre incrustés dans son flanc pour me tourner vers son regard bleu.

- Tu m'entends ? Ça va aller, dis-je.

- Dégage, grogna Carven derrière moi. On a pas besoin que tu viennes fourrer ton putain de nez où il faut pas.

Il s'est agenouillé, a déposé une petite bassine en plastique sur le sol devant lui, a dévissé le couvercle d'une bouteille marron et en a versé une grande giclée dans la bassine. La puanteur amère de la Bétadine s'est élevée pour me gifler froidement pour la deuxième fois de la journée. J'ai grimacé, incapable de détourner le regard de Carven qui se mettait au travail, attrapant une pince à épiler et une poignée de compresses en coton avant de les jeter dans l'antiseptique, puis il a levé les yeux vers son frère.

- Ça va faire mal, ok ?

Son jumeau aux cheveux bruns s'est contenté de le regarder fixement, en hochant lentement et prudemment la tête. Puis il a tendu la main, m'a saisie et s'est accroché à moi. Carven s'est figé au contact, jetant un coup d'œil de ma main à celle de Colt. Il s'est renfrogné et a secoué la tête.

- Colt, non.

- Elle reste. Le même ton grave et rauque que j'avais entendu à l'extérieur de ma porte s'est fait entendre alors qu'il me tenait la main. Elle reste. Promets-moi...

Mais ce n'était pas à son frère qu'il s'adressait... c'était à moi.

Mon cœur s'est emballé lorsque j'ai regardé les entailles béantes sur son flanc, puis j'ai croisé son regard perçant, trouvant enfin un but.

- Promis, ai-je répondu. Je ne partirai pas.

HUIT

London

Les phares des voitures qui roulaient derrière moi sur l'autoroute devenaient flous alors que je me dirigeais vers le centre de stockage situé de l'autre côté de la ville. L'une après l'autre, elles ont bifurqué ou sont passées en trombe lorsque j'ai ralenti. Je devais être prudent maintenant. Peut-être plus que jamais. Les enjeux étaient bien trop importants. Trop de gens étaient en jeu... et il me suffisait de déraper une seule fois pour tous nous tuer.

J'ai ralenti le véhicule et me suis engagé sur la bretelle d'accès, j'ai pris le chemin le plus long pour rejoindre les locaux et je me suis arrêté devant les grilles. L'obscurité régnait derrière moi tandis que je composais le code, que j'attendais que les grilles s'ouvrent avant de les franchir.

Tu la veux à ce point, London ?

Les mots de Hale m'envahirent tandis que je garais la voiture à l'arrière et que je coupais le moteur. Ce salaud savait que c'était le cas et il se servait de ce putain de contrat comme d'un morceau de viande, sachant très bien que j'étais affamé.

Trois millions de dollars.

C'était plus que ce que Killion avait payé pour Ryth, je le savais.

Je suis sorti de la voiture et j'ai fermé la portière derrière moi. J'aurais payé plus pour Vivienne. J'ai ajusté ma veste et j'ai jeté un coup d'œil sur l'espace ouvert du terrain - j'aurais payé beaucoup plus.

Une fureur bouillonnante m'envahit alors que je me dirigeais vers la porte extérieure, pressant ma carte contre le lecteur avant de franchir le seuil de la porte. J'étais désespéré, plus que désespéré. J'étais acculé, dos au mur, et je n'aimais pas ça. Non, je n'aimais pas ça du tout. Je passai devant les autres pièces et les autres clients et me dirigeai vers la seule pièce qui m'importait. La pièce où Jack Castlemaine se trouvait, tenant la vie de sa fille entre ses mains.

Humm.

Mon téléphone a vibré lorsque sa porte fut devant moi. Je levai la main et fixai l'écran, me renfrognant avant de répondre.

- Est-ce que tu as obtenu l'information que je voulais ?

- Non.

Merde.

- Il y a eu un problème... ajouta Carven prudemment, son ton direct étant un peu plus caustique que d'habitude.

- Dis-moi.

- On est tombés dans une putain d'embuscade. Ce n'était pas n'importe quel bar de motards où on est entrés, n'est-ce pas ? C'était un allié de King.

- Un putain d'allié ? Comment King peut-il avoir des alliances avec ces foutus motards rebelles ?

- Je ne sais pas. Mais il en a.

J'ai passé mes doigts dans mes cheveux.

- Beaucoup ?

- Colt s'est fait laminer. Cet enfoiré est intervenu alors que je maîtrisais la situation.

C'était un mensonge. Parce qu'il n'y avait qu'une seule raison pour laquelle Colt se mettrait en danger, c'était pour sauver son frère. Des souvenirs me sont revenus à l'esprit. Les fils avaient dix ans quand je les avais trouvés la première fois. Colt avait été battu jusqu'au sang, perdant connaissance après avoir protégé son jeune frère.

C'est lui qui avait pris tous les coups.

Il avait provoqué leur colère et leur fureur en s'en prenant aux gardiens de l'orphelinat Hale à maintes reprises. C'était un sauvage quand je l'ai trouvé, meurtri, brisé... et mutique.

Il m'a fallu plus d'un an pour les faire sortir. Une putain d'année entière dans cet endroit. Ce genre de dégâts est irréparable. Je tournai la tête et me dirigeai à nouveau vers la porte.

- Où êtes-vous maintenant, à l'hôpital ?

- Non. Il a refusé d'y aller. Nous sommes à la maison.

J'ai arrêté de marcher.

- A la maison ?

- Oui, il va bien. Je l'ai soigné et j'ai pansé ses blessures. Il dort...

Il dort ? Carven ne m'interrompait pas pour me dire que son frère avait été blessé mais qu'il allait bien sans raison. Et...

- Il lui a tenu la main, London. Il a tenu sa putain de main et a refusé de la laisser partir. Il a parlé, et tu sais qu'il parle rarement. Mais il a parlé pour elle. *Il...a...parlé...pour...elle.*

Il a parlé pour elle ?

Mon cœur s'est emballé. Je ravalai la pointe de jalousie en l'imaginant s'accrocher à elle. Elle l'avait laissé faire, elle aussi. Elle l'avait laissé faire parce qu'elle s'était sentie fautive après ce qu'elle avait fait. Je la connaissais, mieux qu'elle ne se connaissait elle-même.

- C'est bien, répondis-je en me retournant vers la porte de Jack Castlemaine. J'aurai fini sous peu.

- Il faut que je sorte, que je règle quelques détails. Il dort maintenant, le temps est dégagé, il y a des étoiles dans le ciel, ça devrait aller.

Pas d'orages...

Pas ce soir.

- Bien. À plus tard.

J'ai raccroché et remis mon téléphone dans ma poche avant d'appuyer ma carte sur le lecteur et d'ouvrir la porte. Des ombres se dessinaient dans les coins de la pièce, les chaises étaient vides et le lit était poussé contre le mur du fond. Après un coup d'œil attentif, je l'ai vu debout contre le mur, face à moi.

Je ne doutais pas qu'il avait entendu ma conversation, mais le peu d'informations qu'il en tirerait serait minime. Jack n'était pas un adversaire dans ce jeu... c'était un pion, un pion qui s'interposait entre moi et King.

Je fermai la porte, attirant son regard.

Jack se tourna vers moi, ses yeux sombres paraissant encore plus sombres dans la pénombre.

- Nous manquons de temps, Castlemaine, murmurai-je en déboutonnant ma veste et en l'enlevant. D'un moment à l'autre, Haelstrom va traquer Ryth et ses frères et je ne pourrai rien faire pour l'en empêcher.

J'ai laissé tomber ma veste sur le dossier du fauteuil et j'ai continué à marcher. Mon côté impitoyable est remonté à la surface.

- Je ne peux la garder en sécurité éternellement, Jack. Tu comprends, n'est-ce pas ? Mes hommes la surveillent, prêts à intervenir à ma demande, mais quand même...

Il ne broncha pas devant la menace, se contentant de m'observer attentivement alors que je m'arrêtais devant lui. J'ai jeté un coup d'œil au pansement collé sur son épaule. Il avait l'air un peu pathétique, debout contre le mur. Petit... insignifiant.

- Il suffit d'un appel, lui ai-je dit. Un appel, et sa vie est sacrifiée.

Ses yeux sombres se sont posés sur les miens alors que je continuais.

- Donne-moi les informations que je veux et je te promets qu'il ne lui sera fait aucun mal.

Quelque chose a traversé son regard. Une lueur de rage avant qu'elle ne disparaisse. Il était en colère... *bien.*

- Tu crois que King en a quelque chose à foutre de toi ? Tu penses qu'il te considère ? Il est impitoyable...et dangereux et il va faire tuer ta fille, Jack. Tu l'as élevée comme ta propre fille. Tu l'as protégée... et tu dois la protéger maintenant. Donne-moi King et je m'assurerai que personne ne touche à un cheveu de sa tête.

- Tu ne lui feras pas de mal.

Je m'arrêtai sur ces paroles paisibles, puis répondis prudemment.

- Ah oui ? Comment tu peux en être sûr ?

Jack a scruté mon regard.

Je serrai les poings.

- Dis-moi où tu le retrouves.

C'était toujours les mêmes questions, des questions qu'il esquivait par loyauté.

- Dis-moi comment il te contacte. Dis-moi à quoi il ressemble.

Ses sourcils se sont froncés.

Je me suis élancé, je l'ai saisi à la gorge et j'ai lâché un grognement en balançant mon poing. *Crac !* Mon poing a heurté le côté de sa bouche et il a trébuché sur le côté, s'écrasant contre le mur.

Mais pas une seule fois il ne fit un geste pour se défendre.

Non.

Jack Castlemaine était faible...

Plus faible que tous ceux que j'avais connus.

La douleur me transperça tandis que je regardais ce que j'avais fait. Mes articulations me brûlaient tandis qu'il se redressait, du sang maculant le coin de ses lèvres. Je n'arrivais pas à reprendre mon souffle, ni à penser. Mon estomac était un nœud dur dans mon ventre. *Il faut le faire... il faut le faire. IL FAUT LE FAIRE !*

Je l'ai saisi à la gorge, le repoussant contre le mur.

- Tu vas me dire ce que je veux savoir, Castlemaine. *Tu vas me dire...*

Jack soutint mon regard avant de tourner la tête et de cracher. Des particules de sang et de salive ont volé dans l'air et se sont écrasées contre le sol froid en béton.

- Tu vas me le dire, ai-je grogné en le bousculant. Tu vas me le dire, putain.

Mais il se contentait de me regarder fixement, le sang ruisselant sur son putain de visage.

Ce regard m'énervait.

Peut-être était-ce la traînée de son sang sur mes phalanges.

Ou ma propre culpabilité d'avoir fait ça.

J'ai fouillé dans ma poche, j'ai sorti un mouchoir et j'ai essuyé son sang sur mes articulations avant de le remettre en place.

- Pour notre bien à tous les deux, marmonnai-je en me retournant et en me dirigeant vers la porte, attrapant ma veste sur le fauteuil en même temps que je le faisais.

La porte se referma derrière moi avec un bruit sourd, et le son résonna avec mes pas. La culpabilité me pesait tandis que je me dirigeais vers la sortie. Je ne voulais pas être cette version de moi-même. Je ne l'aimais pas. Mais j'allais le devenir. Je canaliserais cette haine, ce désespoir et cette rage sur le visage de Jack Castlemaine si cela signifiait obtenir ce que je voulais.

J'ai franchi la porte et me suis dirigé vers ma voiture, j'ai appuyé sur la télécommande et je me suis installé derrière le volant.

Mes articulations étaient douloureuses. J'ai serré le poing et j'ai regardé la trace laissée par Jack.

Je respirais difficilement. J'ai attrapé mon téléphone machinalement, puis j'ai ouvert les applications et j'ai fait apparaître le flux de la caméra. J'ai fait défiler jusqu'à la chambre des fils, et j'ai vu la silhouette imposante de Colt sous l'édredon sombre. Les chaînes pendaient sous le matelas, elles n'avaient pas servi ce soir. Il bougea sous mon regard, pressant sa main contre son flanc.

Il lui a tenu la main, London, et a refusé de la laisser partir. Il a parlé pour elle... *il...a...parlé...pour...elle.*

- Il a parlé pour elle... répétai-je à haute voix.

J'ai appuyé sur le bouton, basculé sur sa chambre et rapproché la caméra. La pièce était sombre... mais cette caméra hors de prix détectait tout, y compris son lit vide. Je me suis renfrogné et j'ai appuyé sur le bouton de la salle de bain.

Rien.

J'ai appuyé à nouveau, parcourant la cuisine, la salle à manger et le salon.

Rien...

- C'est quoi ce bordel, ai-je grogné alors que mes joues me brûlaient, et j'ai déplacé la vue vers mon bureau.

Mais la pièce était vide, la porte toujours verrouillée. La panique m'envahit, mes mains tremblaient et ma poitrine brûlait. Frénétiquement, je parcourus toute la maison, m'arrêtant sur ma chambre avant de continuer...

Jusqu'à ce que quelque chose attire mon attention.

Une parcelle d'obscurité qui ne se trouvait pas là d'habitude.

J'avais regardé les caméras de ma maison si souvent que j'en connaissais tous les angles et toutes les ombres... mais là, c'était différent. Je me suis rapproché, laissant la mise au point s'ajuster avant de me figer.

- Non...non, putain, tu n'as pas fait ça.

La colère a cédé la place à l'excitation, puis au supplice, tandis que je fixais la porte entrouverte.

J'ai appuyé sur le bouton et le moteur de l'Audi s'est mis à rugir avant que je ne jette le téléphone de côté, le laissant retomber sur le siège passager tandis que je passais la marche arrière. J'ai laissé derrière moi toutes les pensées de Jack Castlemaine et de King, j'ai enfoncé l'accélérateur et j'ai foncé vers la maison. Je ne pensais qu'à cette porte entrouverte... Et au sous-sol qu'elle était sans doute en train d'explorer...

Toute seule, putain.

NEUF

Vivienne

———————

De douces lumières blanches éclairaient à peine la pièce du sous-sol. Mais elles étaient assez vives pour que je puisse me concentrer sur cette chose enveloppée au bout de la banquette en cuir. C'était cet *engin* qui m'avait fait descendre ici. Cet *engin* que je n'arrivais pas à chasser de ma tête.

Cet *engin* qui faisait battre mon pouls et frémir mon cœur.

Tout comme il frémissait maintenant que je fixais la masse imposante. J'ai serré la main et les dents de la clé ont mordu la chair tendre de ma paume. La douleur m'a ramenée à la réalité. Je relâchai ma prise, respirai profondément et regardai par-dessus mon épaule.

Je ne devrais pas être ici...

Pas avec Colt endormi, gravement blessé à l'étage.

Il pouvait se réveiller à tout moment. *Viendrait-il me chercher ?*

Peut-être... Je n'en étais pas sûre.

Je devais donc me dépêcher.

J'ai franchi la porte et me suis approchée, puis j'ai contourné la machine et j'ai tendu la main pour toucher le tissu.

- Pourquoi tu me veux, putain ?

J'ai tiré dessus, révélant un boîtier noir en acier brossé.

- Qu'est-ce que je peux bien avoir pour que tu me veuilles à ce point ?

Mon cœur s'est emballé en voyant ça. L'appareil était à la fois discret et terrifiant. Un gode rose épais aux veines saillantes était attaché à un bras à piston. Je me suis figée, ma chatte se crispant à cette vue. Mon souffle est devenu rauque. J'ai mordu mes lèvres et j'ai tendu la main, touchant le silicone mou, imaginant ce que cela pouvait faire d'être empalée par ce jouet.

Mais c'était plus que cela, n'est-ce pas ? Mon pouls s'est accéléré au fur et à mesure que j'approchais de la vérité. Le véritable enjeu était de savoir ce que je ressentirais *si j'étais contrôlée par lui*. Des morceaux de plastique transparent étaient encore incrustés dans les trous des boulons, comme s'ils avaient été arrachés avec frénésie. Parce que cette machine était toute neuve.

Un objet à utiliser sur moi.

- *Aucune de la ou des parties*, ai-je chuchoté, entendant encore la menace de Carven résonner à mes oreilles. *Fils de pute*, gémis-je, fermant les yeux alors qu'une vague de désir me submergeait.

- Ça t'intéresse ?

Je portai mon regard vers la porte d'entrée. London se tenait là, dans l'ombre, son regard de prédateur fixé sur moi. Il entra à bout de souffle, jetant un coup d'œil à la machine découverte à côté de moi. Mon esprit s'emballa, mon regard se fixant sur la façon dont son torse se gonflait et se relâchait. *Avait-il couru ?*

Du coin de l'œil, la petite lumière rouge clignotante a attiré mon attention. Je n'ai pas eu besoin de détourner le regard pour connaître la raison de sa hâte.

- Tu m'as vue sur la caméra... tu m'as regardée.

Il ne répondit pas, se contentant de s'approcher, sa voix de baryton me frappant à tous les mauvais endroits.

- Est-ce que tu voudrais que je l'utilise sur toi ?

Oh, mon Dieu... J'ai dégluti, le regardant s'approcher, d'un pas douloureusement lent.

- Alors ? dit-il en s'arrêtant de l'autre côté de la machine. Tu veux que je l'utilise sur toi ?

Oui.

- Non.

Le tremblement de ma voix m'a fait mentir.

- Si elle te plaît tant que ça, pourquoi je ne l'utiliserais pas sur toi ?

Le coin de sa bouche a tressailli. Pourtant, ses yeux sans fond me cernaient.

- Retire le mouchard de mon corps.

- Le retirer ? Pourquoi ?

- Pourquoi ? La colère monta d'un cran. *Pourquoi ?* Parce que je ne suis pas...

- À moi ?

Je me suis figée, lui donnant tout le temps nécessaire pour contourner la machine. J'ai trébuché en arrière jusqu'à ce que je heurte le banc, coincée entre lui... et une putain de machine.

- Où vas-tu t'enfuir, Vivienne ?

Il m'a attrapée par la nuque, a passé ses doigts dans mes cheveux et m'a regardée dans les yeux :

- Où vas-tu aller ?

La panique m'envahit. Dans ma tête, les cris de l'Ordre se mêlaient aux cris de douleur de Colt. Je sentais encore la grande main du fils serrée autour de la mienne, je sentais encore son souffle coupé tandis que son frère retirait un à un les éclats de verre de son flanc.

- Tu n'iras nulle part, a répondu London à ma place. Il est temps que tu le comprennes. Tu es l'une des nôtres maintenant. Tu es de la famille.

Mon visage est devenu chaud.

- *De la famille ?* Nous ne sommes pas une putain de famille, London. Si c'est le cas, alors nous sommes la version perverse d'une famille.

Son emprise s'est resserrée et il m'a rapprochée de lui. Je me suis débattue, j'ai lutté. Mais c'était inutile face à sa force et je me heurtai à son torse dur. Son corps était si chaud, si fort, si... *punaise, il sentait bon* alors qu'il se penchait pour murmurer contre mon oreille :

- *Nous sommes* une famille, Vivienne. Tu veux m'appeler papa ? Est-ce que tu te sentirais mieux ?

La chaleur de mon visage est tombée dans mon ventre.

Je me suis mordu la lèvre et j'ai fermé les yeux.

Je ne pouvais pas parler, seulement secouer la tête.

- Je parie que si je mettais la main dans ta culotte, tu passerais pour une menteuse.

Un gémissement s'est échappé de ma bouche.

Sa main descendait avec lenteur, tandis que l'autre, autour de ma nuque, se serrait.

- Je parie que tu es presque *trempée.*

Le dos de son doigt recourbé a effleuré le contour de mon sein avant d'effleurer ma taille et de descendre plus bas.

- Je pourrais m'en occuper. Ici et maintenant. Tout de suite. Je contrôlerais la machine. Je te contrôlerais toi, dit-il.

Il allait tenir sa promesse, il allait enfoncer ses doigts en moi. *Il allait rompre le contrat.*

Non... non, ce n'est pas possible. J'ai reculé d'un coup, je me suis dégagée de son emprise et je l'ai repoussé en fixant ses yeux sombres.

- Va te faire foutre.

Son sourire en coin n'a fait que s'enhardir.

- Je veux te baiser, Vivienne. Je crois que mes intentions sont claires. Je veux me perdre en toi et découvrir à quel point tu es étroite. Je veux que tu me rappelles exactement ce pour quoi je me bats.

- Tu n'as pas besoin de me baiser pour le savoir, ai-je rétorqué. C'est de l'avidité, pure et simple.

Il s'est immobilisé et son front s'est plissé.

- Dis-moi, London, est-ce que j'en vaux la peine ?

- Vaut... quoi ?

Il se renfrogna.

- Les trois millions de dollars que tu as payés pour moi.

Il s'est rapproché de moi, me poussant brutalement contre le banc, si bien que je me suis retrouvée en déséquilibre, tombant pendant une seconde, avant qu'il ne m'attrape le bras pour me répondre.

- Pour moi, oui.

- *Pourquoi ?* criai-je. *Pourquoi ? Dis-moi... dis-moi pourquoi tout ça ?*

Ses lèvres se retroussèrent et s'aplatirent tandis qu'il inspirait profondément.

- Tu ne comprendrais pas.

- Je ne comprendrais pas ? dis-je en répondant à son regard par le mien. Dis toujours.

Pendant une seconde, j'ai cru qu'il allait me le dire. Qu'il allait avouer être le putain de serpent qu'il était, jusqu'à ce qu'en une seconde, il se referme. Le masque se remit en place. L'homme qui bouillonnait de désir avait disparu, et à sa place se trouvait le joueur. Celui qui m'avait fait rester plantée là, à regarder ma meilleure amie et ses frères se faire tirer dessus avant de bouger le petit doigt pour leur venir en aide.

- Tu joues à un jeu très dangereux, chat sauvage.

- Toi aussi, ai-je répondu. Quand tu joues avec moi.

Il émit un léger gloussement, ce qui me fit relever le menton et la main.

- Je suppose que tu vas me battre à mort juste pour récupérer ça.

Ses narines se sont dilatées et une lueur de rage scintilla tandis qu'il baissait lentement les yeux vers la clé alors que je déployais mes doigts.

- Garde-la, dit-il en glissant lentement sa main le long de mon bras et en s'éloignant.

La garder ? J'ai secoué la tête, confuse, puis j'ai baissé les yeux et me suis figée.

- Tu saignes.

- Quoi ?

J'ai attrapé sa main, détestant la sensation de bien-être qu'elle me procurait.

- Il y a du sang sur ta main, London. Tu saignes.

Il s'est lentement retiré, glissant de mon emprise, un air d'épuisement pesant sur lui.

- Ce n'est pas mon sang, Vivienne, dit-il prudemment. D'ailleurs, je risque de saigner pour de meilleures raisons cette année.

Il fit un pas en arrière, me laissant de l'espace.

- Il est tard, tu devrais être au lit.

La colère monta en moi. J'ai ouvert la bouche pour lui dire d'aller se faire voir, mais je me suis retenue. Il y avait de l'épuisement dans son regard, une lassitude. Je jetai un nouveau coup d'œil à la tache carmin sur sa main. Ce qui s'était passé ce soir lui pesait...

Même si je le détestais, il avait raison. Mon corps était lourd, mon âme était triste après ce que j'avais enduré aujourd'hui. J'avais l'impression d'avoir vécu toute une vie en une journée. Je fis un pas de côté, ne le quittant pas du coin de l'œil, et serrai une nouvelle fois la clé dans ma main avant de quitter précipitamment cette pièce et le sous-sol.

Je me déplaçai rapidement, mes pieds nus ne faisant aucun bruit, je montai les escaliers, jetai un coup d'œil à la porte de la chambre des fils qui était fermée et me glissai dans la mienne, que je refermai derrière moi. Des respirations lourdes et saccadées me traversèrent tandis que je me plaquais contre la porte, fixant le contour trouble du lit qui m'attendait.

J'ai chancelé jusqu'à lui, me suis effondrée et me suis allongée, puis j'ai tiré l'édredon vers moi. *Tu veux m'appeler papa ? Est-ce que tu te sentirais mieux ?* Mes nerfs étaient à vif. Mon corps était rond, enflé et douloureux. Je ne voulais pas ressentir ce désir pour lui. Mais c'était le cas... *Bon sang, c'était le cas.*

J'ai fermé les yeux et j'ai glissé la main vers le bas.

Tu veux que je l'utilise sur toi ?

- *Oui*, ai-je murmuré en plongeant ma main sous l'élastique de ma culotte avant de plonger mes doigts en moi. Oui, je veux que tu l'utilises sur moi. Je veux que tu l'utilises. Je veux que tu l'utilises, London.

J'étais si mouillée, je ruisselais, m'enduisais le long de mes doigts.

J'avais à peine effleuré mon clito que je me contractais, me relâchais... avant de jouir *intensément.*

Je le voulais encore et encore.

Je voulais le supplier. Parce que je le supplierais, je me mettrais à quatre pattes s'il le fallait. Je serais tout ce qu'il voulait. Je me suis retournée, j'ai libéré mes doigts et j'ai ramené mes genoux contre ma poitrine.

Dormir...

Je fermai les yeux et attendis que l'obscurité se manifeste.

Je n'ai pas eu à attendre longtemps, plongeant tête la première dans le vide. Et dans l'enfer de cette maison, une fois de plus. Des cris m'envahirent, des cris terrifiants, stridents. Des cris d'enfants et d'eux...

TU N'ES RIEN ! TU M'ENTENDS ! TU N'ES RIEN ! TU EXISTES À CAUSE DE L'ORDRE !

Je m'arrachai à ce cauchemar, mon cœur battant à tout rompre et le son strident de mon propre cri se répercutant sur les murs. Je tentai de reprendre mon souffle, les yeux ouverts, regardant le plafond. Des larmes perlèrent, chatouillant le coin de mes yeux. J'ai senti un mouvement avant de voir l'ombre se déplacer à côté de mon lit.

J'ai reculé d'un bond, fixant la silhouette imposante à mes côtés, jusqu'à ce que je réalise de qui il s'agissait. La peur me transperça tandis que Colt me dévisageait. Puis il se retourna et s'éloigna lentement. Mais il n'est pas parti. Il a marché jusqu'au mur et s'est retourné. La main appuyée sur son flanc, il s'est lentement laissé tomber pour s'asseoir sur le sol.

Je ne comprenais pas ce qu'il voulait. Mes larmes ont rendu son visage flou tandis qu'il ramenait ses genoux sur sa poitrine. Il ne disait pas un mot, il se contentait de m'observer, et il me fallut une seconde pour comprendre ce qu'il faisait.

Il veillait sur moi...

J'ai saisi le mouvement de sa tête lorsqu'il a lentement hoché la tête. Le geste en disait long...

Personne ne te fera de mal, pas tant que je serai là.

Une larme chaude glissa le long de ma tempe et se faufila dans mes cheveux tandis que je roulais sur le côté, face à lui, et que je fermais les yeux. Personne n'avait jamais fait cela pour moi auparavant, personne n'avait jamais veillé sur moi. J'étais celle qui protégeait, celle qui se battait. J'étais celle qui avait sorti de l'enfer ceux à qui je tenais, alors que nous fuyions pour sauver nos vies.

Mais en regardant Colt, assis dos au mur, j'ai réalisé que je n'avais pas à faire ça ici.

Je n'avais pas à le faire pour eux.

La famille. La voix de London résonna tandis que je fermais les yeux une fois de plus.

Le sommeil vint à nouveau me trouver. Mais cette fois, il n'était ni cruel ni brutal. Cette fois, il m'enveloppa, me rapprochant de lui. Je me laissai aller et m'endormis, sachant que j'étais en sécurité ici. Parce que j'avais un gardien...

Un gardien aussi silencieux que la nuit.

DIX

London

———

J'AI JETÉ UN COUP D'ŒIL À LA PORTE DU BUREAU POUR LA millionième fois, puis j'ai grogné et repoussé ma chaise en arrière. Putain, de qui je me moquais ? Je n'arrivais pas à me concentrer ce matin. Pas lorsque je savais qu'elle était dans sa chambre au-dessus de la mienne...

Je me passai les doigts dans les cheveux et me levai.

Bon sang, je n'avais pas besoin de ça. Pas maintenant, pas quand ces foutus loups tournaient autour de moi. Hale s'impatientait—*en fait, non. Il avait passé le stade de l'impatience suite à l'explosion*—maintenant, il était à la recherche d'une cible, une cible sur laquelle il pourrait déverser sa colère. Il allait en faire un exemple. S'il y avait une chose que Haelstrom savait faire, c'était bien ça : étriper quelqu'un en qui il avait eu confiance et le laisser en plan.

Je ne voulais pas être cette personne.

Ni maintenant, ni jamais.

Je jetai un coup d'œil à la porte, mon attention attirée par le souvenir d'elle, debout dans cette pièce du sous-sol, qui me fixait avec tant de convoitise et de trouble. Non, je devais rester concentré jusqu'à ce que Hale sente le tranchant aiguisé de ma propre lame s'abattre sur son cou. Alors il saurait... il saurait que c'était moi depuis le début.

Mon téléphone vibra sur le bureau devant moi. Je l'ai attrapé, j'ai jeté un coup d'œil à l'écran et j'ai répondu.

- Du nouveau ?

- Oui, marmonna Carven. Mais ça ne va pas te plaire.

Un sentiment d'impuissance m'envahit.

- Dis-moi.

- Alors, j'ai trouvé l'endroit où ils logeaient et c'est en plein milieu du fief des Rossi.

J'ai serré la mâchoire. Ça, je l'avais compris tout seul. Pourtant, la confirmation était tout ce dont j'avais besoin.

- Tu l'as localisé ?

- Oui, et Creed Banks aussi.

Mon estomac se serra tandis que mon cœur battait la chamade.

- Il y est encore ?

- Non.

Je me suis renfrogné.

- Continue.

- D'après les images satellite, il a été entraîné là-dedans par ses deux fils... et il est sorti... dans un putain de sac mortuaire.

- Merde !

J'ai fait les cent pas, réfléchissant...

- Ce n'est pas tout.

Il m'a arrêté net.

- La voiture dans laquelle il a été transporté appartient à un médecin du Sacré Cœur. On dirait qu'il a débarqué peu de temps avant qu'ils ne l'emmènent, dit-il.

- L'homme de Rossi ?

- On dirait bien.

- Putain.

J'ai fermé les yeux, comme si ça ne pouvait pas être pire.

- J'avais besoin de lui. J'avais besoin de lui, putain, dis-je.

Carven ne répondait pas. Parce qu'il n'y avait rien à dire.

- Des infos sur ce médecin ?

- Je te les envoie maintenant.

- Si Banks est hors-jeu, ce ne sera qu'une question de temps avant qu'ils ne nous associent à l'entrepôt, ai-je marmonné, exprimant mes craintes à voix haute. Ils viendront pour Castlemaine et ils nous élimineront pour y parvenir. Ils le démoliront pour atteindre King et je ne pourrai rien faire pour les arrêter.

- Est-ce qu'on le déplace ?

Je réfléchissais... je réfléchissais... je réfléchissais.

- Non, ai-je marmonné alors que les pièces commençaient à se mettre en place. Nous leur donnons juste une nouvelle piste à suivre. Une qui les ramènera chez les Rossi.

- T'es sûr de ça ?

- Si je suis sûr que c'est lui ou nous ? répondis-je. Oui, je suis sûr.

Mon téléphone a bipé dans ma main.

- Alors c'est entendu, et London ?

- Oui ?

- Va voir mon frère avant de partir ?

Comme s'il devait demander.

- Bien entendu.

J'ai raccroché et j'ai consulté les coordonnées du médecin. *Lucas DeLuca, médecine d'urgence, Sacré Cœur.* La photo qui s'affichait à l'écran était celle d'un beau gosse. Un type honnête, à première vue. Alors comment avait-il pu se retrouver mêlé aux Rossi ?

Il n'y avait qu'une seule façon de le savoir. J'ai attrapé ma veste sur le dossier de ma chaise et j'ai retroussé mes manches tout en saisissant mon téléphone. J'espérais seulement ne pas avoir besoin de lui faire du mal. Mais je le ferais... et je n'y réfléchirais pas à deux fois.

Je sortis du bureau, sans prendre la peine de fermer la porte cette fois. Cela ne faisait aucune différence, n'est-ce pas ? La tension au coin de ma bouche s'est accentuée. Non, ça n'avait pas la moindre importance, pas quand la femme la plus exaspérante que Dieu ait jamais créée vivait sous votre toit, mangeait votre bouffe et mettait le bazar dans votre putain de lit.

Mon regard s'est affiné alors que je me dirigeais vers la cuisine. Le sifflement sourd de quelque chose de grillé emplit mes oreilles avant que l'odeur du steak ne se répande dans l'air. Instantanément, j'ai eu l'eau à la bouche.

- Frances, murmurai-je, attirant l'attention du chef qui retournait délicatement la côte de bœuf Wagyu et la déposait soigneusement sur une assiette. Tout est prêt pour ce soir ?

Sa veste blanche à double boutonnage était impeccable, sans la moindre tache, et le chef quatre étoiles Michelin a hoché la tête avant de répondre avec un fort accent français.

- Oui, Monsieur St. James. Tout sera préparé exactement comme vous l'avez demandé.

- Bien, dis-je en souriant. Colt va se régaler.

- Oh, ne vous inquiétez pas, dit-il en brandissant la pince comme une arme. Il a déjà mangé une omelette de dix œufs et un grand plateau de fruits ce matin. Je suis surpris de ne pas avoir eu d'autre demande. Pour quelqu'un qui vient d'être opéré, il s'en sort étonnamment bien.

- Une opération ?

- De l'appendice, monsieur.

- Oh, dis-je en hochant la tête. Bien sûr.

Le chef afficha une mine renfrognée pendant une seconde avant de retourner aux fourneaux et de s'occuper du reste de la préparation du dîner de ce soir. Je l'ai laissé marmonner en français. Je ne pouvais que supposer que cela avait quelque chose à voir avec le fait que je n'avais apparemment pas la moindre idée que mon propre fils avait subi une intervention chirurgicale. Mais si le chef avait une opinion, il l'a gardée pour lui.

Parce qu'il comprenait la mission qui lui était confiée.

Et les sanctions encourues en cas de divulgation de ce qui se passait entre ces murs.

C'était le cas de tout mon personnel.

En passant devant la salle à manger, j'ai aperçu mon intendant principal en train de dresser la table. Noir. Rouge. Sobre, et aucune barrière contre les vitres. Telles étaient les instructions et, à en juger par son apparence, il les respectait.

- Guild.

- M. St. James, dit-il avec un signe de tête.

Je les ai laissés derrière moi et me suis dirigé vers les escaliers. Bon sang, mon cœur battait la chamade. L'idée du dîner de demain soir m'envahissait, me remplissant de peur, de dégoût et de haine de moi-même. Je me concentrai donc sur le repas de ce soir, un service pour deux. Je jetai un coup d'œil à sa porte fermée et me dirigeai vers la chambre des jumeaux. Si elle ne voulait pas être prisonnière, elle mangerait avec moi.

Plus de repas livrés dans sa chambre...

Peu importe le plaisir que j'avais eu à les préparer pour elle.

Il était temps de tester sa provocation, de la pousser à bout jusqu'à ce qu'elle atteigne sa limite... *puis de la pousser encore un peu plus.*

Ma respiration s'est intensifiée à cette idée. Mon appétit est descendu jusqu'à ma bite. Putain, je voulais la prendre. Je voulais qu'elle dégouline, qu'elle ait mal et qu'elle soit remplie à bloc.

Mais cela viendrait.

Dès que Hale aurait signé ce putain de contrat.

J'ai levé la main, frappé doucement à la porte, puis l'ai ouverte. Colt était assis au bureau, la tête baissée, silencieux alors qu'il s'affairait.

- Nouvelle console, hein ?

J'ai croisé les bras et me suis appuyé contre le mur.

Le fils était torse nu, à l'exception du bandage blanc scotché autour de son ventre, qui maintenait en place le pansement rembourré sur son flanc. Ses muscles saillants se contractaient lorsqu'il bougeait, se penchant pour brancher des câbles à l'arrière de la console, ce qui me donnait une vue de son dos.

Opération de l'appendice... Les mots de Frances me remplissaient tandis que je regardais le désastre qu'était le dos de Colt. D'épaisses cicatrices argentées barraient son dos, parsemées de petites brûlures de cigarettes. Mais elles n'étaient rien comparées aux cicatrices dentelées qui s'entrecroisaient sur son front. Il y en avait aussi de belles, faites par la main ferme d'un chirurgien qui avait essayé de réparer les dégâts causés au garçon.

Tant de putains d'opérations chirurgicales.

Et tant de putains de coups.

C'était un miracle qu'il ait survécu.

Il n'a pas jeté un regard dans ma direction, ni arrêté ce qu'il faisait. Il ne s'est retourné qu'une seule fois... pour recadrer la vue de son téléphone en direction de l'endroit où il s'affairait. L'écran a attiré mon regard et je me suis raidi à sa vue.

Son téléphone était posé sur le côté, fixé sur un support pour lui permettre de regarder les images de vidéosurveillance sur l'écran. Vivienne était dans sa chambre, une serviette enroulée autour de son corps. Ses longs cheveux étaient mouillés, elle sortait tout juste de la douche. Je me suis renfrogné, puis je me suis retourné vers ce fils qui l'espionnait... tout comme moi.

Il lui a tenu la main, London. La voix de Carven résonnait dans ma tête tandis que je regardais Colt jeter un coup d'œil à la caméra, l'observer avant d'allumer le moniteur incurvé devant lui et de poser la console. Celle achetée pour remplacer celle qu'elle avait détruite. La seule chose qui apportait un peu de paix à Colt.

Mais en regardant le jeune homme œuvrer, en lui jetant des coups d'œil furtifs alors qu'elle appliquait de la lotion sur ses jambes nues jusqu'à la jonction de la serviette, j'ai réalisé qu'il ne se souciait plus de la console de jeu. Il avait autre chose pour occuper son temps. Et pour la première fois de sa vie, j'ai vu mon fils de vingt-et-un ans, gravement endommagé, s'enticher d'elle.

- Tu le ressens aussi, n'est-ce pas ?

Il a jeté un coup d'œil dans ma direction, ses yeux bleu océan plus sombres que je ne les avais jamais vus. Mais ce n'était pas de la jalousie ou de la rage. Ils étaient sombres de désir. Parce que c'est ce qu'elle provoquait en nous, n'est-ce pas ? Que sa lignée soit maudite, cette folie était plus intense que le désir, plus cruelle que l'appât du gain.

Elle pensait que c'était tout ce qu'elle était pour nous.

J'ai regardé le téléphone orienté exactement comme il le voulait.

Elle se trompait.

Je me suis retourné vers Colt qui m'a fait un lent signe de tête.

Une lueur de jalousie s'est éveillée, jusqu'à ce qu'elle soit étouffée par le besoin de la protéger. Parce que maintenant, elle serait protégée par le plus dangereux d'entre nous. Je lui ai adressé un sourire, puis je me suis éloigné.

- Veille sur elle, mon fils. Veille sur elle et protège-la au péril de ta vie.

Ces mots m'ont porté jusqu'au garage. J'ai laissé derrière moi les odeurs et l'agitation du personnel de maison et je suis monté dans l'Audi. Je pouvais faire confiance à mes fils pour faire plus que chasser et tuer pour moi maintenant. Je pouvais leur faire confiance avec *elle*.

J'ai traversé la ville et me suis garé sur le parking devant l'hôpital de la ville, qui avait l'air assez vieux. Des murs gris tachetés séparaient les séries de fenêtres éclairées qui s'élevaient jusqu'au ciel. Les patients se pressaient devant les doubles portes automatiques de l'entrée des urgences. Je suis sorti, j'ai verrouillé la voiture et j'ai traversé la rue, me dirigeant vers eux.

Ils m'ont regardé fixement tandis que je passais devant eux, que je remettais ma veste en place et que je franchissais les portes du septième niveau de l'enfer. Des enfants qui pleuraient, des hommes qui hurlaient. Les gens étaient assis contre les murs, s'entassant dans la salle d'attente et à la réception.

- Je vous l'ai déjà dit. Pas d'assurance, pas de médecin.

Une grande infirmière de secours à l'air fatigué secouait la tête devant une jeune mère portant un bébé hurlant sur sa hanche.

Je n'ai pas attendu, je ne me suis pas occupé d'eux. Je ne pouvais pas me *permettre* de les voir. Au lieu de cela, je l'ai contournée, je me suis arrêté devant le bureau et j'ai attiré le regard de l'infirmière de triage.

- Oh, hors de question que vous coupiez la file d'attente, M... dit-elle en me scrutant de haut en bas, son regard se ralentissant. Bel étalon. Dites-moi, mon beau, que puis-je faire pour vous ? dit-elle, rayonnante.

Je lui ai fait un sourire en coin et je me suis rapproché.

- Je cherche un certain Lucas DeLuca, y a-t-il une chance... j'ai regardé sa poitrine à la recherche d'un badge d'identification. Rochelle, que vous puissiez me guider jusqu'à lui ?

- Docteur DeLuca ? Ses yeux se sont écarquillés, étincelants. Oui, il est dans son bureau. Elle leva la main et indiqua le couloir. Tout droit, sur la droite.

Je lui ai fait un clin d'œil, je l'ai vue rougir et j'ai souri. Mais le sourire a disparu lorsque j'ai jeté un coup d'œil à la jeune mère et à son bébé en pleurs. Elle avait vu la comédie, les faux-semblants. Je lui ai fait un signe de tête avant de me retourner et de m'éloigner.

Les bruits. Les odeurs.

Ils me frappèrent presque plus fort que je ne pouvais le supporter.

J'ai dégluti, puis j'ai fouillé dans ma poche pour en sortir des gants de cuir noir que j'ai enfilés. Je ne voulais pas voir les enfants souffrir, ni leurs parents affolés arpenter les couloirs, essayant désespérément de soulager la douleur de leur enfant. Je n'étais pas un homme émotif, et je n'étais pas gentil non plus.

Mais la vue de ces gamins sans défense me faisait quelque chose. Quelque chose que je tolère. Cela me faisait réfléchir...

Je détournai mon regard, remis mes gants en place et attachai la sangle autour de mon poignet lorsque j'aperçus une porte fermée au bout du couloir. Des infirmières entraient et sortaient en traînant les pieds de la salle de repos située de l'autre côté. Les femmes me dévisageaient, les hommes me scrutaient de haut en bas. Mais je n'y prêtai pas attention. Je me concentrai sur le bureau sombre avant d'appuyer sur la poignée et de me glisser à l'intérieur.

C'était calme, *trop calme*, avant que de doux ronflements ne proviennent de l'étage au fond de la pièce. Je me déplaçai silencieusement autour du bureau, qui était encombré de dossiers qui surplombaient tout le reste. Je n'avais pas la moindre idée de la raison pour laquelle quelqu'un se soumettait à cela.

Les ronflements étaient profonds et réguliers et étouffaient le bruit de mes pas alors que je m'approchais du petit lit de camp placé dans un coin de la pièce. J'ai sorti mon arme et mon silencieux de ma poche et je me suis placé au-dessus du bouffon de Rossi. Un coup de pied au bout de la couchette, et j'attendis que les ronflements s'arrêtent. Mais ce n'était pas le cas. L'homme dormait comme un mort, mais je supposais qu'il avait assez dormi. J'ai donné un nouveau coup de pied, plus fort cette fois.

Ses yeux se sont ouverts d'un coup, son regard s'est porté instantanément sur moi alors que je m'approchais et que je m'agenouillais.

Je m'attendais à de la confusion.

Je m'attendais à de la peur.

Je m'attendais à ce que l'homme se mette à bafouiller et à sangloter, ou au moins à crier pour appeler la sécurité.

Mais le médecin n'a rien fait de tout cela, pas même lorsque j'ai levé la main, jeté un coup d'œil au gant qui tenait mon arme et pris la parole.

- Je me disais que les horaires de travail à l'hôpital étaient intenables, docteur. En plus des visites à domicile que vous faites.

- Attendez, je...

Je ne lui ai pas laissé le temps de finir, j'ai plaqué ma main contre sa bouche, j'ai levé mon arme et j'ai appuyé le silencieux sur sa tête.

- Tu ne parles pas, tu m'as bien compris ? Tu ne diras pas un mot jusqu'à ce que je te le dise. Tu resteras calme et patient, et quand je te poserai les questions pour lesquelles je suis venu, tu répondras. Sinon, je vais te faire éclater la cervelle sur le mur de ton bureau. Est-ce que j'ai été clair ?

Ma paume s'est réchauffée à la chaleur de son souffle court, puis il a lentement hoché la tête.

- Bien. Alors, la planque à laquelle tu es allé pour Benjamin Rossi, tu y as rencontré trois hommes, c'est bien ça ?

Ses yeux se sont écarquillés. Ses yeux blancs injectés de sang étaient presque fluorescents dans l'obscurité lorsqu'il secoua la tête.

- Non ?

J'ai retiré ma main de sa bouche, mon doigt étant prêt à entourer la gâchette.

- Non, a-t-il répondu. J'en ai rencontré deux, le troisième était déjà mort quand je suis arrivé.

- Il était déjà mort ?

Mon esprit s'est mis à imaginer plusieurs scénarios, essayant d'en trouver un qui tienne la route.

La dernière fois que nous avions vu Creed Banks, il avait quitté l'Ordre après avoir tenté de faire partir Elle Castlemaine. La vidéo de cette nuit-là tournait encore dans ma tête. Je l'avais regardée encore et encore dans les heures qui avaient suivi la capture de Ryth, essayant de prendre une longueur d'avance sur Riven.

Mais j'étais arrivé trop tard.

Je m'en voulais encore d'avoir raté l'occasion d'atteindre King.

Ou de capturer l'un de ses hommes alors qu'ils prenaient d'assaut l'Ordre.

- Ils l'ont tué ? Je me concentrai, croisant son regard.

- Ils ont rien dit et je ne pense pas que ce soit le cas.

- Hum, marmonnai-je alors que mon doigt s'éloignait de la gâchette. Mais je n'ai pas baissé mon arme. Le corps, où est-il ?

- En lieu sûr.

La colère s'est emparée de moi et m'a glacé le sang.

- Ce n'est pas ce que j'ai demandé. Où est le corps ?

- Non, dit-il en secouant la tête. J'ai promis de ne rien dire

J'ai appuyé plus fort le pistolet sur son crâne.

- Pour l'instant, je suis le seul obstacle entre eux et ceux qui cherchent à s'emparer de Ryth et à tuer ses frères. Alors crois-moi quand je te dis que je ferai tout ce qu'il faut pour que cela n'arrive pas. Mais seulement parce que cela sert mes intérêts. Or, vous ne voulez pas que mes intérêts changent, n'est-ce pas, docteur ?

Il a soutenu mon regard pendant une seconde avant de secouer lentement la tête.

- Il y a des hommes bien pires que moi, crois-moi. J'ai besoin de maintenir ces hommes occupés, j'ai besoin qu'ils cherchent ailleurs. Alors, je demande encore une fois... *où est le corps ?*

- Il est dans un centre de détention près de Beauchamp Place.

- Un centre de détention ?

- Là où sont brûlés les corps de ceux qui n'ont pas de couverture d'assurance. Mais il est en sécurité. Je l'ai placé à l'abri pour qu'ils ne le détruisent pas sans mon accord.

J'ai eu un tressaillement au coin de l'œil. Je connaissais ce genre d'endroit où l'on entassait les morts dans des unités réfrigérées et où la chaudière fonctionnait vingt-quatre heures sur vingt-quatre. J'ai retiré mon arme et je me suis levé lentement.

- Je vais avoir besoin de cette adresse, Doc. Maintenant, je vais compter sur le fait que tu garderas le silence sur ce petit entretien. Je peux te faire confiance, n'est-ce pas ?

Il déglutit difficilement et se hissa lentement. Le type avait l'air en forme et fort. Mais il avait aussi l'air épuisé. Il se leva du lit de camp et se dirigea lentement vers le bureau encombré, puis chercha à tâtons un stylo et un bloc-notes. Le bruit de son gribouillage fut interrompu par le déchirement du papier.

Il se retourna et le tendit, croisant mon regard.

- Ryth et les types...

- Ils sont en sécurité, dis-je en prenant le papier. Pour l'instant. Combien de temps cela va durer est un cocktail de paramètres. Certains que je peux contrôler, d'autres non.

J'ai brandi le papier.

- Bon, tu ne vas pas appeler les Rossi pour tout leur dire, n'est-ce pas ?

Il a tressailli et sa voix est devenue plus grave.

- Non, je ne le ferai pas.

J'ai simplement hoché la tête, dévissé le silencieux de l'arme et l'ai glissé dans ma poche en contournant son bureau. Son souffle rauque m'a atteint lorsque j'ai attrapé la poignée de sa porte et que je me suis arrêté.

- Oh, et encore une chose, docteur. Dormez un peu, vous avez une mine déconfite.

Puis je suis parti, j'ai gardé les yeux baissés et j'ai lentement enlevé mes gants avant de les remettre dans ma poche. Rochelle était occupée quand je suis passé, se battant avec une autre personne démunie.

Mais je ne les voyais pas.

Je ne voyais personne.

J'ai juste repris le chemin de l'Audi, ce bout de papier serré dans ma main. Pouvais je faire confiance au brave docteur pour qu'il tienne sa part du marché et qu'il se taise ? Je ne le savais pas et je n'étais pas prêt de le découvrir.

Je démarrai le moteur et appuyai sur le contact de l'écran, attendant qu'il réponde. Carven était toujours dehors, toujours en train de chasser. Je lui ai transmis les informations pendant que je conduisais. Il était méfiant, mais enthousiaste. S'il y avait bien quelque chose que les fils avaient en leur faveur, c'était la vitesse et la précision. Ils étaient l'arme que l'on ne voyait pas venir.

Le temps que je me rende à la boutique de luxe située dans les quartiers chics de la ville, Carven disposait de toutes les informations dont il avait besoin. Je me suis garé et j'ai coupé le contact avant de me pencher en avant et d'appuyer sur le bouton de la boîte à gants. Après avoir rangé l'arme et le silencieux, je suis sorti.

Des voitures sont passées pendant que je boutonnais ma veste, puis j'ai fermé la portière et l'ai verrouillée derrière moi. Pour ces moments parfaits, je n'étais ni le salaud impitoyable, ni le chasseur. Je me suis approché de la porte et j'ai appuyé sur la sonnette, puis j'ai attendu.

Une superbe brune répondit rapidement à la sonnette. Ses yeux s'illuminèrent et ses lèvres rouges s'étirèrent en un large sourire.

- M. St. James, je vous en prie, entrez.

Je lui ai fait un signe de tête sec et je suis entré. Le parfum délicat de fleurs m'a envahi alors que je me dirigeais vers le magasin. La boutique était vide, exactement comme je l'aimais.

- Elle est arrivée ?

- Oh, oui, en effet, elle est arrivée. Voulez-vous la voir ?

- S'il vous plaît.

Elle est partie et est revenue quelques secondes plus tard avec une grande boîte rectangulaire qu'elle a placée au-dessus d'une vitrine. J'ai attendu que le couvercle soit enlevé et qu'elle plonge ses mains sous le papier de soie noir pour dégager la robe.

Noire.

Longue.

Exquise.

Elle a contourné le comptoir en passant le vêtement sur son bras.

- Votre femme a vraiment de la chance.

Tout ce que je voyais, c'était la fente au niveau des cuisses.

Et ce tissu doux contre sa peau bronzée.

Tout ce que je voyais, c'était la couleur noire. Le *noir* qu'elle porterait pour moi.

- Si vous le souhaitez, je peux essayer la robe pour vous... a-t-elle murmuré avec douceur. Pour que vous puissiez la voir portée.

Je savais ce qu'elle voulait. Ce n'était pas la première fois que la vendeuse me faisait part de ses intentions. J'avais déjà été poli, feignant discrètement l'ignorance. Mais cette femme ne voulait pas comprendre. J'ai croisé son regard.

- Non, et si vous vous comportez encore de manière inappropriée avec moi, je vous ferai renvoyer.

Le sourire qu'elle arborait a faibli, puis elle a plongé tête la première dans la terreur.

- Maintenant, les chaussures, ai-je murmuré en la fixant du regard et en observant la peur dans ses yeux comme s'il s'agissait d'un jeu sanglant.

La colère grondait en moi. J'avais beau essayer de repousser les mots de Haelstrom, ils revenaient en force...

Vendredi soir. Je compte sur toi, allié. Ophélia sera là, elle a expressément sollicité ta présence.

Un frisson me parcourut. Mais au lieu de la peur, je goûtai à la rage.

Celle qui me poussait à me rapprocher de ce bord dangereux.

Je me suis concentré sur la vendeuse en face de moi et j'ai maîtrisé ma voix à la perfection.

- Maintenant, les chaussures...

ONZE

Vivienne

J'AI TOURNÉ LE BOUCHON DE L'HUILE CORPORELLE LA MER en jetant un nouveau coup d'œil à l'endroit où Colt était resté assis toute la nuit sans dire un mot. C'était bizarre qu'il se soit assis là... non, plus que bizarre. C'était... une attitude *terriblement protectrice* et je n'y étais pas habituée. Ni à la façon dont il avait appuyé sa tête contre le mur, posé ses bras en équilibre sur le haut de ses genoux pliés et m'avait observée, ni à ce fichu silence qui l'accompagnait.

Mais bizarrement, j'avais dormi... peut-être mieux que je ne l'avais fait depuis une éternité.

Il n'y avait pas de maisons terrifiantes ni de cris malsains qui m'attendaient quand je suis tombée dans le sommeil cette fois-là. Il n'y avait rien. Juste un sommeil sans rêve qui m'a fait un bien fou. Maintenant, mon corps se sentait tranquille et... *élégant.*

J'ai étalé la crème sur le dessus de mon pied et l'ai fait pénétrer jusqu'à ce que la peau brille, puis je suis sortie du lit et me suis levée. Le silence était une chose. Maintenant, je me retrouvais avec quatre maudits murs qui me donnaient l'impression d'être de nouveau en cage.

Je n'aimais pas ça.

Pas le moins du monde.

Avec un soupir, je suis retournée dans la salle de bains. Des yeux sombres et charbonneux me regardaient alors que je m'approchais du miroir. J'avais l'air un peu perturbé par les événements d'hier. Cette maison. Cet homme... *retire le traceur de mon corps...* Mon regard se porta sur le renflement de ma poitrine et sur la palpitation sourde qui accompagnait le souvenir de ce sous-sol. Pourquoi ? Un putain de grognement profond a suivi. Son regard calculateur m'a envahie. Il était là, toujours là. Parce que je ne suis pas... Il m'a quand même coupé la parole avec ce mot possessif. *À moi ?*

À moi...

Le mot persistait.

- Non. Je ne suis pas à toi, connard, ai-je murmuré en me regardant dans le miroir. Peu importe l'argent que tu as payé pour m'avoir.

J'ai brossé mes cheveux pour les dégager de mes épaules. Ils étaient en bataille et sauvages, et non pas lissés et bien coiffés comme je les avais portés jusqu'à présent. J'ai baissé le regard sur le haut noir décolleté plongeant qui allait parfaitement avec le pantalon large rose pâle fendu jusqu'à mi-cuisse. *À moi*, la voix de ce salaud résonnait encore. London St. James était peut-être un fils de pute sans cœur, mais son assistante personnelle avait de très bons goûts vestimentaires.

Dommage que son patron soit un connard.

J'ai reposé l'huile corporelle sur le meuble et je suis sortie de la salle de bains à grands pas. Je n'avais pas besoin de chaussures, ce n'était pas comme si j'allais quelque part, alors j'ai marché pieds nus jusqu'à la porte et je l'ai ouverte. Mais au lieu du silence, j'ai entendu un cliquetis qui provenait de l'étage inférieur. J'ai jeté un coup d'œil à la porte fermée des fils, puis je me suis retournée. Colt devait être dans la cuisine.

Il n'y avait qu'un seul moyen de le savoir.

Si je devais rester un jour de plus confinée dans ma chambre, j'allais commencer à redécorer... au moyen d'une chaise lancée à travers ce foutu mur. L'odeur de la nourriture me saisit alors que je me dirigeais vers le hall d'entrée. Du steak... de l'ail, une sorte de...

Un homme s'est approché de l'extrémité du comptoir de la cuisine et je me suis figée. *Du beurre... une sorte de beurre.* Il y avait un inconnu... dans la maison de London. J'ai jeté un coup d'œil autour de moi, puis j'ai marché lentement vers lui. Un étranger qui portait un uniforme de cuisinier.

- Euh, bonjour, ai-je murmuré.

Mais le type n'a pas parlé, il m'a juste regardée, a hoché la tête et s'est remis à cuisiner ce qu'il était en train de préparer. Ce qui sentait vraiment très bon. Je me suis approchée et j'ai regardé par-dessus la cuisinière jusqu'à ce qu'il me lance un regard noir qui m'a fait reculer.

- Bon, d'accord.

Je me suis éloignée et j'ai observé du coin de l'œil un type costaud vêtu de noir qui sortait de la salle à manger.

- Bonjour, ai-je dit.

- Mademoiselle Evans, a-t-il répondu, avant de vaquer à ses occupations.

Je savais que la maison était impeccable et que ma chambre était toujours propre. Mais je n'avais jamais vu de personnel jusqu'à présent. Je me suis renfrognée, savaient-ils exactement ce que j'étais ? Comme le fait que je sois ici contre mon gré ? J'ai fait un pas en avant et j'ai ouvert la bouche pour leur dire...

Quoi, Vivienne ? La voix de London résonna dans ma tête. *Que vas-tu leur dire, et où vas-tu aller ?* J'ai grimacé, détestant le fait que, même maintenant, je savais exactement ce qu'il aurait dit. Alors que je restais là, prise au piège, le chef continuait à cuisiner et le type vêtu de noir me contournait avant de disparaître.

J'ai pensé à monter voir Colt, mais l'idée de rester dans le silence était trop difficile à supporter. Je me suis donc dirigée vers le seul endroit qui me venait à l'esprit et qui ne me faisait pas peur. Je me suis dirigée vers son bureau. La clé était cachée dans ma poche. Je l'ai sortie, mais avant de pouvoir l'insérer dans la serrure, j'ai testé la poignée.

La porte n'était pas verrouillée.

- Ah...

J'ai poussé la porte et je suis entrée. La lumière du soleil passait à travers les rideaux, mais la lumière de la pièce était plus sombre et plus masculine pendant la journée.

J'ai jeté un coup d'œil sur les étagères de livres, puis je me suis dirigée vers le bureau. Un bureau sur lequel se trouvait une pile de dossiers bien rangés avec une note autocollante dessus.

Plus je m'approchais, plus je me méfiais, jusqu'à ce que je me tienne devant.

SI TU VEUX faire comme chez toi, Vivienne, commence par ici.

L.

- L., murmurai-je en touchant le coin de la note. Va te faire foutre, L. Qu'est-ce que tu en dis ?

Il fallait toujours qu'il ait l'air si condescendant, si digne. J'ai jeté un coup d'œil dans le bureau. Je me demandais où travaillait son assistante personnelle. Probablement à distance. Je ne supporterais pas non plus de regarder cet odieux fils de pute toute la journée.

Je parie que si je mettais la main dans ta culotte, je te ferais passer pour une menteuse.

Les mots ont fait trembler mon corps. La chaleur a suivi, mais maintenant elle était plus audacieuse, plus chaude, me percutant directement entre les jambes. J'ai fermé les yeux et j'ai basculé vers l'avant en m'agrippant au bord du bureau.

- Je t'emmerde, London St. James.

J'ai ouvert les yeux. J'avais besoin de me concentrer sur quelque chose, n'importe quoi pour me distraire de la légère odeur de cigare, de cuir... et de cette eau de Cologne mortellement séduisante. J'ai pris une plus grande inspiration.

- Bon sang, ça sent bon, ai-je marmonné en testant les serrures de ses tiroirs. Étrangement, ils étaient déverrouillés...

Tous...

Comme s'il me laissait entrer, me permettant de voir tous ses sombres secrets cachés.

Je me suis figée et j'ai froncé les sourcils en pensant à ce que cela impliquait. Il me faisait confiance, sachant que je pouvais le dénoncer si je le voulais.

Nous sommes une famille.

Ces mots ont surgi en moi. Une famille. Comme s'ils étaient les fils et moi la fille. *Tu veux m'appeler papa ? Est-ce que tu te sentirais mieux ?*

Je déglutis et m'assis sur sa chaise en faisant courir ma main le long de son bureau. Je dérapais, je perdais cette pointe de haine que je portais en moi depuis qu'il m'avait entraînée dans cette maison avec force, coups de pied et cris, et je n'aimais pas ça. Non, je n'aimais pas ça du tout. J'ai arraché la note qu'il m'avait laissée et j'ai pris le dossier.

Dès que je l'ai ouvert, je me suis figée. Il y avait une photo de la maison des horreurs, mais elle n'était pas en ruines comme maintenant. Elle était vivante, bouillonnante et cruelle. Un homme se tenait devant la maison, accompagné de trois femmes et d'un groupe d'enfants. Ce n'étaient que des filles, chacune d'entre elles.

La maison des garçons était bien pire...

Ces mots me sont venus à l'esprit alors que je fixais les femmes sur la photo, puis lui... l'homme qui se tenait à côté d'elles. Celui qui tenait la plaque sur laquelle on pouvait lire « *Maison Hale* ».

- Hale, ai-je murmuré. Je connaissais ce nom... *trop bien.*

Je l'avais entendu chuchoté et brandi comme une arme. Je savais à qui appartenait l'Ordre et j'avais en face de moi le fils de pute en question. La seule question était de savoir pourquoi London agissait contre lui.

Il avait Jack Castlemaine.

Il avait protégé Ryth.

Même s'il l'avait fait pour servir ses propres besoins égoïstes. La seule question était de savoir quels étaient ses intérêts... *et quelle était ma place sur Terre ?* C'est surtout cette question qui me taraudait. En feuilletant les informations imprimées sur l'histoire de la maison, je n'ai pas trouvé de réponse. Ce que j'ai trouvé sous le premier dossier, c'est une autre note autocollante, cette fois avec une sorte d'adresse IP.

Je me suis tournée vers le Mac, j'ai appuyé sur la souris et j'ai vu l'écran s'animer. Vivienne. J'avais mon propre identifiant... mais il était verrouillé par un mot de passe. J'ai jeté un coup d'œil à la note, mais tout ce qu'elle contenait, c'était l'adresse.

- Bien joué, tête de nœud. Tu as oublié de me laisser le mot de passe.

Mais il n'avait oublié, n'est-ce pas ?

Parce qu'un homme comme London n'oubliait rien.

Il me testait.

J'ai serré la mâchoire et j'ai commencé à taper... *Vivienne, incorrect. Viv, incorrect. Vivienne Evans... incorrect.*

Ce foutu truc allait me rendre folle de rage.

Tu peux m'appeler papa...

Appelle-le papa.

- Non, j'ai secoué la tête. Impossible, putain.

Mais ce curseur lancinant ne cessait de clignoter et de clignoter et de clignoter.

- Putain de merde.

J'ai tapé *papa*, et l'écran s'est animé, s'ouvrant sur un écran rien que pour moi. Il y avait un dossier à mon nom. Même si j'avais envie de l'explorer, je l'ai laissé de côté pour ouvrir le navigateur et j'ai tapé l'adresse indiquée sur la note.

Une boîte de dialogue s'afficha.

Je me suis renfrognée, fixant le fond noir et le petit curseur qui clignotait. Puis la curiosité a pris le dessus :

Bonjour ?

J'appuyai sur envoyer et j'attendis...

Qui est là ?

- Qui est là ? marmonnai-je en écrivant :

Qui est là ?

Viv, c'est toi ?

Mon cœur se mit à battre plus fort. Ce n'était pas possible. Mon souffle s'accéléra alors que mes doigts tremblaient en tapant la réponse :

RYTH ?

Oh mon Dieu, Vivienne c'est toi ?

Je poussai un cri, ma gorge se serra.

Oui, c'est moi. Bordel, je pensais pas pouvoir te reparler un jour. Ça va ? Tu es où ?

J'attendis.

Caleb dit que c'est pas prudent de le dire. Mais tout va bien. Et toi ?

Je relevai la tête pour jeter un œil à la porte du bureau. Je voulais répondre que non, que j'étais terrifiée et que j'avais hâte de sortir d'ici, mais je ne parvenais pas à le dire. Mais non, je me détestais davantage de lui dire la vérité :

BIZARREMENT, ouais. Je... ça va et je suis en sécurité. Protégée même, j'ai pas l'habitude.

Je sais pas si je dois rire ou m'inquiéter. Tu as vu mon père ?

Son père ? Merde. Je me mis à penser à lui. J'étais entrée dans le bureau de London pour avoir des infos, non ? Étrangement, j'avais été distraite.

Non, mais ça viendra.

Bien. Quand tu le verras, tu pourras lui dire que je l'aime ? Je dois y aller, on va partir. On va dans un lieu plus sûr. A très vite. Je t'aime, Viv. Fais attention à toi.

Ma gorge se serra alors que je tapais ma réponse :

Je t'aime aussi, Ryth.

Puis j'ai appuyé sur « envoyer », je me suis adossée au siège et j'ai regardé l'écran. Elle était en sécurité... et en mesure de me parler... et cela m'a touchée plus intensément que tout ce qu'il avait pu faire. Les larmes sont montées à mes yeux. Je déglutis difficilement, mais je ne parvins pas à déloger la boule au fond de ma gorge.

La porte du bureau s'est alors ouverte, me faisant sursauter. London est entré brusquement et a refermé la porte derrière lui, mais il n'a pas regardé dans ma direction. J'ai refermé le chat à la hâte, puis j'ai réalisé que ce n'était pas nécessaire. Parce qu'il voulait que je lui parle. Il avait tout orchestré.

J'ai jeté un coup d'œil au dossier ouvert pendant qu'il déboutonnait sa veste, l'enlevait et la posait sur le bout du bureau avant de fouiller dans la poche de son pantalon, ce qui a attiré mon regard sur la façon dont il épousait ses fesses fermes, avant de sortir quelque chose et de le laisser tomber sur le bureau en face de moi.

C'étaient des gants en cuir noir.

Le genre de gants que l'on enfile...

En un instant, l'image a surgi dans mon esprit.

La sensation de ces gants sur ma poitrine. Son pouce entourant mon mamelon. Le sang bourdonnait dans mes veines tandis que je déglutissais une fois de plus. Pourtant, il ne m'a pas parlé, n'a pas croisé mon regard, et je lui en étais reconnaissante. La chaleur me monta aux joues lorsqu'il retroussa les manches de sa chemise, dévoilant les muscles tendus de ses avant-bras puissants, et contourna le bureau.

- Vivienne, murmura-t-il en s'agrippant au dossier de la chaise et en se penchant au-dessus de moi. J'espère que ta journée a été productive.

Il était trop près...

Vraiment trop près.

Mes respirations haletantes ne faisaient que faire pénétrer son odeur plus profondément. Ce parfum riche, séduisant, érotique à souhait. J'ai retenu un gémissement lorsqu'il s'est appuyé plus fort contre moi et a saisi son code de connexion pour basculer sur son compte avant de tourner la tête et de me fixer.

Arrête...

ARRÊTE !

J'ai essayé de reculer, mais j'étais coincée, incapable de faire autre chose que de rencontrer ce regard noir et carnassier et de faire de mon mieux pour ne pas me retrouver à sa hauteur.

- Très bien.

Le coin de sa bouche a tressailli tandis qu'il me fixait.

- Bien.

Il s'est retourné pour jeter un coup d'œil à ses messages, puis a appuyé sur des touches pour envoyer des informations ailleurs avant de se déconnecter et d'ouvrir à nouveau mon compte.

- Je suppose que tu as trouvé le mot de passe assez facilement.

- Oui.

- Oui ?

Il a jeté un coup d'œil dans ma direction et s'est redressé, me dominant, patientant...

- Oui, *London.*

Ce regard vil, destructeur d'âme, me cloua sur place avant qu'il ne pousse un petit gloussement et ne se détourne, contournant le bureau pour ouvrir la porte et sortir à grandes enjambées, en la laissant entrouverte. J'ai essayé de me concentrer sur les dossiers devant moi, mes joues étaient brûlantes, mais je n'arrivais pas à me concentrer sur un seul mot. Au lieu de cela, j'ai suivi ces pas lourds tandis qu'il partait et revenait, avec une poire.

Il a traversé le bureau avec désinvolture, a attrapé son iPad et l'a ouvert, m'ignorant une fois de plus. Je me suis forcée à fixer les mots qui ne faisaient aucun sens et j'ai ouvert la page. Mais je le regardais du coin de l'œil quand il fouilla dans sa poche, en sortit un couteau de survie et l'ouvrit. L'acier brillait, faisant battre mon pouls tandis que je fixais la lame affûtée, il trancha un morceau de poire et s'approcha du bureau.

Il le déposa délicatement sur le bureau devant moi.

L'ordre était simple : mange.

Il s'est retourné, a passé son doigt sur l'écran de son appareil et a parcouru les courriels les uns après les autres. J'ai tendu la main, attrapé le fruit et l'ai croqué dedans à pleines dents. Mon Dieu, elle était délicieuse. Curieusement, j'ai réussi à me calmer suffisamment pour lire les mots sur la page devant moi alors que nous tombions dans un silence facile, où il partageait son attention entre découper des tranches et les placer sur le bureau devant moi, tout en faisant comme si je n'étais pas là, jusqu'à ce qu'il n'y ait plus de poire et que je tienne la dernière tranche dans ma main.

La tranche qui aurait dû être la sienne.

Mais elle ne l'était pas, et surtout, cela me dérangeait.

Non seulement il partageait sa nourriture.

Mais il faisait en sorte que je mange plus que lui.

Je glissai la dernière bouchée dans ma bouche et rattrapai le filet de jus qui coulait le long de mon pouce avant de me relever lentement et de rassembler le dossier devant moi. "Je vais te laisser.

Il a levé les yeux, mais n'a pas répondu. Le désir qui se lisait dans son regard était une réponse suffisante. J'attrapai la paperasse et me dépêchai de quitter le bureau et son fichu regard possessif.

Je n'ai même pas jeté un coup d'œil au chef, j'ai foncé vers les escaliers et j'ai grimpé, le goût sucré de ma résistance encore présente sur ma langue. J'ai presque claqué la porte de ma chambre en la refermant derrière moi avec un bruit sourd, j'ai appuyé mon dos contre la porte et j'ai essayé désespérément de me maîtriser.

Jusqu'à ce que je la remarque...

Une grande boîte noire posée au bout de mon lit.

- C'est quoi ça ? ai-je murmuré, et j'ai fait un pas en avant.

La boîte était immense. D'un noir mat. Envoûtante. J'ai déposé mon dossier sur le lit à côté, j'ai attrapé l'enveloppe placée sur le dessus et j'en ai sorti une petite carte blanche.

LE DINER SERA servi à 20 heures pile.

Cette fois, Vivienne, porte ce que je te demande s'il te plaît.

L.

· · ·

MES MAINS TREMBLAIENT alors que je reposais la carte, puis je saisis le couvercle de la boîte avant de le soulever. Un papier noir enveloppait la robe. Je le dégageai et sortis le vêtement, découvrant la plus belle robe que j'avais jamais vue.

Une robe *noire*.

DOUZE

Vivienne

Cette fois, Vivienne, porte ce que je te demande s'il te plaît...

Il a dit "s'il te plaît". Je me suis regardée dans le miroir de la salle de bain avec ces mots qui résonnaient dans ma tête, *il avait dit s'il te plaît...*

La chaleur me monta aux joues tandis que je fixais le visage de cette inconnue en face de moi. J'avais décidé de faire le strict minimum juste pour le contrarier, mais ça... ce n'était pas prévu. Au lieu d'être charbonneuse et sombre, j'étais... sobre. Fardée. Les reflets dorés sur mes joues donnaient à ma peau un aspect solaire. J'ai déposé quelques paillettes sur la ligne de mes épaules avec l'épais pinceau avant de le reposer et de jeter un coup d'œil à l'horloge.

Il était presque vingt heures et la prisonnière était sur le point d'aller... où ? Je n'en avais aucune idée. Mais quelque part. Une pensée me vint à l'esprit, froide et glissante comme une anguille. Une pensée qui me rendit malade. Était-ce à l'une ce ces fêtes où les hommes de l'Ordre emmenaient les autres filles ? Celles où elles revenaient traumatisées et exploitées par un nombre incalculable d'hommes ? London St. James était-il sur le point de me briser ?

Mon estomac se serra. Les lumières blanches éblouissantes du plafond faisaient chanceler la salle de bains. Il voulait que je porte du noir, n'est-ce pas ? Et pas seulement la robe. La lingerie qu'il avait placée à côté de la robe était également noire. Une culotte et un soutien-gorge assortis en velours noir doux - si on peut les appeler ainsi.

Les bonnets du soutien-gorge n'étaient rien de plus qu'une cage autour de mes seins, laissant mes mamelons à découvert sous la robe, et la culotte n'était pas mieux. Les lanières de velours doux plongeaient entre mes cuisses et s'enroulaient autour de ma taille, s'entrecroisant sur la chair de mon cul. Il n'y avait qu'une seule raison pour laquelle il voulait que je porte cela. J'ai tendu la main et attrapé le meuble en essayant de me stabiliser sur les talons aiguilles dangereusement hauts. Parce qu'il voulait me montrer aux autres.

J'étais à lui, n'est-ce pas ?

Trois millions de dollars.

Il devait en avoir pour son argent d'une manière ou d'une autre.

Fuir... la pensée me tenaillait. *Fuir... où ?* Mon esprit se porta sur Ryth et les messages que j'avais échangés avec elle. Ceux que London avait organisé pour moi.

J'ai croisé mon propre regard dans le miroir. Il ne ferait pas ça s'il avait l'intention de me faire du mal, n'est-ce pas ?

Il ne ferait pas tout ça... je fixai l'éblouissante robe noire dans le miroir.

Tout en lui criait le contraire de ce que ces hommes faisaient. Ce n'était pas un homme qui partageait quoi que ce soit, pas à ma connaissance, sauf s'il s'agissait de ses fils... et maintenant de moi. J'inspirai profondément et me redressai en luttant contre la peur qui m'envahissait. Je devais penser qu'il ne ferait pas ça, mais s'il y avait une chose que j'avais apprise avec cet homme, c'était que faire confiance à London ne pouvait mener qu'à des ennuis. Ou pire... *être tué.*

Je sortis de la salle de bain.

Si je ne pouvais pas avoir confiance, alors je me battrais et je m'enfuirais s'il fallait en arriver là. Je retirerais ce putain de traceur moi-même, avec mes ongles s'il le fallait. En attendant, je jouerai à ses jeux. Je lissai ma robe, froissai nerveusement les mèches de mes cheveux, puis me dirigeai vers la porte.

Et je m'assurais que c'était moi qui contrôlais la situation.

La maison était silencieuse lorsque je sortis de ma chambre. Silencieuse et... *inquiétante.* J'agrippai la rampe et descendis les escaliers, l'élégante robe frôlant les marches derrière moi jusqu'à ce que j'atteigne le hall d'entrée. C'est alors que je l'ai vu, debout, dos à moi, à l'entrée de la cuisine.

Mon regard descendit le long de son corps, observant sa chemise noire immaculée et son pantalon moulant qui épousait la courbe ferme de ses fesses et chaque centimètre de ses cuisses épaisses et masculines. Je n'ai pas pu m'empêcher de le fixer, même lorsqu'il a senti ma présence et s'est retourné, après quoi mon regard s'est arrêté sur la protubérance de sa bite. Putain, il en avait une grosse, n'est ce pas ? *Bon sang...*

La chaleur envahit mes joues. Je me suis forcée à détourner le regard pour rencontrer ses yeux sombres et intenses. Il n'a rien dit lorsque j'ai marché vers lui, *pas un « tu es en retard », ni un « tu es magnifique »*. Non, il s'est contenté de me fixer.

Mais alors que j'approchais de l'entrée de la cuisine, j'ai réalisé qu'il ne se dirigeait pas vers la porte. Le serveur de tout à l'heure était là, se déplaçant dans la cuisine derrière London tout en versant deux coupes de champagne. C'est alors que j'ai compris. Nous n'allions nulle part, n'est-ce pas ? Le dîner était... *ici.*

Et si c'était ici, qui d'autre viendrait ?

J'essayai d'empêcher mes pensées paniquées d'évoquer de vils scénarios tandis que London baissait le regard, admirant cette fichue robe qu'il avait si désespérément voulu que je porte. Une robe que je détestais mais que je voulais porter pour toujours. Je savais que j'avais l'air différente, mais ce connard pouvait au moins essayer de ne pas rester bouche bée.

Eh bien, dis quelque chose ! J'ai desserré la mâchoire, prête à craquer, jusqu'à ce qu'il y ait un tressaillement au coin de sa bouche et qu'elle se relève. Ce sourire diabolique créa une réaction entre mes cuisses. Mon pouls s'est accéléré et la chaleur m'est montée aux joues, me forçant à regarder vers la salle à manger derrière lui.

Il a pris les deux coupes de champagne que lui tendait le serveur et m'a fait signe de m'asseoir à la table. Je l'ai suivi en scrutant les chaises vides.

- C'était pour nous ?

- Non, Vivienne. Il a posé mon verre sur la table et a tiré ma chaise. C'était pour toi.

Pour moi ?

Il n'y avait pas d'autres couverts. Pourtant, j'étais nerveuse en m'enfonçant dans la chaise.

- Il n'y a que nous alors ?

- Les fils sont sortis, a-t-il répondu en prenant place au bout de la table, en face de moi. Ils reviendront plus tard, si c'est ce que tu veux savoir.

Mon visage s'est enflammé lorsque j'ai acquiescé. Pourtant, il a vu la réaction quand j'ai regardé les chaises vides.

- Dis-moi ce qu'il y a, m'a-t-il ordonné, son attention se focalisant sur moi.

À ce moment-là, j'ai compris à quel point il était dangereux d'être le seul objet de son attention. J'ai tressailli, puis j'ai secoué la tête.

- Rien.

- Tu as l'air terrifiée, murmura-t-il avec précaution. Il doit donc y avoir quelque chose.

La chaleur de mes joues s'est accrue lorsque j'ai croisé son regard.

- Je croyais qu'il y avait peut-être... des invités.

- Des invités ?

- Oui, *des invités*. J'ai essayé de cacher ma honte en attrapant le champagne. J'ai vu ce qui arrive aux filles qu'ils enlèvent à l'Ordre, et j'ai aussi vu à quoi elles ressemblent quand elles reviennent.

Il savait... je l'ai vu dans le tressaillement qu'il a eu en posant la question avec précaution.

- Et tu crois que je te ferais ça ?

J'ai soutenu son regard.

- Je ne sais pas, n'est-ce pas ?

Lorsqu'il a parlé, sa voix était empreinte de dédain.

- Je peux être beaucoup de choses, Vivienne. Mais je ne suis pas comme ça. Tu es...

À moi...

Ce mot non prononcé gronda entre nous alors que le serveur s'approchait et déposait une assiette devant moi.

C'est ce qu'il voulait dire, n'est-ce pas ? Que je lui appartenais. *Trois millions de dollars, c'est ça ?* La chaleur me brûla à nouveau les joues lorsque le serveur se redressa.

- Coquilles Saint-Jacques poêlées à la sauce au beurre salé, annonça-t-il doucement.

Je n'ai pas détourné mon regard de London, j'ai simplement répondu :

- Merci.

La tension monta entre nous lorsque le serveur posa l'assiette de London et partit sans un mot de plus. Je regardais London du coin de l'œil, et chaque mouvement méticuleux me stimulait tandis qu'il ramassait lentement ses couverts et commençait à manger dans un putain de silence.

Tout en lui était silence.

Lunatique.

Instable.

Silencieux.

J'ai fait pareil que lui, poignardant la Saint-Jacques avant de la découper avec mon couteau et de l'enfourner dans ma bouche. Je n'ai pas dégusté cette foutue sauce au beurre salé, j'étais trop occupée à m'étouffer avec l'amertume de la rage. J'ai mâché et dégluti, faisant suivre la nourriture par le champagne jusqu'à ce que j'aie vidé le verre. Puis le serveur est sorti de nulle part pour m'en servir une autre.

Toutefois, j'étais rivée sur l'arrondi de sa mâchoire ciselée tandis que London savourait chaque bouchée, puis jeta un coup d'œil à mon assiette.

- Tu ne manges pas. Tu n'as pas faim ? Il a baissé son regard sur la robe et sur mes seins. Parce que je sais que tu as faim.

Le feu brûlait en moi.

- On dirait que tu en sais beaucoup sur moi.

- C'est vrai.

Quelle arrogance. J'avais envie d'anéantir ce clin d'œil complice de ses yeux. J'ai serré la mâchoire et j'ai forcé les mots à sortir.

- Tu sais alors aussi que je trouverai ce que tu veux de moi.

Il arqua un sourcil.

- Ah oui ?

Ah oui ? Il me poussait à bout jusqu'à ce que je veuille...

- Oui, dis-je en prenant mon champagne. Je le saurai.

J'ai porté le verre à mes lèvres, mais cette fois, je n'ai pas bu. Au lieu de cela, j'ai léché la goutte au bord du verre. Cela a lentement effacé le sourire en coin de son visage. Le désir brûlait à nouveau entre nous, comme s'il n'avait jamais vraiment disparu.

- Retire-le, London, dis-je en soutenant son regard. Retire-le de ma peau, maintenant.

Il a déplacé son regard de mes lèvres à mes seins tandis que je me levais lentement du siège.

- Retire-le ou je l'arrache avec mes ongles.

Ces yeux diaboliques n'ont pas quitté les miens alors que je me dirigeais vers lui en marchant le long de la table. Soudain, j'ai compris ce que c'était. C'était la revanche de la fois où il m'avait amenée sur ce toit et m'avait forcée à assister à la traque de Ryth et de ses frères. La colère me stimula jusqu'à ce que je sois grisée par l'excitation.

London posa soigneusement sa serviette à côté de son assiette et se leva lentement.

- Je préférerais te mettre quelque chose d'autre, dit-il en se tournant vers moi. Qu'en penses-tu ?

Je me suis figée, la peur me transperçant.

- Quoi ?

- Tu as bien entendu.

Il m'a saisi par la taille et m'a soulevée.

Je me suis débattue pendant une seconde, le repoussant avant qu'il ne me plaque brutalement contre la table. Mes mains reculèrent, mes doigts glissant sur le plateau de verre. En un instant, je me retrouvais projetée devant cette maison des horreurs, avec ses mains sur moi. Mais c'était différent maintenant. Il ne broncha pas, se contenta de m'attraper par la taille et de me plaquer contre lui.

Il a baissé les yeux, son regard embrassant chaque centimètre carré de moi.

- Putain, tu es *irrésistible*.

J'ai essayé de le repousser, mais il s'est baissé, a glissé sa main dans la fente de la robe et a saisi l'arrière de ma cuisse. Mes jambes ont été écartées par la force de son corps. Je pouvais sentir chaque centimètre dur de lui se tendre contre son pantalon.

- Si parfaite, putain, n'est-ce pas, chat sauvage ?

Il a écarté ma robe, dévoilant tout le bas de mon corps.

Son regard vorace a parcouru chaque centimètre de ce qu'il avait acheté, tandis que son pouce effleurait la lanière noire de ma culotte qui faisait le tour de ma taille.

- *Mais tu ne peux pas, n'est-ce pas ?* ai-je grogné.

Un mouvement est apparu au coin de mon œil. Le serveur se glissa dans la pièce, ne jetant pas un seul coup d'œil dans notre direction pendant que London me brutalisait.

La rage qui m'habitait n'en était que plus brûlante. Je fixai cette rage sur l'homme qui passait ses mains le long de mes cuisses nues.

- Tu ne peux rien faire, ou ils m'emmèneront.

La lueur dangereuse de ses yeux me plaisait, peut-être un peu trop.

- Mais je suis sûre que je pourrais trouver quelqu'un qui pourrait soulager le mal qui m'habite, dis-je en jetant un coup d'œil au serveur en me léchant les lèvres. Si tu n'en es pas capable.

Un son sauvage s'échappa de London. Il me saisit le visage, ses doigts s'enfonçant cruellement dans ma mâchoire tandis qu'il inclinait mon regard vers le sien.

- Alors tu auras son sang sur les mains. Fais gaffe.

Il n'y avait plus aucune trace de l'homme que j'avais vu il y a une seconde.

L'homme qui avait été mystérieusement calme et concentré...

Quelqu'un d'autre se tenait à sa place. Quelqu'un d'impitoyable... et de désespéré. Un frisson de peur me parcourut lorsqu'il souleva mon mollet, plaçant mon talon sur le bord de la table, le mouvement me forçant à reculer.

- Je l'étriperais, Vivienne, je répandrais son sang sur cette putain de table s'il te regardait.

Le souvenir de la poire m'est revenu en mémoire. La façon dont il avait manié le couteau, découpant des morceaux pour les placer sur le bureau devant moi. La panique me coupa le souffle lorsqu'il effleura de son pouce ma chatte pour en masser doucement la chair gonflée autour de mon clito, tandis que le serveur versait le champagne dans la coupe de London, puis s'en allait.

J'ai retenu un gémissement, détestant ses mains sur moi.

- Voyons si je peux faire quelque chose pour soulager ce désir, a-t-il murmuré.

Je secouai la tête, la balançant lentement d'un côté à l'autre.

- Non, gémis-je alors qu'il saisissait mon autre talon et le soulevait sur la table jusqu'à ce que je m'allonge sur le dos, les genoux pliés, la chatte exposée. Je me suis mise à gémir :

- Je te déteste, putain.

- Je le sais, a-t-il répondu sur un ton froid et sinistre. Je peux sentir à quel point tu me détestes en ce moment même. Quelle jolie petite chatte !

Il continuait de masser, d'attiser le feu.

- Non, dis-je en refermant les cuisses, emprisonnant sa main contre moi.

- Non ? a-t-il murmuré, retirant sa main de mon corps pour tirer une chaise avant de s'asseoir. Ma chatte pourrait tout aussi bien lui être servie sur un putain de plateau. Mais il ne cessait pas de masser avec son autre main bien calée contre moi.

- Même si *je ne peux pas te baiser*, Vivienne, je suis sûr que je peux faire quelque chose pour soulager ton désir.

Il a fait courir son pouce le long des lèvres de ma chatte, et appuyait avec un légère pression sur mon clito.

- Ça te plaît ?

J'ai serré les poings, balançant la tête sur le côté alors que la chaleur montait en moi.

- Non ?

- *Non !* gémis-je, me raccrochant à un mince fil d'espoir. *Mon Dieu, non... non...*

Chaque mouvement, chaque caresse m'incitait à écarter les cuisses. J'avais envie qu'il me regarde, envie de sa langue, de ses doigts. *Putain, j'avais envie de sa bite.*

Il a chuchoté :

- Tu vas jouir pour moi, chat sauvage ?

Ce ton grave et prudent m'a fait chavirer.

Mes genoux tremblaient, s'écartaient.

- C'est ça... montre à papa ce pour quoi il a payé.

Je gémis et me mordis la lèvre, mais il était trop tard. Un son guttural et tremblant s'est échappé alors qu'il appuyait plus fort, faisant courir ses doigts le long des bords de ma chatte.

- S'il te plaît... gémis-je.

- Voilà un mot que je pourrais m'habituer à entendre, dit-il en massant l'extérieur de mon clito. Montre-moi, m'a-t-il demandé. Montre-moi comment tu te donnes du *plaisir*.

Je desserrais déjà mon poing et tendais la main vers le bas.

- Mais je veux que tu me regardes en le faisant.

Je me suis arrêtée, le cœur battant la chamade, l'entrejambe dégoulinant. Il suffirait de peu... sauf si je...

Je déglutis difficilement et me redressai fixant ce regard noir tandis que ma main continuait à descendre. Il a soutenu mon regard, puis a suivi mes doigts qui s'enfonçaient profondément et glissaient en moi avant de ressortir.

Putain, tu es tellement mouillée. Ses doigts tremblaient alors qu'il ouvrait ma fente pour mieux voir.

- C'est ça ma fille... va bien au fond.

Ses mots ont fait monter la chaleur en flèche. Mon corps s'est contracté alors qu'il frottait mes lèvres contre mon clitoris.

- Tu aimes ça, n'est-ce pas ? Tu aimes être ma chipie ? Ma belle petite chipie, putain. J'ai payé cher pour toi.

- Trois millions de *dollars*, gémis-je.

Il a levé les yeux, ses yeux sombres brûlant de désir.

- Oui, trois millions de dollars... et j'aurais payé plus.

Un gémissement s'est échappé. Il aurait payé plus. J'ai enfoncé mes doigts en moi avant de les faire glisser sur mon clitoris. *Il aurait payé plus.*

- Combien ?

Il s'est penché, a écarté ma fente autour de mes doigts et a léché mon clitoris.

- *Tout.*

J'ai joui sous le contact de sa langue. Mes hanches se dérobèrent et me poussèrent contre sa bouche. Il m'a attrapé les cuisses et a plaqué mon corps contre la table.

- Ça fait un, chat sauvage. Je suis sûr que tu en as d'autres en réserve. Il me lécha à nouveau, et la chaleur de sa langue dansait autour de mon point sensible.

Il a écarté mes jambes au maximum.

- Putain, gémit-il en me suçant doucement. Je veux être dans cette chatte. Je veux que tu te tordes. Je veux que tu jouisses, peu importe comment. Avec ma langue, ma bite... *sous mon contrôle*. Tu vas être ma perte, n'est-ce pas, Vivienne ? Tu vas me détruire, putain.

Il a aspiré et m'a attirée dans sa bouche.

Mon cœur s'est contracté et a été secoué de spasmes alors que je jouissais à nouveau...

- Et je vais apprécier chaque putain de seconde.

TREIZE

London

ELLE NE SE COMPORTAIT PLUS COMME UNE ENFANT, PAS lorsqu'elle était allongée sur la table devant moi. Elle ne ressemblait pas non plus à un enfant avec ces gémissements gutturaux qui résonnaient au fond de sa gorge. J'ai regardé sa chatte ruisselante. D'un lent glissement de mon pouce, j'ai attrapé son lait avant qu'il ne se répande et je l'ai porté à ma bouche. Bon sang, elle avait un goût parfait. Trop parfait, putain.

Doucement...

Garder le contrôle. Se souvenir du contrat.

Putain de contrat.

J'ai serré la mâchoire et je me suis concentré en massant doucement la chair dodue contre son clito jusqu'à ce qu'elle lève les mains en l'air et secoue lentement la tête. Donnez-moi un homme à tuer... putain, donnez-m'en un millier, et je le ferais en un battement de cœur, à condition que je puisse la posséder. Mais je ne pouvais pas. Je ne pouvais pas, et c'était une putain de torture. Ma bite se tendait contre mon pantalon, se frottait contre la zone humide qui se développait. Je voulais l'emmener au sous-sol et l'attacher. Je voulais la baiser comme elle en avait envie.

Je voulais la faire mienne...

J'ai baissé la tête et j'ai léché, capturant son jus qui s'écoulait, et j'ai lutté contre chaque cellule de mon corps qui criait : *baise-la maintenant !* Mes couilles se sont contractées et ma bite a palpité. J'étais sur le point d'exploser rien qu'à son goût.

- Dis-moi à quel point tu as envie de moi, Vivienne. J'ai fait glisser ma bouche le long des lèvres de sa fente et je suis remonté jusqu'à embrasser ce bouton frémissant et à l'attirer dans ma bouche.

- Je t'emmerde.

J'ai souri en levant mon regard vers le sien et j'ai sucé plus fort, observant la courbe de sa colonne vertébrale. Petit à petit, je l'ai attirée dans ma bouche et elle m'a combattu à chaque étape. Des mèches de cheveux tombaient sur ses épaules. Mais ce n'était pas suffisant. Je la voulais sauvage. Je la voulais *libre*. Aussi libre que possible, en tout cas. J'ai levé la main, je l'ai glissée le long de sa nuque et j'ai pris la pince dans ses cheveux.

Des cheveux épais et magnifiques s'échappèrent lorsque j'ouvris la pince avant de la laisser de côté.

- Tu dois porter tes cheveux détachés pour moi, c'est compris ?

Elle a levé la tête et montré les dents.

- Alors je les couperai.

Ma bite a palpité devant ce regard de défi sauvage, puis j'ai senti l'air se modifier derrière moi, devenir plus froid, plus rude et *plus dangereux*, et ce n'était pas Guild. Carven et Colt s'étaient arrêtés dans l'embrasure de la porte pour la regarder. Mais notre petit chat sauvage ne s'en rendit pas compte, alors que je continuais à la masser et que je baissais la tête une fois de plus.

- Tu vas siffler, chat sauvage ? Tu vas griffer et hurler ? Allez, chaton, montre-moi tes crocs.

Elle s'est levée, ses yeux étaient sauvages. Ses cheveux formaient une crinière ébouriffée. Elle ouvrit la bouche pour lancer une tirade d'obscénités, même en plein orgasme, et se figea. Ses yeux s'écarquillèrent, fixés sur les jumeaux derrière moi, avant qu'elle saisisse sa robe et fasse de son mieux pour se couvrir.

Je m'élançai, l'attrapai par le poignet et l'arrêtai.

- Arrête. Laisse-les voir à quel point tu es belle.

Elle a dirigé ses magnifiques yeux bruns vers moi.

Mes lèvres ont tressailli et ont commencé à former un sourire.

- Après tout... *nous sommes une famille.*

Colt s'est avancé et son ombre est apparue le long de la table. Il était plus grand que son frère, plus âgé de trois minutes. Le protecteur... le défenseur... *le puceau.* Il n'a pas dit un mot, s'est contenté de poser sa main sur son épaule et de la pousser doucement en arrière.

Il a regardé mes pouces pendant que je recommençais à masser sa chatte et que j'écartais doucement sa fente, exposant son corps à son regard. Sa respiration s'est accélérée et ses sourcils se sont froncés. Ce sont les mots de Carven qui me sont revenus. *Il a parlé pour elle. Il a parlé pour elle, putain.*

Elle n'avait aucune idée de ce que cela impliquait.

Parce que le mâle ne parlait pas...

Il tuait, c'est tout.

Le mouvement de mes doigts attisait son feu, soulageant la chair, massant ce minuscule bouton maintenant dodu et gonflé. Sa respiration s'est intensifiée et ses sourcils se sont froncés alors qu'elle était à nouveau dangereusement près du but, désespérée.

- C'est ma fille, ai-je murmuré, mon attention divisée par le frémissement de son corps tandis que je faisais des cercles autour de son clito, sans relâche.

- C'est ma gentille fille. Tu as envie d'être baisée, chat sauvage.

- Oui, dit-elle en soulevant ses hanches de la table. S'il vous plaît... oh mon Dieu.

J'ai croisé le regard de Colt et j'ai reculé un peu.

- Je ne peux pas le faire.

Fasciné par ses gémissements désespérés, il a tendu la main entre ses jambes. Il ne l'a touchée nulle part ailleurs, l'a regardée dans les yeux et a glissé son doigt au fond de son vagin.

- Oh, mon Dieu, dit-elle en saisissant son poignet et l'a enfoncé encore plus profondément en elle, puis a poussé lentement vers lui. Comme ça. Putain, comme ça.

Je ne l'avais jamais vu comme ça. Torturé. Consumé. Mais toujours maître de lui, comme je le lui avais appris.

De l'autre main, il a écarté ses jambes tout en regardant vers le bas. Ses doigts épais glissèrent à l'intérieur et en ressortirent luisants. Ce regard de braise était dangereux et elle s'est mise à chevaucher ses doigts plus fort. Il a écarquillé les yeux et sa respiration était plus rapide que je ne l'avais jamais vu auparavant, alors que je l'avais vu se mesurer à quatre hommes aguerris à la fois. Mais ce n'était pas un combat. C'était *elle*.

- Je vais... putain, je vais...

Elle se cabra une fois, puis poussa un faible gémissement et atteignit l'orgasme.

Derrière moi, Carven observait son jumeau. Mais pas une seule fois il ne s'est approché... pas une seule fois il ne l'a regardée. Alors que Vivienne tenait les doigts de son jumeau en elle, il s'est retourné et est parti.

- Alors, chat sauvage ?

Je me suis tourné vers elle et l'ai regardée ouvrir les yeux.

Elle n'a rien dit, se contentant de relâcher lentement la main de Colt. Elle respirait profondément pendant qu'elle regardait Colt glisser lentement ses doigts hors de son corps.

Des traînées luisantes restaient visibles lorsqu'il effleura sa cuisse et s'éloigna. Quelque chose s'est passé entre eux, une sorte de désir. Un désir que je n'avais jamais vu chez Colt auparavant. Il ne m'a pas regardé, s'est contenté de serrer ses doigts humides et collants en un poing, puis s'est retourné et a suivi son frère dans l'escalier.

- Oh, putain, a-t-elle soufflé en refermant les jambes.

Mais la magie avait disparu, elle s'était refroidie, tout comme notre repas abandonné. J'ai glissé mes mains sur elle, l'aidant à se redresser lentement.

- Tu peux y allez, Vivienne.

Elle n'a pas eu besoin de l'entendre deux fois, elle s'est levée de la table et s'est précipitée hors de la salle à manger. Elle est partie, comme elles partaient toujours... et le claquement de ses talons m'a frappé plus fort cette fois. J'ai fermé les yeux, sentant encore ma queue douloureuse.

Je lui ai laissé une seconde avant de me diriger vers ma chambre. Mes pas ont ralenti sur le palier de mon étage alors que je luttais contre le besoin d'aller la voir, de faire la seule chose que je m'étais promis de ne pas faire... *lui dire la vérité.*

Qu'elle n'était pas la seule à être possédée ici. J'étais tout aussi piégé qu'elle... et que c'était elle qui contrôlait tout.

Mais en jetant un coup d'œil vers la porte de sa chambre, j'ai vu un mouvement. Colt est sorti de sa chambre et m'a immédiatement regardé. Ses doigts étaient encore recourbés, s'accrochant à la sensation d'elle alors qu'il s'arrêtait devant la porte de sa chambre.

Je n'étais pas le seul à être épris de cette femme.

Et à l'expression torturée sur son visage, je savais qu'il partageait ma douleur.

Mais son frère était un problème très dangereux.

Je me dirigeai vers ma chambre, y entrai et saisis les boutons de ma chemise. Le dîner de ce soir ne s'était pas déroulé comme prévu, mais je commençais à apprendre que les choses se passaient souvent de cette façon lorsqu'il s'agissait d'elle...

J'ouvris les boutons de ma chemise et enlevai mes chaussures en jetant un coup d'œil au pistolet posé sur la table de nuit à côté du lit, puis mon regard tomba sur le costume propre suspendu dans le placard près de la porte, ce qui me rappela l'enfer que j'allais devoir endurer le lendemain soir.

Ophélia s'est immiscée dans mon esprit, transformant le désir que j'avais ressenti il y a une seconde en une rage à peine contrôlée. Je la chassai de mes pensées et me forçai à me concentrer sur la seule personne qui comptait, puis je retirai ma ceinture et déboutonnai mon pantalon avant de regarder vers le bas.

La petite tache sombre était évidente.

- Bon sang, cette femme me fait jouir comme un gamin prépubère.

J'ai regardé à nouveau. J'étais toujours aussi dur. Avec un gémissement, je suis entré dans la douche et j'ai ouvert l'eau.

Elle était juste au-dessus.

Elle était au-dessus et il fallait que je... J'ai appuyé ma main contre la paroi de la douche et j'ai empoigné ma bite. Putain de Hale. Putain de contrat. J'ai fermé les yeux et j'ai commencé à me branler. Dans ma tête, j'étais enfoui dans sa chatte, la sentant ruer et gémir sous moi. Je me suis léché les lèvres et je pouvais encore la sentir. Mon pouls battait plus fort qu'il ne l'avait fait depuis longtemps. J'en voulais plus. Je la voulais... *Putain, je la voulais.*

Je voulais cette éphémère désobéissance alors même qu'elle ouvrait plus grand ses jambes pour moi. Cette étincelle de colère... cette rage. Cette putain de chatte...

Je me suis figé, mon souffle était lourd et court. *Non... non, ce...*

- Mon Dieu...

Mes couilles se sont serrées lorsque la veine pulsante s'est mise à battre et j'ai joui violemment, en à peine quelques secondes. Un liquide chaud a jailli de ma bite et a éclaboussé le revêtement carrelé. J'ai laissé échapper un gémissement, j'ai aspiré une grande bouffée d'air et je me suis redressé.

Colt a envahi mes pensées. Ce fils se tenait-il toujours devant sa porte ? Ou avait-il finalement vaincu les démons de son passé et trouvé du réconfort dans les bras de Vivienne ? Il y avait quelque chose entre eux. Quelque chose qui poussait la partie sauvage en moi à relever la tête et à lâcher un grognement sauvage.

Mais je ne pouvais pas me permettre de la garder que pour moi. S'il était amoureux, je ne pourrais rien faire pour l'en empêcher. Tout ce que je savais, c'est que personne ne devait se mettre entre lui et elle, y compris sa famille.

On ne pouvait pas savoir ce qu'il ferait…

Et je serais incapable d'arrêter quoi que ce soit. Je me suis lavé, rincé et je suis sorti de la douche encore plus désespéré que lorsque j'y étais entré. Je me sentais à bout de nerfs, à découvert, comme si on m'avait gratté de l'intérieur. J'ai grimpé dans le lit, les cheveux encore humides. J'avais voulu que cette soirée soit parfaite, mais ça n'avait pas été le cas. J'avais laissé mes émotions m'échapper.

Cela ne m'arrive jamais.

Pas à moi.

Je n'étais pas comme ça.

J'ai fermé les yeux.

Mais à la place du sommeil sont apparus des souvenirs. Des fragments d'une vie que j'avais eue. L'acier froid d'un silencieux. Le *pfft* doux d'un coup de feu étouffé. Des yeux qui me fixaient, de grands yeux terrifiés qui regardaient un monstre. Tout comme le docteur m'avait regardé. Mais je n'étais pas cet homme, plus maintenant. J'étais un nouveau spécimen de barbare. Un nouveau fantôme.

Un homme qui avait passé beaucoup trop de temps seul.

- C'EST UN putain de merdier, tu t'en rends compte, n'est-ce pas ? dis-je en secouant la tête, fixant Carven. Il fallait déplacer le corps lorsque l'occasion se présentait. C'est la raison pour laquelle nous avons agi comme nous l'avons fait.

Le fils me fixait. Ces yeux froids et bleus me transperçaient de part en part.

Il n'a rien dit. Il a juste attendu que je me tourne et que je fasse les cent pas dans ce putain de bureau. La veine de ma tempe palpitait. Je sentais ma tension artérielle grimper à chaque fois que quelque chose ne se passait pas comme prévu.

D'abord, le dîner d'hier soir.

Et maintenant, le cafouillage avec le seul point dont j'avais besoin que Carven s'occupe.

Si je ne pouvais pas lui faire confiance, alors je ne pouvais faire confiance à personne...

J'ai expiré lourdement et j'ai essayé de ne pas prendre un ton trop sévère.

- Tu le sortiras de l'entrepôt ce soir.

- Oui, bien sûr. Je serai au point de rencontre après le dîner de ce soir. J'ai dû me contenter de le cacher. Nous avons été rapides, mais les hommes de Rossi aussi, et tu ne voulais pas que je les élimine, tu te souviens ? Alors, voilà où nous en sommes, répondit-il d'un ton prudent. Mais ça n'a rien à voir avec un cadavre, London. Et tout à voir avec *elle*. Tu es toujours comme ça quand tu vas la voir. Emprisonné, désespéré. Je n'aime pas ça.

J'ai fermé les yeux.

Elle...

Ophélia.

J'ai senti qu'il se déplaçait. Il s'est rapproché à pas feutrés.

- Laisse-moi m'occuper d'elle. Personne ne saura.

En me retournant, j'ai croisé son regard glacial, et la palpitation au niveau de ma tempe s'est accentuée. La seule idée qu'il puisse s'approcher d'Ophélia me tordait l'estomac. Plus jamais... Je le lui avais promis lorsque je les avais emmenés, lui et son frère brisé, hors de l'orphelinat et loin de ses griffes, et j'étais bien déterminé à tenir cette promesse.

J'ai dégluti le goût acide dans ma bouche et j'ai contraint ma respiration à ralentir...pour lui.

- Non, dis-je en secouant la tête. Pas pour le moment.

- Pas pour le moment ? répéta-t-il. Quand, London ? Réponds-moi. Combien de temps allons-nous encore jouer à ce putain de jeu ?

- Jusqu'à ce que je trouve King.

Ce n'était pas la réponse qu'il attendait, mais c'était la seule que j'avais.

- Si on fait un faux pas, ils disparaissent tous et on ne les retrouvera jamais.

- Alors on laisse les araignées tisser leur toile, dit-il en me regardant dans les yeux. Et on met la main sur l'essence et les allumettes.

J'ai hoché lentement la tête.

- Et le moment venu... on réduit leur nid en cendres.

- Et tout le monde avec, a-t-il répondu.

Mon esprit se concentra sur Vivienne.

- Je m'assurerai que personne ne touche à notre famille... plus jamais.

- Tout ce que tu as à faire, c'est de survivre à cette soirée.

Un frisson me traversa alors que je fis un pas vers la porte, avant de m'arrêter.

- Tiens-toi prêt. Dès que j'en aurai fini avec cette fête, nous aurons besoin du corps. Je veux que ce contrat soit signé... et je veux qu'elle sorte de leurs griffes une fois pour toutes.

- J'attendrai, assura Carven. Pour tout ce que tu voudras.

Je fis un signe de tête et partis. La nuit était presque tombée... et il y avait une fête à laquelle je devais assister.

QUATORZE

London

———

J'ai ajusté ma cravate en me regardant dans le miroir. Mais il n'y avait aucune lueur de vie dans mes yeux. Pas de peur. Pas de haine. Juste un vide qui scintillait au fond de mon regard. Un vide que j'étais bien trop habitué à voir. Je sortis de la salle de bains et pris la boîte de velours noir dans le tiroir de la table de nuit avant de me diriger vers la porte de la chambre.

La maison était silencieuse lorsque je suis sorti... jusqu'à ce que le bruit d'une porte vienne de l'étage du dessus. Vivienne s'est arrêtée en haut de l'escalier en me voyant. Ses yeux s'écarquillèrent lorsqu'elle croisa mon regard. Des images d'elle étendue sur la table devant moi ont surgi. Ma respiration s'est accélérée et mon pouls est devenu irrégulier. Cette femme me faisait l'effet d'une drogue. Ma veine battait et le reflux de sang fleurissait dans ma queue tandis qu'elle s'engouffrait dans mon système sanguin, jusqu'à ce que je rejette rapidement ce souvenir.

Je ne pouvais pas me permettre de penser à elle. Pas ce soir.

Quelqu'un d'aussi parfait n'avait pas sa place dans la putain de merde que je m'apprêtais à toucher.

Son regard se porta sur la boîte que je tenais dans la main et, pendant une seconde, il y eut une lueur de confusion avant un infime tressaillement de douleur. Je me suis forcé à descendre. Chaque pas était un coup de poing dans ma poitrine. Guild ouvrit la porte d'entrée à mon approche. Il se contenta d'un signe de tête, mais c'était presque trop.

- Protège-la à tout prix, murmurai-je, suffisamment bas pour qu'elle ne l'entende pas.

Je savais qu'il le ferait. Cet homme était très bien entraîné.

Ils l'étaient tous. Je n'employais que les meilleurs, surtout lorsqu'il s'agissait d'elle.

Puis je suis parti. J'ai laissé la maison et Vivienne derrière moi et je me suis dirigé vers l'endroit où mon chauffeur attendait. Je ne me suis pas retourné, je me suis simplement glissé sur la banquette arrière avant qu'il ne ferme la porte. Ce n'est que lorsque nous avons été suffisamment éloignés de la maison que j'ai relâché le souffle que je retenais et que j'ai essayé de reprendre le contrôle. Mon estomac était noué et mon pouls rapide. Je me suis léché les lèvres et j'ai sorti mon téléphone.

Mes putains de doigts ont tremblé quand j'ai tapé le code et ouvert l'application. C'était une putain d'habitude de l'observer dans toute la maison. Je ne devrais pas la surveiller. Ce soir, plus que tout autre soir, j'avais besoin de garder les idées claires. Malgré tout, j'ai zoomé et je l'ai trouvée devant ma chambre. Il n'y avait plus aucune porte qui lui était interdite, toutes les serrures étaient désactivées, y compris celles de la cave.

Elle avait tout... *y compris moi.*

Mais elle n'est pas entrée dans ma chambre. Au lieu de cela, elle s'est retournée et s'est éloignée, les poings serrés le long du corps, une expression de douleur sur le visage. Était-elle contrariée ? En colère après la nuit dernière ? Je me suis mordu la lèvre et je me suis frotté la mâchoire en me rappelant les doigts de Colt s'enfonçant dans sa chatte. Si humide, putain... si rebelle, crachant des mots haineux alors même qu'elle jouissait sur les doigts de Colt.

Putain, je ne devrais pas penser à elle.

Pas ici, pas maintenant.

Même si je détestais le faire, j'ai éteint l'application et j'ai rangé mon téléphone dans ma veste, éliminant ainsi toute tentation. Au lieu de cela, je me suis concentré sur le trajet à travers la ville pour rejoindre le lotissement discret et tentaculaire situé au sud. Nos phares perçaient la nuit lorsque nous croisions d'autres voitures qui repartaient après avoir déposé leurs invités.

Les plus vils des vils, n'est-ce pas ?

Et je me trouvais parmi eux.

Qu'est-ce que cela disait de moi ?

La voiture a emprunté l'allée circulaire et s'est arrêtée devant l'imposante maison. Les portiers attendaient pour m'ouvrir la porte.

- Je vous enverrai un message, Gabriel.

- Je ne serai pas loin, monsieur.

J'ai fait un signe de tête et je suis sorti. Je saisis le coûteux collier de diamants en forme de larme et ajustai ma veste, puis je levai mon regard vers la demeure d'Ophélia. Cette salope allait être redoutable ce soir, forte de sa propre importance et de son goût pour la souffrance. Il serait trop facile pour elle d'avoir de nouvelles proies. Je devais être prudent, stoïque et sans émotion. Ce n'était pas le lieu pour laisser mes vrais émotions s'immiscer. Ma famille en souffrirait, ou pire... retournerait là-bas, à l'Ordre.

J'ai inspiré fort et j'ai ouvert la chambre forte à l'intérieur de ma tête. La chambre où je rangeais tout ce qu'il y avait de bon dans ma vie. Parce qu'il n'y avait pas de place ici, en enfer. Carven avait été le premier. Sauvage. Froid. Loyal jusqu'au bout des ongles. Je l'avais mis en sécurité, suivi de son frère maussade et silencieux. Puis était venue la fougueuse bouffée d'air frais... ma petite chatte sauvage, Vivienne. Mais elle ne s'était pas laissée faire sans rien dire, évidemment. Elle avait donné des coups de pied et crié. Elle était trop brillante et, comme un papillon de nuit vers une flamme, j'ai été attiré par elle. Son toucher, son goût, sa putain d'innocence. En montant les escaliers et en inhalant l'odeur fétide du cigare et de la cruauté, je l'ai repoussée dans la chambre forte de mon esprit et j'ai claqué la porte.

J'allais payer pour ça, j'en étais sûr.

Même le fantasme d'elle était dangereux.

Et bordel, j'adorais ça.

Là-dedans, elle était protégée et en sécurité.

J'ai pris une coupe de champagne auprès d'un serveur en franchissant la porte et en marchant dans le hall d'entrée. Mon regard s'est porté sur la toute nouvelle œuvre d'art en forme de mammouth accrochée sur la gauche. Du fusain et quelque chose d'autre... quelque chose qui m'a incité à m'arrêter et à regarder. La couleur brun foncé, tachetée... ressemblait presque à...

Du sang.

Voilà à quoi cela ressemblait.

J'ai baissé le regard et lu le titre en dessous.

Toute nouvelle exposition chez Ophélia Masters cet automne. L'œuvre était obsédante, deux enfants se tournant le dos, les mains se serrant l'une dans l'autre dans un moment de réconfort et de solidarité. Si cette œuvre avait été exposée dans n'importe quel autre endroit, elle aurait pu être touchante. Mais pas ici... non... pas ici. Un frisson me parcourut l'échine. S'il y avait une chose qu'Ophélia aimait plus que le pouvoir et le contrôle, c'était son foutu art.

L'art qui était exposé ici, dans cette maison.

Un art dont je ne voulais surtout pas m'approcher. J'ai donc continué à marcher.

Macoy Daniels se tenait au milieu d'un groupe d'ignobles connards prétentieux. Il a jeté un coup d'œil dans ma direction lorsque je suis entré et m'a fixé.

Regarde ailleurs, enfoiré.

J'ai continué à avancer, mais j'ai senti la chaleur de son regard me suivre alors que je me dirigeais vers la raison principale de ma présence ici, Haelstrom Hale. Tout le reste n'était que flou. Du papier s'est froissé dans la poche de poitrine de ma veste alors que je laissais les bavardages derrière moi et que je progressais dans la maison. Les lumières au plafond s'assombrissaient à mesure que je traversais les pièces, me dirigeant vers le coin salon à l'arrière. J'étais déjà venu ici trois fois... et c'était trois fois de trop.

Je l'ai trouvé assis parmi quelques privilégiés, les jambes croisées, un verre de scotch de première qualité à la main. Il tourna la tête vers moi, ne perdant pas un mot de sa conversation avec les autres jusqu'à ce qu'il esquisse un lent sourire.

- London, content de te voir.

J'ai hoché la tête. *Ce n'est pas comme si j'avais eu le choix, n'est-ce pas ?*

- Je n'aurais pas manqué ça.

- Tu connais Devlin et Zander ? dit Hale en faisant signe aux autres qui me fixaient comme si j'étais une menace.

C'était le cas. Mais pas comme ils le pensaient.

- Bien sûr, messieurs, dis-je avec un signe de tête.

- Pourquoi ne pas t'asseoir ? dit Hale en désignant le groupe.

Mais il n'y avait plus de places assises. Il le savait.

- Je suis sûr qu'on peut faire de la place, ajouta-t-il.

J'ai esquissé un sourire, qui m'a fait tressaillir intérieurement, et j'ai gloussé.

- Peut-être plus tard, dis-je en montrant la boîte de velours que je tenais dans ma main. J'ai un engagement à respecter.

Je savais l'effet que cela aurait sur Hale. Dans n'importe quelle autre situation, il aurait pris ce refus comme une insulte, mais pas pour son Ophélia. Cette putain de salope infâme. Au lieu de cela, il fit un signe de tête et jeta un coup d'œil derrière moi aux autres invités.

- Je suis sûr qu'elle sera ravie de te voir.

- Je n'en doute pas, ai-je murmuré et j'ai de nouveau fait un signe de tête aux autres.

Ils m'ont regardé fixement pendant que je partais. Mais personne n'a dit un mot en mon absence. Ils savaient tous ce qu'il en était.

J'avais une réputation, que j'avais soigneusement affinée par le sang. On ne s'approchait pas d'Haelstrom Hale autrement, même si j'avais essayé d'oublier cette raison depuis longtemps. J'ai balayé les autres du regard et j'ai constaté que Macoy m'observait toujours. J'ai croisé son regard jusqu'à ce qu'il détourne les yeux.

Mais c'était ce regard que je n'aimais pas.

Il était trop sournois, trop... *savant.*

Je n'aimais pas ça. Je me suis dirigé vers lui jusqu'à ce que le son guttural d'un rire féminin m'arrête dans mon élan. Mon estomac s'est serré. Toute idée de faire autre chose que de m'enfuir a quitté mon esprit. Je me concentrai sur le son gai et me sentis mal à l'aise. Le champagne n'était pas assez fort, pas pour ça. J'ai bu mon verre et je me suis dirigé vers le bar.

- Du scotch, du vrai, demandai-je en observant le serveur qui se retournait, prenait un verre et sortait le single malt de vingt-six ans d'âge de l'arrière du bar.

Mais ce n'était pas sur lui que mon attention se portait. Un mouvement est apparu au coin de mon œil. J'ai essayé de me calmer lorsqu'une main a glissé le long de mon bras, suivie par le ronronnement de la salope la plus détestable que Dieu ait jamais fait respirer.

- Te voilà. Je commençais à m'inquiéter.

J'ai croisé son regard et forcé un sourire.

- Rien n'aurait pu me retenir.

Ophélia Masters était une femme étonnante... en apparence. De grands yeux marron foncé, des lèvres charnues et pulpeuses, des pommettes hautes qui rendaient son visage anguleux et sévère. Elle baissa le regard pour observer les ongles rouges de ses doigts qui traînaient le long de mon bras. Mais je savais que c'était une excuse pour regarder la boîte en velours noir posée sur le bar devant moi.

- Je pensais que tu serais trop occupé avec ton nouvel animal de compagnie pour venir... mais bon, tu ne peux pas encore la baiser. N'est-ce pas ?

J'ai fixé ces yeux sinistres et j'ai perçu une lueur d'amusement.

Le contrat intérimaire que Hale m'avait donné était imprégné de son odeur.

Atteindre King n'était qu'une partie de l'équation.

Elle était l'autre.

- C'est un animal de compagnie, Ophélia. Rien de plus.

- Oh ? Elle jeta un coup d'œil à la boîte. Un animal de compagnie à trois millions de dollars, il paraît.

Je lui ai pris le menton, faisant basculer son regard vers le mien.

- Pourtant, je suis là.

Le coin de ma bouche a tressailli lorsqu'elle s'est rapprochée de moi, a saisi mes couilles et les a serrées, puis a murmuré contre mon oreille.

- Tant mieux, parce que je l'étriperais, cette salope.

Une agonie m'a traversé le corps et mon estomac s'est soulevé. C'était plus que la douleur, plus que ses menaces. Je fermai les yeux quand elle tourna la tête et embrassa le bord de ma bouche. Le dégoût m'a envahi lorsqu'elle s'est retirée.

- Dis-moi, comment vont les fils ? Leurs cris étaient plutôt excitants. Le muet parle maintenant ?

Tue-la...

Tue cette putain de salope.

Quelque part dans la pièce, un serveur fit tinter un verre et annonça que le dîner était servi. Mais j'étais trop occupé à déglutir le putain de regard haineux qu'elle me lançait. Je n'ai pas bronché, je ne lui ai pas laissé voir la panique qui grondait en moi.

- Mes fils vont bien, merci.

- Tu es à moi, London, dit-elle en me cherchant du regard, affirmant sa position. Tu ne baises pas sauf avec moi. Pigé ? Tu me dois une fière chandelle, tu te souviens ?

- Comment pourrais-je l'oublier ? dis-je alors que sa poigne se relâchait et glissait le long de ma bite flasque ; elle essayait de me faire bander.

Mais elle ne pouvait pas.

Mon cul s'est contracté tandis que le reste des invités nous laissait pour se diriger vers la salle à manger de la pièce voisine.

Elle a pris la boîte de velours noir posée sur le bar et elle l'a ouverte. L'or brillait et le diamant de cinq carats étincelait.

Elle a esquissé un sourire lorsqu'elle s'est éloignée, mais au lieu de partir avec les autres invités, elle a attrapé le bas de sa robe et l'a relevé.

- À genoux, London. J'ai envie de ta langue délicieuse.

J'avais envie de vomir... non, *j'allais vomir*.

J'ai dégluti difficilement alors que mon pouls battait la chamade.

- Ici ?

Dans la chambre forte de mon cerveau, les cris stridents d'une femme résonnaient tandis que la salope en face de moi souriait et répondait :

- Ici.

QUINZE

Carven

____

Il se comportait bizarrement. Il ne parlait pas, mais il n'était pas juste silencieux : il était silencieux avec moi... et je n'aimais pas ça. J'ai garé l'Explorer dans l'allée de l'entrepôt, j'ai tapé le code et j'ai attendu que le portail s'ouvre.

- Qu'est-ce qui se passe, putain ?

Il a tourné la tête et croisé mon regard, mais n'a rien dit, il serrait le poing. Mais je connaissais mon frère, peut-être mieux qu'il ne se connaissait lui-même. J'ai détourné mon regard de son poing, sachant très bien qu'il ne s'agissait pas d'une action violente.

Il s'agissait d'elle...

Parce que c'était la main qu'il avait utilisée pour la baiser, n'est-ce pas ?

Ses doigts dans sa chatte.

Dans sa putain de chatte.

Je n'aimais pas qu'il la touche.

Ni sa façon d'être à présent.

Il était différent.

Je n'aimais pas qu'il soit différent.

Pas quand il était question de lui.

Putain.

Ça n'avait rien à voir avec elle, n'est-ce pas ? Pas vraiment... pas quand je m'approchais à la source de ma rage.

Je m'assurerai que personne ne touche à notre famille... plus jamais. Les mots de London me firent trembler.

Bon sang, j'allais vomir.

J'ai laissé échapper un grognement, j'ai enclenché la vitesse du 4x4 et j'ai appuyé sur l'accélérateur, ce qui a projeté mon frère contre son siège alors que j'entrais dans le parking de l'entrepôt et que je m'arrêtais brusquement. L'obscurité nous entourait. Il n'y avait aucun bâtiment ici, rien que des espaces ouverts tout autour. Un grondement s'est fait entendre dans les nuages au-dessus de ma tête lorsque j'ai coupé le moteur et que je suis sorti.

Un orage s'annonçait.

Encore un putain de truc à gérer.

- Tu viens ? ai-je grogné par la portière ouverte.

Il a froncé les sourcils, jeté un coup d'œil au ciel par la fenêtre, puis est sorti. Je me suis dirigé vers la porte en acier, j'ai tapé le code et je l'ai ouverte d'un coup sec avant d'allumer la lumière et d'entrer à grands pas. Mes bottes résonnaient à l'intérieur de la zone dégagée. J'ai jeté un coup d'œil à la chambre froide temporaire située à l'arrière du bâtiment, puis je me suis retourné et je l'ai regardé se diriger vers moi.

- Hé !

Il a continué à marcher, se dirigeant vers la chambre froide, jusqu'à ce que je me mette en travers de son chemin, lui donnant un coup de poing dans l'épaule.

- *J'ai dit : Hé !*

Sa mâchoire s'est serrée et la colère brûlait dans son regard.

- Tu me passes pas devant quand je te parle, putain, t'as compris ?

La colère jaillit dans ses yeux. Sa mâchoire se crispa, mais il ne me repoussa pas, se contenta de me contourner et de continuer à se diriger vers la chambre froide. Je me suis éloigné de lui et j'ai regardé les armes posées sur l'étagère. Non, il ne m'a pas repoussé. Il ne m'a pas frappé. Il n'a même pas élevé la voix, n'est-ce pas ?

Parce que sa voix lui avait été volée... *par elle.*

- Putain, c'est le bordel.

J'ai levé mon regard vers le tableau de chasse, le mur de noms, de visages et d'informations que nous avions capturés au fil des ans.

Cet endroit n'était pas seulement une maison secondaire. Ce n'était pas non plus un lieu de stockage pour les armes, les voitures et tout ce que nous ne pouvions pas garder chez nous. C'était aussi un endroit où nous planifions. J'ai déplacé mon regard vers le « noyau » et je me suis concentré sur un seul visage.

Celui que nous détestions par-dessus tout.

Elle...

Ophélia Masters.

- Il va la rejoindre, tu le sais, n'est-ce pas ?

J'ai fixé la *salope.*

Le bruit des gonds de la porte s'est arrêté instantanément. J'ai jeté un coup d'œil dans sa direction, regardant mon frère se figer en me tournant le dos.

- Il fera tout ce que cette sale pute voudra pour que la fille lui soit confiée... comme il l'a fait pour nous.

Colt s'est retourné, ses yeux bleus se sont fixés sur moi avant de regarder le noyau.

J'ai vu la terreur.

La peur.

Je l'ai vu dans la façon dont sa poitrine se soulevait et retombait. Dans son esprit, il courait. Dans son esprit, il se battait, comme il s'était battu quand il était gamin. En un instant, il s'est dirigé vers moi, le visage envahi par la rage. Un tremblement de peur m'a traversé lorsqu'il m'a saisi à la gorge.

Ses grosses mains se sont crispées, avant de lâcher prise. Mon frère avait été blessé au flanc la nuit dernière, puis on l'avait pansé mais il saignait probablement encore sous le pansement, mais tout cela ne lui importait pas, n'est-ce pas ? Il continuerait à se battre et à saigner. Parce qu'il était comme London.

Il savait alors. Putain, je ne voulais pas lui dire, mais ça me rongeait.

- Je ne sais pas comment l'arrêter, ai-je murmuré entre ses mains sans bouger. Je ne sais pas comment l'éloigner d'elle.

Les sourcils de mon frère se sont froncés. Il aimait ça autant que moi. London n'était pas un putain de père pour nous. C'était *un sauveur*.

- Maintenant, a grogné Colt.

J'ai scruté ses yeux, cherchant à comprendre ce qu'il essayait de dire. Tout ce que j'ai vu, c'est de la panique et de la rage.

- Maintenant ? Maintenant quoi ? ai-je grogné.

La frustration grondait en moi. Il avait parlé pour la fille, mais maintenant, quand j'avais besoin de lui... quand *London avait besoin de lui*, il disait juste, *maintenant ?*

Il a libéré ma gorge, laissant une douleur lancinante derrière lui, puis il s'est retourné et s'est éloigné.

La rage a jailli au plus profond de moi. Je fis un pas, prêt à charger cet enculé et à le mettre à terre, jusqu'à ce qu'il s'arrête devant la porte ouverte de la chambre froide et croise mon regard. *Maintenant. Maintenant. Maintenant...*

Mon regard se porta sur la chambre froide derrière lui et sur le corps de Creed Banks. Nous avions des instructions, et London avait été très clair à ce sujet. Nous devions le retrouver après la fête, lui remettre le corps et il devait « *discrètement* » le transmettre à cet enfoiré de salaud de Haelstrom.

Discrètement... c'est le mot qu'il avait utilisé, non ?

J'ai regardé mon frère. Ce putain de regard complice en disait long. Maintenant.

- Maintenant ?

Il a hoché lentement la tête.

Putain de merde...

Il n'a pas attendu, il a disparu à l'intérieur. Le craquement feutré du plastique épais a résonné avant un bruit sourd et lourd. Puis il est sorti à grands pas, le corps sur son épaule. La panique m'a envahi, le bruit du tonnerre accentué par le claquement de la porte de la chambre froide.

Mon frère était parti, laissant derrière lui un cauchemar assourdissant.

Je n'ai pas eu d'autre choix que de le suivre pendant qu'il déposait le corps à l'arrière de l'Explorer et qu'il grimpait sur le siège passager. Je me suis glissé derrière le volant et lui ai lancé un regard noir.

- T'es sûr que tu veux faire ça ?

Il tourna lentement la tête et son regard d'acier en disait long... *oui.*

SEIZE

Vivienne

Boum. La porte d'entrée se referma quand London partit, emportant avec lui la boîte de velours noir.

Le collier n'était pas pour moi ? Bien sûr qu'il n'était pas pour moi. Quelle idiotie. Merde. J'ai regardé fixement ce foutu serveur dans les escaliers quand l'éclair de colère m'a frappé sans crier gare.

Mon cœur battait la chamade, comme si on l'avait arraché de ma poitrine, piétiné et incendié.

Qu'est-ce que tu croyais, imbécile ? Qu'il en avait quelque chose à faire de toi ? Qu'hier soir, il s'agissait d'autre chose que de profiter de son investissement, putain ? Je tressaillis et détournai le regard en attendant que le serveur s'en aille. *Idiote...idiote...idiote...* pourtant, je ne pouvais pas arrêter la douleur, pas quand elle me frappait de plein fouet comme un putain de bus. Tu le détestes, tu te souviens ? Tu le détestes. Putain.

J'ai pris mon sein dans ma main et j'ai senti une petite palpitation qui m'a rappelé ce que c'était exactement.

Un enlèvement.

Et il était mon ravisseur.

J'ai murmuré « Putain de merde » en regardant fixement la porte d'entrée fermée.

Mais mon corps me trahissait, car il avait encore envie de le sentir. Le souvenir de ce contact est remonté à la surface et ma chatte s'est contractée. Putain, je n'arrivais pas à me le sortir de la tête. Ces yeux impitoyables et cette putain de bouche. Même maintenant, je me mettrais à genoux pour lui. J'ai fermé les yeux, repensant aux doigts épais de Colt qui se glissaient en moi, et j'ai commencé à mouiller. Je me mettrais à genoux pour eux tous s'ils l'exigeaient.

Et je détestais cette certitude.

J'ai descendu les escaliers, hantée par ce sentiment de panique. Il fallait que je change ça, que je crée une distance entre nous. Je devais me rappeler le plan. *Trouver un moyen d'atteindre le père de Ryth...*

S'il y avait une personne qui savait comment me sortir de là, c'était bien lui. J'ai relevé la tête en réalisant que je m'étais arrêtée de marcher. Mais je n'étais pas dans la cuisine, ni dans le bureau, là où je voulais aller. Au lieu de cela, je me tenais devant la porte de sa chambre, respirant l'odeur intense et envoûtante qu'il avait laissée derrière lui.

Bon sang, j'avais envie de lui.

J'ai envisagé de pénétrer dans sa chambre une fois de plus. Je monterais dans son lit, me jetterais sur ses draps propres avant de partir. Peut-être même qu'il regarderait, mais à quoi cela servirait-il ? Il serait toujours absent, n'est-ce pas ? Toujours en train de profiter de son dîner avec une autre femme.

Est-ce qu'il allait la baiser ?

Bien sûr que oui.

Je parie qu'un homme comme London était entouré de femmes qui voulaient coucher avec lui. Maintenant, il y en avait une de plus... moi. J'ai grimacé et me suis détournée alors que la chaleur de cette idée me brûlait les joues. Je n'arrivais pas à croire que j'avais été aussi stupide. J'ai descendu les escaliers, cherchant désespérément à cacher ma honte au serveur qui était manifestement plus qu'un putain de serveur.

Ce connard avait vu ce qu'il s'était passé hier soir et avait continué aujourd'hui à polir l'argenterie.

- Tu veux te la jouer comme ça ? Très bien, marmonnai-je en me dirigeant vers le bureau, l'idée de saccager ce putain d'endroit hurlait dans mon esprit... jusqu'à ce que je m'arrête à l'entrée du sous-sol.

La porte était fermée. L'épaisse poignée en acier en forme de D attira mon attention.

Je ne voulais pas aller dans le bureau.

Je voulais partir.

Et un plan s'est dessiné dans mon esprit.

Stockage de précision...

La carte de visite me tracassait. Il n'y avait aucune chance qu'un homme comme London en ait une sans une bonne raison. Je pariais que cette raison me mènerait tout droit à Jack

Castlemaine, ou du moins à quelque chose. Je n'avais pas besoin de la carte. Il ne fait aucun doute qu'elle aurait disparu de toute façon. Les serrures n'étaient peut-être pas verrouillées dans cette maison, mais je ne me faisais pas d'illusion, je n'étais qu'une souris dans une cage hermétique et contrôlée.

J'ai jeté un coup d'œil vers le garage, puis j'ai déplacé mon regard vers l'entrée de la salle de sport entièrement équipée, mais mon esprit est revenu vers la porte du sous-sol. Si London pensait que j'étais assez stupide pour croire que le serveur n'était pas aussi un gardien de prison, il allait avoir un choc. Je me suis dirigée vers la salle de sport, mais j'ai jeté un coup d'œil dans le garage pour voir l'Audi rutilante qui n'attendait que moi pour faire un tour.

Je ne savais pas conduire, bien évidemment. Les trois leçons maladroites de mon prétendu père juste avant que l'on m'emmène à l'Ordre avaient suffi à le prouver, mais j'allais tout de même tenter le coup.

La pénombre mangeait la salle de sport. Je suis entrée, mais je n'ai pas eu besoin de chercher un interrupteur car les lumières se sont allumées au-dessus de ma tête.

- Euh...

J'ai contemplé la salle, m'attendant à ce qu'elle soit remplie de poids et de tapis roulants. Mais ce n'était pas le cas.

La pièce était noire, avec des murs et des tapis noirs. Les seules choses lumineuses étaient les petites lampes blanches qui éclairaient l'espace. Toute la pièce était *mortifère*.

Un ring de boxe était installé d'un côté. De l'autre côté, plusieurs sacs de frappe étaient suspendus au plafond et, au milieu, se trouvait l'installation la plus étrange que j'aie jamais vue. Des mannequins. Des mannequins armés et des sortes de blocs d'entraînement aux arts martiaux. Un frisson me parcourut l'échine alors que je m'approchais de l'équipement. C'était... surprenant.

Une rangée de couteaux était posée sur une étagère contre le mur. Derrière une mallette transparente, il y avait des armes, beaucoup d'armes. J'ai eu le souffle coupé en regardant les silencieux et les fusils de type militaire. J'ai chuchoté : « Putain ». Peut-être que c'était les armes des jumeaux ? Ils avaient l'air d'être chez eux ici.

Mais plus je m'approchais des armes rutilantes qui avaient été affûtées à la perfection, plus un murmure s'élevait au fond de mon esprit. Cela ne leur ressemblait pas. Non, cela ressemblait plutôt à...

Je déglutis et secouai la tête. *Non.* Ils n'appartenaient pas à London. Ce n'était pas un homme empreint de violence. Un homme comme lui payait des gens pour faire ce genre de choses pour lui. Je me demandais où il avait trouvé l'argent. L'idée a surgi avant que je ne la repousse.

Concentre-toi, imbécile.

Je tournai la tête, balayai la pièce du regard et cherchai quelque chose que je pourrais utiliser, puis j'aperçus une fine barre de fer au fond de la pièce et me dirigeai vers elle. C'était une sorte de tige d'acier. J'ai jeté un coup d'œil par-dessus mon épaule vers l'une des vitrines d'armes qui était ouverte. La serrure avait disparu. Je parierais que la barre était destinée à la sécuriser. J'ai haussé les épaules. Parfait.

La brûlure dans ma poitrine m'a poussé à saisir la barre d'acier et à sortir, la tenant discrètement près de moi. Je n'ai pas réfléchi, je pensais à la boîte de velours noir qu'il avait emportée avec lui. Je parie qu'il ne se soucierait guère de mon absence pendant un certain temps.

Il serait trop occupé par son putain de rendez-vous.

Je me suis dirigée vers la porte du sous-sol, j'ai enfoncé la serrure et j'ai poussé la porte, scrutant l'obscurité et les escaliers escarpés tout en écoutant le faible bruit des pas quelque part au-dessus. Mon cœur battait la chamade. La panique m'envahit pendant une seconde avant que je ne me force à faire un pas en arrière, à prendre une grande inspiration et à pousser un cri strident.

Les pas ont retenti instantanément.

Ils ont dévalé les escaliers.

- Qu'est-ce qu'il y a ? rugit le serveur en balayant la maison du regard.

J'ai levé une main, l'autre maintenant la barre d'acier contre mon flanc, et j'ai pointé du doigt.

- Il y a un mec là-dedans, putain. J'ai ouvert la porte et il m'a dévisagée.

Le serveur a grimacé, s'est passé la main dans le dos et a sorti un flingue de sous sa chemise. Je le savais, putain.

- Reste ici, a-t-il ordonné, et il est entré, descendant la première marche, l'arme pointée vers l'obscurité.

Je n'ai rien dit, j'ai juste essayé de déglutir le bouillonnement de mon cœur alors qu'il descendait.

Fais-le.

Attends.

Non, n'attends pas...

FAIS-LE MAINTENANT.

J'ai avancé rapidement, les mains tremblantes, j'ai soulevé la barre d'acier et j'ai tiré la porte du sous-sol pour la fermer, puis j'ai glissé la barre dans la poignée et en travers de l'embrasure de la porte.

Le serveur a crié :

- Putain de merde.

Il a remonté les escaliers dans un bruit sourd avant de tirer sur la poignée, mais la porte s'est à peine ouverte sur un centimètre avant de se bloquer.

- Ouvre la porte, Vivienne !

J'ai fait un pas en arrière.

- Non, je crois pas.

Il a plaqué son visage contre la fente, ses yeux plissés de rage.

- Ouvre cette porte tout de suite, putain.

Je n'ai rien dit, je me suis juste retournée et j'ai couru vers le garage, j'ai enfoncé la porte et j'ai pris les clés sur le support.

- Tu m'allonges sur cette table puis tu pars rejoindre une salope. Je vais te montrer exactement ce que tes trois millions de dollars t'ont permis d'acheter.

J'ai appuyé sur le bouton, déverrouillé la voiture et je suis montée, avant de fixer le levier de vitesses.

- Merde.

Le moteur s'est mis à rugir lorsque j'ai appuyé sur le bouton. J'ai tendu le bras, appuyé sur la télécommande de la porte du garage, puis j'ai embrayé et tiré sur le levier de vitesse. Un bruit épouvantable a retenti tandis que j'avançais par à-coups dans l'allée, jusqu'à ce que j'essaie à nouveau les vitesses, que j'en trouve une qui n'ait pas l'air de crisser, et que j'appuie sur l'accélérateur, m'éloignant ainsi de la maison.

DIX-SEPT

London

- Oui, London, ici, murmura Ophélia tandis que le serveur faisait glisser le verre de scotch le long du bar dans ma direction, avant de partir discrètement. Elle a remonté sa robe, sa main disparaissant entre ses cuisses alors qu'elle levait son pied vers le tabouret de bar et l'accrochait au barreau.

- J'ai pris soin de ne pas porter de culotte juste pour ça. Maintenant, à genoux.

Je pourrais la tuer.

Je pourrais la tuer, putain, et en abattre autant que possible.

Hale serait le premier.

Macoy Daniels ensuite...

Mais est-ce que je pourrais tous les avoir ? Et tous les autres qui ne venaient pas à ce genre de réunions ? Les bâtards anonymes qui tirent les ficelles. J'ai essayé de réfléchir, de planifier, comme je le faisais dans ma vie d'avant.

Ses doigts se sont enfoncés dans sa chatte nue et en sont ressortis brillants.

- J'attends, London. Ne me dis pas que tu ne veux pas de moi ?

Ce putain de contrat.

Ce putain de contrat.

Je tournai la tête, attrapai le verre et en engloutis le contenu d'un trait. Ma respiration était lente, douloureuse. Mes mains étaient immobiles. Quoi qu'il arrive, j'avais toujours cet état d'esprit d'acier. Un état que je pourrais utiliser pour tuer n'importe quel homme dans cette pièce avant même qu'il remarque que j'ai bougé. Alors je pouvais me mettre à genoux et lui bouffer la chatte.

J'ai dégluti, je me suis approché d'elle et j'ai glissé ma main autour de sa nuque. Mais elle ne m'a pas cédé. Sa colonne vertébrale est restée figée.

- Qu'est-ce que tu fous, putain ?

J'ai froncé les sourcils.

- Je t'embrasse.

Le coin de sa bouche se crispa cruellement.

- Je veux pas que tu m'embrasses, London. Je veux que tu me broutes. Je veux chevaucher ta belle gueule jusqu'à ce que je jouisse. Maintenant...

Bon sang.

Putain de merde...

Ma gorge s'est serrée. J'ai essayé de déglutir l'envie de vomir et j'ai lentement sombré sur le sol. De grands yeux bruns remplissaient ma tête. Mon chat sauvage était la seule chose sur laquelle je me concentrais. Pense à elle... pense à... va te faire foutre, London. Sa voix remplissait ma tête.

Elle a enfoui ses doigts dans mes cheveux.

- Tu souris, c'est bon signe.

En un instant, son plaisir s'est évanoui en même temps que mon fantasme. Je déglutis difficilement et passai ma main le long de sa jambe, fermai les yeux et me penchai pour embrasser l'intérieur de sa cuisse.

Une voix derrière le bar a crié :

- C'est quoi ce bordel ? *London !*

J'ai redressé la tête.

- *LONDON ! !!*

J'ai levé la tête lorsque j'ai aperçu un mouvement. Des cheveux blond foncé et des yeux bleus sauvages balayaient la pièce avant de s'arrêter sur moi avant de se diriger vers Ophélia. Une expression de dégoût le remplit tandis qu'il brandit l'arme. Un vent de panique me saisit et me força à me lever en un instant, alors qu'Ophélia relâchait son emprise sur sa robe et mettait fin à cette vue nauséabonde.

- Qu'avons-nous là ? murmura-t-elle.

J'ai vu le désespoir dans les yeux de mon fils lorsqu'il a pointé son arme sur elle et, pendant une seconde, j'ai failli faire un pas de côté pour ne pas recevoir d'éclaboussures, jusqu'à ce que je me rende compte qu'il ne s'en sortirait pas vivant. J'ai secoué la tête et j'ai perçu le mouvement derrière lui, Colt le suivait... avec le gros sac mortuaire noir sur l'épaule.

J'ai murmuré « Putain de merde » en faisant un pas en avant et en laissant Ophélia et sa chatte luisante derrière moi.

Mes fils ne ralentirent pas, se contentant de balayer les salles du regard et de se concentrer sur le vacarme qui régnait dans la salle à manger, puis ils se dirigèrent vers la salle. Putain ! Je les ai suivis, sachant qu'il n'y avait aucun moyen de leur barrer la route, et au lieu de cela, j'ai aperçu Colt qui transportait le corps dans la salle à manger.

Les têtes se sont tournées vers nous et le silence s'est installé. Dommage que mes putains de fils ne se soient pas calmés ; Colt s'est arrêté en bout de table et a soulevé le corps de son épaule jusqu'à ce qu'il heurte la table de la salle à manger dans un bruit sourd et écœurant.

Les crétins assis autour de Hale se sont mis à grogner. Ces connards prétentieux se levèrent de leurs chaises et se précipitèrent vers le fond tandis que des éclats de verre et de la porcelaine brisée volaient dans la pièce.

- *Qu'est-ce que c'est que ce bordel ?* rugit Hale, ses yeux exorbités, rivés sur moi.

J'ai regardé le cadavre allongé sur la table devant lui comme si c'était un putain de repas en décomposition et j'ai fait la seule chose que je pouvais faire... J'ai donné à ce bâtard ce qu'il voulait. Froidement. Calmement. J'ai tendu la main, saisi l'épaisse fermeture éclair et tiré, exposant à la vue de tous le visage sans vie de Creed Banks.

- *Putain de merde !* Hale a détourné son regard du corps pour me regarder, tandis que ses invités étaient horrifiés. *Qu'est-ce que c'est que ça ?*

À ce moment-là, je n'étais plus seulement un assassin habile. J'étais le protecteur. Le gardien de ceux que j'aimais et l'orchestrateur d'une violence contrôlée, alors que je répondais :

- Tu voulais Banks, alors le voilà.

Les lèvres de Hale se retroussèrent. Mon esprit se mit à cavaler, parcourant toutes les putains de pensées immondes qui pouvaient lui passer par la tête. Ne pas regarder ailleurs... ne pas... regarder... ailleurs...

Son regard brûlant me cloua sur place.

- Qui ?

- Benjamin Rossi.

Son regard est devenu sombre alors qu'il contemplait la peau blanche et crayeuse du cadavre. Dans le coin de mon œil, j'ai vu Ophélia s'approcher, fixant le corps. Hale s'est rapproché d'elle et son expression haineuse s'est adoucie.

- Trouve-moi ce salaud de Rossi, exigea-t-il en se tournant vers moi. Je veux ce fils de pute à terre.

- Considère que c'est fait, marmonnai-je en fouillant dans ma poche et en sortant le contrat. C'était un geste audacieux que de faire ça devant les autres. Mais il ne me laissait pas le choix.

- Pour la signature.

Il a jeté un coup d'œil au papier plié dans ma main, puis a croisé mon regard. J'ai essayé de lire dans ses yeux, de déchiffrer ses pensées lorsqu'il a murmuré.

- On reste en contact.

J'ai hoché la tête et me suis tourné pour partir, mais il m'a arrêté.

- Et débarrasse-toi de ça, ajouta-t-il.

J'ai croisé le regard de Colt, mais le fils ne bougeait pas. Ses yeux étaient écarquillés, le blanc presque fluorescent par rapport à l'iris bleu. Mais c'est sa pâleur qui m'a effrayé. Il était aussi pâle que le corps que nous venions de déposer devant tous ces hommes.

J'ai porté mon regard sur Carven, qui m'a regardé moi puis son frère, avant de se figer.

- Sortez, ordonnai-je en faisant un geste de la tête avant de me retourner et d'attraper moi-même le corps, de tirer sur la fermeture éclair et de le hisser par-dessus mon épaule.

- Allez, ai-je grogné, poussant Colt pour obliger mon fils à sortir de cette foutue salle à manger et à s'éloigner de la seule personne en présence de laquelle il ne pouvait pas rester sans être mentalement brisé en mille morceaux.

Carven a poussé son frère pour qu'il recule. Même si Colt aurait pu facilement neutraliser son jumeau, il a laissé Carven le diriger vers la porte.

Tout le monde les regardait fixement, et s'il n'y avait eu que moi, je n'en aurais rien eu à foutre. Mais il était hors de question qu'ils regardent ce qui m'appartenait. J'ai lancé à chacun d'eux un regard féroce et j'ai quitté la pièce en portant le lourd cadavre de Creed Banks sur mes épaules.

Ce n'était pas le premier corps que je portais et j'étais sûr que lorsque je posséderais mon petit chat sauvage, ce ne serait pas le dernier. Mais alors que je traînais ce lourd fardeau jusqu'à l'Explorer de mes fils, j'étais tellement reconnaissant.

Mon téléphone a vibré dans ma poche lorsque Carven a ouvert la portière passager et poussé son frère à l'intérieur.

Hmm...

Hmm...

Mon téléphone a continué à vibrer alors que j'ouvrais la portière arrière et que je laissais tomber la masse du corps sur le plancher de la voiture.

- Qu'est-ce que c'est que ce bordel ? dis-je en sortant mon téléphone et en voyant trois messages affolés et deux appels manqués de Guild.

Mon sang se glaça lorsque j'ouvris le premier message et que je le lus : *Elle est partie.*

- Quoi ? criai-je en parcourant le reste des messages affolés avant d'ouvrir l'application pour vérifier le système de localisation.

- Qu'est-ce qu'il y a ? dit Carven en s'approchant. *London...*

J'ai levé les yeux au ciel alors qu'une rage extrême m'envahissait.

- Débarrasse-toi du corps et prends soin de ton frère, ai-je grogné en tapant un message. Vous n'aurez peut-être pas envie de rentrer à la maison ce soir.

Je me suis éloigné, j'ai foulé l'allée et je les ai laissés derrière moi.

- Je vais étrangler cette putain de salope dès que j'aurai mis la main sur elle.

Les phares m'aveuglèrent au bout de l'allée alors que le véhicule se dirigeait vers moi.

Je savais que Gabriel ne serait pas loin.

Et j'en étais reconnaissant.

Les pneus ont crissé sur le sol pavé lorsqu'il a braqué la voiture et s'est arrêté brusquement. Mais au lieu de monter sur la banquette arrière de la superbe Mercedes noire, je suis allé vers l'avant de la voiture et j'ai ouvert la portière côté conducteur. Il m'a regardé, confus pendant une seconde, avant de voir la rage dans mes yeux et de murmurer lentement :

- Je rentre à pied, c'est ça ?

J'ai serré la mâchoire... incapable de dire un mot.

DIX-HUIT

Vivienne

Je ne m'enfuyais pas, il devrait s'en trouver heureux. Mais au même moment où cette pensée surgit, je réalisai à quel point c'était stupide. De tous les endroits sur terre où j'aurais pu m'enfuir, j'avais choisi de me rendre dans un entrepôt de stockage à l'autre bout de la ville, uniquement pour avoir plus d'information sur celui qui me retenait prisonnière.

Je m'agrippais au volant de l'Audi en jetant un œil au GPS. Pour un type intelligent, il aurait dû effacer son historique de trajets. Le bruit monotone du moteur me poussa à prendre la sortie, avant d'accélérer à nouveau.

- Tu m'as laissée en plan, sale con, marmonnai-je en partageant mon regard entre la route et la carte du GPS. Ça va pas se passer comme ça, c'est *moi* qui te laisse... et j'emporte ta caisse avec moi.

À chaque virage, une maigre douleur revenait dans ma poitrine, me rappelant qu'il allait venir à ma recherche. Mais dans combien de temps ? Pas ce soir, c'était certain.

Non, ce soir il avait un rencard.

Je serrai les dents et donnai un coup de volant pour m'enfiler dans une rue sombre au milieu de nulle part. J'ai regardé par la fenêtre, les lumières au loin et j'ai réalisé que j'étais là, toute seule. Mais au fond, j'avais l'habitude, non ? Je me concentrai sur la route en suivant la flèche clignotant sur l'écran, essayant d'oublier les beaux yeux bleus de mon protecteur qui m'avait regardée dormir, ainsi que les yeux sombres et ténébreux de mon ravisseur. Ils pouvaient tous aller se faire foutre.

Ce que je voulais, c'était des réponses, de vraies réponses, et au fond de moi je savais que le père de Ryth pouvait me les donner.

« *Votre destination se trouve à gauche. Votre destination se trouve à gauche. Votre...* »

- C'est bon, dis-je en éteignant l'appareil. J'ai compris.

La zone de l'entrepôt ne comportait pas d'éclairage public, ni de signes ou panneaux indiquant les disponibilités. J'ai enclenché le frein à main et me suis penchée vers le pare-brise pour scruter l'imposant bâtiment, puis je détournai le regard en soupirant. Il n'y avait rien ici en dehors d'un immense grillage barrant l'accès. Je ne savais pas à quoi je m'attendrais, mais pas à ça.

- Putain.

Je m'enfilai dans l'allée avant d'appuyer sur le frein alors que je priais pour ne pas faire quelque chose de stupide.

Et pourtant.

En un instant, j'enlevai mon pied du frein et appuyai violemment sur l'accélérateur, me lançant à toute vitesse sur la grille. Je voyais l'acier briller dans les phares, le moteur vrombissait avant de heurter la grille dans un craquement de fer. Ma tête fut projetée en arrière, l'impact avait enclenché ma ceinture de sécurité qui m'avait retenue contre le siège. Mais c'est le bruit du moteur qui m'inquiétait.

Je haletais alors que je retirai mon pied de l'accélérateur et que je me penchais pour voir l'avant de la voiture embouti.

- Merde, dis-je en détachant ma ceinture pour descendre de la voiture.

L'impact n'avait pas été aussi violent que je l'avais espéré, j'avais été trop lente et pas assez loin. Je fixais l'espace creusé dans la grille par le capot de la voiture avant de regarder les dégâts sur la voiture. London allait être *vert*.

J'ai fait la grimace et j'ai contourné la portière ouverte.

- J'emmerde London.

Puis j'ai porté mon regard sur la vraie raison de ma présence ici, l'entrepôt et les secrets qu'il renfermait. Même s'il ne me conduirait pas au père de Ryth, j'y trouverais quelque chose, je le savais. Un homme comme London ne pouvait pas disposer d'un endroit comme celui-ci sans qu'il ne serve à quelque chose.

Quel meilleur endroit pour cacher tous ses sombres et sales secrets ? Je me suis approchée, regardant le capot de l'Audi bloqué dans l'entrebâillement de la grille. Un faible grondement de moteur attira mon attention et, au loin, une voiture emprunta de biais le chemin d'accès à la grande route sombre.

Mon estomac s'est retourné.

Ma respiration s'est arrêtée.

Des frissons m'ont parcouru l'échine.

- Oh, merde !

J'ai regardé l'étroite brèche dans la grille alors que le rugissement du moteur s'intensifiait et je me suis élancée. Ma main a glissé contre le capot cabossé de l'Audi alors que je cherchais un point d'appui. Je me suis de nouveau élancée, j'ai posé le pied contre le pare-chocs et j'ai gravi la clôture à toute allure.

Mes doigts brûlaient lorsque j'ai saisi le grillage et me suis hissé vers le haut tandis que les pneus crissaient et que la voiture dérapait sur le côté avant de s'arrêter derrière l'Audi.

- *Putain de merde !* rugit London, faisant grimper la panique davantage. *Vivienne, arrête-toi !*

Je me suis hissée plus haut et j'ai tendu la main pour attraper le haut de la grille. Une douleur m'a transpercé la paume lorsque mon ravisseur m'a attrapé et a tiré, me ramenant vers le sol.

- *Lâche-moi !* hurlai-je en donnant des coups de pied.

La plaie de ma paume n'était rien comparée à la souffrance de mon cœur. La rage me fit plisser les yeux. Tout ce que je voyais, c'était le bâtiment derrière la clôture où je voulais me trouver, et ses mains qui m'agrippaient à la taille et me tiraient vers lui, je voulais gagner cette bataille.

Mais je n'étais pas de taille face à sa force sauvage et absolue et il me tira violemment de la clôture pour me faire basculer sur son épaule. Je me suis tortillée, j'ai frappé son épaule, puis son torse alors que je manquais de tomber. Mais il me rattrapa et me déposa avec précaution sur le sol, ses yeux sombres pleins de fureur.

- *Qu'est-ce que tu fais, putain !*

- Qu'est-ce que *je* fais ? ai-je hurlé en trébuchant en arrière jusqu'à ce que je heurte la portière ouverte de l'Audi. Je ne sais pas, London. *Peut-être que je veux des réponses, hein ! Peut-être que je veux la putain de VÉRITÉ !*

Il se figea, sa poitrine se soulevant et retombant brutalement au rythme de sa respiration violente, tandis qu'il jetait un coup d'œil sur le bâtiment par-delà le grillage. Une lueur de peur est apparue lorsqu'il s'est retourné vers moi.

- Et tu pensais qu'un entrepôt perdu au milieu de *nulle part* te donnerait des réponses ?

- Oh, te fous pas de moi, putain, ai-je grogné en faisant un pas en avant. La peur et la colère étaient un cocktail Molotov en moi et je contemplais l'allumette. Je sais que c'est le tien. Je sais aussi qu'il n'y a aucune chance que tu aies un endroit comme celui-ci sans qu'il te profite. Parce que c'est ton mode de fonctionnement, n'est-ce pas ? tu ne possèdes pas de choses qui ne te servent pas.

Moi y compris.

C'est la raison pour laquelle il est sorti pour baiser, n'est-ce pas ? Parce qu'il ne pouvait pas me baiser. J'ai baissé le regard sur son costume impeccable et je me suis figée en voyant la tache de sang sur sa chemise blanche.

- De toute façon, c'est pas comme si t'en avais quelque chose à foutre.

- Je m'en fous ? répéta-t-il, ses yeux sombres encore plus glaçants. *Espèce de sale gosse.*

J'ai tressailli. *Sale gosse ? Putain, c'est moi qu'il traitait de...*

Il réduisit la distance entre nous, m'attrapa par la taille et me souleva sur le capot de son Audi cabossée. Je me suis rattrapée en posant ma main sur la carrosserie de la voiture. La douleur m'a transpercé la paume et je me suis mordu la lèvre.

Clac ! Sa paume a atterri sur mon cul.

- Je m'en fous, putain ?

CLAC !

Je me suis cabrée et j'ai tressailli tandis que mon cul était en feu. Des cris résonnaient dans ma tête. Des cris d'enfants... mes cris s'y mêlaient. Des souvenirs d'avoir été giflée de la même façon me revinrent en mémoire.

- Stop !

Je me suis débattue, essayant désespérément de me dégager.

Clac !

La douleur me transperça jusqu'au ventre.

- London... Arrête !

Du coin de l'œil, je vis sa main se figer en l'air, comme si, dans sa rage aveugle, il m'avait soudain entendue. Il respirait sauvagement alors qu'il me relâchait lentement. Dégagée de son emprise, j'ai glissé du capot jusqu'à ce que mes pieds touchent le sol. Mon cul portait encore l'empreinte brûlante de sa main alors que je trébuchais en arrière et que je m'éloignais de ce monstre.

Mais il n'a pas regardé de mon côté, il est resté là à fixer l'acier gris brillant et, d'une voix glaciale, il a dit :

- Monte dans la voiture, Vivienne, je te ramène à la maison.

Je ne pouvais pas bouger. Je ne pouvais pas courir. Je ne pouvais rien faire d'autre que de fixer ce monstre. Parce qu'à ce moment-là, c'est ce que London St. James était. Un monstre froid et sans cœur. Il ne se souciait pas de moi. La brûlure ardente sur mes fesses me le prouvait. Il se souciait de ses biens et c'est tout ce que j'étais pour lui. Sa putain de propriété.

- Vivienne... dit-il d'une voix marquée par le désespoir. Monte... *tout de suite.*

J'ai pris une grande inspiration et je me suis éloignée, mettant autant de distance que possible entre nous en contournant l'Audi et en me précipitant sur la Mercedes noire. Mes genoux tremblaient et mes mains s'agitaient tandis que je m'agrippais à la poignée de la portière et que je grimpais à l'intérieur, voyant s'ouvrir lentement la maudite grille qui m'avait barré la route.

- *Va te faire foutre,* gémis-je, grimaçant de douleur lorsque mes fesses touchèrent le siège. *Va au diable.*

Des larmes ont jailli lorsque j'ai passé la main sur ma peau endolorie. Je vis London monter dans l'Audi puis nous avons franchi la grille en direction de l'entrepôt, où il s'est garé avant de sortir de la voiture. Un nœud est apparu au fond de ma gorge lorsque sa silhouette s'est dessinée dans l'obscurité, devenant de plus en plus nette à mesure qu'il s'approchait.

Malgré le flou de mes larmes, j'ai tiré sur la ceinture de sécurité pour la mettre en place alors qu'il contournait l'avant de la voiture et grimpait par la portière ouverte. Je ne pouvais que me presser contre la portière et le fixer du regard. Il me faisait peur maintenant, peut-être plus que quiconque ne m'avait fait peur dans toute ma vie. J'avais affronté les gardes de l'Ordre et je n'avais rien dit pendant tout le temps où j'avais cherché un moyen de sortir de cet endroit. Mais là, je ne pouvais pas trouver d'issue, n'est-ce pas ?

Je ne pouvais pas lui échapper.

Il a refermé la portière et bouclé sa propre ceinture de sécurité avant d'enclencher la vitesse. La lame aiguisée du silence fendait l'air alors qu'il s'éloignait de l'entrepôt et faisait demi-tour.

- Ne me regarde pas comme ça.

Je tentai de déglutir la grosseur dans ma gorge et me forçai à parler.

- Comment, London ? Comme si tu venais de me frapper sur le capot de ta voiture ?

Il a tressailli à ces mots, ses yeux étant presque noirs dans la lumière du tableau de bord.

- Je ne t'ai pas... *frappée*.

Ma voix était si pathétiquement faible.

- Mon cul brûlant dit le contraire.

Il tourna son regard vers moi et ses lèvres se retroussèrent alors qu'il fixait les larmes qui coulaient lentement sur mes joues.

- *Putain !* dit-il en grognant avant de freiner brusquement.

Je fus projetée vers l'avant tandis que la voiture dérapait et s'arrêtait au milieu de la route. Le bruit de sa respiration emplissait l'espace. Il fixait ses poings qui enserraient le volant.

- *Vivienne...* commença-t-il, et je ne pouvais pas me permettre d'entendre un mot de plus.

J'ai tiré sur la poignée de la portière et j'ai poussé, mais je suis tombée en voulant sortir. Je ne savais pas où j'allais. Tout ce que je savais, c'est que je ne pouvais pas rester là à le regarder comme ça. Il avait l'air... *brisé... désespéré... en plein désarroi.* je ne pouvais pas me permettre de ressentir quelque chose. Pas pour lui. Ni pour aucun d'entre eux...

Et j'étais là, les larmes brûlant sur mes joues autant que l'empreinte de la main sur mon cul.

La portière du conducteur s'est ouverte derrière moi, j'ai trébuché en arrière et je me suis retournée, scrutant l'obscurité à la recherche d'une issue à ce calvaire.

- Vivienne, arrête ! aboya-t-il.

- *Va te faire foutre !*

- Vivienne...

J'ai trébuché à nouveau et je suis tombée, incapable de voir quoi que ce soit à travers mes larmes. Pourtant, je me suis mise à courir. Le bruit sourd et lourd des pas résonnait derrière moi jusqu'à ce qu'il m'attrape par derrière et me soulève du sol.

- Tu ne peux pas me fuir, s'emporta-t-il en me plaquant contre son torse. Tu comprends ça ? *Tu ne peux pas me fuir.*

Je l'ai frappé, martelant ses épaules et sa tête de faibles coups.

- Va te faire foutre... *va te faire foutre, London.*

Mais le conflit avait disparu, me laissant vidée de mes forces alors que je le frappais et l'implorais.

- Laisse-moi partir, London... *laisse-moi partir.*

Il me porta jusqu'à la voiture et me poussa contre le capot de la Mercedes encore en marche. J'ai gémi sous l'impact, mais je n'ai pas eu le temps de me débattre, car il a glissé ses mains le long de mes bras, a attrapé mes poignets et les a bloqués au-dessus de moi en grognant.

- Tu n'as pas le droit de me fuir, tu comprends ça ?

Je me suis débattue contre son emprise, mais il était trop fort pour moi et sa jambe s'est glissée entre mes cuisses... et ce soir, il était trop dangereux. Je ne savais pas ce qui lui était arrivé ce soir, mais je savais que c'était grave. Je le sentais dans la cruauté de sa poigne et je l'entendais dans le désespoir de sa voix.

Il a plaqué son corps contre moi.

- Je n'aurais pas dû faire ça. Je n'aurais pas dû te faire mal comme ça. Je ne suis pas ce genre d'homme, Vivienne. Je ne suis pas ce genre d'homme.

- Si, dis-je en le repoussant.

Il s'est raidi, mais n'a pas résisté.

- Je ne veux pas être cet homme-là. Pas avec toi. Je ne lèverai plus la main sous le coup de la colère. Pas envers toi. Mais tu ne peux pas me fuir. Pas maintenant... *ni jamais.*

La chaleur brûlait et ce n'était pas seulement sur mes fesses meurtries contre la voiture, elle venait aussi se loger entre mes cuisses, me détournant de la douleur.

- Non, gémis-je, tandis qu'il se pressa contre moi, se frottant lentement à moi. Non !

- Non ? Il se pressa à nouveau, se frottant à la chaleur logée entre mes cuisses. Tu es sûre de ça ?

Je me suis débattue, tirant sur ses poignets qui me tenaient comme un étau.

- Non, non. *Je ne veux pas de toi.*

Il me baisait à travers nos vêtements, écrasant sa bite dure contre mon sexe.

- Tu oublies à quel point je t'ai fait mouiller la nuit dernière, Vivienne. Tu oublies que je peux encore te goûter, putain.

J'ai fermé les yeux et laissé échapper un gémissement.

- Tu crois pas que c'est de la torture pour moi ?

J'ai secoué la tête d'un côté à l'autre alors que mes jambes s'écartaient, lui donnant tout l'espace dont il avait besoin.

- Je ne veux pas de toi.

Il a plaqué sa queue raide contre mon sexe.

- Menteuse.

La brûlure de mon cul était secondaire à cette douleur lancinante entre mes cuisses. Son regard dangereux m'a prise en otage jusqu'à ce qu'il baisse la tête et m'embrasse. Je fermai les yeux, m'abandonnant à ces lèvres avides qui prenaient tout de moi avant qu'il ne se retire.

Il a relâché mes poignets, mais ils sont restés là, à l'endroit où le capot rencontrait le verre froid du pare-brise, alors qu'il s'agenouillait.

- Je sais que tu me veux.

Il s'est attaqué au bouton de mon pantalon, puis a tiré sur la fermeture éclair.

- Je vais te le prouver, dit-il en baissant mon pantalon.

Ces doigts exigeants se sont glissés sous l'élastique de ma culotte avant de la faire glisser sur le côté.

- Tu ne veux pas de moi, hein ?

Il a glissé son doigt le long de ma chatte, écartant les lèvres.

- Tu es tellement mouillée, putain. Regarde-toi.

Je me suis mordu la lèvre.

- Fais ce que je te dis, a-t-il grogné.

Je n'ai eu d'autre choix que d'obéir face à ce regard brutal.

- Écarte les jambes pour moi.

Oh, mon Dieu...

Ma respiration s'intensifiait tandis que je faisais ce qu'il voulait, écartant les jambes jusqu'à ce que mon pantalon se tende.

- Tu ne veux pas de moi, Vivienne ?

Il a glissé son doigt le long de ma fente et s'est glissé à l'intérieur.

- Tu ne veux pas de moi, putain ?

Je gémis, exposée à son regard, allongée contre l'avant de sa voiture au milieu de nulle part pendant qu'il me doigte la chatte.

- Tu veux que je te baise ?

Je sentis la chaleur glisser entre mes jambes. Je me suis mordu la lèvre plus fort.

- Dis-moi... *est-ce que tu veux ma bite juste ici ?*

J'ai secoué la tête.

- Non.

Il s'est enfoncé plus profondément en moi.

- Je romps ce putain de contrat tout de suite, a-t-il grogné. C'est tout ce dont ils ont besoin pour me prendre, tu te rends compte ? Je les tuerai s'ils s'approchent. Je tuerai tous ceux qu'ils enverront et on ne retrouvera jamais les corps. Tout ce que tu as à faire, c'est de dire oui. Dis-moi oui, je romprai le contrat avec plaisir. Je t'allongerai sur cette voiture tout de suite et je te baiserai. Je vais te remplir, chat sauvage. Je vais étirer cette chatte serrée jusqu'à ce que tu te souviennes que de ça. Dis-moi de le faire. *Dis-moi oui tout de suite, putain...*

J'ai essayé de reprendre mon souffle, j'ai ouvert les yeux et j'ai baissé mon regard vers lui.

- Dis-moi oui, dit-il en serrant les dents. Dis-moi de te baiser et je le ferai.

DIX-NEUF

Vivienne

- Dis-moi de te baiser et je le ferai, a-t-il dit,
enfonçant son doigt en moi alors qu'il levait les yeux d'entre
mes jambes. *Je briserai le contrat. Je briserai tout, putain.*

Oui ! J'ai commencé à ouvrir la bouche pour gémir le mot juste
au moment où il a jeté un coup d'œil vers un endroit où des
phares perçaient l'obscurité.

- Putain, il s'est redressé, remontant mon pantalon d'un même
mouvement.

J'ai essayé de boutonner mon pantalon en glissant du capot de
la Mercedes, alors que la voiture qui s'approchait passait
lentement. London m'a cachée pendant que je tâtonnais avec la
fermeture éclair et le bouton, fixant la voiture qui passait avant
qu'il ne me fasse signe d'ouvrir la portière.

- Rentrons à la maison.

Les joues brûlantes, je me suis empressée de remonter dans la
voiture. London l'a refermée derrière moi avant de faire le tour

et de monter derrière le volant. Mais ce qui s'était enflammé entre nous il y a quelques secondes mijotait maintenant dans un silence gênant. J'ai serré les cuisses, sentant toujours ses doigts en moi, tandis que l'entrepôt de stockage disparaissait dans le rétroviseur. Nous avons pris l'autoroute en direction de la maison.

La maison.

Ce mot n'appartenait pas à mon monde. Je n'avais pas de maison, pas de famille, peu importe le genre de jeu malsain que London voulait faire croire. J'étais heureuse qu'on ait été interrompue. Cela avait failli aller trop loin... pour lui et pour moi. Je n'étais pas faite pour avoir une famille, je le savais maintenant. La honte m'envahit tandis que la Mercedes accélérait, passant devant les voitures plus lentes. Rien n'allait changer pour moi, même après la signature du contrat.

London me baiserait, puis il s'en irait pour la femme qu'il courtisait. Il m'avait déjà donné du noir à porter... alors le rouge était la prochaine couleur, et le pire, c'est que je le laisserais faire.

Je le laisserais m'utiliser comme il le voulait.

Et j'en attendrais plus.

Parce que la vérité était que je le désirais, bien plus que mon cœur ne pouvait se le permettre.

Le poids de son regard s'est porté sur moi. Pourtant, il n'a rien dit alors que nous quittions l'autoroute. Lorsque nous avons tourné dans l'allée, j'étais désespérée à l'idée de sortir. La porte du garage s'est ouverte, il se gara à la place habituelle de l'Audi, puis il coupa le moteur.

- Vivienne...

Sa voix était rauque.

Mais je n'ai pas attendu, je suis sortie. Il m'a suivie, a appuyé sur le bouton de la télécommande et a fermé la porte du garage avant que nous n'entrions tous les deux dans la maison. Je me suis dirigée vers la cuisine et j'ai aperçu le serveur qui me jetait un coup d'œil depuis l'autre côté de la cuisine quand je suis passée.

- Lond... commença-t-il, et mon ravisseur l'empêcher de terminer.

Boum !

Je tressaillis et me retournai pour voir le serveur trébucher sur le côté et London jeter un regard furieux sur lui. Il s'est avancé, a saisi l'homme par la chemise et l'a plaqué contre le mur.

- La prochaine fois que tu me déçois, ce sera la dernière fois que tu décevras quelqu'un. Compris ?

La peur m'a transpercé. Mais le serveur ne s'est pas défendu et ne semblait pas surpris. Il est resté planté là, face à la rage de London, et a hoché lentement la tête.

- Je suis entièrement responsable.

Entièrement responsable ?

- Non, dis-je en secouant la tête en faisant un pas en avant. C'est ma faute.

London a tourné son regard brutal vers moi et dans cette lueur d'acier, j'ai vu que ce que je disais ou ce que je faisais n'avait pas d'importance. La seule chose qui comptait, c'était que l'homme à qui London avait fait confiance pour me protéger avait échoué..., même si tout était de ma faute. J'inspirai fortement et jetai un coup d'œil vers le garde du corps avant de voir un lent filet de sang s'écouler au coin de sa bouche. Je réalisai à quel point London St. James était dangereux pour tous ceux qui l'entouraient... *y compris ses alliés.*

La panique m'a envahie lorsque je les ai laissés et que j'ai grimpé les escaliers jusqu'à ma chambre. Alors même que je fermais la porte de la chambre, je savais que c'était inutile. Mon ravisseur était mortel à plus d'un titre. Un frisson me parcourut l'échine, mais alors que je laissais tomber ma tête dans mes mains, je savais que c'était inutile.

Je sentais encore ses lèvres dures sur les miennes.

J'avais encore envie de ses doigts.

Dangereux ou non, je tombais amoureuse de lui et cette pensée était la plus terrifiante de toutes.

J'étais amoureuse de mon ravisseur.

Par la fenêtre, des éclairs scintillaient au loin.

Un orage se préparait. Je le sentais s'abattre sur moi, sans parler des éclairs dentelés qui déchiraient la nuit. J'ai attendu, je me suis appuyée contre la porte et j'ai attendu le bruit sourd et lourd de ses pas lorsqu'il viendrait terminer ce qu'il avait commencé. Mais il ne vint pas.

Je me suis dirigée vers la salle de bains et j'ai jeté un coup d'œil à la caméra avant de me déshabiller et d'enrouler mes cheveux sur ma tête. Je suis passée sous le jet d'eau chaude et je me suis douchée, tout en jetant des coups d'œil nerveux à la caméra. Je ne savais plus où donner de la tête... et je ne savais pas quoi faire.

Le temps de sortir et de me sécher, j'ai entendu le grondement proche de l'orage qui s'annonçait. Les éclairs déchiraient le ciel à l'extérieur et le léger clapotis de la pluie sur la fenêtre n'apaisait en rien le nœud serré que j'avais dans la poitrine. Je me dirigeai vers le lit et y grimpai, puis je tirai la couette sur mes genoux pliés et jusqu'à mon menton. Je m'assis contre les oreillers et regardai les flashs des éclairs remplir la pièce... et j'attendis.

à l'extérieur et le léger clapotis de la pluie sur la fenêtre n'apaisait en rien le nœud serré que j'avais dans la poitrine. Je me dirigeai vers le lit et y grimpai, puis je tirai la couette sur mes genoux pliés et jusqu'à mon menton. Je m'assis contre les oreillers et regardai les flashs des éclairs remplir la pièce... et j'attendis.

VINGT

Carven

———————

LE CRISSEMENT D'UNE SCIE S'ESTOMPAIT EN ARRIÈRE-PLAN.
Je l'ai à peine entendu alors que je fixais la photo de cette
putain de salope sur le mur de l'entrepôt. Mon esprit était figé,
bloqué sur l'image fugace du regard de London rencontrant le
mien lorsque j'avais fait irruption à cette putain de soirée.

Le putain de soulagement que j'avais vu dans ses yeux me
restait en tête et je n'arrivais pas à m'en défaire.

J'entendais un bruit de métal contre du métal. Le bruit des
pelles pénétrait la pièce avant que le bruit sourd et lourd des
pas se fassent entendre et que mon frère m'attrape par l'épaule.
Je me suis retourné, j'ai croisé son regard et j'ai hoché la tête. —

- Ça va.

Il a froncé les sourcils et m'a pris à part avec son regard d'acier.
J'ai détourné les yeux et j'ai trouvé autre chose sur quoi me
concentrer. Il ne fallait pas qu'il me questionne, pas ce soir. J'ai
regardé le mur de photos et de détails, me concentrant sur la
putain de salope que je voulais tuer par-dessus tout. Cette

ignoble salope sans âme qui battait des enfants, qui était bien trop proche de Haelstrom Hale pour que je puisse la tuer.

Pour l'instant...

Je fixai sa photo, revoyant l'expression de soulagement écœurant sur le visage de London lorsqu'il s'était redressé devant elle. Il avait été à genoux devant cette salope. Rien que cela me donnait envie de lui passer une lame sur la gorge et de la regarder se vider de son sang. Personne ne pouvait forcer London à s'agenouiller, pas comme ça. Pas à moins qu'il ne le veuille, et je savais qu'il n'y avait aucune chance qu'il le veuille avec elle...

La fille, c'était maintenant une femme.

Elle était différente. J'ai jeté un coup d'œil à Colt alors qu'il refermait la chambre froide désormais vide, puis il la verrouilla. C'est ça, la fille était maintenant... l'une d'entre nous. Je me suis dirigé vers la porte et j'ai suivi mon frère jusqu'à l'Explorer. Au loin, une lumière blanche scintillait dans le ciel, mais je l'ai à peine regardée. Je suis monté dans l'Explorer et j'ai démarré le moteur.

La portière de la voiture a fait un bruit sourd à côté de moi. J'ai serré le volant, à bout de nerfs.

Les grands yeux sombres de l'homme qui nous protégeait me hantaient tandis que je sortais du bâtiment, m'arrêtant suffisamment longtemps pour attendre que le portail se referme derrière moi. La pluie se mit à frapper le pare-brise. J'ai actionné les essuie-glaces, puis j'ai enclenché le moteur.

Un éclair blanc a fendu le ciel sombre devant nous.

Je ne le regardais pas, j'inspirai de grandes bouffées d'air en me concentrant sur la rage qui m'habitait. J'avais besoin d'un exutoire. J'avais besoin de *me battre*. J'ai appuyé sur l'accélérateur, je me suis éloigné du bâtiment et j'ai pris la direction de l'ouest.

Le silence m'envahissait.

J'étais libre de chasser.

Les phares éclairaient la pluie des voitures arrivant en sens inverse. Je tournai la tête vers les banlieues miteuses où la loi ne sévissait jamais puis tournai dans une impasse familière avant de ralentir. Des feux brûlaient dans des tonneaux, la lueur ambrée vacillante étant plus qu'un moyen de lutter contre le froid. Des hommes se tenaient autour, ils se réchauffaient les mains, ils nous ont vu et ont hoché la tête lorsque nous sommes passés devant eux. L'un d'eux sortit un téléphone de sa poche et tapa un message.

Ils savaient que nous devions venir.

Tant mieux.

J'ai ralenti devant le mur de briques en ruine et j'ai attendu que le portail en acier noir s'ouvre avant de passer. Je me suis garé, j'ai balayé du regard les autres voitures qui peuplaient la cour et j'ai coupé le moteur avant de sortir. Le tonnerre grondait, le son profond s'est élevé au-dessus de nous et je me suis dirigé vers le type qui se tenait à l'embrasure de la porte.

J'ai levé les mains en l'air.

Le type a passé un détecteur sur mon corps avant de faire un signe de tête et de s'écarter. J'entrai à grands pas, scrutant toujours l'obscurité de l'entrepôt abandonné alors que j'avançais à travers le chantier en ruines avant de me diriger vers l'arrière.

J'entendais des rugissements gutturaux. Même d'ici, je pouvais sentir l'odeur du sang.

J'ai franchi la porte délabrée de la salle de combat. Trois combats étaient en cours. L'un des gars se prenait une violente raclée, il trébuchait en arrière et donnait un coup à son adversaire, qui s'écartait, souriait, avant de donner un autre coup, levant le poing pour mettre le type à terre.

Des cris ont suivi et des mains s'élevèrent tandis que certains spectateurs se détournaient avec dégoût.

Il y avait de quoi.

Ce type était faible et stupide.

J'ai balayé du regard les voitures garées contre le mur extérieur démoli, me concentrant sur l'une d'entre elles en passant devant. Les frères Arès étaient là. Je scrutai le reste des voitures à la recherche des Rossi avant de me retourner vers les quatre frères assis sur le capot de leur Maserati noire. Le plus âgé a hoché la tête à mon approche. Je ne l'ai pas salué, ce qui a énervé le plus jeune frère qui semblait vouloir me le faire payer.

Le jeune voyou, voyant que je ne le saluais pas, se hissa entrez ses trois grands frères et fit un pas vers moi avant d'être arrêté par Silas Ares, le plus âgé des frères. La colère brillait dans les yeux du jeune qui se tourna vers son frère. J'ai entendu le mot « fils » alors que le tonnerre grondait au-dessus de ma tête.

Le voyou s'arrêta instantanément et ses yeux s'écarquillèrent. Il m'a regardé avec un peu plus de prudence, puis m'a fixé alors que je passais devant lui et que je me dirigeais vers Iron, qui se tenait au bout de la rangée de voitures garées.

Il a fermé les yeux dès qu'il m'a vu. J'ai inspiré fort, puis j'ai relâché mon soupir lentement et longuement et en fouillant dans ma poche, j'ai sorti une grosse liasse de billets avant de la lancer en l'air dans sa direction. Une grosse main s'est élancée et l'a saisie en plein vol avant qu'il fixe la liasse.

- Carven.

- Je veux en être.

Iron secoua la tête en regardant l'argent, jusqu'à ce qu'un crétin émette un petit rire derrière lui.

- Tu sais qu'on est censé te payer, n'est-ce pas ? dit l'idiot, attirant mon regard.

Jusqu'à ce qu'Iron s'élance et frappe l'idiot d'un mètre quatre-vingt à l'arrière de la tête.

- *Ferme ta gueule.*

J'AI DIRIGÉ mon regard vers ce trou du cul.

- Iron...

- Écoute, C. C'est comme ça... commença Iron. *On ne veut pas...*

J'ai fouillé dans ma poche, j'en ai sorti une autre, plus petite, et je l'ai tendue en fixant toujours ce stupide enculé qui me fixait à présent.

- Putain, a marmonné Iron en tendant la main et en prenant l'argent. Ça va mal se passer, n'est-ce pas ?

- Tu te bats ? demandai-je à ce connard.

Son sourire n'était plus aussi arrogant alors qu'il fixait la deuxième liasse de billets. Peu à peu, il se rendit compte que je n'étais pas ici pour gagner de l'argent... mais pour tuer.

Boum !

Le tonnerre retentit bruyamment au-dessus de nos têtes. Dans la lueur des éclairs, j'ai vu l'idiot déplacer son regard derrière moi.

- Bon sang, mec... *ça va ?*

Et lentement, j'ai compris... plus durement que si j'avais reçu un coup de poing américain. Je me suis retourné et j'ai découvert le regard écarquillé et terrifié de mon frère. Il n'était pas seulement pâle... il était blême. Les éclaboussures de sang brillaient comme des néons sur sa joue exsangue.

- Bon sang, Colt, dis-je en m'approchant de lui en titubant. *Regarde-moi... Colt !*

Il n'a pas bougé, il était figé, fixant cette lumière brillante qui s'éteignait. PUTAIN D'IDIOT ! Je l'attrapai et me plaçai devant lui, essayant désespérément de capter son regard.

- Hé...hé, regarde-moi.

- Qu'est-ce qu'il a, putain ?

Je me suis tourné vers l'enfoiré qui venait de parler puis je me suis élancé pour l'attraper par la chemise, et j'ai rugi :

- *Tu le regardes pas, putain. COMPRIS ?*

Mon rugissement fut dégluti par les acclamations de ceux qui regardaient les combats... ils ne le voyaient pas... sauf la famille d'Arès. Ils le regardaient et j'ai senti chaque putain de regard avant de pousser le gars en arrière et de me tourner vers Iron.

- Trente minutes... donne-moi trente putains de minutes.

L'organisateur a regardé l'argent dans sa main.

- Pas une minute de plus.

C'est tout ce dont j'avais besoin. J'ai attrapé mon frère par le bras et l'ai poussé vers la porte. Je n'ai pas regardé les connards de la mafia quand nous sommes passés. Tout ce que je voyais, c'était Colt. J'avais été tellement absorbé par ma rage, trop distrait par l'image de London dans ma tête, que j'avais oublié la seule personne qui comptait plus que tout.

- Ça va aller, l'ai-je rassuré en le poussant à travers la porte et hors du bâtiment. Tu m'entends ? *Ça va aller.*

Le bruit de sa respiration paniquée était si fort. J'ai ouvert la portière de sa voiture et l'ai poussé à l'intérieur. Il m'a laissé faire, assis là, figé par la peur. J'ai tiré sur la ceinture de sécurité et l'ai remise en place avant de fermer doucement la portière et de courir vers le côté conducteur. Avec précaution, j'ai fermé la portière en espérant lui épargner le bruit.

Boum !

Le tonnerre gronda à nouveau, faisant pousser à mon frère un cri de terreur. Ses poings se serrèrent encore plus fort. Je lui ai jeté un regard paniqué et j'ai prié.

- Ça va aller. Tu comprends ?

J'ai démarré le moteur et j'ai enclenché la marche arrière.

Je me foutais de tout, je voulais juste ramener Colt à la maison. Les pierres ont explosé derrière l'Explorer et j'ai dérapé, manquant de percuter le portail alors que nous sortions de l'enceinte. Je lui ai jeté un regard paniqué et j'ai tendu le bras pour l'attraper alors que je conduisais comme un fou.

- Je vais te ramener à la maison, d'accord ?

Il n'a rien dit, s'est contenté de tressaillir lorsque les éclairs ont jailli au-dessus de nous.

Le grondement du tonnerre allait suivre.

J'ai commencé à compter mentalement. Mais ce n'était pas mon grognement sauvage que j'entendais, c'était un cri terrifié de moi à dix ans. Ils l'avaient battu pendant que je criais. Ils l'avaient lacéré. Ils l'avaient brisé. Leurs poings et leurs ceintures avaient été implacables alors que la foudre frappait et que le tonnerre éclatait. Il ne s'était jamais vraiment échappé de cet endroit, il avait toujours su qu'ils viendraient le chercher quand l'orage éclate.

Mais pas moi, n'est-ce pas ?

Pas moi... parce qu'il avait pris mes coups à ma place.

- Ça va aller, murmurai-je en accélérant. Ça va aller.

J'ai dérapé en tournant dans notre rue et j'ai presque grimpé sur le trottoir en m'engageant dans l'allée. La porte du garage s'est ouverte lorsque je me suis garé à côté de la Mercedes noire. Où était l'Audi ? Cela n'avait pas d'importance. Rien n'avait d'importance, seul comptait le fait de faire monter mon frère dans sa chambre.

Je suis sorti et j'ai couru jusqu'au côté passager lorsque le tonnerre a frappé à nouveau dans un bruit assourdissant.

Colt ne pouvait pas bouger.

Il regardait dans le vide, les poings serrés si fort que les muscles de ses bras étaient tendus.

- Allez... viens, l'ai-je exhorté en lui tirant le bras.

- Je suis là, dit London derrière moi en traversant le garage.

J'ai fait un pas sur le côté et il s'est glissé dans le champ de vision de mon frère.

- Je suis là, allez, viens avec moi. Je t'emmène à l'étage, d'accord ?

Il a semblé se ressaisir un peu en posant le regard sur London et a lentement hoché la tête. Ensemble, nous l'avons aidé à sortir et à traverser le garage. Les lumières étaient allumées. London était toujours habillé en smoking. Je voulais chercher la fille alors que nous montions les escaliers et que nous passions devant la porte de sa chambre pour nous diriger vers la nôtre. Mais j'ai mis de côté toute pensée d'elle. Ma seule préoccupation était désormais mon frère.

- Doucement, dit London en traversant la pièce pour préparer le lit.

- Il a besoin de prendre une douche, dis-je en jetant un coup d'œil à l'éclaboussure de sang sur sa joue.

- On verra ça demain matin.

J'ai jeté un coup d'œil à notre gardien et j'ai vu le regard hanté dans ses yeux lorsqu'il a croisé mon regard puis a détourné les yeux. Cette rage sauvage bouillonnait en moi. Mais je l'ai écartée et j'ai accompagné mon frère jusqu'au putain de lit qu'il utilisait encore après toutes ces années.

Il avait essayé de vivre une vie normale, en dormant seul ici. Mais les terreurs nocturnes et le regard hanté que je voyais sur son visage tous les matins m'ont poussé à déménager mes affaires de la chambre d'à côté pour m'installer dans la sienne. Mais même moi, je ne pouvais pas l'aider les soirs comme ce soir.

- Lève les pieds, demanda London alors que Colt s'allongeait sur le lit.

Voir London s'occuper de ma famille rendait la rage qui m'habitait encore plus ardente. Il était si prudent, il lui parlait tout le temps.

- Nous allons t'attacher d'accord ?

Il a enlevé la botte de Colt, puis sa chaussette, et a fait de même avec l'autre pied.

- Nous allons t'attacher bien serré. Tu ne vas pas nous faire de mal, hein ?

Il a laissé tomber les bottes et m'a regardé.

- Son jean.

J'ai acquiescé, déboutonné le jean de mon frère et l'ai baissé.

- Tu ne vas pas nous faire de mal. Tu ne vas pas te faire de mal, a murmuré London tandis que je tirais le jean le long de ses cuisses épaisses et de ses mollets serrés jusqu'à ce que je l'enlève, le laissant alors avec son t-shirt noir et son caleçon.

Il y avait du sang sur son tee-shirt et une tache sombre collée contre sa torse. Je voulais au moins le changer, mais je ne pouvais pas m'en préoccuper maintenant. Tout ce dont je devais me préoccuper, c'était de l'attacher.

Zip !

Le velcro a résonné en même temps que le boum assourdissant du tonnerre dehors. Colt poussa un cri et ferma les yeux. Je m'élançai pour attraper les sangles à la tête de son lit et les glissai sur ses poignets.

- Ca va aller, mon frère, ça va aller.

J'ai fixé l'attache autour de ses poignets au-dessus de sa tête. Ses muscles étaient saillants, ses yeux bleus écarquillés. Mais il se contenait tant bien que mal. Je l'avais vu dans ses pires moments, lorsqu'il avait saccagé la pièce en essayant de combattre les démons de son passé. Il m'avait frappé une fois, me mettant KO. C'était la seule personne dont je me méfiais. Après cette nuit-là, nous avions été obligés de l'attacher.

London a maintenu ses jambes en place, puis s'est levé pour le regarder.

- Tout est attaché maintenant.

Boum !

Colt se cabra sous l'impact du son, se mordant pour ravaler son cri. Je détestais le voir comme ça, je détestais la vue de ces putains de sangles et je détestais encore plus le fait que nous devions les utiliser. Colt a fermé les yeux et a dit à travers ses dents serrées :

- Vas-y.

- Aller où ? dit London en me jetant un coup d'œil interrogateur.

J'ai tout de suite compris.

- Non, je reste, murmurai-je.

Mon frère a ouvert les yeux et s'est tourné vers moi.

- Vas-y, il le faut.

J'ai inspiré fort. Cette sauvagerie en moi attendait toujours. Il savait que si je ne la laissais pas sortir, elle ne ferait qu'empirer, jusqu'à ce que je fasse quelque chose de stupide. London n'a rien dit. Ce n'était pas nécessaire. Il savait, nous savions tous.

On n'avait jamais réellement survécu à ce que nous avions vécu, pas sans dommages collatéraux.

- Vas-y, a insisté Colt en levant ses yeux sauvages dans ma direction. Maintenant.

Le simple fait qu'il parle montre à quel point il était désespéré. J'ai hoché lentement la tête.

- D'accord. Si tu es sûr que ça ira ici tout seul.

Il m'a jeté un regard noir, a serré la mâchoire et m'a fait un petit signe de tête.

- Je te donnerai de ses nouvelles, a dit London. Fais ce que tu as à faire, mon fils.

J'ai jeté un coup d'œil à mon frère.

- Je reviendrai dès que possible.

VINGT-ET-UN

Vivienne

BOUM !

J'ai crié, j'ai mordu l'édredon et je me suis enfouie plus profondément dans le matelas. Mais j'avais beau presser l'oreiller contre mes oreilles, le son terrifiant se frayait toujours un chemin dans ma tête. Ma respiration s'est accélérée. Mon pouls était si rapide que je ne pouvais plus l'entendre. Mais je le sentais. Le son paniqué me transperçait la poitrine d'une douleur atroce.

Une lumière blanche a traversé le ciel assombri, remplissant ma chambre de l'éclat des éclairs.

BOUM !

J'ai tressailli au son et j'ai bondi hors du lit, puis j'ai couru jusqu'à ma porte, l'ai ouverte e grand et me suis élancée sur le palier. L'éclat des éclairs remplit la maison, augmentant la panique en moi. J'ai balayé l'étage du regard, mon souffle se frayant un chemin dans ma poitrine alors que je me rapprochais de la porte de leur chambre.

Je n'ai pas réfléchi, j'ai agi. J'ai foncé vers la porte fermée et je me suis précipitée à l'intérieur. Il faisait noir, très noir. Les fenêtres étaient recouvertes de rideaux occultants, mais par la lueur qui s'immisçait dans la mince fente, j'ai aperçu la silhouette massive dans le lit.

J'ai poussé un cri tandis que le tonnerre grondait à nouveau, faisant trembler les fenêtres. Je me suis précipitée vers la silhouette de mon protecteur, j'ai soulevé les draps et j'ai grimpé à côté de lui. Il n'a pas bougé, il est resté allongé. Je ne pensais pas qu'il était réveillé. J'ai prié pour qu'il ne le soit pas, car je me suis blottie contre son corps dur sans dire un mot.

Hum...

Le tonnerre retentit à nouveau au-dessus de la maison.

Je fermai les yeux, calai mes bras contre mon corps et me pressai contre lui. Mon souffle s'écrasait sur son épaule. Je fermai les yeux plus fort et m'enfonçai encore plus dans sa chaleur. Son odeur de terre envahit mon nez. Il sentait la terre... et quelque chose d'autre. Je tressaillis en entendant un autre grondement de tonnerre. Pourtant, il ne bougea pas, pas plus qu'il ne se déplaça dans le lit ou ne me repoussa. Il était juste... *immobile et raide.*

Était-il mort ?

J'ai ouvert les yeux et, dans la faible lumière vacillante, je l'ai vu... et je me suis figée. Ses yeux étaient grands ouverts et remplis de terreur. Je me suis redressée pour le regarder.

- Hé oh... tu es vivant ?

Lentement, il a tourné son regard terrifié vers moi. Ce n'est qu'à ce moment-là que j'ai vu qu'il avait les bras au-dessus de la tête.

Un nouvel éclair illumina les liens de cuir autour de ses poignets.

Les sangles.

Celles que j'avais déjà vues sur le lit.

Je tressaillis et me concentrai sur elles. Il n'était pas seulement attaché par les sangles, il s'y agrippait. Ses phalanges étaient blanches à cause de la force avec laquelle il les serrait. J'ai porté mon regard sur le sien et j'ai découvert que ses yeux bleus flamboyaient presque comme des néons dans la lumière déclinante.

- Je suis désolée, ai-je murmuré en sursautant face à un nouveau grondement de tonnerre.

Mais il n'a rien dit, ses grands yeux étant toujours transis de terreur.

Boum !

J'ai de nouveau sursauté et me suis blottie plus fort contre son corps, cette fois en l'entourant de mes bras. La terreur m'a fait blottir mon visage contre son torse. Sous sa respiration haletante, son cœur battait à tout rompre. Ce bruit de panique me fit me sentir un peu moins seule.

- Je n'ai jamais été aussi terrifiée auparavant, ai-je murmuré, puis j'ai levé mon regard vers le sien. Tu veux me prendre dans tes bras ?

Il n'a rien dit, s'est contenté de me regarder, les yeux écarquillés. Puis, lentement, j'ai tendu la main vers lui, sans le quitter des yeux. *Il m'avait baisée avec ses doigts.* Cette pensée m'excita. Je me hissai plus haut avant de presser mes seins contre son torse.

Une tension s'est installée entre nous. Mais elle s'est transformée, passant de la peur à quelque chose d'autre, quelque chose de désespéré. Mes respirations ralentirent et devinrent plus profondes lorsque j'effleurai l'entrave de cuir autour de son poignet.

- Arrête, me dit-il en serrant les dents, me stoppant net. Je ne veux pas te faire de mal.

Il y eut un moment de panique jusqu'à ce que je me souvienne la fois où il était assis contre le mur et qu'il veillait sur moi quand je dormais. J'ai tiré sur le lien, puis sur le velcro.

- Tu ne me feras pas mal.

Ses sourcils se sont froncés et sa main s'est libérée. J'ai attrapé l'autre main.

- Juste une.

Une seule main suffisait. Je l'ai regardé dans les yeux et j'ai lentement hoché la tête.

Dans la lumière vacillante, le désir s'est installé dans son regard. Sa respiration s'est calmée puis s'est accélérée avant de retomber et, lentement, il a fait glisser sa main vers le bas jusqu'à ce qu'il me trouve. Nous n'avons rien dit, nous nous sommes simplement regardés dans les yeux. L'orage faisait rage, mais le tonnerre n'était pas aussi fort qu'avant. Je me suis installée contre lui, j'ai passé mon bras sur son torse et j'ai lentement posé ma tête sur sa poitrine.

Le grondement paniqué s'est calmé et le bruit sourd et lourd de son cœur me berçait. J'ai fermé les yeux en écoutant le son et j'ai lentement glissé...

Le battement régulier ne me quittait pas, il s'est calmé, puis s'est amplifié.

Je l'ai entendu dire « Non », mais je n'ai pas pu me redresser.

Je suis restée dans l'obscurité, où les éclairs ne m'atteignaient pas vraiment et où le tonnerre était le battement de son cœur, jusqu'à ce que je me déplace et que heurte quelque chose de dur. J'ai ouvert les yeux en prenant lentement conscience que nous n'étions pas seuls.

J'ai dirigé mon regard vers le pied du lit et j'ai découvert les yeux d'un bleu néon intense de son frère jumeau, qui se tenait là et nous regardait fixement. Il n'était pas le seul à nous fixer. London se tenait à côté de lui, ses yeux sombres écarquillés et fixés sur nous deux, blottis dans le petit lit.

- London, ai-je chuchoté. Qu'est-ce qui se passe ?

Il se lécha les lèvres en jetant un coup d'œil à l'homme à côté de moi.

- J'étais sur le point de te demander la même chose.

Mes pensées furent d'abord lentes, avant qu'un grondement sourd dans le ciel au-dehors ne vienne tout bouleverser.

- L'orage.

J'ai sursauté lorsque Colt a levé sa grosse main vers moi et a touché mon sein.

Je me suis figée à ce contact, tournant un regard paniqué vers mon ravisseur.

- Il ne te fera pas de mal, me dit London.

Mais ces yeux sombres et fixes me disaient le contraire.

- Il n'a jamais... commença Carven. *Il n'a jamais fait ça.*

Jamais fait ça ? J'ai soutenu son regard tandis que Colt tirait ma chemise vers le haut et dévoilait ma poitrine.

- Jamais fait quoi ? gémis-je lorsque son pouce effleura mon mamelon.

- Jamais touché une femme.

Colt s'est figé et ses yeux écarquillés ont fouillé les miens. Il n'avait *jamais touché une femme* ? Je déglutis en me rappelant ses doigts en moi. Il m'avait touchée. C'était suffisant, n'est-ce pas ? Il a retiré sa main et, pendant une seconde, j'ai cru que tout était fini, que le moment que nous avions vécu était passé, jusqu'à ce qu'il s'étire et manipule le lien sur son autre poignet.

- Frérot, avertit Carven.

J'ai porté mon regard sur eux, debout au pied du lit, et le souvenir de London frappant Guild m'est revenu en mémoire. Les sourcils de London se froncèrent tandis que Colt retirait l'autre bande Velcro de son poignet et s'asseyait. Même ses chevilles étaient attachées. Mais alors que ses mains œuvraient rapidement pour ouvrir les sangles, l'énergie dans la pièce changea. Une chaleur m'a traversé lorsque les yeux bleus de Colt ont attiré les miens vers lui.

- N'aie pas peur, murmura-t-il, la voix basse et rauque. Je ne te ferai pas de mal.

Il a baissé les yeux sur ma poitrine. Je pouvais à peine bouger, serrée contre lui comme je l'étais dans ce lit exigu, mais j'ai levé les bras lorsqu'il a soulevé ma chemise et l'a enlevée, je me retrouvais simplement dans ma petite culotte rose. Sa respiration était rapide, presque aussi rapide que la nuit dernière, alors qu'il baissait la tête et embrassait mon mamelon.

- Putain, a murmuré Carven.

Colt a laissé tomber ma chemise sur le sol et s'est redressé sur ses bras puissants. J'ai senti le poids du regard de London, mais je n'ai pas eu le temps d'avoir peur car Colt a baissé la tête, a embrassé mon mamelon à nouveau et a passé la main entre mes jambes. Je fermai les yeux, me mordant la lèvre tandis qu'il faisait glisser ses doigts épais le long de ma chatte.

- Est-ce que tu vas le laisser... commença London. Le laisser te baiser, chat sauvage ?

J'ai ouvert les yeux et dégluti difficilement en cherchant le regard de London.

- Tu veux que je le fasse ?

Carven a regardé London tandis que Colt se déplaçait plus bas dans le lit et baissait ma culotte.

- Oui, répondit London.

La famille...

Le mot faisait rage dans le regard de mon ravisseur alors que je soulevais mes hanches et que ma culotte m'était retirée. Colt a tendu le bras vers le bas, a saisi mon genou et l'a soulevé, écartant mes jambes. Un frisson de peur me parcourut l'échine tandis que je me concentrais sur le regard de London.

C'est ce qu'il voulait, n'est-ce pas ? Il voulait que les fils me touchent comme ça. J'ai regardé London pendant que les doigts de Colt s'enfonçaient en moi. Mais j'ai grimacé et je me suis léché les lèvres.

- Elle n'est pas prête, a marmonné Carven. Il faut la faire mouiller.

Colt s'est renfrogné et a jeté un coup d'œil à son frère.

- Putain, grogna Carven, qui détourna le regard un instant avant de le reposer sur moi. Dans un grognement, il s'avança, attrapa doucement son jumeau derrière le cou et lui poussa la tête vers le bas.

- Mange-la.

Je secouai la tête alors que la chaleur montait à mes joues.

- Il ne...

- Si, répondit froidement London. Il le fait.

- Tu veux baiser, frérot ?

Les yeux de Carven brûlaient de désir.

- Alors fais-le correctement. Tu ne prendras pas ton pied tant qu'elle n'a pas pris son pied.

La panique a envahi les yeux de Colt lorsqu'ils ont croisé les miens. J'ai vu le doute, l'embarras. Mais Carven a repoussé la tête de son frère vers le bas. J'ai tressailli sous l'effet du contact brutal de Carven, qui a écarté les lèvres de ma chatte et a fait glisser son doigt le long de mon clitoris.

- C'est son clito, il faut le lécher, comme l'a fait London.

Oh, mon Dieu...

Mes joues se sont mises à chauffer. J'ai commencé à m'éloigner et à fermer les jambes jusqu'à ce que Carven me lance un regard féroce.

- Tu es allée trop loin, chat sauvage. Mon frère te veut, et il n'a jamais voulu d'une femme de sa putain de vie...

Il voulait en dire plus, mais il ne l'a pas fait. Au lieu de cela, il a regardé Colt baisser la tête. J'ai regardé ailleurs, la chaleur me brûlant les joues, et j'ai fixé le mur. Ce n'était pas ce que je...

Le lent glissement de sa langue me figea.

- Maintenant, suce... *doucement*, lui dit Carven.

Le petit coup de langue s'enhardit, ravivant l'étincelle de désir qui s'était éteinte en moi. Je respirais de plus en plus fort tandis qu'il continuait à me sucer doucement.

- Tu vois comme elle réagit ? murmura Carven, la voix plus rauque. Ses respirations sont plus profondes et sa chatte est... maintenant glisse ton doigt juste un peu, et continue à la lécher. C'est si sensible, si...

Le souffle de Carven s'est arrêté alors qu'il regardait son frère.

- Elle aime ça...

- Oh... *mon Dieu*, gémis-je alors que Colt me doigtait et me caressait en même temps qu'il suçait doucement mon clitoris.

J'ai perdu de vue ses doigts et sa bouche. Au lieu de cela, je tournai la tête pour voir le regard sombre et dévorant de London alors qu'il regardait le spectacle. C'était ce qu'il voulait, n'est-ce pas ? J'ai baissé ma main et mes doigts ont glissé dans les cheveux de Colt qui a poussé un grognement, levé ma jambe plus haut pour avoir un meilleur accès. London voulait tout ça, eux et moi. Avait-il prévu cela depuis le début ? Peut-être que c'est pour cela qu'il m'avait achetée, avec l'intention de me donner à ces fils brisés...

La chaleur a explosé lorsque Colt a sucé puis s'est abaissé pour faire glisser le bout de sa langue le long de ma fente, de mon cul jusqu'en haut.

- Putain.

J'ai arraché mon regard de London pour le porter sur le mâle imposant qui se trouvait entre mes cuisses.

Il a levé les yeux vers moi, ses yeux bleu clair n'étaient plus terrifiés ou incertains. J'ai aspiré de grandes bouffées d'air et j'ai glissé mes doigts dans ses épaisses boucles sombres tandis qu'il me regardait avec amusement... et *fierté*. Oh oui, il y avait de la fierté.

- Ne sois pas trop fier, croassai-je alors que mon corps tremblait sous son contact.

Il sourit en entendant mes paroles, puis baissa la tête pour continuer à me satisfaire, mais cette fois, il se concentra entièrement sur le fait de me faire trembler. J'ai crié alors que l'excitation devenait plus forte.

Il n'y avait plus d'instructions.

La leçon était terminée.

Colt a glissé ses mains sous mes fesses, a fait basculer mes hanches vers le haut et a pénétré ma chatte avec sa langue. J'ai crié en me pressant contre lui et en poussant sa bouche plus fort contre moi. J'allais... j'allais...

- *Oh, putain...*

J'ai donné des coups de reins tandis que des étincelles blanches étincelaient derrière mes yeux.

Il a sucé et léché la chaleur qui m'inondait. La sensation ne fit que me plonger davantage dans l'oubli.

J'ai à peine entendu Carven grogner :

- Putain de merde.

Puis Colt releva la tête et croisa mon regard.

Mais le sourire en coin avait disparu, il n'y avait plus qu'un désir désespéré. Je me suis léché les lèvres et je lui ai fait un signe de tête lent et prudent. Il s'est à nouveau montré maladroit, avec un air renfrogné, avant de s'arrêter.

- Allonge-toi, lui dis-je. Prends-moi sur toi.

Il a retiré ses mains de sous mes fesses, m'a saisi par la taille et a roulé. J'ai été soulevée sur lui. À ce moment-là, il n'y avait que lui et moi. Personne d'autre ne comptait. Le même regard paniqué est revenu dans ses yeux. Il fixait le plafond, son souffle lourd était intense.

Un frisson m'a parcouru le corps. Je me suis rendu compte que la température de la pièce avait chuté au-dessous de zéro. Il n'y avait pas un murmure, pas un son. Je fixai mon regard sur le puissant mâle en dessous de moi et capturai sa main qui s'agrippait à ma taille.

- Tu m'as donné beaucoup de plaisir.

Ma voix tremblait tandis que je fixais son regard écarquillé et terrifié.

- Mais on le fera que si tu veux, d'accord ?

Sa respiration s'est arrêtée, puis il a lentement baissé les yeux et m'a regardé dans les yeux.

- C'est ça, ai-je murmuré en faisant glisser sa main le long de ma taille, puis sur ma poitrine. Regarde-moi. Tu veux qu'on continue ?

Il était effrayé, mais il a hoché lentement la tête.

C'était tout ce dont j'avais besoin. Je me suis assurée de bouger lentement et de le regarder fixement tout le temps que j'ai remonté sa chemise, avant de me figer. *Oh. Mon. Dieu.* Mon regard a parcouru la quantité de cicatrices qui peuplaient son corps. Mais je me suis forcée à continuer et je ne l'ai pas laissé voir une seule fois que je le voyais autrement que parfait.

- Je lui dirais bien de continuer à te dire quoi faire, mais je ne pense pas que ce soit nécessaire, ai-je chuchoté en déplaçant sa main de mon sein à ma nuque et en la faisant descendre lentement. Je vais donc te laisser me guider, d'accord ?

J'ai croisé son regard et me suis assurée qu'il avait compris, puis j'ai laissé sa main sur mon cou et j'ai effleuré de mes lèvres son mamelon et la grande cicatrice qui ornait sa chair crépusculaire. Bon sang, il avait été sauvagement blessé.

Les fils ont connu pire.

Les mots de London ont surgi avant que je les chasse aussitôt. Je n'avais pas besoin de ces mots dans mon esprit. Tout cela viendrait plus tard. Pour l'instant, il s'agissait de nous, de trouver ce qui était bon pour lui. J'avais besoin d'un point de départ, c'est tout...

- Je vais toucher ta bite, d'accord ? dis-je en croisant son regard. Je veux que tu me dises si tu veux que j'arrête.

J'ai baissé le regard et avec douceur j'ai parcouru son torse dur jusqu'à son ventre, puis j'ai lentement descendu plus bas. La chaleur du regard de son frère m'a brûlée lorsque j'ai effleuré la longueur épaisse et dure et que j'ai doucement refermé mes doigts autour. Mon amant silencieux a tressailli, mais sa poigne ne m'a jamais fait lâcher prise alors que je tirais sur la ceinture de son caleçon.

Au lieu de m'écarter, il se leva, m'attrapa sous les aisselles et me souleva pour me mettre à califourchon sur lui. Le mouvement ne pouvait pas être plus clair. *Fais-le maintenant.*

- On pourra aller plus lentement la prochaine fois, ai-je chuchoté. Si tu veux qu'il y ait une prochaine fois.

La faim dans ses yeux me disait tout ce que j'avais besoin de savoir. J'ai tendu la main vers le bas et j'ai de nouveau pris sa bite dans ma main. Elle était grosse... *vraiment grosse.* J'ai regardé vers le bas, redoutant de voir des cicatrices en travers de son corps, comme sur son torse. Mais il n'y en avait pas, il n'y avait que la perfection. L'épaisse veine pulsait sous ma poigne tandis que je la caressais, que je me hissais pour l'incliner vers mon entrée.

J'ai murmuré :

- Tu es si parfait, putain.

Un lent glissement de son gland lisse et j'ai senti la résistance. La pression me brûlait. Colt s'est renfrogné et une lueur de panique est apparue au fond de ses yeux, mais il ne savait pas ce que cela signifiait. Alors j'ai murmuré :

- Vas-y. Continue.

Il a fermé les yeux pendant une seconde et a enfoncé sa bite dans ma chatte brûlante. J'ai grimacé et le soulagement m'a envahi tandis que je me concentrais sur lui. Je ne voulais pas qu'il me regarde, je me suis mordu la lèvre et je me suis enfoncée plus profondément sur lui.

La douleur s'est intensifiée et s'est amplifiée jusqu'à ce qu'elle me fasse haleter sous l'effet de ses coups. Mon pouls s'est accéléré, mais je n'ai pas osé regarder en bas, je ne voulais pas qu'ils sachent que ce moment était aussi important pour moi que pour Colt.

Je me suis concentrée sur lui, tandis qu'une expression de paix apparaissait sur son visage et qu'il poussait lentement ses hanches vers le haut. Des souvenirs se sont bousculés tandis que je montais et redescendais sur sa queue. C'est à London que je pensais et, d'une manière ou d'une autre, il l'a senti, alors qu'il se tenait derrière moi.

- Chevauche-le, chat sauvage, a-t-il insisté, la voix chargée de désir. *Lâche-toi.*

La chaleur a brûlé mes joues. J'ai ondulé des hanches en laissant la voix de London m'envahir. Je n'avais pas besoin de chasser ses mots de ma tête, ni le souvenir de ce qu'il avait fait sur la table et sur le capot de sa voiture. Je pouvais les avoir tous les deux. London dans ma tête et Colt sous moi. Ma respiration s'est accélérée lorsque j'ai pris conscience de la situation.

Je n'avais pas besoin de choisir.

Les mains de Colt m'agrippaient, il s'enfonçait et poussait, ses hanches se soulevaient du lit et ce pli se creusait plus profondément entre ses yeux.

- Regarde-moi, murmurai-je, le souffle court. Regarde-moi dans les yeux. Donne-toi à moi... *donne-toi.*

Il a poussé un gémissement bas et sauvage tandis que sa bite tressaillait. La chaleur suivit et m'envahit tandis qu'il me maintenait en place. Je n'avais pas besoin de prendre ce dont j'avais besoin... parce que c'était ça. Mon cœur battait la chamade tandis qu'une douleur enfouie se parait de lumière. C'était ça... *lui...* eux. Tout *ça.*

Un lent sourire se dessina aux coins des lèvres de Colt.

- Comment c'était ? demandai-je en cherchant nerveusement son regard.

Ce sourire ne fit que s'élargir lorsqu'il fit glisser son pouce sur mon mamelon, puis le fit doucement rouler entre ses doigts, ce qui m'arracha un faible gémissement.

- Fais pas ça, murmurai-je alors que mon corps se contractait, ressentant encore la brûlure de ma première fois. Sauf si tu veux remettre ça.

Il y eut un petit gloussement de plaisir avant qu'il pince encore mon téton et je compris alors que c'était là son intention exacte.

Oh bordel... j'avais libéré un putain d'animal.

VINGT-DEUX

London

Carven se tourna et franchit la porte de la chambre, laissant derrière lui les faibles gémissements. Mais moi, je ne pouvais pas bouger. J'avais pensé que la regarder avec Colt pourrait apaiser cette faim en moi...

Mais j'avais tort.

J'avais encore plus envie de Vivienne.

Je la regardais fixement, hypnotisé, tandis qu'elle laissait tomber sa tête en arrière et glissait ses doigts dans les cheveux de Colt. La façon dont elle le touchait... la façon dont elle lui parlait, rendait ce désir encore plus fort en moi. Mon corps a réagi et j'ai respiré plus profondément. Ma bite s'est durcie quand je l'ai vu la pénétrer à nouveau.

Au début, elle n'était qu'un moyen d'arriver à mes fins, un moyen pour moi d'atteindre King. Mais au fil des années où je l'avais observée, elle était devenue plus que cela. Une obsession. Une envie.

Colt l'a saisie par la taille et s'est retourné dans le petit lit, la posant doucement sur le dos. Je n'étais pas le seul à tomber amoureux de ce chat sauvage. Elle hurlait encore plus fort que l'obscurité, ses désirs étaient plus tumultueux que n'importe quel orage. Même si elle me rendait fou de peur.

Je les ai laissés tandis que Colt baissait la tête et mordait doucement la chair de sa clavicule, ce qui l'a fait glapir et rire. Ce son ne m'a pas quitté alors que je me dirigeais vers ma chambre. Même avec les portes fermées et le grondement de l'orage qui s'attardait au-dessus de nous, je les entendais encore.

Je savais que je les entendrais toujours.

Le tonnerre gronda au-dessus de moi tandis que je saisis ma cravate pour l'enlever brutalement. J'ai attrapé les boutons de ma chemise et l'ai ouverte d'un coup sec, puis je me suis figé. *Je pensais l'avoir perdue...*

Ce mal grandit en moi jusqu'à ce qu'il cogne de poings sanglants à l'intérieur de ma poitrine. Mes épaules se sont affaissées sous l'effet de la peur. Dans le moment aveuglant où j'avais couru vers l'entrepôt de stockage, j'avais cru qu'elle avait réussi à entrer à l'intérieur. Un tremblement me secoua. Si elle avait pu atteindre Jack Castlemaine, alors il aurait dit... *quoi ?*

Il lui aurait dit à quel point j'étais dangereux ? Je serrai le poing, qui me faisait encore mal depuis le coup que j'avais porté à la joue de Guild.

J'étais presque sûr qu'elle le savait déjà.

J'enlevai mes chaussures et me dirigeai vers la salle de bain. J'ouvris les robinets de la douche et levai le regard vers la chambre des fils. La douleur s'est accentuée alors que je baissais mon caleçon et que j'entrais dans la chaleur de l'eau. De faibles souvenirs d'Ophélia ont essayé de s'infiltrer, mais ils n'avaient aucune chance, pas alors que Vivienne envahissait mon esprit.

J'ai baissé la tête, j'ai laissé les fines gouttes d'eau frapper mes épaules et j'ai tendu la main pour saisir ma bite. J'étais dur, peut-être plus dur que je ne l'avais jamais été. Elle me rendait comme ça, comme si je me dirigeais vers ma putain de tombe et que je m'en fichais. Parce que Vivienne n'était pas seulement un moyen de parvenir à une fin. Elle était ma fin, mon salut. Si la dernière heure passée à la regarder avec Colt m'avait appris quelque chose, c'était qu'elle était un délice pour nos âmes.

Parce que j'étais peut-être déjà perdu, mais les fils ne l'étaient pas.

J'ai appuyé une main contre le carrelage froid et j'ai caressé ma queue de haut en bas.

Elle est à nous...

J'ai fermé les yeux et repensé à l'image d'elle allongée sur le capot de ma voiture. Je l'aurais baisée, j'aurais rompu le contrat de mille façons différentes, et je me serais moqué des conséquences. À ce moment-là, on se serait tous enfui.

Mes couilles se sont resserrées lorsque la sensation de sa chatte est revenue. Bon sang, il n'y avait eu que mon doigt et ma langue. Mais la sensation d'elle persistait. J'ai fermé les yeux, j'ai baissé la tête et j'ai gémi en jouissant.

Mes oreilles ont été envahies par ma respiration saccadée.

Ce n'était pas suffisant.

C'était loin d'être suffisant.

Mais jusqu'à ce que le contrat soit signé, je devais rester à l'écart.

Colt s'occuperait d'elle. Il n'y avait aucun doute là-dessus.

Je me redressai et terminai de me laver avant de couper l'eau ; puis je sortis, me séchai et me dirigeai vers le lit.

Le sommeil ne vint pas, pas avant un long moment. Au lieu de ça, je pensais à elle, à l'étage, dans le lit du fils, et j'ai regardé le plafond jusqu'à ce que mes yeux brûlent. Finalement, l'obscurité s'est installée et quand elle était bien installée, le visage d'Ophélia surgit, me hantant comme je le méritais.

JE SUIS DESCENDU de la Mercedes et j'ai tapé le code sur le digicode de l'entrepôt, puis j'ai regardé le portail s'ouvrir en tremblant.

- Putain de merde.

J'ai regardé les dégâts, puis j'ai levé les yeux vers ma foutue Audi, là où je l'avais garée hier soir. Mais il y avait plus d'une raison de ma présence ici. Je suis remonté au volant de ma Mercedes puis je me suis garé à côté de la voiture de sport déglinguée et je suis sorti.

Il n'y avait pas autant de dégâts que je le pensais. J'ai sorti mon téléphone et j'ai appelé un ami qui viendrait la chercher et l'emmènerait chez le concessionnaire Audi. Cette foutue voiture avait moins de six mois et j'étais en train d'en acheter une autre. Parce que cette femme était pour le moins imprévisible.

Je me suis dirigé vers la porte, j'ai tapé le code et j'ai franchi la porte en jetant un coup d'œil aux autres portes.

- London, dit une voix masculine. Parle-moi. Dis-moi ce que tu veux pour que je sorte d'ici. Tu sais que je ne leur parlerai jamais de Killion.

Je me suis arrêté et me suis tenu au milieu du couloir.

- Dis-moi ce que tu veux, a-t-il supplié.

Je me suis renfrogné et j'ai jeté un coup d'œil à la porte à côté de moi. Le tuer ou l'utiliser, telle était la question. Mais ce serait pour un autre jour. J'ai donc continué à avancer, laissant derrière moi le bruit sourd de mes pas.

- *Laisse-moi sortir d'ici !* cria-t-il alors que j'entrais un autre code et que j'ouvrais la porte.

Le silence m'a accueilli lorsque j'ai pénétré dans la chambre de Jack Castlemaine. Il n'y avait pas de cris, pas de supplications, juste le genre de silence qui donne l'impression de vide. J'ai balayé la pénombre du regard et je l'ai trouvé assis contre le mur, les yeux fermés et la respiration régulière.

En m'approchant, il a ouvert les yeux et, pendant une seconde, j'ai vu une lueur des sombres profondeurs qu'il gardait en lui. Mais cette lueur a disparu et il a inspiré profondément avant de parler.

- Ne me dis pas que tu veux des informations sur King.

Je me suis arrêté devant lui.

- Il ne m'a pas contacté.

Jack s'est levé lentement et a étiré ses bras au-dessus de sa tête.

- Je serais surpris qu'il le fasse.

Je me suis renfrogné.

- Ah oui ?

Il fixa son attention sur moi.

- King n'est pas le genre d'homme à demander la permission. C'est le genre d'homme qui prend les initiatives quand on s'y attend le moins.

Mais il ne s'agissait pas seulement d'informations maintenant. Il s'agissait de contrôler toutes les menaces. Il était hors de question que je laisse un homme venir la chercher, même s'il était son père biologique.

- Comment l'a-t-il découvert, le sais-tu au moins ?

Jack s'est tourné vers moi et s'est renfrogné en secouant lentement la tête.

- Il ne me l'a jamais dit. Il a juste dit qu'un jour il les trouverait toutes les deux et qu'il les récupérerait d'une manière ou d'une autre.

- Et tu étais d'accord avec ça ?

- Est-ce que j'avais le choix ? Sa mère m'a bien fait comprendre que Ryth ne serait jamais à moi.

- Et pourtant, tu as risqué ta vie pour la sauver.

Cela a touché un point sensible et son regard d'acier a brillé une fois de plus.

- Père biologique ou pas, Ryth est ma fille. Elle l'a toujours été et le sera toujours. Je ferai tout pour m'assurer qu'elle est en sécurité.

J'ai sorti mon téléphone de ma poche et j'ai appuyé sur l'icône.

À l'autre bout du fil, le téléphone a sonné, sonné, sonné... jusqu'à ce qu'on réponde.

J'ai tendu le téléphone et je les ai écoutés pendant leur fugace moment de bonheur avant de mettre fin à l'appel. Il y avait une lueur de bonheur derrière la douleur dans ses yeux avant qu'il ne la réprime avec un contrôle d'acier.

Je n'aimais pas lui faire du mal. Mais il m'avait énervé. Personne n'allait venir chercher Vivienne, pas sans que je le sache. Mon téléphone a émis un *bip* lorsque je l'ai glissé dans ma poche. Je l'ai ressorti et j'ai regardé l'écran.

Ashwood : Tu dois amener Vivienne Evans à l'Ordre pour le processus.

Le processus ? Je regardai fixement l'écran.

- Qu'est-ce que c'est ?

- Ils signent le contrat, ai-je murmuré avant même de réfléchir.

Le sang me monta aux joues et l'exaltation s'empara de moi.

- Tu joues à un jeu très dangereux, a murmuré Jack. Je ne pense pas que tu réalises à quel point tu es au fond du trou.

J'ai levé mon regard vers lui et tout m'a frappé : le désir, l'excitation et le danger, alors que je répondais :

- Oh, si je le sais, crois-moi.

Je l'ai laissé derrière moi et j'ai quitté l'entrepôt pour rentrer chez moi. Plus vite je la ramènerai dans cet enfer, plus vite elle serait enfin libre. J'espérais seulement qu'après ce qui s'était passé la nuit dernière, elle jouerait le jeu... et mentirait.

Pour notre bien à tous les deux.

VINGT-TROIS

Colt

LE SIFFLEMENT SOURD DE LA DOUCHE DE L'AUTRE CÔTÉ DU couloir a attiré mon attention. Mon frère s'y trouvait et cela faisait un moment qu'il m'évitait, et je ne lui en voulais pas du tout. La chaleur me monta aux joues... *c'est son clito, il faut le lécher,* ses mots me revinrent, rendant la brûlure encore plus vive. Je devais aller le voir et essayer de lui expliquer ce qui s'était passé.

Mais je ne pouvais pas bouger, parce que je ne comprenais pas moi-même.

Je ne pouvais que m'asseoir sur le côté de mon lit et regarder les marques que les lanières de cuir avaient laissées sur mes poignets....

Des lanières qui avaient été nécessaires pour ne pas les blesser. Des sangles qu'elle avait défaites.

Bon sang...

Je respirais plus fort en essayant de reconstituer les secondes qui s'étaient écoulées depuis que la porte de ma chambre s'était ouverte et qu'un putain de chat sauvage s'était jeté dans mon lit. J'ai serré les poings. J'avais eu tellement peur de bouger, terrifié à l'idée qu'un seul mouvement, un seul murmure, me ferait basculer.

Puis elle avait été là. Son désir et sa panique résonnaient plus fort que n'importe quel coup de tonnerre et brûlaient plus fort que n'importe quel éclair dans le ciel. Ma propre terreur s'est évanouie devant son désespoir. Je ne pouvais pas combattre les démons de mes cauchemars, *je devais combattre les siens*.

Son corps avait tremblé alors qu'elle s'était infiltrée dans ma peau. Peut-être que c'était le cas depuis longtemps ? Je ne le savais pas, mais assis ici, je pouvais encore la sentir, ses lèvres sur mon corps, ses mains dans les miennes. Ces yeux marron foncé étaient tellement destructeurs d'âme quand elle me regardait comme ça, comme si elle voulait... *comme si elle voulait... m'aimer.*

Mon propre cœur s'est mis à battre, envoyant des pics de douleurs dans ma poitrine. Bon Dieu, je...*je voulais... je voulais...*

La toucher.

Je me suis léché les lèvres.

La sentir.

Je tournai la tête, cherchai mon oreiller et attrapai le coin du drap froissé. Je l'ai écarté et je me suis figé...

Il y avait du sang...

Du sang brillant.

J'ai porté mon regard sur mes mains, puis sur mon torse nu, et je me suis levé du lit. Il n'y avait pas de piqûre, pas de douleur, mais je ne ressentais pas grand-chose de toute façon. Je passai mes mains le long de mon corps et me retournai vers les gouttes brillantes et la tache cramoisie. C'était au fond du lit, juste là où elle... *juste là où elle avait été allongée...*

Un gémissement douloureux s'est échappé du centre de ma poitrine. J'ai relevé la tête et j'ai entendu le silence dans la salle de bain. Je n'ai pas réfléchi, j'ai agi, j'ai arraché le drap et j'ai couru dans le couloir. J'ai ouvert la porte brutalement, mon frère était là, en train d'essuyer ses cheveux d'un blanc immaculé.

- Qu'est-ce qu'il y a encore ? a-t-il grogné, sans me regarder. Tu veux que je t'aide à trouver ta bite ?

J'ai attrapé son bras et l'ai fait pivoter tout en lui lançant un regard féroce. Ses lèvres se sont retroussées, montrant ses dents.

- Tu exagères, frérot...

J'ai poussé le drap contre lui. Mais ce n'était pas ça qui l'a arrêté. C'est moi, ma terreur, ma peur qui l'a interloqué.

- Qu'est-ce que j'ai fait ?

Il se renfrogna, puis baissa lentement les yeux sur les taches de sang.

Je respirais à pleins poumons et je fixais mon frère avec désespoir.

Ses yeux s'écarquillèrent. Je voulais ses poings et sa fureur. Je voulais qu'il me frappe... parce que cette fois, je le méritais.

Cette fois, je... je... *je me frapperais moi-même*. J'ai serré la mâchoire, j'ai serré le poing et j'ai frappé mon propre visage. *TU L'AS BRISÉE, SALAUD !*

Mais avant que le coup n'arrive, la main de mon frère s'est tendue et il a saisi mon poignet, parlant prudemment en regardant les gouttes de sang.

- Ce n'est pas ta faute. Enfin, si... mais tu ne lui as pas fait mal, pas comme tu le penses.

Je me suis renfrogné et je l'ai regardé fixement avant de retirer ma main.

Il m'a regardé dans les yeux et a vu la panique.

- Tu sais que... que tu ne l'avais jamais fait., dit-il en se léchant les lèvres. Que tu n'avais jamais eu de femme avant ?

Ma poitrine s'est soulevée et abaissée et ma mâchoire s'est serrée. *Dis-le... dis que je l'ai ruinée. Dis que je mérite tous les coups, putain. Je mérite tout...*

- Eh bien, elle n'avait jamais eu d'homme non plus.

Je me suis figé.

Puis j'ai secoué la tête.

Non, je l'avais entendue cette nuit-là quand elle s'était touchée.

Je l'avais touchée quand elle était sur la table avec London.

- Tu as doigté sa chatte, mais elle n'avait jamais eu de bite. Elle était vierge, mon frère, et elle t'a donné sa virginité.

J'ai basculé en arrière.

Elle a donné sa...

J'ai saisi le menton de mon frère et je l'ai rapproché pour forcer son regard à se poser sur le mien. *Elle m'a donné sa virginité ?* J'ai cherché la vérité et j'ai trouvé une flambée de... *jalousie ? De colère ?* Je n'arrivais pas à penser correctement. Tout était en désordre. J'étais un putain de désordre.

Mais Carven me fixait.

- Tu devrais te sentir honoré, dit-il en se dégageant. Maintenant, fous le camp et laisse-moi tranquille.

J'éloignai le drap tandis que mon cœur battait la chamade et que ma tête tournait. *Elle m'avait donné sa virginité ?* Elle me l'avait donnée, *à moi.* Je ne l'ai pas brisée. Je n'ai pas...Je baissai le regard et fis un pas en arrière avant de me tourner lentement vers la porte ouverte.

- Tu devrais aller la voir.

Je me suis retourné vers lui. Il n'y avait plus de colère dans ses yeux, juste une faim que je n'avais jamais vue auparavant. Il s'est passé les doigts dans les cheveux et a soupiré.

- C'est ce que doit faire un homme à qui l'on a donné quelque chose comme ça. Tu es cet homme, Colt. Tu comprends ? *Tu es cet homme.* Elle va paniquer, elle a peur qu'on le dise. On ne peut pas le dire. Tu comprends ça, n'est-ce pas ? On ne pourra jamais le dire.

On ne pourra jamais le dire.

J'ai baissé le regard sur le drap et j'ai lentement hoché la tête.

- Alors va la voir et fais-lui comprendre que ça reste *entre nous.*

En déglutissant bruyamment, il s'est détourné, sa voix se durcissant :

- Et ferme la porte derrière toi.

VINGT-QUATRE

Vivienne

OH, MERDE... OH, MERDE... OH, MERDE. JE ME SUIS AGRIPPÉE à l'évier et j'ai basculé vers l'avant. Je n'avais pas voulu que cela arrive, je n'avais pas voulu que cela aille aussi loin. *J'avais tout foutu en l'air.* J'avais... foutu... le bordel. Mon cœur palpitait et pulsait, gonflé et douloureux. Un désir comme je n'en avais jamais eu auparavant. *C'était cette maison et ces hommes. C'était London...*

C'était London qui avait causé tout ça.

London, et maintenant Colt.

Leurs putains de bouches, leurs langues dans ma...

- Idiote, gémis-je alors que ce désir s'épanouissait comme une fleur mortelle une fois de plus.

Bordel.

J'ai fermé les yeux. Tout cela va les ruiner. Ça va les détruire, putain...

Une caresse parcourut le long de mon bras et me fit ouvrir les yeux. Je poussai un cri, trébuchai en arrière et me cognai contre le mur. Ma tête heurta le mur dans un bruit de craquement. Il était là, prenant tout l'espace de ma salle de bains, avec ses yeux bleus magnétiques et ses épais cheveux noirs bouclés.

L'horreur se lit dans ses yeux et il s'élança, me saisit par le bras et me tira vers l'avant. Je me suis heurtée au mur de briques qu'était son torse et je suis restée coincée là tandis qu'il sondait avec ses gros doigts l'arrière de mon crâne et de mon épaule.

- Je vais bien, ai-je marmonné, et j'ai reculé. Je vais bien.

Il est resté là, à me regarder tandis que je secouais la tête.

- Tu n'as pas à t'inquiéter pour moi. Tu n'as pas à...

C'est alors que j'ai vu ce qu'il tenait dans sa main.

Le drap.

Avec de minuscules taches de sang rouge vif.

J'ai regardé ailleurs instantanément, les joues brûlantes, et j'ai fixé le mur. Ma gorge s'est nouée et la douleur m'a traversé la tête. Puis il y eut à nouveau ce contact chaud, lorsqu'il glissa sa main le long de mon bras, me saisit le menton et tourna mon regard vers lui.

La chaleur me brûlait les joues. J'avais envie de me réfugier dans un trou alors que je forçais les mots :

- Ce n'est pas grave.

Il s'est renfrogné. La douleur s'est allumée dans ses yeux alors qu'il secouait lentement la tête et murmurait doucement :

- Pour moi, ça l'est.

Mon cœur battait la chamade. Trop fort. Trop vite. Le drap ensanglanté était dans sa poigne. Tout cela signifiait trop pour moi à ce moment-là. *Lui. Eux. Tout.*

- Notre secret... a-t-il murmuré.

Notre secret ? Qu'est-ce qu'il voulait dire ?

Il fit un pas en avant, glissa sa main autour de ma nuque et inclina mon regard vers le sien. *Notre secret.* Ces yeux bleus étaient enragés. J'ai compris alors... j'ai compris qu'il était plus que mon gardien nocturne, il était maintenant mon amant... *il était à moi.*

Il baissa la tête, ferma les yeux et m'embrassa.

Je n'avais jamais ressenti quelque chose d'aussi pur, d'aussi tendre, d'aussi... *réel.*

Lorsqu'il s'est retiré, il a effleuré ma joue avec son pouce. J'ai levé les yeux vers lui en sentant le tonnerre des sabots dans ma poitrine et j'ai murmuré :

- Oh merde.

Il y avait un pli au coin de sa bouche. Il savait. Il le savait parce qu'il le sentait aussi. Il a hoché lentement la tête, a retiré sa main, puis cet enfoiré mutique s'est retourné et m'a laissée en plan, comme si je venais de recevoir un coup que je n'avais pas vu venir.

Un coup aussi silencieux que la nuit.

Et tout aussi mortel.

La porte de ma chambre s'est refermée dans un bruit sourd et j'étais seule, debout, à essayer de me rappeler comment respirer. Il n'allait rien dire. J'ai reculé, puis j'ai jeté un coup d'œil à ma chambre vide et à la porte fermée avant de me déshabiller et d'entrer dans la douche.

Je venais de faire l'amour...

Je venais de *faire... l'amour.*

Cela ne s'était pas passé comme je l'avais imaginé. La douleur et la piqûre, je m'y étais attendu. La panique, j'avais su qu'elle viendrait. *Mais lui...* il n'était pas du tout ce à quoi je m'attendais, ni la façon dont l'excitation restait en moi encore maintenant, ou la façon dont je pouvais encore le sentir, sa terreur, sa douleur... *sa dévotion totale.*

Je me suis lavée puis je suis sortie et me suis séchée, mais quand je suis entrée dans ma chambre, London était là. Je me suis figée en le voyant sortir du dressing avec un pantalon noir et un haut rouge. J'ai regardé la couleur, puis j'ai levé les yeux vers lui. *Rouge.* Il ne m'avait jamais demandé de porter du rouge.

- Habille-toi, a-t-il murmuré. Nous avons été convoqués à l'Ordre.

Le froid a plongé au plus profond de moi et m'a arraché ce moment de bonheur.

- L'Ordre... non.

Il s'est redressé, puis a levé son regard de pierre vers moi.

- Viens et ils signent le contrat. Tu seras alors... *à moi.*

À lui ?

Mon cœur battait la chamade, assailli par le bonheur, la peur, le désir et, surtout, l'incertitude.

Il fit un pas vers moi, mais il n'y avait aucune gentillesse dans son regard. Juste la même cruauté qu'hier soir.

- Si tu ne le fais pas, ils viendront te chercher pour de bon.

- Mais tu as payé...

- C'est un contrat temporaire, Vivienne. Cette convocation est... une bonne chose. Si tu le veux toujours après ce qui s'est passé.

J'ai cherché son regard.

- C'est ce que tu veux ?

Il n'a pas répondu, s'est contenté de faire un pas en arrière et de se diriger vers la porte.

- Je t'attends en bas.

Je t'attends en bas ? Il n'avait pas répondu, mais j'ai entendu le bruit sourd qu'il a laissé derrière lui et j'ai regardé les vêtements qui m'attendaient. Du rouge. Il voulait que je porte du *rouge*. Mes mains ont tremblé lorsque je me suis approchée et que j'ai attrapé le haut en satin doux, sachant exactement ce que cela signifiait.

S'il voulait que je porte ça, je le ferais. Après tout, c'est pour cela qu'il avait payé, non ?

Je me suis habillée avec les vêtements qu'il avait sortis et j'ai enfilé les chaussures qu'il avait achetées. Je me suis brossé les cheveux, je me suis maquillée légèrement, comme il l'avait demandé, et je suis descendue.

Il n'a pas regardé vers moi alors qu'il attendait dans la cuisine. Mais Colt était là, dans l'embrasure de la salle à manger, ce qui attira mon regard sur la table en verre. Je déglutis difficilement et détournai le regard, mais je vis le regard torturé de mon protecteur silencieux. Il avait l'air torturé et terrifié à la fois. Mais il n'a pas fait un geste vers moi. Il a soutenu mon regard pendant une seconde et m'a fait un signe de tête prudent lorsque je suis passée devant lui et que j'ai suivi London jusqu'à la voiture.

Aucun mot n'a été prononcé lorsque je suis montée dans la Mercedes, que j'ai mis ma ceinture de sécurité et que je l'ai bouclée. Il s'est contenté de démarrer le moteur, d'enclencher la vitesse et de conduire. Je n'ai pas vu les rues ni les voitures. Je n'ai rien vu du tout alors que nous quittions la maison et que nous roulions dans les rues de la ville.

Lorsque nous sommes sortis de l'autre côté de la circulation et que nous nous sommes dirigés vers les grands arbres au loin, j'étais tendue comme une corde à piano. Mes pensées se sont tournées vers ce matin et mon pouls s'est accéléré. J'ai serré la mâchoire et regardé par la fenêtre.

London a finalement pris la parole.

- Je n'ai pas besoin de te rappeler à quel point c'est important.

J'ai regardé vers lui, son regard froid était rivé sur la route devant nous.

- Important pour toi ou pour moi ?

Il a tourné son regard prudent dans ma direction, mais il n'a pas répondu. Quelque chose avait changé entre nous et ce n'était pas à cause de ce matin. Cela avait commencé hier soir à l'entrepôt. Commençait-il à penser qu'il avait choisi la mauvaise fille à l'Ordre ? Peut-être que le fait d'être ici lui donnerait l'occasion de trouver un putain de plan B.

J'ai tourné la tête et j'ai vu l'imposante clôture d'acier de l'Ordre, me cramponnant à m ceinture de sécurité. Plus nous nous rapprochions, plus London devenait froid. Mon cœur a fait un bond au fond de ma gorge lorsque nous nous sommes arrêtés devant le poste de garde situé devant le portail, tout d'un coup, j'ai eu envie de m'enfuir.

Ma main se dirigea vers la poignée de la porte, mais London s'approcha et posa sa main sur ma cuisse.

- Merci, a-t-il dit au garde et il a appuyé sur le bouton pour fermer la fenêtre.

Il n'a pas bougé sa main pendant qu'il franchissait les barrières et se dirigeait vers le bâtiment. La chaleur de sa main semblait s'imprégner de ma panique. Mais lorsqu'il a tourné le volant pour entrer dans le parking devant le bâtiment, il a retiré sa main.

- Ils ne doivent pas savoir. Tu comprends, n'est-ce pas ? murmura-t-il en regardant droit devant lui. Ils ne doivent pas savoir, ou ils t'emmèneront loin de moi.

Loin de lui.

Le monde me paraissait bien trop petit. C'était comme si les portières de la voiture s'enfonçaient, m'écrasaient. Je ne pouvais pas respirer, je ne pouvais pas penser, je ne pouvais rien faire d'autre que de sentir la terreur m'envahir. Il était si froid avec moi. Cela signifiait-il qu'il était tout aussi effrayé ? J'ai cherché ce regard sans faille avant qu'il ne rompe la connexion et ne sorte.

- Ils vont surveiller chacun de nos mouvements, a-t-il murmuré.

La chaleur s'est emparée de mes joues lorsque j'en ai pris conscience. Je l'ai suivi, j'ai refermé la porte derrière moi et je me suis dirigé vers la fosse de l'enfer. Comment agir ici ? Que dire ? Je n'avais pas à m'inquiéter, car London me rejoignit derrière la voiture, me prit par le bras et me fit avancer vers la porte d'entrée qui s'ouvrit et le Principal en sortit.

- Ne dis rien à moins qu'on t'adresse la parole, murmura-t-il alors que nous approchions de l'escalier. Et quoi que tu fasses... *ne réagis pas.*

Mon estomac s'est retourné tandis que le directeur se dirigeait vers nous. Il ne m'a pas regardé, il a à peine remarqué que j'étais là. Il ne regardait que London.

- James.

- Cruz, répondit froidement London. Combien de temps cela va-t-il prendre ?

La réponse ne fut qu'un tressaillement au coin de la bouche et il fit un pas sur le côté en nous faisant signe de le suivre.

- Allons voir ça, d'accord ?

Mes pas hésitaient tandis que je fixais le hall d'entrée désert. Mon cœur s'est écrasé contre ma poitrine alors que l'envie de fuir pour sauver ma putain de vie devenait irrésistible... jusqu'à ce qu'un frôlement vienne effleurer l'arrière de mon bras. Le contact était si léger que personne d'autre ne pouvait le voir.

Mais je l'avais senti.

Le lent glissement de son pouce m'a fait savoir que je n'étais pas seule ici. Lorsque le directeur s'est tourné en direction de la porte, London a croisé mon regard. *Je suis là*, murmuraient ces yeux sombres et inébranlables. J'ai vu à cet instant qu'il était tout aussi effrayé que moi.

Parce que si cela tournait mal, il n'y aurait pas de retour possible...

Ni pour moi...

Ni pour eux.

VINGT-CINQ

London

————————

J'AI EFFLEURÉ LE DOS DE SON BRAS AVEC MON POUCE, EN espérant qu'elle comprenne ce que je n'arrivais pas à dire à voix haute. Elle ne m'a pas regardé lorsque nous avons franchi les portes de l'Ordre, et elle n'a pas bronché. Cela me semblait donc bon signe.

Nos pas résonnaient dans le couloir d'un blanc immaculé alors que nous nous dirigions vers les doubles portes qui nous mèneraient plus loin dans cette antre. *L'antre...* c'est ainsi que les fils l'appelaient et le nom était approprié.

Ces murs abritaient des créatures putrides, rampantes et ignobles.

Je devrais le savoir, j'avais fait semblant d'être comme eux.

J'ai jeté un coup d'œil prudent à Vivienne et j'ai vu son visage pâlir lorsque Riven a ouvert la porte et lui a fait signe d'entrer. *Garde encore un peu la tête froide, chat sauvage,* l'exhortai-je mentalement. *Ensuite, nous quitterons cet endroit pour toujours.*

Des images d'elle et de Colt de ce matin me revinrent à l'esprit. Même si j'avais envie de revivre ces moments, je les chassai. Je ne pouvais pas me permettre de penser à elle comme ça, *pas ici, pas maintenant*. Je ne pouvais pas les laisser voir cela comme quelque chose de plus qu'une transaction.

Ils avaient mon argent.

Tout ce dont j'avais besoin, c'était une signature et c'était fini.

Une putain de signature et je la faisais sortir d'ici.

Et la fille de King serait *à moi*.

Non, elle serait *à nous*.

Cette pensée me remplit. J'ai fouillé dans ma veste et j'ai sorti le contrat. Riven a tressailli en regardant le papier plié dans ma main, puis il a détourné le regard. Ça ne me plaisait pas. Non, je n'aimais pas ça du tout. Mais avant que je puisse faire quoi que ce soit, un bruit sourd de pas attira son regard.

Il a de nouveau tressailli. Mais cette fois-ci, il a souri.

- Ashwood, dit-il d'une voix tendue. Tu étais censé être en patrouille.

J'ai jeté un coup d'œil au nouveau chef de la sécurité de Hale alors qu'il se dirigeait vers nous. Du haut de son mètre quatre-vingt-dix, il était une montagne de menace brute. Je suppose que Hale ne voulait prendre aucun risque après que son dernier commandant ait été retrouvé mort dans un fossé non loin du bâtiment, la nuit même où j'avais enlevé Vivienne. Quoi qu'il soit arrivé à Tig, il l'avait mérité. Mais ce... *Ashwood* ne m'a pas regardé, il focalisait sur Vivienne.

- M. Hale m'a demandé de m'occuper de la transition.

Quoi ?

Le sourire de Riven s'est resserré. Il se passait quelque chose ici, une sorte de transfert de pouvoir que je n'avais pas vu auparavant. Mais je le voyais maintenant et je n'aimais pas ça du tout.

- L'entretien va se dérouler normalement... commença Riven.

- Le terme *normal* ne s'applique plus ici, dit Ashwood en se mettant sur le côté sans détourner le regard de Vivienne. *Entre, Vivienne.*

Je n'aimais pas la façon dont il la fixait, je n'aimais pas non plus la façon dont il l'appelait par son prénom. C'était plus que de la jalousie qui brûlait en moi quand elle a jeté un coup d'œil dans ma direction, le désespoir s'épanouissant dans ses yeux.

J'étais venu parce que je connaissais ces types, parce que je savais exactement où je me situais par rapport à Riven et à ses frères. Mais cette situation... c'était une tout autre histoire. Tout ce que je pouvais faire, c'était hocher la tête et la regarder le suivre dans cette pièce.

Et puis merde. Je l'ai suivie.

- Je vais venir aussi.

Je ne leur ai pas laissé le temps de refuser et je me suis dirigé vers l'angle de la salle d'interrogatoire, sans prendre la peine de m'asseoir. La brute a pris place à côté d'elle tandis que je croisais les bras et m'appuyais contre le mur.

Riven eut à peine le temps de refermer la porte qu'elle s'ouvrait à nouveau et que son frère, Kane, la franchissait. Il jeta un coup d'œil attentif à son frère et s'écarta.

- Il semblerait que nous devions rester à l'écart.

- C'est quoi ce bordel, marmonna Riven alors qu'un mouvement approchait derrière son frère...

Et mon sang se glaça.

Ophélia est entrée dans la pièce. J'ai à peine vu le connard qui la suivait. Je me suis décollé du mur lorsqu'elle a posé son regard étincelant sur moi. Ses lèvres rouges se sont retroussées et ses yeux bordés de khôl se sont agrandis à ma vue.

- London, a-t-elle ronronné en se dirigeant vers moi. On se retrouve déjà, mon amour.

- Ophélia.

C'est tout ce que j'ai pu dire.

Je n'ai pas osé regarder Vivienne, mais j'ai tout de même saisi le mouvement lorsqu'elle a jeté un coup d'œil par-dessus son épaule et a regardé Ophélia glisser sa main autour de ma nuque et attirer mes lèvres contre les siennes.

À genoux...

Ces mots écœurants résonnèrent tandis que ses lèvres froides se posaient sur moi. Je me suis éloigné et j'ai jeté un coup d'œil à Vivienne. Mais elle avait vu. Elle avait vu, putain, et la douleur dans ses yeux me transperçait le cœur.

- Qu'est-ce que tu fais ici ? Ma voix était froide alors que je me retournais vers la femme que j'aurais volontiers remise à mes fils pour les regarder la mettre en pièces.

- Quand j'ai appris qu'une de mes filles allait être transférée à mon amant, j'ai voulu venir et faire la transaction moi-même.

Mes joues se sont mises à chauffer.

- Je ne suis pas ton amant.

Elle émit un petit rire et contourna la longue table de conférence pour s'asseoir en face de mon chat sauvage.

- Vivienne, murmura-t-elle avec un faux sourire.

Mais le retroussement de ses lèvres était tout sauf désarmant. Vivienne ne broncha pas, se contentant de soutenir le regard lui faisant face tandis qu'Ophélia l'examinait.

- Elle est plutôt jolie, London, un peu comme un rat des rues. Je comprends pourquoi t'as envie de la baiser.

Mon estomac s'est serré.

Ma respiration s'est accélérée.

Vivienne a blanchi.

- À moins que ce ne soit déjà fait ? insista Ophélia.

- Tu sais que non, répondis-je. Les conditions du contrat...

- Oui, murmura Ophélia, puis elle jeta un coup d'œil à l'autre homme qui était entré avec elle et lui fit un signe de tête.

Il a levé la main et s'est dirigé vers Vivienne. Ce n'est qu'à ce moment-là que j'ai vu l'aiguille.

- C'est quoi ce bordel ? dit Vivienne en se redressant quand il lui a attrapé le bras et l'a tiré.

Mais Ashwood était juste à côté d'elle, la tenant fermement.

- Qu'est-ce que c'est que ce bordel ? dis-je, regardant avec horreur l'aiguille s'enfoncer dans sa veine.

- Juste un peu de Pentothal, a répondu Ophélia, incapable de détourner le regard alors que Vivienne se débattait, se dégageant de l'emprise d'Ashwood et fut projetée en arrière dans la précipitation.

Sa chaise bascula et tomba, heurtant le sol avec fracas tandis que Vivienne reculait jusqu'au mur.

- Vous m'avez injecté *quoi* ?

- Un sérum de vérité, expliqua Ophélia en levant froidement son regard vers le mien. Il est de courte durée, donc il disparaîtra rapidement.

- Salope, dis-je en m'approchant, posant mes mains sur la table et j'ai croisé son regard. Tu ne me fais pas confiance ?

Il n'y avait rien d'autre que de la malice dans sa voix :

- La confiance n'a rien à voir là-dedans.

Je n'avais jamais eu autant envie de tuer quelqu'un de toute ma putain de vie. J'ai aspiré une grande bouffée d'air, sachant qu'il n'y avait pas d'issue de secours pour moi... ni pour Vivienne.

- Assieds-toi, ordonna Ophélia à Vivienne en lui montrant la chaise par terre.

- Va te faire foutre, siffla mon chat sauvage, ses mots étant déjà un peu flous car elle commençait à ressentir les effets du barbiturique.

- Comme tu voudras.

Ophélia se tourna vers Ashwood et lui fit un signe de tête.

Il bougea instantanément... mais moi aussi, je fis un pas en arrière pour lui barrer la route.

J'ai croisé le regard de ce salaud, sachant pertinemment que je faisais les mauvais choix et que je n'avais aucun moyen de m'en sortir. Il n'y avait pas de Carven pour arrêter ça, pas de Colt pour se battre jusqu'à la mort. Il n'y avait qu'elle et moi. J'ai passé ma langue sur mes lèvres, détestant devoir faire ça, et j'ai dit :

- Vivienne, assieds-toi.

Elle n'a rien dit, mais je n'avais pas besoin de mots pour sentir la trahison qu'elle ressentait. Son souffle coupé en disait long.

Elle s'est avancée lentement, vacillant un peu lorsque j'ai attrapé sa chaise renversée. Je voulais qu'elle soit assise, non pas pour obéir à ces salauds, mais parce que je craignais qu'elle ne tombe et ne se blesse.

Le regard venimeux de l'autre côté de la table suivait chacun de mes mouvements tandis que je remettais sa chaise en place et que je m'écartais. Vivienne était assise, incapable de détourner le regard tandis qu'Ophélia passait la main dans l'encolure de son chemisier pour toucher le collier de diamants en forme de larme que je lui avais offert la veille.

Vivienne fixait le bijou qui pendait sur l'ongle manucuré de la garce, mais son regard ne laissait rien transparaître.

- Dis-moi, commença Ophélia. London t'a baisée ?

Vivienne a tressailli et a levé le regard vers le haut, frissonnant sous l'effet du barbiturique. Je serrai la mâchoire et m'efforçai de garder une expression neutre. *S'il te plaît, bébé... s'il te plaît, garde la tête froide.* Poser des questions était une chose, mais ça... ça me mettait dans tous mes états.

Quand Ophélia a souri, j'ai su que c'était son plan depuis le début.

- N-non, bégaya Vivienne en claquant des dents.

- Non ? poursuivit Ophélia en se rapprochant d'elle. James, n'a pas mis sa bite dans ta chatte ?

Vivienne se redressa.

- *J'ai dit non.*

- Sa langue ?

- Non.

Le coin de l'œil d'Ophélia a tressailli, elle s'est rapprochée et a grogné.

- Ses... doigts ?

- *Non.*

J'avais vu des hommes combattre la drogue, et je les avais aussi vus s'affaiblir.

Mais je n'avais jamais vu quelqu'un la vaincre... *jusqu'à maintenant.*

La sueur perlait sur le front de Vivienne et elle était livide, d'un jaune malade. Pourtant, elle tenait bon, même si cela l'éprouvait.

- Tu as ta réponse, ai-je grogné. Ça suffit.

Mon putain de pouls a explosé et m'a rempli la tête d'un son assourdissant.

- Tu sembles être un peu mal à l'aise, Vivienne, a murmuré Ophélia, son regard se rétrécissant tandis que mon chat sauvage se tortillait sur son siège. Dis-moi, tu es vierge ?

Vivienne baissa la tête et ses mains tremblèrent, serrant les poings fermement.

- N-n-non.

Le mot était si inaudible que je l'ai à peine entendu.

La chaleur me montait aux joues alors que j'essayais tant bien que mal d'éloigner les images qui se bousculaient. Vivienne chevauchant le fils... le bout de la bite de Colt glissant à l'intérieur.

- Qui c'était ?

Vivienne a sursauté comme si elle avait été giflée.

- J'ai dit *non*.

- Mais si tu n'es pas vierge, qui t'a baisée ?

Le bruit des respirations profondes emplit la pièce. Je ne savais pas si c'était les miennes ou les siennes. Je n'avais pas rompu le contrat... *je n'avais pas rompu le contrat.* Mais connaissant cette salope, si elle savait que les fils avaient goûté à Vivienne, elle ruinerait notre famille par putain de méchanceté.

- Mamême.

- *Quoi ?* cria Ophélia d'un ton sec. Parle clairement, *t'es attardée ou quoi ?*

Ce mot grondait en moi. Je l'avais entendu trop souvent à propos de mon fils.

- J'AI DIT, *MOI-MÊME* ! cria Vivienne, les yeux écarquillés et sauvages, ses longs cheveux tout aussi indomptés.

J'ai vu le moment où elle a réagi, où elle s'est levée en criant :

- *MAINTENANT, LAISSEZ-MOI TRANQUILLE, PUTAIN !*

Ashwood s'élança vers elle... et je m'élançai vers lui, me mettant en travers de son chemin une fois de plus, et je secouai la tête.

- Hum hum.

Il n'a pas apprécié et a plissé ses yeux gris-bleu vers moi.

- C'est la deuxième fois que tu te mets en travers de mon chemin, St. James.

J'ai esquissé un sourire en coin.

- Crois-moi, il n'y en aura pas de troisième.

Son regard est resté fixé sur moi et pendant une seconde, il y a eu une lueur d'incertitude avant qu'il ne jette un coup d'œil à Ophélia, qui restait assise là, à fixer Vivienne.

- Tu es une putain de sale pute, n'est-ce pas ? grogna Ophélia en se levant de son siège et en jetant un regard à Riven. On arrête là.

Elle contourna lentement la table, s'arrêta devant moi et me regarda fixement.

- Je vois que tu aimes ne rien faire aux femmes. Je t'attends chez moi dans la semaine, et tu reprendras là où tu t'étais arrêté... à genoux.

Je fixai la table pendant qu'elle s'éloignait, jusqu'à ce que ma vision se brouille. Le bruit sourd de la porte retentit, laissant Riven, Kane et ma rage derrière moi. Mon souffle était comme un roc dans ma poitrine, piégé, mais je ne pouvais pas le libérer alors que Vivienne se redressait lentement et se retournait.

Ses joues reprenaient déjà de la couleur et sa démarche était plus énergique. Elle fit un pas, réduisit la distance qui nous séparait... et *me gifla violemment*.

Ma tête bascula sur le côté sous l'effet du coup et l'air s'échappa de mes poumons. La piqûre était brutale, brûlante et chaude, mais je n'ai rien dit. J'ai lentement tourné la tête, sentant le poids du regard du directeur, et j'ai su que ce moment me hanterait.

- Je pense que l'interrogatoire est terminé, dit Riven avec précaution.

Je n'avais pas la force de lui remettre le contrat.

Tout ce que je pouvais faire, c'était fixer les profondeurs de sa haine.

Et savoir... que nous avions dépassé les bornes.

- Je pense qu'il vaut mieux que vous partiez, a-t-il dit.

J'ai hoché la tête, absorbé par le retroussement de sa lèvre supérieure.

- Vivienne, ai-je dit avec une extrême prudence. Rentrons à la maison.

VINGT-SIX

Vivienne

Je frissonnais pendant que nous roulions. Mes dents grinçaient et claquaient jusqu'à ce que je serre la mâchoire encore plus fort. La drogue persistait encore et avait un goût de métal sur le dos de ma langue. Mon Dieu, je m'étais sentie mal dans cette pièce, si mal que j'avais eu peur de... *tout leur dire.* Mes pensées avaient été floues, mes mots aussi. Mais maintenant, ils s'affinaient, mettant en lumière ce qui s'était passé dans cette pièce.

London t'a baisée ?

Oh, merde...

Oh... merde.

La peur s'est emparée de moi, froide, sombre, et m'a engloutie. Qu'avais-je dit ? Qu'est-ce que j'avais dit, putain ? Je voulais regarder London. Je voulais voir la vérité dans ses yeux, mais dans le sillage de l'effroi est venu quelque chose d'autre... quelque chose qui avait le goût de la jalousie et de la colère.

Cette salope... cette putain de salope...

C'était pour elle qu'il s'était apprêté, non ? *C'était celle qu'il avait baisée.* J'ai fermé les yeux quand il est entré dans le garage et s'est garé. *C'était à elle qu'il avait offert le collier...* et elle avait voulu que je le sache en touchant la chaîne et en faisant courir le pendentif en diamant sur sa clavicule.

Le dégoût brûlait en moi. Ce n'était même pas que cette femme était hideuse. À l'extérieur, elle était peut-être superbe, mais à l'intérieur... à l'intérieur, elle était *infecte et fétide.* Elle avait déclenché quelque chose en moi, quelque chose de terrifiant, quelque chose qui me remplissait de peur, tout comme l'orage de la nuit dernière.

Elle est plutôt jolie dans le genre rat des rues... Je comprends pourquoi t'as envie de la baiser...

La baiser...

La... baiser...

- Viv...

Je ne lui ai laissé aucune chance, je suis sortie de la voiture et j'ai claqué la portière aussi fort que je le pouvais. Le *BANG* a résonné dans le garage et dans mes oreilles, et je m'en foutais. Je l'aurais claquée plus fort si j'avais pu. Non, je l'aurais arrachée de ses gonds et jetée à travers le garage.

Du coin de l'œil, j'ai vu London contourné l'avant de la voiture et me foncer dessus comme une avalanche.

- *VIVIENNE !* a-t-il rugi, mais je n'ai pas attendu.

J'ai couru dans la maison, les pas affolés. Ce qui s'était construit entre nous depuis notre première rencontre à l'Ordre se déchaînait maintenant avec des conséquences terrifiantes.

L'odeur aride de la drogue s'est répandue dans le fond de ma gorge et m'a fait monter les larmes aux yeux. Mais ce n'était pas de l'angoisse ou de la douleur... parce que je m'en moquais.

Je n'ai pas été achetée pour trois putains de millions de dollars pour ça. J'ai été achetée pour qu'il puisse *tremper sa bite*.

Un son blessé s'est échappé du fond de ma gorge alors que je continuais à courir. Je ne pouvais pas penser... je ne pouvais pas respirer. Tout ce que je pouvais ressentir, c'était l'agonie dévorante dans ma poitrine et les élancements douloureux entre mes cuisses. Parce que la vérité était que je le voulais tellement que j'en avais mal, et c'était la chose la plus cruelle qui soit.

J'ai traversé la cuisine en trombe, London me suivant de près. Guild était là, et il leva les yeux quand nous sommes passés. Sa lèvre était encore gonflée et à vif des conséquences de la rage de London hier, et il détourna son regard vers son employeur.

- M. St. James...

- *SORS D'ICI* ! souffla London. *MAINTENANT* !

Je me suis retourné, le cœur battant à tout rompre, et j'ai trébuché. Une faim mortelle se dégageait de mon ravisseur alors qu'il rétrécissait son regard sur moi. La marque rouge de ma main était évidente sur sa joue brûlante et un peu gonflée, mais il ne la touchait pas, il faisait comme si je n'avais rien fait. Guild n'a pas reparlé, il s'est dirigé vers la porte et est parti aussi silencieusement que possible.

Parce qu'il y avait un requin en chasse....

Et il avait flairé mon sang.

- Ne fais rien tant que la drogue n'a pas complètement disparu de ton organisme, grogna-t-il en se rapprochant. Avant de faire ou de dire quelque chose que nous regretterons plus tard.

- Tu veux dire quelque chose comme « va te faire foutre », pourquoi ne pas retourner à cette pute de l'Ordre que tu sembles tant aimer... *monsieur l'amant ?*

Il a tressailli comme si je l'avais giflé. Pendant une seconde, je l'ai vu pâlir avant qu'il ne se ressaisisse.

- Vivienne... arrête.

Il se servait de moi comme d'une pute, puis il me traitait comme une enfant ?

- Je t'emmerde. *Tu...es...une... véritable... merde !*

Il s'est figé et ses sourcils se sont froncés, puis sa lèvre supérieure s'est retroussée juste avant qu'il ne s'élance vers moi. Sa main cruelle entoura ma gorge et ses doigts s'agrippèrent à ma mâchoire tandis qu'il me rapprochait de lui. C'était le monstre que je connaissais, l'ignoble bâtard qui manipulait, contrôlait et se jouait de tout le monde... y compris de moi.

- Tu penses que je suis une merde ?

- Non, dis-je sans détourner le regard. Je le sais.

Il a baissé la tête et m'a attirée contre sa poitrine. À travers sa chemise, je pouvais sentir les battements de son cœur tandis qu'il murmurait :

- Tu as raison, je suis une sale merde. Je suis un meurtrier, un traître et bien d'autres choses qui te glaceraient le sang. Et je me fiche que tu connaisses le vrai moi. Tu veux savoir pourquoi ? Parce que nous sommes bien au-delà de ça maintenant,

Vivienne. Nous avons largement dépassé le point de non-retour.

Il s'arrêta une seconde et inspira profondément, ses paroles étant plus dangereuses que jamais.

- J'ai essayé de faire ce qu'il fallait, j'ai essayé de te donner un moyen d'échapper à mes désirs. Mais je vois qu'il est trop tard pour cela maintenant. Il est bien trop tard, putain. Je t'ai dans la peau, chat sauvage. Tu es tellement dans ma peau que je ne peux rien faire sans penser à toi. Alors je ne veux pas que tu me fasses de scène. Ce sera mieux pour nous deux si tu n'es pas contre moi. *Je veux que tu ailles au sous-sol... et je veux que tu y ailles maintenant.*

Le sous-sol ?

Parce qu'il me voulait sur cette machine, n'est-ce pas ? Il me voulait ouverte et exposée pour lui. Mon visage me brûlait et je n'arrivais pas à déglutir. J'ai poussé contre son torse en croisant son regard de prédateur.

- *Essaye.*

Il s'est figé une seconde et son emprise s'est relâchée, juste assez pour que je puisse glisser. Des bruits sont venus d'en haut. Des pas sourds descendaient les escaliers et s'arrêtaient sur le palier en écoutant. Ils savaient que c'était... *mauvais signe.*

- *Vivienne...* commença London en fixant le sol.

La façon dont il a prononcé mon nom m'a donné des frissons. Je déglutis difficilement et fis un pas en arrière, me ravisant soudain et maudissant mon tempérament. Ce mouvement attira son regard. Ces yeux sombres et malveillants m'ont saisie avant qu'il ne dise.

- Reviens là... tout de suite.

Revenir ? Non...non...non.

La façon dont il me regardait avec cet éclat sombre et ravageur me disait de faire le contraire. Alors, j'ai fait la seule chose que je pouvais faire... je me suis retournée... *et j'ai couru.*

Je me suis élancée vers les escaliers. Mes pas étaient lents car mes genoux tremblaient encore, mais je donnais tout ce qu'il me restait. Le martèlement de mes pas fut bientôt noyé par le tonnerre des siens.

La panique m'envahit tandis que je m'agrippais à la rampe et que je me hissais vers le haut.

- Reviens ici, Vivienne...j'ai dit...*reviens...*

Il m'attrapa par l'épaule mais ses doigts se prirent dans mes cheveux, tirant sur les mèches jusqu'à ce que je m'en libère avec un cri et que je me hisse vers le haut des marches.

- Reviens-ici...*TOUT DE SUITE !*

Je ne savais pas s'il voulait me blesser ou me baiser. Je n'allais pas prendre le risque. Mon affront d'il y a quelques secondes s'est transformé en fuite. Je me suis jetée sur le palier, je me suis retournée pour le regarder et j'ai trébuché en arrière. Il avançait lentement, le souffle court, le regard fixe et inflexible. Ses longues jambes réduisirent la distance et me forcèrent à reculer.

- Je t'avais prévenue.

Il continua d'avancer, son regard pénétrant lentement dans mon corps.

- J'ai essayé de te donner un moyen de t'en sortir, chat sauvage... mais tu as continué à me pousser à bout. *Tu as continué...*

J'ai senti un mouvement derrière moi. Un cri s'échappa alors que je me retournais et me heurtais à Colt. Mais le mâle ne m'a pas protégée... pas cette fois. Il leva ses yeux bleus intenses vers London alors qu'il avançait, et quelque chose passa entre eux. J'ai compris que cela avait toujours été inévitable pour moi. Puis le fils silencieux a reculé et s'est appuyé contre le mur.

Qu'est-ce que c'est que ce bordel ?

Ce geste en disait long. J'étais seule ici. Personne n'allait m'aider. Personne n'allait me sauver. Pas de l'homme qui voulait que je l'appelle *daddy*. Je ramenai mon regard sur London, la voix tremblante :

- *Ne m'approche pas.*

- Je crois qu'il est un peu trop tard pour ça, chat sauvage, a-t-il grogné, ses longues jambes réduisant la distance entre nous.

J'ai détourné mon regard de lui pour le porter sur Carven, qui se trouvait plus loin dans le couloir, ses cheveux d'un blanc immaculé semblable à un phare dans la pénombre. Il pourrait peut-être m'aider. Je fis un pas en arrière et me retournai au dernier moment pour voir les lèvres du fils se retrousser en un sourire narquois.

- Ne compte pas sur moi, miss.

- *Argh !*

J'ai grogné et j'ai tourné sur moi-même, puis j'ai levé les poings, prête à me battre.

- Tu veux te battre, London ? Alors allons-y, putain...

Je n'ai pas eu le temps de finir, car London a poussé un grognement guttural et s'est élancé vers moi. Je l'ai frappé, ce qui l'a fait glousser en esquivant facilement le coup et en m'attrapant par la taille.

- Pose-moi !

Je me débattis dans ses bras.

- Je t'avais prévenu, dit-il en me jetant par-dessus son épaule et en repartant le long du couloir. J'ai essayé de t'éloigner de cette partie de moi… j'ai essayé de te protéger. Mais tu m'as poussé à bout, ma belle. Encore et encore avec tes putains d'yeux et ton putain de goût. Tu as rampé sous ma peau et hanté mon esprit. Tu m'as forcé à te désirer. Tu m'as forcé à céder à mes putains de désirs, alors à partir de maintenant, tu ne pourras t'en prendre à personne d'autre qu'à toi-même.

- *Pourquoi ?* criai-je en le frappant dans le dos et j'ai essayé de le frapper sur le côté de la tête, puis mon corps a sursauté lorsqu'il a descendu les escaliers. POURQUOI ?

- Pour t'avoir emmenée au sous-sol et t'avoir baisée avec la machine.

Je suis restée figée, le cœur dans la gorge, jusqu'à ce qu'il descende les marches. Le hall était flou, nous nous sommes dirigés vers la cuisine et nous nous sommes arrêtés à la porte du sous-sol.

- Attends, dis-je en poussant son épaule en écoutant les petits bips du code qu'il entrait.

- J'ai essayé de te prévenir, Vivienne, a-t-il marmonné en ouvrant la porte du sous-sol d'un coup sec. J'en ai fini d'attendre pour ça, c'est fini maintenant.

VINGT-SEPT

Vivienne

— Pose-moi par terre !

J'ai donné des coups de pied et j'ai crié pendant qu'il maintenait ma tête vers le bas pour éviter que je me cogne contre le plafond. *LONDON !*

J'ai lutté contre son emprise et je me suis presque libérée lorsque nous avons atteint la dernière marche.

Smack !

Sa main a frappé mon cul. Je me tordis sous l'effet de la brûlure, détestant cette sensation... non, c'est lui que je détestais, putain. Les dents serrées, j'ai poussé un grognement. Mais la chaleur entre mes cuisses n'était pas de mon avis. Même mes coups étaient pathétiques lorsqu'ils atteignaient ses épaules.

— London... gémis-je. London, arrête.

Mon esprit refusait de céder alors même qu'on entrait dans la pièce. J'essayais encore de me raccrocher à cette colère, de l'utiliser pour trouver un moyen de m'en sortir.

- J'ai essayé de te prévenir, Vivienne.

Il m'a saisie par les hanches, m'a enlevée d son épaule et m'a rattrapée alors que je tombais. Mais tu me défies à chaque fois que tu en as l'occasion. Je n'ai pas d'autre choix que de te montrer.

Mes pieds ont atterri sur le sol et ont provoqué des ondes de choc dans mes chevilles. Je lui lançai un regard noir.

- Me montrer quoi ?

Il m'a maintenue jusqu'à ce que je retrouve mon équilibre, tandis qu'il respirait à pleins poumons.

- Ce que signifie être possédé. Maintenant, enlève tes vêtements.

J'ai tressailli.

- Quoi ?

Il avait une froideur qui m'a fait trembler.

- Tes vêtements, Vivienne, dit-il en me fixant du regard. Je ne vais pas te le demander deux fois. La prochaine fois, je les arracherai.

Boum.

Mon cœur s'est contracté et ma respiration s'est accélérée. Je déglutis difficilement et commençai à secouer la tête.

- Les vêtements que je t'ai donnés, a-t-il grogné. Les vêtements que j'ai soigneusement choisis pour toi.

Mon pouls s'est accéléré. Le tissu effleura ma peau lorsque je me déplaçai. Il... *il les avait choisis ?* Non... J'avais envie d'argumenter, mais au fond de moi, je savais que c'était la vérité. Au fond de moi, je savais qu'il contrôlait tout en ce qui me concernait, de ce que je portais à l'endroit où j'allais, et maintenant, à la façon dont j'allais être baisée.

- Des vêtements que je veux récupérer, a-t-il poursuivi en baissant le regard pour regarder chaque centimètre de mon corps. Maintenant.

Je suis restée là, incapable de bouger, jusqu'à ce que je lève lentement mes doigts tremblants vers les boutons. Un à un, je les ai ouverts en tâtonnant. Mais il n'a pas détourné le regard, il a soutenu mon regard comme si les profondeurs de mon être avaient été créées pour son amusement... *et son plaisir.*

J'ai laissé tomber mon chemisier sur le sol, j'ai dégluti, j'ai enlevé mes chaussures et j'ai attrapé la fermeture éclair de mon pantalon. Lorsqu'il est tombé à mes pieds, il s'est déplacé de mon côté jusqu'au banc, a attrapé quelque chose et est revenu.

- Cette pièce est pour nous et nous seuls, tu comprends ? Son regard de prédateur surveillait chacun de mes mouvements. Tant que nous sommes ici, il y a des règles. Des règles que je... il inspira difficilement, ce qui fit bégayer ma propre respiration. *Que j'impose.*

Ses doigts effleurèrent le milieu de mon dos et me firent frissonner tandis qu'il détachait mon soutien-gorge, l'enlevait et le laissait tomber sur le sol.

- Dans cette pièce, tu dois m'appeler *daddy*. Est-ce que c'est clair ?

Daddy ? Une poussée de désir se mêla à la rage. J'ai serré la mâchoire. S'il pensait que je cédais, il se trompait lourdement.

- Au moins, hoche la tête pour que je sache que tu as compris, a-t-il grogné.

Un signe de tête ? Ha ! Je levai la main et lui fis un bras d'honneur. *Et là, j'ai compris ou pas ?*

Un grognement sauvage résonna contre mon oreille.

- Continue... *et tu verras.*

Ma chatte s'est contractée en entendant ces mots.

- Il faut qu'il y ait un mot de passe de sécurité, poursuit-il. Tu comprends ce que c'est, n'est-ce pas ?

Un mot de passe ? Quel putain de mot de passe ?

- Tu oublies que c'est pour ça que tu as payé, n'est-ce pas ? marmonnai-je alors que la chaleur me montait aux joues. Je suis ici pour te servir, que je le veuille ou non.

Je tressaillis lorsque sa main se posa sur ma nuque. Son souffle était chaud contre mon oreille.

- Non, pas ici. Je me fous de ce qu'ils t'ont appris à faire à l'Ordre. Mais ça n'arrive pas quand on est avec...

Moi ?

La famille ?

C'est ce qu'il voulait dire, non ?

- Ici, cette merde n'arrive pas. Alors, on va faire simple. 'Vert' signifie que tu te sens en sécurité. 'Jaune', tu veux faire une pause et discuter... et 'rouge'... dit-il en me pétrissant la nuque. Le rouge arrête tout. Le rouge te donne le pouvoir, Vivienne. Dis ce mot et je t'enlèverai ces menottes, dit-il en me les montrant. Et tu pourras sortir de cette pièce sans aucune répercussion. Je m'occupe juste de toi, tu comprends ?

Je déglutis difficilement.

- *Est-ce que...*

J'ai hoché lentement la tête tandis qu'il effleurait mon cou avec son pouce.

- Bien... tu es une bonne fille.

Il a fait un pas en avant pour se tenir devant moi.

- Tes mains.

J'ai fermé les yeux, incapable de bouger.

- Ne m'oblige pas à te le redemander.

C'est ce qu'il voulait, n'est-ce pas ?

Mon pouls s'est accéléré et ma respiration est devenue paniquée... il n'y avait pas d'issue. Je levai mon regard vers la porte derrière lui.

Non... le mot murmurait dans mon esprit, mais il n'atteignait pas mes lèvres.

- Non ? Il se pencha pour murmurer contre mon oreille. Tu me désobéis, tu désobéis à ton daddy ?

J'ai sursauté en entendant ces mots. *Mais tu n'es pas mon père.* Son air renfrogné s'est accentué, et je me suis figée.

- Non...

- Non, quoi ?

- Non, *daddy*, murmurai-je, ma voix étant à peine audible.

Il y avait toujours le contrat... celui qu'il avait déjà brisé, celui qu'il briserait encore. Mais pas maintenant, pas aujourd'hui. Les maillons d'acier s'entrechoquèrent lorsqu'il souleva les menottes. J'ai serré les poings et levé les mains en croisant son regard. Non, aujourd'hui, c'était lui qui contrôlait la situation.

- Tu m'as ridiculisé aujourd'hui.

L'air pénétra profondément dans mes poumons.

- Tu connais mon statut au sein de l'Ordre, et pourtant tu as perdu le contrôle.

Les mâchoires d'acier se sont refermées sur mes poignets.

- Tu m'as giflé devant ceux que je dois garder dans l'ignorance à notre sujet. Tu as attiré leur attention, et maintenant je dois réparer ça... juste après m'être occupé de toi.

La peur m'a envahie en entendant ces mots.

Il ne me ferait pas de mal, je le savais. Il ne laisserait pas la moindre marque. Mais la panique monta quand il saisit mes mains et resta là un moment.

- Tu veux ?

Je me suis figée. *Non. Oui. Je ne sais pas... Je...*

- Dis-moi maintenant.

J'ai croisé son regard dur et j'ai fait un petit signe de tête.

Il a baissé son regard sur mes mains jointes, puis a tendu la main et m'a délicatement tripoté le téton. J'ai sursauté et poussé un petit cri. De légères mèches argentées brillaient dans le noir de ses cheveux lorsqu'il bougeait. Cette vision a réveillé en moi quelque chose de désespéré. J'ai ressenti notre différence comme un coup de langue sur mon entrejambe. C'était tout ce que je voyais, tout ce que je ressentais. C'était la façon dont il me regardait, la façon dont il gémissait... la façon dont il me touchait. Mon corps a réagi instantanément, la chaleur est apparue entre mes cuisses.

- Dis-le, Vivienne.

J'ai regardé ses yeux noirs et j'ai compris qu'il était inutile de lutter contre lui.

- Oui, *daddy*.

Mon ton s'est adouci et est devenu plus profond, reflétant la panique de mon souffle.

Il s'est retourné, a levé la main et a appuyé sur l'interrupteur pour tamiser la lumière. Même en baissant la lumière à ce point, je pouvais le voir. Grande et cachée, la machine se profilait à l'extrémité du banc. J'ai serré la mâchoire et fermé les yeux. Mon corps était en feu.

- Devant le directeur, a-t-il dit en s'agenouillant devant moi et en saisissant les bords de ma culotte. Ma chatte s'est contractée sous l'effet de la lenteur avec laquelle il l'a fait rouler le long de mes cuisses. D'autres l'ont entendu aussi.

Elle a disparu en un instant, jetée sur le côté tandis qu'il continuait.

- Cela ne peut être toléré. Tu m'as obligé à faire couler leur sang pour arranger ça. J'espère que tu en es consciente.

Il s'est rapproché de moi et a murmuré contre mon oreille :

- Tu vas me rendre dangereux. Parce que je te le dis tout de suite, je tuerai tout autre homme qui te regardera. Chaque putain d'homme. Tu nous appartiens, Vivienne... *et tu m'appartiens*.

J'ai fermé les yeux quand ses mots m'ont frappé.

- C'est pour ça que tu m'as achetée.

Il a poussé un grognement bas et guttural.

- Ça et bien plus encore.

Mon corps a tremblé sous la menace. *Il tuerait pour moi*. Il nettoierait mes conneries, puis il me ramènerait ici pour se défouler sur mon corps.

- Allonge-toi, Vivienne... tu as été une *très* vilaine fille.

Mes genoux ont tremblé quand j'ai ouvert les yeux, mais je me suis forcée à bouger.

Des sangles en acier pendaient de la banquette en cuir, mais je m'en fichais. Je me concentrais sur cette machine au bout, ses bords durs et l'éclat de l'acier froid. Mon cœur battait la chamade tandis que je m'allongeais sur le banc de cuir.

- Allonge-toi, les bras au-dessus de la tête.

J'ai fait ce qu'il m'a demandé. Il était inutile de lutter maintenant, je ne ferais que lutter contre moi-même. Mes mains ont été attachées, tendues, puis relâchées, mais pas assez pour que je puisse me libérer.

- Les genoux en l'air... et écarte les.

Le cuir a claqué autour de mes chevilles et m'a écartée un peu plus.

- Une si jolie petite chatte.

Sa main a glissé le long de l'intérieur de ma cuisse, a atteint ma fente et a écarté les lèvres.

- Si jolie, putain.

Puis il s'est déplacé de l'autre côté pour sécuriser mon autre cheville. Je suis restée allongée, les genoux contre la poitrine, les pieds bien écartés. J'ai levé la tête lorsqu'il a contourné le pied du lit et s'est placé à côté de cette chose.

- Tu comprends que c'est ta punition ?

Je n'ai pu que hocher la tête alors que mes joues brûlaient.

L'acier brilla lorsqu'il se dirigea vers l'avant de la machine, ouvrit un boîtier et en sortit quelque chose. En acier et lisse, l'extrémité s'est accrochée à la bête mécanique affamée. Il a saisi la télécommande et le vrombissement du moteur a été instantané lorsque le bras s'est soulevé.

J'ai poussé un gémissement lorsque le bout épais s'est approché de moi.

- Je te punis parce que tu dois apprendre ta place, dit-il en s'approchant. Tu es ma pupille, Vivienne. *Tu m'appartiens.*

La tête de ce gode froid a glissé contre ma chatte, s'est pressée contre mon entrée, puis s'est arrêtée, s'enfonçant juste un peu. Je me suis mordu la lèvre en luttant contre un gémissement et l'envie de faire pénétrer. Je me suis déplacée jusqu'à ce que mes bras se tendent. Ma fente s'était à peine ouverte autour de la tête lisse. Mais ce n'était pas suffisant, loin de là.

- S'il te plaît...

- S'il te plaît ?

La tête s'est retirée.

J'ai fermé les yeux.

- *S'il te plaît.*

La pression s'est à nouveau exercée sur moi, juste là où j'en avais besoin. Elle s'est glissée, juste assez, puis elle s'est retirée à nouveau. J'ai ouvert les yeux et tourné la tête pour regarder non pas cette chose qui trônait au pied du lit, mais lui... l'homme qui tenait la télécommande dans sa main.

Mon Dieu, ses yeux étaient si sombres, d'une noirceur infinie, comme s'il avait avalé toute la lumière de mon monde. J'avais envie de cette noirceur... j'en avais envie.

- *Daddy.*

Les commissures de ses lèvres ont tressailli à ce mot. Je savais qu'il aimait ça. Le moteur a vrombi en enfonçant la bite plus profondément en moi.

- Gentille fille, a-t-il murmuré.

J'ai soutenu son regard tandis que le gode froid s'enfonçait et s'enfonçait encore, sous sa direction. Des bassins noirs... c'est ce dans quoi je me suis enfoncée. Noirs. Sans fin. Mon pouls s'est accéléré. Un courant m'a traversé, me faisant gémir et me débattre.

- Encore, chaton ?

J'ai acquiescé en luttant désespérément contre les gémissements.

La machine m'a baisée plus fort, jusqu'à ce que je n'entende plus que son ronronnement. Le gode entrait et sortait de moi. Puis il a brisé mon regard en se penchant, en glissant son doigt au fond de ma chatte, et il en est ressorti lisse et mouillé.

- Oui, continue, dit-il en portant son doigt entre ses lèvres avant de le sucer. Le son se mêla aux bruits humides de ma chatte.

À ce moment-là, je me moquais de ce qui me baisait... je me moquais de qui me baisait. J'avais dépassé le point de non-retour, je fonçais tête baissée vers l'oubli.

- Qui te possède, Vivienne ?

J'ai serré les yeux alors que le pic montait de plus en plus haut en moi, tandis qu'il se penchait, sa voix étant comme du gravier dans mon oreille.

- J'ai dit... *qui te possède ?*

Je tournai la tête alors que le besoin désespéré de ruer, de griffer et de baiser grondait en moi. J'ai essayé de m'accrocher, d'empêcher le désir de m'emporter. Mais je menais une bataille perdue d'avance et je finis par céder...

VINGT-HUIT

London

- *QUI...TE...POSSÈDE...* ? DEMANDAI-JE EN REGARDANT SES yeux s'agiter et son corps s'épanouir.

- Je... ah...

Sa chatte se resserrait autour du gode brillant alors qu'elle approchait de l'orgasme.

- Non, chat sauvage, ai-je gloussé en appuyant sur le bouton et en faisant glisser le jouet hors de sa chatte ; ses lèvres roses et parfaites s'entrouvraient et son corps se contractait. Pas d'orgasme tant que je ne l'ai pas décidé.

La colère s'est allumée dans ses yeux et elle a montré les dents.

- S'il te plaît.

Ma bite a tressailli à son appel pathétique. *C'est ça, chaton, montre-moi tes griffes.* Je bandais déjà à force de la poursuivre dans cette foutue maison et sa réticence ne faisait que me rendre plus dur. Pensait-elle vraiment pouvoir m'échapper ?

Pensait-elle que les fils allaient intervenir comme des chevaliers blancs et sauver son joli cul ?

Elle ne comprenait pas...

Mais elle comprendrait.

Putain *oui*, elle comprendrait.

Elle nous appartenait à tous.

On se relaierait avec elle.

Et protéger ce qui nous appartenait.

J'ai détourné mon regard du défi qu'elle avait dans les yeux pour le porter sur l'arme qui se trouvait à l'extérieur de cette chatte parfaite. J'ai appuyé sur le bouton, faisant pénétrer le bout à en elle... dedans, dehors... dedans, dehors... jouant avec elle.

- Dire s'il te plaît ce n'est pas répondre à la question, n'est-ce pas ? Et tu ne veux pas m'obliger à te la poser à nouveau, n'est-ce pas, Vivienne ?

Elle poussa un gémissement et baissa la tête. Ses mots n'étaient plus qu'un marmonnement.

Je me suis rapproché.

- Quoi ? Je ne t'entends pas.

J'ai tendu la main entre ses jambes, alors que la tête luisante taquinait son entrée, et j'ai effleuré son clitoris. Elle a gémi lorsque mon pouce calleux a effleuré sa chair tendre, puis s'y est attardé. Appuyer... relâcher... appuyer... relâcher. Je regardais son corps frémir.

- Qu'est-ce que je t'ai dit à propos des marmonnements ?

J'ai déplacé mon regard de sa chatte à ses yeux.

- Utilise des mots, Vivienne...

Appuyer. Relâcher.

- *Utilise. Des. Mots.*

Ses gémissements graves étaient torturés.

Ma bite tressaillit. Il m'a fallu toute ma force pour ne pas écarter la machine et la faire jouir en hurlant à ce moment précis. Je me suis mordu la lèvre et je me suis retourné vers ce clito gonflé et tremblant qui se tendait à mon contact. Putain, j'avais envie d'être en elle. *Ma langue, mes doigts, ma bite.* Cette femme me rendait fou. Mais pas avant d'avoir joué avec elle.

- Tu apprendras à utiliser des mots, ou cette pièce deviendra ta pénitence. Tu ne veux pas ça, n'est-ce pas, Vivienne ?

Sa chatte s'est contractée et sa peau luisait. Elle était tellement mouillée. Bon sang, elle aimait que je sois ferme avec elle. Elle aimait quand c'était moi qui contrôlais. J'ai fait glisser mes dents sur ma lèvre, transi par la sauvagerie dans son regard tandis qu'elle tirait sur les liens d'acier et arquait le dos en essayant de se faire pénétrer.

- Tu peux dire le mot de passe quand tu veux, chat sauvage. Tu peux dire rouge et on arrête tout de suite, si c'est ce que tu veux ? Dis rouge, Vivienne... dis *rouge.*

J'ai appuyé sur le bouton, faisant lentement glisser le gode en elle. Sa respiration s'est arrêtée, ses yeux ont papillonné.

- Oh, putain... oh, putain, gémit-elle quand il sortit de son corps. Vert...vert...*vert vert vert vert vert veeert.*

- Putain.

J'ai regardé le gode en acier la baiser, j'ai regardé comment elle a écarté les jambes, désespérée de voir ce désir assouvi. Le vrombissement du moteur a rempli la pièce jusqu'à ce qu'elle grogne, si près du but. J'ai alors ralenti la machine.

- Regarde comme tu es mouillée, dis-je en écartant les lèvres de sa chatte et j'ai regardé le godemiché en ressortir tout mouillé. Une si bonne petite chatte... une si...

J'ai appuyé sur le bouton et l'engin lisse s'est glissé en elle alors qu'elle se tordait.

- Une chatte parfaite. Regarde-moi ça.

Je déglutis difficilement, je haletais alors que je glissais mes doigts dans son jus.

- Regarde ce que tu as fait.

Dans un grognement délicieux, je portais mes doigts à ma bouche ; ses yeux écarquillés étaient fixés sur le mouvement alors que son putain de joli trou se crispait.

- Comme ça, chaton, serre... *serre encore.*

Je me suis rapproché pour faire glisser mes doigts le long de la chaleur jusqu'à ce que j'atteigne son clito.

- Tu as si bien gardé notre secret aujourd'hui, chat sauvage.

J'ai glissé deux doigts en elle et j'ai senti sa chatte avide se contracter. Tellement douée, putain. Je suis si fier de toi, *si fier.*

Elle s'est mordu la lèvre sous mes éloges.

- Maintenant, je veux que tu sois une gentille fille et que tu me dises à qui tu appartiens.

Sa tête se balançait d'un côté à l'autre.

Elle luttait...

Contre moi.

Les muscles de sa mâchoire s'agitaient tandis que ses lèvres se retroussaient et qu'elle montrait les dents. Putain, elle était glorieuse. *Défiante, sauvage.* J'ai appuyé sur le bouton pour faire glisser le gode en elle.

- Dis-moi, chat sauvage, ou tu resteras attachée jusqu'à ce que tu le dises.

Ses yeux se sont écarquillés de haine.

- Je te déteste, putain.

Ma respiration s'est accentuée tandis que je déglutissais.

- Je sais.

J'ai baissé les yeux et j'ai vu sa mouille recouvrir mes doigts.

- *Je vois à quel point.*

J'avais cru pouvoir tout contrôler. Je pensais que j'étais... *celui qui commandait.* Mais sa respiration haletante m'a touché, et le besoin désespéré dans ses yeux m'a poussé à bout.

Je me suis penché, j'ai éloigné cette chose d'elle et j'ai léché sa chatte frémissante. La chaleur a recouvert ma langue tandis que je déglutissais.

- Je le sens aussi. Tu es gravée dans ma mémoire maintenant, chaton, marquée au fer dans ma putain d'âme.

Elle a gémi, son corps a palpité lorsque j'ai rompu le contrat pour la deuxième fois et que j'ai enfoncé mes doigts en elle.

- C'est ça.

Je les ai enfoncés plus profondément, sentant qu'elle se crispait.

- Gentille fille. T'es une vraie, putain de gentille fille. Baise mes doigts.

Les chaînes des menottes se sont tendues quand elle a essayé de faire descendre son corps. J'ai reporté mes yeux sur la tension. Elle était si désespérée, si énervée.

- Dis-moi. Utilise des mots et dis-moi ce que je veux savoir.

- Non, gémit-elle.

Mais elle était si proche...

Si près du but.

Dedans, dehors... dedans, dehors. Je la baisais avec mes doigts et j'ai appuyé sur le bouton, regardant la tête luisante écarter ses lèvres.

Elle a gémi, ses hanches ont bougé, désespérée qu'on la baise.

Je l'ai surveillée pour m'assurer qu'elle ne tirait pas trop fort sur les menottes, puis j'ai retiré la machine et je l'ai arrêtée pendant que je la léchais du cul au clitoris.

Elle ne le sentait peut-être pas maintenant, mais je pariais que le lendemain, cette chatte parfaite allait être tendre.

- Dis-moi, ai-je insisté à nouveau alors qu'elle poussait ses hanches contre ma bouche. *Dis-moi...*

J'ai attrapé son cul et j'ai maintenu son corps contre ma bouche pendant que je suçais son clito qui tressaillait.

- *Oui... tu... oh, bordel... je t'appartiens, London. Je t'appartiens.*

Elle a ouvert les yeux pour regarder vers le bas et la chaleur s'est répandue autour de mes doigts tandis que sa chatte se contractait.

- C'est vrai, London. *Oh, putain, oui, oui, oui !*

J'ai baissé la tête, sans me soucier de foutre en l'air ma chemise, et j'ai ouvert grand la bouche pour lécher sa douceur salée, puis j'ai dégluti.

- C'est vrai, putain, ai-je grogné contre son corps. La prochaine fois que tu auras envie de me tester, tu t'en souviendras.

Son cul s'est desserré et ses jambes se sont détendues autant qu'elles le pouvaient, épuisées. J'ai léché une dernière fois son cœur palpitant avant de me lever et d'essuyer ma bouche avec le dos de ma main en regardant sa chatte scintillante. J'en voulais plus, tellement plus, putain. Je voulais tout quand il s'agissait d'elle.

Il m'a fallu une force surhumaine pour appuyer sur le bouton afin de ramener la machine en arrière et de l'éteindre. Je redescendrais plus tard pour nettoyer et ranger les accessoires pour la prochaine fois. Car j'étais sûr qu'il y aurait une prochaine fois. Notre chat sauvage avait pris autant de plaisir que moi.

J'ai pris la clé des menottes et j'ai déverrouillé ses mains. Ses mains tombèrent mollement sur le cuir du banc, ce qui me permit de glisser mes bras sous son corps et de la soulever.

Molle dans mes bras, elle a glissé ses bras autour de mon cou et s'est blottie contre moi tandis que je la portais jusqu'à la porte. Putain, je ne m'étais jamais senti aussi bien de toute ma misérable vie.

Je me suis penché près d'elle, j'ai tapé le code sur le clavier et je l'ai sortie d'ici. Mes pas résonnaient dans l'obscurité tandis que je remontais l'escalier et passais la porte ouverte du hall d'entrée. Colt m'attendait sur le palier alors que je montais l'escalier principal. L'inquiétude se lisait dans ses yeux lorsqu'il la regarda. Je lui ai fait un signe de tête prudent pour lui faire savoir que notre chaton s'était bien dépensé et qu'elle allait bien avant de l'emmener dans un endroit où je n'avais jamais eu de femme auparavant... *ma chambre à coucher.*

- Tu as été une si gentille fille en me laissant jouer avec toi, ai-je murmuré en poussant la poignée et en la portant à l'intérieur jusqu'à mon lit. Je vais prendre soin de toi. Je vais te prendre dans mes bras pour que tu puisses dormir. Quand tu te réveilleras, je te doucherai et te donnerai à manger.

Je t'aimerai...

Putain, mon pouls était un véritable tambour dans ma poitrine.

Ma voix était rauque alors que je me forçais à continuer.

- Je vais te donner tout ce que tu veux et plus encore...

Je l'ai regardée en ouvrant les draps pour la déposer délicatement dans le lit.

- Je vais te donner tout de moi.

VINGT-NEUF

Vivienne

Les ténèbres m'ont envahi. Je m'enfonçai et m'élevai au gré de mon souffle. Une respiration forte résonnait dans mes oreilles et une chaleur se pressait contre mon dos, me berçant dans le sommeil le plus profond que j'avais jamais eu de toute ma vie. Un sommeil où j'étais en sécurité... et protégée.

Chaton...

Je me redressai en entendant sa voix. Des ronflements doux et profonds me ramenèrent à la surface. Je respirai avidement l'odeur familière du mâle. Une odeur qui m'a fait me tourner vers lui. Des bras puissants m'enveloppèrent avec fermeté, me rapprochant de lui. J'ouvris les yeux et aperçus une silhouette sombre à mes côtés. Des yeux sombres me regardaient, illuminés par la lumière argentée de la lune.

Je l'ai reconnu instantanément.

Son nom résonnait dans mon âme.

London...

Il se pencha pour embrasser le haut de mon épaule.

- Dors, petite chatte, murmura-t-il, la voix rauque d'épuisement. Ton corps en a besoin.

Je lui ai obéi, j'ai fermé les yeux et j'ai sombré une fois de plus, pour tomber aussitôt dans un endroit où je n'avais jamais été auparavant, un endroit où je n'étais plus seule. Seulement, lorsque j'ai refait surface, tout m'est revenu à l'esprit.

Avant que je n'aie eu le temps de me ressaisir, j'ai compris d'un seul coup.

La drogue.

L'Ordre.

J'ai ouvert les yeux et je me suis rendu compte qu'il me regardait... et j'ai repris mon souffle.

La gifle.

Quelque chose d'autre planait à l'horizon de mon esprit, quelque chose alimenté par la rage.

- Doucement, a-t-il murmuré.

Mon pouls s'est accéléré tandis que je revenais au présent, et qu'un souvenir noyait tous les autres. La chaleur me monta aux joues tandis qu'un sentiment de vide s'installait au creux de mon estomac. *Le sous-sol...* oh mon dieu, la... mon corps se tendit... *la machine.*

Mon corps se contracta et une douleur s'ensuivit. Mais c'était une douleur agréable, une douleur lancinante. Mon attention a été attirée par cette sensation et une forte poussée de désir s'en est suivie. Mon corps savait ce qu'il voulait, et il le voulait *lui*.

Ses sourcils se froncèrent.

- Tu as mal ?

Je déglutis et secouai la tête.

Instantanément, les coins de sa bouche se sont retroussés et cette vue m'a procuré des choses inavouables. Ma poitrine s'est agitée et la chaleur est montée à mes joues, mais j'ai feint de l'ignorer.

- J'ai dit quelque chose de drôle ?

Il y avait quelque chose d'érotiquement dangereux dans ses yeux alors que son sourire s'effaçait.

- Non, chaton, pas du tout.

Une gêne a pris sa place lorsqu'il a cherché mon regard et murmuré :

- Puis-je... puis-je t'embrasser ?

Mon pouls a faibli, puis a accéléré. Il m'avait baisée, goûtée, mise à son supplice avec les jambes écartées sur la table de la salle à manger devant lui, et pourtant l'idée qu'il m'embrasse me faisait me sentir si... *vulnérable*, car elle dansait autour d'une émotion que je n'étais pas prête à gérer.

Malgré tout, je me suis surprise à acquiescer et j'ai vu une étincelle d'excitation jaillir de son regard dominateur lorsqu'il a levé la main. Il a effleuré ma mâchoire avant de se pencher plus près. Ses lèvres dures effleurèrent les miennes avant qu'elles ne s'ouvrent lentement. Lentement, si douloureusement lentement, il prit ma bouche. D'abord doucement, il embrassa les coins de ma bouche, puis il mordit doucement ma lèvre inférieure jusqu'à ce que, en portant la main sur ma joue, il me dévore davantage.

Un faible gémissement a grondé dans sa poitrine et s'est répandu dans ma bouche. J'ai gémi sous l'effet de la vibration et mon corps a instantanément réagi, jusqu'à ce que j'attrape ses larges épaules et l'attire contre moi.

Je devrais être en colère contre lui.

Les mots s'élevèrent dans mon esprit juste avant qu'il ne me pousse en arrière et que son poids ne m'enfonce dans la lit moelleux. Il rompit le baiser et son souffle était lourd lorsqu'il me regarda.

- On ne peut pas aller plus loin. Tu comprends, n'est-ce pas, chaton ? Pas tant que ce fichu contrat n'est pas signé.

Je me suis léché les lèvres, le détestant et ayant envie de lui en même temps, et j'ai lentement acquiescé.

Son sourire doux est réapparu.

- Mais je peux m'occuper de toi. Que dirais-tu d'une douche et d'un peu de nourriture ? Tu dois être affamée, moi en tout cas je le suis.

Mon ventre s'est crispé et a grogné lorsqu'il s'est détaché de moi. Il gloussa doucement en se levant du lit. Mon regard descendit le long de son corps, jusqu'à sa poitrine ferme et dure, où s'épanouissait d'un côté une petite masse de cicatrices argentées dans une rose hideuse. Je savais ce que c'était, les séquelles d'un coup de feu. *Qui es-tu ?* Je baissai les yeux. J'ai senti la lourdeur de son regard, mais il n'a pas bougé, il a laissé mon regard errer jusqu'à ce que je trouve l'ouverture de son caleçon bleu foncé et que je détourne les yeux.

- Tu veux regarder, chaton, alors regarde.

Il s'est tourné vers moi, puis ses doigts ont glissé sous la ceinture et l'ont abaissée suffisamment pour que son épaisse bite jaillisse du caleçon. Le gland était rougeoyant et les couilles serrées. J'ai dégluti et je l'ai regardé fixement, tandis que la douleur entre mes cuisses s'intensifiait.

- Je sais que tu es déjà venue ici, a-t-il dit. Tu as mis le désordre dans mon lit et fouillé dans mes affaires. Tu t'es masturbée ici, dans mes draps ?

J'ai dirigé mon regard vers le sien, je me suis renfrognée et j'ai secoué la tête.

Il fit un pas vers moi et sa main empoigna sa bite.

- Tu veux le faire maintenant ?

Il s'est léché les lèvres.

- Tu veux me montrer ce que tu aimes ?

Lui montrer ce que j'aime ?

J'ai repensé à la nuit où j'avais refusé de porter les vêtements qu'il m'avait sortis et où, au contraire, je l'avais poussé à la distraction, le genre de distraction qu'il souhaitait maintenant. Je n'ai pas hoché la tête, j'ai simplement fait glisser ma main le long de mon corps nu et sous le drap. Il a dégluti en observant le mouvement, puis a tendu la main et retiré le drap de mon corps pour dévoiler mon corps.

- Écarte les jambes, chat sauvage. Laisse-moi voir.

Le désir m'a envahie lorsque j'ai écarté les cuisses.

Ses doigts s'enfoncèrent dans ma chatte. Je me suis mordu la lèvre et j'ai fermé les yeux.

- Tu as mal, n'est-ce pas ?

J'ai ouvert les yeux pour le regarder.

- Oui.

Il a remis sa main autour de sa bite.

- Montre-moi.

La douleur était magnifique lorsque j'ai écarté les lèvres et passé un doigt autour de mon clitoris sensible.

- Putain, a-t-il gémi, le souffle lourd, alors qu'il relâchait sa bite et contournait le lit pour se placer au-dessus de moi. *Si rouge, si gonflé.* Est-ce que je peux le lécher ?

J'ai tremblé en enfonçant profondément mes doigts. *Oui*, gémit mon corps. *Mon Dieu, oui.* Mais avec les mots est venu un autre souvenir d'hier... le souvenir de ma colère... et la vue de cette putain de *salope*.

Je comprends pourquoi tu voulais la baiser, London...

Les mots résonnaient en moi tandis que je fixais sa bite dure. Son poing s'est refermé sur la circonférence et a étiré la peau lisse jusqu'à la tête avant de descendre jusqu'à la base. Il voulait la mouiller, bien sûr, au plus profond de ma chatte... avant de me laisser pour l'enfoncer dans celle de la *salope*.

La jalousie m'a traversée et m'a rappelé à quel genre d'homme j'avais affaire. Un homme à qui on ne pouvait pas faire confiance, surtout pas avec mes émotions.

- Non, dis-je alors que la colère montait en moi. Tu ne peux pas.

La colère s'enflamma dans son regard, me coupant dans mon élan. Dans sa colère, je me suis retrouvée une fois de plus. Je n'allais pas me laisser séduire par cet homme. Je n'allais pas céder, pas pour cette belle bouche ou ces doigts habiles. Pas même lorsqu'il m'emmènerait en bas et m'écarterait les jambes.

Il en aurait pour son argent avec mon corps, c'était une certitude.

Mais il n'y avait aucune chance qu'il obtienne mon cœur.

Au lieu de lui céder, j'ai cédé à moi-même et j'ai glissé mes doigts dans ma douleur enflée.

- Je le sens encore, ai-je chuchoté. Je sens encore ta bouche, tes doigts.

- Attention, chaton, m'a-t-il dit en se léchant les lèvres. Ma volonté a des limites.

- Je sais exactement jusqu'où elle va, ai-je chuchoté en écartant les jambes et en enfonçant deux doigts profondément. *Jusqu'au fond, n'est-ce pas, London ?* Tout au fond de... moi. Oh, non c'est vrai, c'était la machine que tu as utilisée pour me baiser, parce que tu n'as pas le droit de le faire *toi-même*.

Je respirais difficilement lorsqu'il abaissa à nouveau sa main sur sa bite rigide. Mes yeux se sont baissés en même temps que le mouvement, pour voir son gland pleurer d'une seule larme.

- Tu veux la mettre dans ma bouche, n'est-ce pas ?

J'ai gémi en glissant un doigt autour de mon clito enflammé.

- Tu veux que je m'étouffe avec ta bite, n'est-ce pas ce que tu disais ? Que j'allais m'étouffer avec ta bite et que j'aimerai ça ?

Une respiration saccadée.

Ses lèvres se retroussent.

La rage brûlait.

Voilà. C'était le monstre que je connaissais.

J'ai massé mon clito, puis j'ai glissé mes doigts dans ma chatte avant de me retirer, les doigts mouillés et brillants, puis j'ai roulé hors du lit et j'ai grimacé lorsque mes pieds ont heurté le sol.

- Où vas-tu, putain ? a-t-il grogné alors que je me dirigeais vers la porte de la chambre, nue.

J'ai attrapé la poignée et je me suis retournée en ouvrant la porte.

- Je vais chercher quelqu'un pour s'occuper de moi. Je suis sûre que tu t'en fiches de toute façon... tu n'as pas un rendez-vous avec Ophélia à préparer ? *Peut-être que tu pourrais tremper ta bite en elle ?*

Un grognement terrifiant s'échappa de lui et l'obscurité s'installa dans la pièce. Il n'était plus qu'une menace floue lorsqu'il m'a arraché la porte et l'a refermée avec un *BANG !*

Je n'osais pas lever les yeux et croiser son regard. Mais j'ai senti la rage qui se dégageait de lui en vagues terrifiantes lorsqu'il s'est rapproché de moi.

- Fais attention, *chaton*. Ta jalousie n'a pas de raison d'être.

- Alors peut-être que je dois trouver quelque chose d'autre ? ai-je murmuré en levant lentement mon regard vers le sien. Je pense que Colt serait très heureux de m'aider dans cette tâche.

Il est devenu totalement immobile...

Et sombre.

Plus sombre que je n'avais jamais vu quelqu'un en colère auparavant,

Et j'en avais vu beaucoup à l'Ordre.

J'ai saisi à nouveau la poignée de la porte. Cette fois, il n'a pas essayé de m'arrêter. Au contraire, il baissa lentement la main et me laissa ouvrir la porte et sortir de sa chambre.

Je respirais avec frénésie et des étincelles blanches scintillaient derrière mes yeux. Il m'a fallu toute ma volonté pour ne pas courir dans les escaliers, mais j'y suis parvenue en montant les marches une à une jusqu'à ce que je me dirige vers ma chambre.

Dès que je fus à l'intérieur, je fermai la porte et m'y adossai. Mes genoux tremblaient si fort qu'ils ont fini par céder et j'ai glissé jusqu'à ce que mes fesses touchent le sol.

Oh putain...oh putain...oh putain...

J'ai basculé en avant et j'ai fermé les yeux.

Parce que la vérité, c'est que j'étais déjà en train de tomber dans le piège du monstre.

Et je ne pouvais rien faire pour l'arrêter.

- Je te déteste, putain, ai-je murmuré en ouvrant les yeux et en levant le regard. *Je te déteste.*

TRENTE

Carven

- *POSE-MOI !* HURLA LE CHAT SAUVAGE. *LONDON !*

Le son a été englouti par le bruit sourd des pas qui s'éloignent.

Les sourcils de mon frère se froncèrent tandis qu'il faisait un pas vers la porte du sous-sol, jusqu'à ce que je lui barre la route.

J'ai secoué la tête et j'ai répondu à son regard menaçant.

- C'était inévitable, tu le savais.

La colère s'est transformée en inquiétude dans ses yeux. L'arrondi de sa mâchoire m'en disait plus que les mots ne pourraient jamais le faire, et pour la première fois de notre vie, je ne savais pas quoi dire. J'ai donc fini par me tourner vers ce que je connaissais, ce qui nous permettait d'avancer et d'apaiser la rage.

- Il faut qu'on y aille. Tu es prêt ?

Il a fixé la porte fermée du sous-sol pendant que nous écoutions ses cris s'estomper jusqu'à ce qu'ils s'arrêtent soudainement lorsque la porte de la pièce s'est refermée avec un léger bruit sourd.

- Hey, dis-je en lui donnant une petite tape sur la joue, ce qui a attiré son attention. Tu es prêt pour ça ?

Il a dirigé ses yeux bleus vers moi. Sa respiration rocailleuse m'a dit qu'il ne l'était pas, mais il a acquiescé, parce que c'est ce qu'il faisait... il allait là où j'allais et il combattait les démons pour moi—le faible ronronnement d'un moteur a retenti—et pour l'instant, je voulais sortir d'ici.

Je me suis dirigé vers le garage. Quelques instants plus tard, il me rejoignait alors que je grimpais dans l'Explorer et que je démarrais le moteur. La portière s'est refermée dans un bruit sourd et un silence pesant a envahi l'habitacle lorsque nous sommes partis. J'ai surpris le déplacement de son regard vers le rétroviseur latéral et j'ai tout de suite su ce qu'il pensait.

- Il ne lui fera pas de mal, lui ai-je assuré en changeant de vitesse. Cet homme est...

Obsédé, je voulais dire, mais même ce mot était trop faible pour décrire ce que London était avec cette femme.

Consumé par elle.

Déterminé, peut-être aussi ?

Possédé. C'était plus proche de la réalité.

Pathétique et inutile, selon moi.

Un tremblement m'a traversé la poitrine lorsque j'ai jeté un coup d'œil à mon frère. J'ai déplacé mon regard vers le rétroviseur, mais ce n'était pas pour voir la maison. C'était pour regarder la rue tranquille derrière nous. Une rue qui était normalement animée en milieu d'après-midi, puis j'ai tourné à l'angle de la rue et j'ai réalisé que je n'avais pas besoin de dire quoi que ce soit. Parce qu'il n'écoutait pas un mot de ce que je disais.

- Bon, grommelai-je. Je vais faire la conversation tout seul.

Ses yeux d'un bleu profond m'ont trouvé, plus sombres que jamais, disant tout et rien à la fois. J'ai croisé ce regard, puis je me suis concentré sur la route et, pour la millionième putain de fois, cette pensée lancinante s'est glissée dans ma tête. Étaient-ce les yeux de notre mère ? Ou étaient-ils, à cet instant, ceux de l'homme sans visage qui nous avait créés ?

J'avais toujours imaginé que les yeux bleus de Colt étaient ceux de notre mère, des yeux prudents, profonds, qui rassuraient en un seul regard. J'ai levé les yeux vers le rétroviseur et j'y ai vus ces putains d'yeux bleus que je n'aurais pas pu oublier même si je l'avais voulu. Mais il n'y avait pas de vie en eux. Ils étaient ternes, vides. Je savais au fond de moi qu'ils étaient les yeux du père... *qui qu'il soit.*

Un jour, j'allais le traquer.

Et lui faire revivre tous ces moments spéciaux que nous avons vécu.

Dans ce putain d'endroit qu'on appelle l'enfer.

J'ai conduit jusqu'à l'entrepôt, je me suis arrêté à la porte et je suis sorti. Ce sentiment tenace m'a effleuré la nuque lorsque j'ai tapé le code, puis j'ai fait demi-tour. J'ai balayé les rues vides en attendant. J'étais nerveux... trop nerveux, putain. Mes pensées tournaient autour de London, de cette putain de salope de l'Ordre... et de la fille chez nous, celle dont mon frère semblait tomber amoureux.

Je suis remonté dans la voiture et me suis garé près de l'entrepôt. Il était trop tôt pour le travail que nous avions à faire et la planification était cruciale. La dernière chose que nous voulions, c'était une autre putain de surprise. Le temps que la soirée s'estompe et que la nuit s'installe, nous avions nettoyé et huilé chaque arme à feu, affûté chaque lame, et nous étions prêts.

La morsure familière de l'acier s'est pressée contre mon dos lorsque je suis monté dans l'Explorer. Colt avait remplacé le t-shirt bleu foncé qu'il aimait porter à la maison par le gilet noir à manches longues qu'il portait pour des missions comme celle-ci. Il a appuyé sur le bouton de la porte et l'a laissée se refermer derrière lui tout en transportant le sac de sport jusqu'à la voiture et en le rangeant sur le plancher.

La nuit était notre terrain de jeu.

C'est la nuit que nous aimions chasser et il n'y avait pas de meilleure proie que le gros con qui se croyait intouchable. Ce soir, il allait recevoir une leçon lui montrant à quel point il était vulnérable. Nous avons quitté l'entrepôt et j'ai cherché ce qui provoquait ce sentiment tenace que quelqu'un m'observait, puis je me suis dirigé vers l'autoroute qui nous mènerait là où nous devions aller.

King occupait mes pensées. C'était plus qu'une chasse maintenant, plus qu'une obsession. Au-delà de la nécessité de trouver cet enculé pour le jeter en pâture au connard qui se cachait derrière tout ça. C'était parce que... *je ne le trouvais pas tout court.*

Je détestais ça...

Non, la haine était trop facile.

J'étais consumé par cette idée, incapable de me reposer, incapable de ralentir.

King.

King.

King...

J'ai grimacé, j'ai chassé le bourdonnement constant de mon esprit et j'ai essayé de me concentrer.

- Tu es prêt ? demandai-je en observant la route. La dernière chose qu'on veut, c'est que cet enfoiré nous tombe dessus à nouveau.

J'ai jeté un coup d'œil dans sa direction et il a acquiescé. J'ai regardé son flanc, où les bandages pansaient les profondes lacérations.

- Tant mieux.

Je regardai fixement la route et me dirigeai vers le sud de la ville.

- Parce que cet enculé doit payer.

J'ai changé de vitesse et me suis engagé sur l'autoroute alors que mon esprit revenait à la fille. La panique. L'excitation. La putain d'adrénaline pure qui faisait s'écarquiller ces grands yeux bruns. J'ai dégluti, mon pouls s'est accéléré et j'ai eu envie d'elle. Je voulais être dans cette pièce, je voulais voir London l'attacher à ce banc, et surtout, je voulais la voir jouir.

Ma bite a tressailli.

J'ai serré les fesses.

Non. Je ne penserais pas à elle. *Pas comme ça... pas maintenant.*

Peu importe à quel point je luttais contre cette pensée, elle revenait toujours. Ses putains de cheveux. Son putain de corps. J'ai jeté un coup d'œil à Colt... la façon dont elle était avec *lui*. Ça me faisait quelque chose, putain. Lorsque j'ai ralenti le 4x4 et que je me suis arrêté dans une rue résidentielle calme, j'étais de nouveau déterminé, prêt à me venger.

Je me suis penché à l'arrière du véhicule et j'ai sorti un sac de sport noir avant de lever mon regard vers la vitre arrière et de m'immobiliser. Colt a jeté un coup d'œil dans le rétroviseur. J'ai senti sa mine renfrognée. J'ai marmonné :

- Attends-moi ici.

Puis je suis sorti de la voiture sans faire de bruit.

À travers l'obscurité, j'ai scruté la rue à la recherche d'un mouvement pour satisfaire l'instinct qui sommeillait en moi. *King...King...King...*Je me retournai vers Colt qui ouvrit doucement sa portière et sortit.

J'ai secoué la tête pour dire qu'il n'y avait rien, que tout était calme. Mais cela ne m'a pas empêché de fouiller les voitures garées et les maisons avant de prendre la cagoule que mon frère m'avait donnée et de me le mettre sur la tête.

La cagoule s'est plaquée contre mon visage et me collait à la bouche quand j'ai respiré.

J'ai jeté un coup d'œil à la vitre teintée, et mes yeux bleus étaient étranges dans mon reflet visage. Cette vision resterait à jamais gravée dans leur mémoire. Tant mieux, car c'est ce que je voulais. Ce bâtard de Hellfire Rebel avait de la chance que j'en porte une.

Colt a baissé sa cagoule et m'a jeté un coup d'œil avant de hocher la tête. Le sac de sport en bandoulière, je me suis dirigé vers la maison. Mes pas étaient bruyants, et à chaque impact, j'avais de plus en plus froid. Jusqu'à ce que je devienne la chose que l'Ordre avait créée...

Jusqu'à ce que je devienne *un fils*.

J'ai fouillé dans le sac de sport, j'ai sorti une boîte en plastique et j'en ai sorti deux steaks. Un sifflement doux et les grognements des deux bergers allemands se sont fait entendre, juste au moment où j'ai jeté la viande par-dessus la grille et où j'ai battu en retraite.

Dix minutes, c'est tout ce qu'il a fallu aux chiens pour dévorer les steaks et s'effondrer sur le sol. J'ai déverrouillé la porte, mais avant que j'aie le temps d'entrer, Colt m'avait déjà dépassé pour s'agenouiller près des bêtes endormies et vérifier les mouvements de leur respiration.

Il n'aimait pas que des animaux soient blessés.

Vraiment pas.

Ses yeux bleu foncé brillaient de colère lorsqu'il a levé les yeux vers moi.

Je l'ai regardé fixement, j'ai pris l'arme dans la ceinture de mon pantalon, puis j'ai cherché mon silencieux dans le sac.

- Ne m'en veux pas. Si ce sale con nous avait donné l'information quand nous sommes allés le voir, on serait pas là. Alors, si on doit en vouloir à quelqu'un, c'est à lui.

Mon frère s'est levé et a dirigé son regard vers la maison. Putain, je n'aimais pas faire cette merde. Mais cet enfoiré ne nous avait pas laissé le choix. Je me suis dirigé vers la porte vitrée coulissante et j'ai sorti mon crochet. En cinq secondes la serrure était ouverte, tout comme la porte.

Nous sommes entrés en silence.

Nous avons entendu le bruit léger d'un pas, puis plus rien.

Nous avons traversé la cuisine et nous sommes dirigés vers le hall d'entrée. Les photos du site immobilier avaient parfaites pour ce soir. Nous connaissions l'agencement, l'emplacement… nous savions même que le garage avait été agrandi et doublé pour accueillir toutes ces motos bruyantes.

Colt s'arrêta devant la porte de la chambre entrouverte. Une douce lumière jaune emplissait l'espace, la lampe de chevet diffusant des étoiles dansant contre les murs. Colt est entré sans bruit dans la chambre et s'est tenu au-dessus de la petite forme recroquevillée au milieu du lit avant de se baisser, une arme à la main, et de tirer doucement l'édredon vers le haut, le drapant sur la tête du garçon.

Je déglutis difficilement et me détournai lorsque mon frère me regarda. Je ne voulais pas voir la douleur dans ses yeux, je ne voulais pas reconnaître le désespoir. Non, ce n'était pas ça qui allait faire avancer les choses. Nous sommes sortis, et Colt a fermé la porte de la chambre du gamin en murmurant à peine avant que nous nous dirigions tous les deux vers la chambre au bout du couloir.

Celle d'où s'échappaient des ronflements profonds et gutturaux, ainsi que la puanteur du tabac et de la sueur. Les tripes serrées, j'ai saisi le bord de la porte et l'ai ouverte en grand.

J'ai jeté un coup d'œil à ce tas de merde, mais c'est sur la femme allongée à ses côtés que je me suis concentré. Elle était allongée le plus près de la porte, un bras pendant hors du lit, perchée de façon précaire sur le bord, tandis que ce bâtard… ce sale porc, ce bourreau, ce tas de merde pleins de secrets, était allongé, les jambes écartées, au milieu du grand lit.

Cette vue m'a mis hors de moi. J'ai jeté un coup d'œil à la femme, puis vers l'enfoiré en contournant le lit et en me plaçant sur le côté, à côté de lui.

L'acier froid était pressé contre sa tempe, mais le salaud ne s'est pas réveillé. J'ai donné une légère impulsion, poussant le silencieux contre sa tête. Il n'a pas bougé. Les yeux de Colt se sont embrasés de colère quand j'ai croisé son regard. J'ai haussé les épaules, *qu'est-ce que je pouvais faire, lui tirer dessus ?*

Même sous sa cagoule, je savais qu'il avait grogné.

Putain de gros... *porc.* J'ai saisi l'arme, serré la mâchoire et pressé le silencieux à un endroit où je savais que j'obtiendrais une réaction, juste contre ses couilles.

Ses yeux se sont ouverts instantanément. Son regard s'est porté sur moi dans la pénombre. Il eut une réaction de colère et il ouvrit la bouche pour rugir, juste avant que je ne secoue la tête et ne fasse un signe de tête vers l'autre côté du lit. Le président des Hellfire Rebels suivit le mouvement et découvrit Colt à côté de sa femme, une arme à la main.

Ses yeux étaient remplis de peur. Il a su immédiatement.

Il savait qui nous étions.

Il savait pourquoi nous étions venus et il savait aussi quelles seraient les répercussions s'il ne sortait pas de son lit. Il a aspiré une énorme bouffée d'air et a acquiescé. J'ai retiré mon arme et j'ai visé sa tête en reculant.

- David ?

Un murmure doux s'est fait entendre.

- C'est bon, mon ange, je vais juste manger de la glace.

Elle a roulé du bord vers le milieu maintenant qu'il y avait de la place.

- Remets bien le couvercle cette fois.

Avec des pas doux, sans bruit, nous sommes sortis de la chambre, moi avec mon arme pointée sur lui alors que mon frère s'éloignait de la femme endormie. Elle ne s'est pas réveillée, elle ne savait pas, elle s'est juste blottie dans sa moitié de couette quand nous sommes sortis de la chambre.

- Garage, dis-je doucement derrière lui dans le couloir.

Colt a tranquillement fermé la porte de la chambre et nous a suivis jusqu'au garage mitoyen où il est entré. Les plafonniers s'allumèrent, remplissant l'espace d'une lumière aveuglante qui rebondissait sur l'éclat des trois Harley garées au milieu.

- Écoutez, si vous voulez...

Il n'a pas eu le temps de terminer avant que je ne m'approche et que je lui assène un coup de crosse en plein visage.

Il était grand... mais pas tant que ça. Le coup l'a fait vaciller, mais il est resté debout en me lançant un regard féroce... alors j'ai recommencé, mais cette fois, plus fort. Ses genoux se sont dérobés et il a heurté le sol en béton à côté des motos.

Je me suis approché et j'ai pointé le silencieux sur le sol à côté de lui.

- Tu cries et ils sont tous les deux morts, pigé ?

Il n'a pas levé les yeux, n'a même pas bronché quand Colt a trouvé une chaise et l'a approchée.

- Maintenant, on va réessayer... et cette fois, tu vas me donner les informatôns que je veux.

Il commença à secouer la tête, puis s'arrêta et leva sur moi un regard plein de haine.

- Vous posez des questions sur le mauvais type. King est un putain de fantôme.

J'ai attrapé le bord de la cagoule et l'ai retirée de mon visage en souriant.

- C'est ce qu'on va voir.

Colt a fait de même et a dévoilé son visage en s'avançant. J'ai vu de la peur dans le regard de ce salaud, de la vraie peur. Peut-être savait-il ce qui allait se passer ?

J'AI ESSUYÉ la sueur et le sang sur mon front et j'ai aspiré de grandes bouffées d'air en fixant le bâtard qui s'était évanoui pour la troisième fois ce soir.

- Hé, réveille-toi, on n'a pas encore fini.

Son visage était ensanglanté et ses deux yeux étaient presque clos. Du sang et de la salive coulaient de sa bouche et il manquait trois doigts sur ses mains attachées derrière lui. L'un d'entre eux était actuellement enfoncé dans son nez.

- Peut-être qu'il dit la vérité ? dis-je en jetant un coup d'œil à Colt, qui était tout aussi essoufflé que moi.

Il a saisi les pinces coupantes ensanglantées, puis a lancé un regard à ce bâtard arrogant qui ne se sentait plus si arrogant que ça. Un gémissement aigu est venu de la porte. Colt se dirigea vers elle, l'ouvrit et fit entrer les deux bergers. Ils se sont approchés de leur maître et ont reniflé le sang, avant que mon frère ne s'agenouille et ne tende les mains.

Ils sont allés vers lui comme s'il était leur meilleur ami, le laissant leur frotter les oreilles et leur donner tout l'amour et l'affection qu'ils voulaient. Le président des Hellfire Rebels poussa un faible gémissement.

- Je ne le connais pas, gémit-il. Personne ne le connaît. S'il vous plaît... s'il vous plaît, arrêtez.

Je me suis approché, j'ai passé ma main ensanglantée sur l'arrière de mon pantalon et j'ai soulevé le silencieux pour le presser contre sa tête.

- Je te crois.

Il y eut un souffle soudain et un faible gémissement avant que je n'aperçoive un mouvement au coin de mon œil. Colt a secoué la tête. J'ai croisé son regard et il a fait un signe de tête vers l'étage, alors je me suis souvenu... *qu'il avait une famille.*

Mais ce bâtard aurait dû y penser avant de décider de foutre le feu à la mienne.

Restons-en là, me disaient ces yeux bleus. *Laisse-le vivre.*

Le laisser vivre ?

Le laisser vivre, putain ?

Mais nous n'avions pas obtenu ce que nous étions venus chercher. J'ai serré la crosse de mon arme et je me suis retourné, retrouvant le regard douloureux sous les minuscules fentes des paupières gonflées du bâtard.

- Arrêtez, a insisté le président. C'en est fini.

Je savais ce qu'il voulait dire.

Il ne nous poursuivrait pas si nous le laissions partir.

La haine m'a envahi alors que je m'approchais.

- Mon frère a décidé de te laisser en vie. Mais si je sens... ne serait-ce qu'une seule seconde, ton horrible souffle chaud et fétide sur ma nuque, tu sais ce qui se passera.

Il hocha lentement la tête, délogeant le doigt qui tomba sur ses genoux.

- King ?

Le type déglutit difficilement. La peur brillait dans ses yeux.

- *Je ne sais pas où il vit !* répéta-t-il pour la centième fois de la soirée. Toute la correspondance que nous avons eue s'est faite par téléphone, même sa voix a été brouillé par l'un de ces synthétiseurs. Personne ne l'a jamais rencontré. Nous nous sommes contentés d'accomplir les tâches qu'il demandait et de prendre son argent. Je le jure sur la vie de mon fils.

J'ai appuyé mon arme sur sa tête.

- Fais pas ça. Tu ne négocies pas et tu jures pas sur sa tête. Laisse-le vivre. Il vit et il grandit dans l'insouciance. Sors de ce putain de jeu, David... et protège ta famille.

Il se contenta d'un lent hochement de tête tandis que je tournai la tête vers la porte en quittant le garage.

- Hé, vous allez me laisser ici ? a crié le bâtard.

- Oui, ai-je marmonné, écoutant le craquement de l'un des bergers qui avait trouvé l'un de ses doigts. On te laisse là.

Je me suis dirigé vers la sortie en détachant le silencieux, et Colt a suivi quelques pas derrière avec le sac rempli de nos affaires. Ce n'était qu'une soirée d'échec supplémentaire. J'étais trop énervé pour ressentir une once de panique alors que je franchissais le portail ouvert et que je m'approchais des broussailles épaisses.

Mais je l'ai entendu...

Je l'ai entendu dans le craquement d'une branche alors qu'un connard se déplaçait juste assez pour que je le voie.

- Tiens, qui voilà ? dit-il.

Je me suis retourné et vis une chemise noire impeccable et un putain de regard d'acier alors que Colt refermait le portail derrière nous, puis je me suis retourné et je me suis figé.

- On se connaît, putain ? grognai-je.

Le bougre s'est contenté de sourire.

- Non... mais moi je vous connais.

TRENTE-ET-UN

Colt

L'éclat de l'acier brillait à travers les fourrés lorsque mon frère tourna la tête.

- Tu nous connais ?

Je me suis raidi en l'entendant dire ces mots. Mais mon attention était fixée sur l'arme alors qu'un connard sortait des buissons.

- Oui, dit-il en me jetant un coup d'œil. Je sais tout sur vous.

Les lèvres de mon frère ont tressailli. Ce n'était jamais bon signe.

- On dirait que c'est toi qui commandes, champion.

Un gémissement a surgi du garage derrière nous, attirant l'attention du connard armé. Ce n'est qu'à ce moment-là qu'il nous a vraiment regardés, la cagoule dans ma main, le sac de sport noir dans l'autre. Les éclaboussures de sang encore humides sur mon visage. Mais il n'a pas bronché, non, au contraire, il est devenu encore plus méfiant. Son front s'est plissé quand il a enfoncé son arme dans l'épaule de Carven et a grogné.

- Bougez.

Je serrai la mâchoire et fis un pas en avant, ce qui me valut un regard foudroyant de la part de Carven. Il a secoué la tête et je me suis arrêté. *King ?* Carven haussa les épaules. Il ne savait pas qui était ce connard. Tant qu'on ne le savait pas, on jouerait le jeu.

Carven s'est dirigé vers la rue et a jeté un coup d'œil au 4x4 plus loin.

- C'est toi qui nous suivais, n'est-ce pas ?

Le type n'a rien dit tandis que nous nous dirigions vers notre Explorer.

- Montez, a grogné le connard. Toi, dit-il en me lançant un regard noir. Tu conduis. Un seul faux pas et je vous mets une balle dans la tête, compris ?

Mon frère est resté immobile.

- C'est une mauvaise idée, dit-il prudemment. Il sait pas prendre les ronds-points.

Le connard s'est rapproché en grognant.

- Tant pis.

Mais c'était la façon dont l'homme se déplaçait, la façon dont il tenait son arme, près de sa poitrine, le doigt sur la gâchette. C'était une sorte de militaire.

- Bien, marmonna Carven en contournant la voiture pour monter côté du conducteur. Je t'aurai prévenu.

Carven était trop calme, trop contrôlé. Je n'aime pas ça. Il a ouvert la portière arrière.

- Après toi.

Dès que le type a jeté un coup d'œil à l'intérieur, mon frère a agi avec une férocité sauvage, a saisi le gros bâtard à la gorge et s'est déplacé derrière lui plus vite que la lumière. Le type a sursauté et s'est débattu pendant une seconde, mais mon frère était si fort qu'il a pressé son bras comme une barre d'acier sur la gorge du type.

- Du calme, a-t-il murmuré en levant les yeux vers moi.

Le type ne s'est pas vraiment débattu. Dommage. J'ai soutenu le regard de Carven tandis que les deux cent et quelques kilos de l'enfoiré s'affaissaient dans ses bras. Il l'a laissé tomber sur le siège avant de rabattre ses pieds et de refermer la portière.

Nous avons tous les deux regardé la masse sombre sur la banquette arrière. Ce type avait été une surprise. Carven a jeté un coup d'œil dans ma direction.

- L'entrepôt.

J'ai acquiescé, mais je n'ai pas bougé lorsqu'il s'est dirigé vers la portière conducteur.

Il s'est arrêté et s'est tourné vers moi.

- Quoi ?

J'ai croisé le regard de mon frère.

- Je sais prendre les ronds-points.

Il a gloussé.

- Frérot, tu ne sais pas les prendre, tu ne sais pas choisir quelle voie, tu fais des embardées dans tous les sens comme si tu essayais de rester droit.

Je me suis renfrogné, puis je me suis dirigé vers le côté passager.

- Tu sais, parfois tu peux être un vrai con.

Il m'a fait un sourire.

- Et pourtant, tu m'adores, putain.

Je suis monté et j'ai jeté le sac de sport sur la banquette arrière, où il a atterri sur la tête du connard dans un bruit sourd. C'était cet amour pour lui qui battait en moi, cet amour qui était une entité à part entière, vivant. *Cet amour où j'existais.* J'ai jeté un coup d'œil par-dessus mon épaule en refermant la portière et en bouclant ma ceinture de sécurité. J'ai eu de la chance que Carven ait agi. Heureusement que c'était lui qui avait le contrôle, parce que j'aurais mis ce connard en pièces.

Carven m'a jeté un coup d'œil quand il a démarré le moteur et s'est arrêté. Ses yeux bleu brillant rivés sur les miens. Il savait que je l'aurais fait. J'aurais tué quiconque aurait touché à mon frère. Les pensées *d'elle* m'ont envahi et mon cœur s'est mis à battre fort alors que nous accélérions et que nous nous dirigions vers l'entrepôt. Elle résonnait dans mon cœur tout aussi fort maintenant. Un ton différent, mais toujours aussi lourd et retentissant. Et je tuerais quiconque la toucherait.

Elle était à moi.

Je restais assis avec cette pensée, son visage occupant mon esprit. Ses cheveux sauvages, sa colère meurtrière. La façon dont elle avait couru vers moi pour se mettre à l'abri lorsque London l'avait pourchassée dans la maison. Mais c'est la façon dont elle avait grimacé lorsque j'avais enfoncé ma bite en elle qui brûlait plus fort que tout le reste. Je n'avais pas réalisé ce que cela signifiait à l'époque, mais je le réalisais maintenant. La chaleur a fait rougir mes joues et le tonnerre dans ma poitrine s'est amplifié. Je savais exactement ce que cela signifiait... *et j'en voulais plus.*

Nous nous sommes arrêtés à l'entrée de l'entrepôt. J'ai jeté un coup d'œil à la forme immobile derrière moi pendant que Carven descendait et entrait le code. Le type était encore en vie. Combien de temps cela durerait... cela dépendrait de lui. Nous sommes entrés dans l'entrepôt et nous nous sommes garés à côté du bâtiment. Carven est sorti et a déverrouillé la porte, tandis que j'ai soulevé le gros tas sur mes épaules et que je suis entré.

Mon frère avait déjà installé la chaise au milieu de la pièce. Je l'ai laissé tomber brutalement et l'ai laissé s'écrouler vers l'avant. La colère s'est allumée dans le regard de mon frère qui a attrapé l'enfoiré et l'a attaché. Le ruban adhésif a été enroulé autour de ses poignets tandis qu'il poussait un faible gémissement et commençait à revenir à lui.

- Voilà, dit Carven en se penchant dans son champ de vision. T'as fait une petite sieste, mais ça va aller maintenant.

Carven releva la tête et regarda la vie revenir dans les yeux de cet enfoiré. Il s'est débattu, puis a détourné son regard de Carven vers moi.

- Tu sais pour nous, dit Carven en brandissant le grand couteau qu'il tenait dans ses mains. Dis-moi... que sais-tu exactement ?

J'eus un sursaut d'effroi en réalisant soudain que ce type avait cru qu'il avait le dessus sur moi. Ce type avait cru qu'il avait le dessus, qu'il pouvait nous prendre de vitesse et que nous allions... quoi... le suivre tranquillement ?

- Laissez-moi partir, putain, exigea-t-il.

Carven joua avec la pointe aiguisée de la lame.

- Pas tant que tu nous auras pas dit pourquoi tu nous suis ?

Il y eut un moment de rage avant qu'il jette un coup d'œil à Carven puis à moi.

- Va te faire foutre.

- Oh oh, frérot, dit Carven en me regardant. Je crois que c'est un de ces connards, ceux qui savent ce que c'est que d'être interrogé.

Il a fait glisser la pointe de la lame sur sa joue. Le connard n'a pas réagi, il s'est contenté de soutenir son regard avec un air de défi, juste avant que Carven ne resserre sa prise et n'enfonce le couteau, le plongeant dans sa cuisse jusqu'à la garde.

Le type se cabra, hurlant à l'agonie jusqu'à ce que Carven lui plaque la main sur la bouche. Ses yeux étaient fous de rage.

- Tu sais tout de nous, n'est-ce pas ? Dis-moi, je me demande si avec tout ce que tu sais, tu as découvert que nous étions *des fils* ?

Mon estomac s'est serré tandis que je voyais la réalité s'imposer à moi.

Des fils...

S'il savait quoi que ce soit, il saurait exactement ce que cela signifie.

Nés d'un fantôme. Élevés dans un orphelinat. Torturés mentalement et physiquement jusqu'à ce que cela nous brise ou crée un monstre... *des monstres comme nous*. Des monstres que London avait sauvés.

Le connard secoua la tête en écarquillant les yeux.

- Alors, je vais te le demander une dernière fois, grogna Carven en pressant plus fort sa main sur la bouche du type. Qui es-tu et pourquoi tu nous suis ?

Il retira sa main de sa bouche.

- Daniels...

Le nom est sorti instantanément.

Carven a jeté un coup d'œil dans ma direction.

- Quoi ?

- Il sait que St James faisait chanter Killion. Il sait aussi que c'est lui qui allait rencontrer Killion ce soir-là. Il va le dénoncer au reste de l'Ordre et le détruire.

La peur m'a transpercé alors que mon frère s'est immobilisé, puis a dit calmement :

- C'est vrai ?

Il s'est baissé, a saisi le manche du couteau et l'a dégagé tandis que le type hurlait de nouveau à l'agonie.

Il était déjà un homme mort... cela ne faisait aucun doute.

Lorsque les cris et les menaces de mort ont pris fin, le connard nous a regardé fixement.

- Maintenant, tu vas nous dire exactement ce que M. Macoy Daniels sait...

- Allez vous faire foutre, a grogné le connard, la sueur perlant sur son front. Vous allez me tuer de toute façon.

- Oh, sans aucun doute. Tu es mort depuis l'instant où tu m'as flanqué un pistolet dans le flanc et essayé de me foutre dans une voiture avec mon frère au volant. La seule question est de savoir combien de temps cela prendra. Est-ce qu'on va te tuer lentement pendant des jours, ou est-ce qu'on va te tuer rapidement pour mettre fin à l'agonie ?

Il a levé les yeux vers mon frère et le désespoir a brillé dans ses yeux tandis que ses lèvres se retroussaient. Il n'a rien dit pendant une seconde, jusqu'à ce que la défaite le pousse à hocher la tête.

- C'est ce que je pensais, a marmonné Colt en prenant son arme. Maintenant, parle.

Le temps que le gars ait fini, Carven était devenu mortellement silencieux alors qu'il se tenait au-dessus de lui.

Daniels ne savait pas tout...

Mais il en savait assez.

Assez pour causer des problèmes et faire tuer London.

- C'est tout.

Le type tremblait et devint pâle.

Le sang avait traversé son pantalon et coulait maintenant le long de sa jambe pour s'accumuler sur le sol sous sa botte.

- Laissez-moi, putain, a-t-il marmonné. Je m'en irai. Vous n'entendrez plus jamais parler de moi.

Carven se leva et souleva son arme.

- A-attendez, bégaya-t-il. Je vous dirai tout ce que vous voulez savoir sur Daniels.

Carven sourit et secoua la tête.

- Il n'y a rien que tu puisses nous dire que nous ne sachions déjà, soupira-t-il, avant d'appuyer sur la gâchette et d'achever le type avec un *BANG !*

L'homme mort s'affaissa en avant, retenu par ses mains liées.

- Putain ! grogna Carven. *PUTAIN !*

C'était grave. C'était vraiment grave, putain.

Mon frère a attrapé son téléphone, l'a sorti et a appuyé sur l'icône.

- Oui, c'est moi, dit-il en regardant le mort. On a un problème, London. *Un putain de gros problème...*

TRENTE-DEUX

London

UNE MUSIQUE DE NOËL RETENTIT DANS LES HAUT-parleurs. Je suis resté bloqué sur le son, incapable de comprendre pourquoi cette musique, ni de quel genre de chanson il s'agissait. J'ai mis fin à l'appel et glissé mon téléphone dans la poche de ma veste, tout en me souvenant des paroles de Carven.

Hale sait... s'il ne sait pas tout, il en sait assez. On est dans la merde. Laisse-moi m'occuper d'eux ce soir. On en tuera autant que possible avant qu'ils ne se dispersent. Hale d'abord, puis cette salope...

Puis cette salope.

- M. St. James ?

J'ai levé les yeux et j'ai vu une femme confuse qui me fixait.

- Oui ?

- Y a-t-il quelque chose que je puisse vous montrer, monsieur ? demanda-t-elle en souriant avec attention.

Mais ce n'était pas du flirt, juste du professionnalisme.

J'ai observé ses cheveux blonds lisses et son chignon parfait, puis le haut en cachemire perlé et sa jupe rouge élégante.

- Vous cherchiez quelque chose de similaire au collier que vous avez acheté la semaine dernière ?

Je tressaillis à ce rappel, incapable de me souvenir de la raison pour laquelle j'étais ici. Je secouai la tête.

- Non, merci.

Je me suis tourné vers la porte, mais j'ai vu une lueur du coin de l'œil et je me suis arrêté. Pas une seule étincelle... *un tas d'étincelles*, qui brillaient encore plus fort lorsque je me suis approchée de l'étalage. La vendeuse s'est déplacée de l'autre côté du comptoir.

- C'est tout nouveau. En fait, je viens juste de le recevoir. Il est magnifique, n'est-ce pas ?

Je suis resté bouche bée tandis qu'elle passait la main sous la vitrine et saisissait le coussin de velours blanc sur lequel il était posé.

- Il est conçu pour être porté autour de la cheville.

J'ai croisé son regard en levant les yeux.

- Vraiment ?

Bon sang, tout ce que je voyais, c'était ces putains de lanières de cuir contre sa peau olivâtre, ses genoux repoussés sur sa poitrine et ses jambes écartées. *Je te déteste, putain.* Ses mots résonnaient dans ma tête.

Je me suis léché les lèvres et j'ai tendu le doigt vers le bijou.

- Cent dix-sept pierres précieuses de taille radieuse, montées dans de l'or pur de dix-huit carats, d'une couleur et d'une clarté exceptionnelles, n'est-ce pas ?

Tu utilises une machine pour me baiser parce que tu ne peux pas le faire toi-même...

Mon pouls s'est accéléré et mon désir a pris vie.

Même avec sa putain de haine, je la désirais plus que je n'avais jamais désiré aucune autre femme dans ma vie. Je fixai le bijou, l'imaginant contre sa peau.

- Je le prends.

Il y eut un éclat de surprise.

- Je ne vous ai même pas dit le prix, M. St. James.

- Ce n'est pas grave.

J'ai sorti l'Amex noire de mon portefeuille et l'ai fait glisser sur le comptoir.

- Emballez-le immédiatement.

Elle a hoché la tête et pris la carte. Je voulais que ce soit cher. Je voulais que ça fasse mal. Elle enregistra l'achat et me rendit la carte avec un sourire confus.

Un bracelet de cheville...

Oui, c'est ce que je voulais.

Je n'ai rien regardé d'autre, j'ai juste fait un pas vers l'arrière du magasin alors qu'un couple plus âgé entrait, et j'ai jeté un coup d'œil autour de moi. Le mari a croisé mon regard jusqu'à ce qu'il détourne les yeux. On peut lire beaucoup de choses dans le regard d'un homme. La gêne n'était pas tant le signe qu'ils avaient quelque chose à cacher, mais plutôt qu'ils savaient instantanément quel genre d'homme vous étiez et qu'ils voulaient s'éloigner de vous le plus vite possible.

Je croisai les bras et les regardai s'affairer avec l'une des autres assistantes autour d'un simple collier en or, jusqu'à ce que la blonde revienne avec une élégante boîte en velours noir. Mes tripes se sont instantanément serrées lorsque je l'ai prise et l'ai glissé dans ma veste avant de partir, et cette musique de Noël m'a hantée jusqu'à la voiture.

Je m'étais à peine glissé derrière le volant que mon téléphone a vibré. Je jetai un coup d'œil à l'appelant, puis déglutis difficilement et répondis instantanément.

- Hale.

- Tu es en ville ?

Il savait que c'était le cas.

- Oui.

- Bien, rejoins-moi pour déjeuner au club.

Je grimaçai.

- Je ne suis pas vraiment...

- Ce n'est pas une question.

Un frisson m'a parcouru l'échine et un sentiment d'impuissance s'est installé.

- Alors je serai là dans vingt minutes.

C'est vraiment grave, London. Vraiment grave, putain. La peur de Carven m'a envahi alors que j'appuyais sur le bouton et que je démarrais la Mercedes. Ma respiration était lourde, mon esprit s'emballait. La merde me tombait entre les doigts. Les bouts de tous mes mensonges étaient détachés et flottaient dans le vent.

Ils étaient assez gros pour m'étouffer.

Suffisamment pour nous étouffer tous.

Je me suis dirigé vers le club, l'esprit bloqué sur les deux options : tuer ceux que nous pouvions et perdre les autres, ou trouver un moyen de s'en sortir. Dans les deux cas, il faudrait faire preuve d'une précision précaire qui me rendait nerveux. Je me suis garé sur le parking et j'ai coupé le moteur.

La boîte de velours s'est enfoncée dans ma poitrine. J'y ai plongé la main, l'ai sortie et l'ai glissée dans la boîte à gants. La dernière chose que je voulais, c'était que la boîte soit abîmée par mon sang... *s'il fallait en arriver là.* J'ai attrapé la poignée de la portière et je suis sorti. Bon sang, j'espérais que ce ne serait pas le cas. J'aimais vivre le moment présent, tant que j'avais mon chat sauvage dans mon lit.

Les caméras de vidéosurveillance ont suivi mes mouvements pendant que je me dirigeais vers la porte arrière du club et que j'entrais le code. Une fois à l'intérieur, il n'y avait que l'obscurité. Comme ils l'aimaient.

Mes pas résonnaient dans le couloir, jusqu'à ce que j'entre dans l'espace privé fermé et que je me dirige vers le faible bourdonnement des voix. Trois hommes étaient assis autour d'une table basse, les jambes croisées dans des costumes immaculés, buvant du scotch de première qualité et fumant des cigares.

Une forme nue et tremblante était agenouillée sur le sol au bord de la pièce, la tête baissée, les marques rouges des plaies brillant sur sa chair tendre et douce. Ses mains étaient appuyées sur ses cuisses, ses coudes tremblants bien calés. Je l'ai frôlée et j'ai rapidement détourné le regard, cette partie sauvage de moi s'éloignant rapidement. Ce n'était pas le moment de me mettre en colère. Ce n'était pas le moment de sortir mon arme et de tirer une balle dans chaque putain de merde de cette pièce...

Mais c'est tout ce que je voulais faire.

Au lieu de cela, je me suis caché derrière un visage impassible et j'ai croisé chaque putain de regard fougueux à mesure que je m'approchais de la table.

- Messieurs.

Il ne m'avait pas échappé que Hale se déplaçait rarement sans une équipe restreinte d'ignobles salopards lécheurs de cul.

- James, a murmuré Lions en me regardant dans les yeux.

J'ai ignoré son regard et me suis concentré sur Hale, assis en bout de table, les jambes croisées, la ceinture défaite. J'ai étouffé une grimace, sachant maintenant la raison pour laquelle la femme nue était trop effrayée pour bouger.

- Belle journée pour les affaires.

- N'est-ce pas ? dit-il en me regardant puis il m'a fait signe de m'asseoir sur le siège vide à sa droite. S'il te plaît.

Putain, non. C'était la dernière chose que je voulais, mais je me suis surpris à acquiescer en tirant le siège un peu plus loin que nécessaire avant de m'asseoir. Tout ce que je voulais, c'était être loin de lui. La conversation s'est éteinte et est devenue gênante. Mais je savais que la gêne était exactement ce que Hale aimait. Il passait les moments d'accalmie à observer chaque mouvement de votre corps et à capter chaque regard de peur. J'ai donc tourné la tête et rencontré ce regard vide.

- Tu as parlé d'infos ?

Il a attendu un instant puis a fait glisser son téléphone sur la table.

- Apparemment, un enregistrement de l'Ordre a été divulgué, un enregistrement important. Laisse-moi te le faire écouter.

Je me suis crispé, mais cela n'a servi à rien quand il a appuyé sur le bouton et que les cris de Ryth Castlemaine ont résonné dans la pièce autour de moi. Je connaissais l'enregistrement, je l'avais entendu des centaines de fois. Je me suis forcé à grimacer lorsqu'elle criait à ses demi-frères de la sauver, et lorsque l'enregistrement s'est terminé, le silence est devenu pesant.

- Ryth Castlemaine, ai-je murmuré. Je n'arrive pas à reconnaître la voix masculine.

Les lèvres de Hale se sont retroussées.

- C'est Killion.

J'acquiesçai.

- C'est logique.

- Mais ce qui n'est pas logique, c'est qu'un enregistrement comme celui-là ait été récupéré à l'Ordre et envoyé à une adresse IP privée. Une que nous avons maintenant.

Grâce à Daniels.

- Ce n'est pas tout. Une enquête privée a été menée et au cours de cette enquête, nous avons pu localiser des images de vidéosurveillance d'une caméra de rue non loin de la maison de Killion. J'aimerais que tu y jettes un coup d'œil.

Il a fait glisser l'écran pour lancer la vidéo en noir et blanc d'une voiture arrêtée sur le bas-côté de la route.

Quand il a appuyé sur play, j'ai vu Ryth Castlemaine cracher et vomir à côté de la voiture tandis que ses frères se tenaient autour d'elle.

Putain de merde !

- Je suppose que tu sais de qui il s'agit.

J'ai hoché lentement la tête.

- On a appris que Killion faisait l'objet d'un chantage et que ce soir-là, il devait rencontrer l'homme qui lui extorquait de l'argent pour éviter que l'affaire ne s'ébruite.

Lions se leva de table, ajusta sa ceinture et s'approcha de la femme agenouillée. Elle poussa un gémissement et eut un mouvement de recul lorsqu'il s'approcha, saisit une poignée de ses cheveux et la força à se lever. Le mouvement attira le regard de Hale, la faim brûlant dans son regard tandis que Lions traînait la femme.

Mais elle ne s'est pas débattue, elle a simplement trébuché sous l'emprise de Lions jusqu'à ce qu'elle se tienne près de nous, en pleurs.

- Elle est belle, n'est-ce pas ? murmura Hale.

Je serrai la mâchoire, mais ne me détournai pas de son regard.

- Oui.

- Elle me fait penser à ta chienne, comment elle s'appelle déjà ?

Mon sang se glaça.

- Vivienne.

Hale hocha lentement la tête.

- C'est vrai, *Vivienne*. J'ai entendu dire qu'elle était un peu... il jeta un coup d'œil aux autres. C'était quoi le terme ? Ah, oui... *un chat sauvage*, dit-il en croisant mon regard. Celle-ci était aussi un *'chat sauvage'*. Mais j'ai réussi à l'apprivoiser. Je pourrais peut-être t'aider à apprivoiser la tienne.

Mes tripes se sont serrées, mon cœur a battu la chamade.

Les autres personnes présentes à la table n'avaient aucune idée de ce qui se passait ici. *Mais moi si...* je savais exactement à quoi Hale jouait. Je gardai un ton prudent, contrôlé, tout en fixant le regard de ce salaud.

- Cela fait un moment que tu n'as pas été impliqué dans l'éducation d'une fille, vu la façon dont la dernière s'est déroulée. Où avons-nous caché le corps ? Je suis sûr que Riven et ses frères sont encore sous le choc des séquelles.

Ses yeux brillaient.

- Tu sais ce qu'on dit, mon vieil ami. Si tu veux que quelque chose soit bien fait...

Des respirations lourdes emplirent l'espace avant qu'il ne pose les yeux sur la femme.

- Tu peux baiser celle-là, si tu veux ? Puisque je semble avoir oublié le contrat signé qui se trouve sur mon bureau. Je sais que tu n'as pas pu terminer ton temps avec Ophélia et je suis sûr que maintenant tu as un peu... *faim*.

Mon estomac s'est retourné lorsque j'ai forcé les mots :

- Non...merci.

Dans un flou de mouvement, Hale s'élança en avant pour claquer sa paume sur la table en face de moi. Il se pencha un peu plus près, le ton chargé de menace.

- Tu ferais mieux de pas te foutre de moi, London. Nous savons tous les deux comment cela va se terminer.

Je me suis forcé à affronter son regard, à contenir le tonnerre dans ma poitrine.

- Je te donnerai les informations dont tu as besoin, Hale.

Ces yeux impitoyables se sont plantés dans les miens avant que Hale ne fasse un lent hochement de tête et ne se retire. À la place, il reporta son attention sur Lions... et sur les faibles gémissements terrifiés de la femme qu'il tenait.

- J'attendrai.

J'ai croisé tous les regards en me levant... sauf le sien.

Parce que regarder ces yeux terrifiés me ferait perdre la tête.

Pense à ce qu'il faut faire.

Pense à King.

J'ai quitté cet endroit, veillant à ce que chaque pas soit lent et précis sous le poids du regard de Hale. Ce n'est qu'après avoir quitté le parking et pris le chemin de la maison que j'ai garé la voiture sur le côté de la route. L'acide est monté au fond de ma gorge quand j'ai ouvert la portière. J'ai à peine réussi à sortir de la voiture avant de vomir.

Et pendant que mon estomac se soulevait et roulait, je ne pensais qu'à Vivienne... et à la sortir de l'Ordre. Parce que les loups ne faisaient plus la ronde. Non, c'était la chasse maintenant... et nous étions en plein dedans.

TRENTE-TROIS

Vivienne

JE LE DÉTESTAIS.

Je le détestais vraiment, putain.

J'ai fermé les yeux et j'ai appuyé ma tête contre la porte de ma chambre. Je le détestais vraiment... *vraiment, putain.* Plus j'essayais de m'accrocher à cette rage, plus mon pouls devenait fort, jusqu'à ce qu'il noie le grondement dans ma tête.

J'en ai marre.

J'ai ouvert les yeux, me suis levée du sol et me suis dirigée vers la salle de bain, détestant cette envie de retourner vers lui. Non... pas retourner. Je voulais *ramper.* Je voulais *m'agenouiller* pour lui, le laisser me ramener au sous-sol et m'attacher.

Je voulais lever les yeux vers lui alors que son souffle était rauque et lourd et que cette lueur dans ses yeux s'allumait. Je le voulais, quelle que soit la façon dont il me prendrait. Fort. Lentement. Doucement et tendrement. *Dors, ma chérie... ton corps en a besoin.*

Un gémissement a résonné au fond de ma gorge lorsque je suis entrée dans la salle de bains et que j'ai ouvert les robinets de la douche. Le sifflement de l'eau remplit l'espace. J'ai attendu que l'eau soit chaude et je suis entrée. Des flashs ont envahi ma tête, des bouffées de désir si aveuglantes que je n'aurais pas pu les combattre même si je l'avais voulu. Et je ne le voulais pas.

J'avais besoin de les *ressentir*.

J'avais besoin de les *revivre*.

J'avais besoin de me *souvenir*.

Me souvenir à quel point cet homme était dangereux...

Je me suis lavée, sondant entre mes jambes pour sentir la douleur. *Est-ce que je peux te lécher ?*

- Non, ai-je murmuré. Tu ne peux pas.

J'ai coupé l'eau et je suis sortie, frissonnant de froid, sans prendre la peine de regarder les caméras. Je ne m'en souciais plus. Ni du traceur dans ma poitrine, ni du fait qu'il surveillait mes moindres faits et gestes. Il n'y avait rien qu'il puisse voir qu'il n'ait déjà examiné.

Je me séchai et m'habillai, puis me dirigeai vers la porte. Mon ventre grondait et brûlait. Je mourais de faim et, après ce qu'il s'était passé, je savais que je n'aurais pas de plateau. Parce que c'était lui qui les préparait, tout comme c'était lui qui avait apporté mes vêtements. J'ai enfilé le doux pull couleur lavande et j'ai ouvert la porte de ma chambre.

Tout était silencieux... *vraiment silencieux*.

J'ai jeté un coup d'œil à la porte fermée de la chambre des fils et je me suis demandé s'ils étaient à la maison. J'ai fait un pas dans le couloir, j'ai senti le vide et je me suis arrêtée. Non, je ne pensais pas qu'ils étaient là. Il ne restait plus que... *lui*.

Je tournai la tête et me dirigeai vers les escaliers. Je voulais à tout prix éviter ce regard noir et séducteur et je me dépêchai de passer le palier de son étage. Mon ventre a hurlé dès que j'ai franchi le seuil de l'entrée, me poussant vers la cuisine. Mon regard se porta immédiatement sur la porte du sous-sol qui était maintenant fermée.

- Je peux vous aider ?

Je poussai un glapissement en plaquant ma main contre ma poitrine et me retournai pour découvrir Guild derrière moi.

- Bon sang, vous m'avez fait une peur bleue.

- Désolé, dit-il en me regardant fixement. Vous avez besoin de quelque chose ?

J'ai jeté un coup d'œil au réfrigérateur.

- Oui, j'ai faim.

- Je vous prépare quelque chose ?

- Non, secouai-je la tête. Je peux me débrouiller toute seule.

Il a haussé les épaules.

- Comme vous voulez.

Ce n'était pas vraiment un serveur, n'est-ce pas ? J'ai jeté un coup d'œil au bord gonflé de sa lèvre. Il ne se comportait pas comme tel et London ne le traitait pas comme tel. J'ai jeté un coup d'œil au couloir qui menait au bureau.

- Il n'est pas là.

J'ai tressailli et j'ai ouvert le réfrigérateur pour jeter un coup d'œil dans le compartiment d'une blancheur aveuglante.

- Je ne pensais même pas à ça.

Il a croisé les bras et s'est adossé au comptoir en me regardant sortir du fromage, des tomates et du beurre, et chercher de la viande.

- Bien sûr, vous n'y pensiez pas. Le jambon est dans le réfrigérateur à viande.

Je jetai un coup d'œil par-dessus mon épaule.

- Et où est-il ?

Il a poussé un long soupir, s'est écarté du comptoir et s'est approché de moi pour ouvrir un compartiment coulissant à côté de moi. De l'air froid s'est échappé de ce compartiment tandis qu'il en sortait une tranche de jambon scellée. Je l'ai regardé poser le jambon sur le comptoir et prendre un couteau sur un bloc de découpe.

- Sandwich ou assiette ?

- Sandwich, s'il vous plaît.

D'un simple signe de tête, il a pris le reste des ingrédients que je tenais, puis a ouvert le frigo une fois de plus et a pris un tube de mayo dans la porte en me disant :

- Laissez-moi faire.

Je n'ai rien pu faire face à la précision de ses gestes.

- Votre lèvre, ça doit faire mal.

- Ce n'est rien

- Non, ce n'est pas rien. London a un...

Guild fixa son regard sur le mien.

- C'est l'un des hommes les plus honorables que j'aie jamais rencontrés.

Un rire m'échappa.

- Honorable ? Parlons-nous du même homme ? Grand, maussade, lunatique, exigeant.

Guild poussa un soupir et posa le couteau sur le billot, puis se leva et déboutonna sa chemise. La chaleur me monta aux joues. J'ai jeté un coup d'œil vers la porte.

- Attendez, je...

- C'était une attaque au couteau à Berlin, a-t-il commencé, attirant mon attention. Ils sont venus me chercher au milieu de la nuit. J'ai eu de la chance que London soit chez moi à ce moment-là.

- Ils... *sont venus vous chercher ?*

Il acquiesça.

- C'était une attaque furtive, des représailles pour avoir éliminé le chef d'une opération de la mafia russe.

Mon visage a pâli.

- *La mafia russe ?* J'ai jeté un coup d'œil à la profonde entaille sur son épaule et son cou. Qui êtes-vous, putain ?

Il a souri et secoué la tête.

- La question est de savoir... *qui je suis...* ou qui j'étais. Parce que j'ai laissé cette vie derrière moi, tout comme London. Enfin, c'est ce qu'il essaie de faire. Le reste c'est pas à moi de le raconter.

Je m'approchai un peu plus tandis qu'il reboutonnait sa chemise et se mettait au travail, coupant des tranches de pain frais, les recouvrant d'une couche de mayo et de tranches de jambon très fines, puis les garnissant de tomates et de fromage et faisant glisser le sandwich vers moi.

- Les apparences sont trompeuses, a-t-il murmuré en me faisant un signe de tête.

Je me suis approchée, j'ai pris la moitié du sandwich et j'ai mordu dedans, puis j'ai regardé Guild ranger ses affaires et il m'a fait un signe de tête.

- Je serai là si vous avez besoin de quoi que ce soit.

J'avais envie de lui poser des questions sur London, mais j'avais l'impression que cela ne me mènerait nulle part. Tout le monde était si protecteur à l'égard de cet homme. J'ai jeté un coup d'œil vers la porte du sous-sol et j'ai dévoré mon sandwich.

Je le détestais toujours.

Cela ne changerait pas.

Le temps que je termine le sandwich, je m'ennuyais à faire les cents pas. Je n'avais pas de voiture à voler et j'avais déjà suffisamment envahi son bureau pour l'énerver. Je pourrais peut-être pirater ses comptes... ou lire ses courriels ? Ou peut-être que je pourrais...

Le grondement de la porte du garage retentit, attirant mon attention. Un moteur gronda, plus fort que la Mercedes ou l'Audi. *Les fils...* une vague de colère m'envahit lorsque le son s'éteignit et que les claquements de portières suivirent.

J'ai fait un pas en arrière, gênée. J'étais sûre qu'ils savaient maintenant ce qui s'était passé la nuit dernière. Alors que le bruit de la porte du garage se refermait et que le bruit sourd des pas suivait, j'ai senti la colère monter une fois de plus.

London m'avait trahie, mais il m'avait aussi forcé à ressentir des choses que je ne voulais pas.

Des choses qui me faisaient brûler d'envie.

Et plus je ressentais ce besoin d'appartenance, plus son infidélité devenait douloureuse.

Carven est entré et m'a jeté un regard noir, les lèvres retroussées. Ses cheveux d'un blanc immaculé étaient en désordre.

- *Qu'est-ce que tu regardes, putain ?* a-t-il lancé tandis que Colt entrait à son tour.

Une vague de désir m'a traversée. J'ai contourné le comptoir, mais je me suis arrêtée lorsque Colt a détourné le regard, ses joues rougissant. J'ai essayé de déglutir la douleur.

- Qu'est-ce qui se passe ?

- Comme si tu en avais quelque chose à foutre, a grogné Carven en se dirigeant vers l'entrée. Pourquoi tu vas pas te cacher dans ta chambre ou je sais pas... détruire une autre putain de bagnole, parce que London a bien besoin de ça en plus de sauver son cul.

Colt a suivi, sans un bruit ni un regard.

Je ne savais pas ce qui me faisait le plus mal, la remarque ou l'ignorance. Peu importe, c'était comme verser de l'essence sur un feu incontrôlable. J'ai fait un pas dans l'embrasure de la porte.

- Vous savez quoi, je vous emmerde et j'emmerde London aussi !

Carven s'est figé, la main sur la rampe.

- Je n'ai pas demandé à être amenée ici ! Je n'ai jamais demandé à ce qu'on me mène en bateau et qu'on me mente, non plus. Alors toi et ton frère, vous pouvez prendre votre humeur de sale gosse et *vous la foutre au cul.*

Le fils tourna son regard vers moi. Ses yeux bleu électrique étaient enflammés de rage.

- *Tu n'as jamais demandé ?*

Colt l'a poussé vers les escaliers en secouant la tête. Mais rien ne pouvait l'arrêter, rien ne pouvait contenir sa fureur alors qu'il contournait son frère et fonçait à travers le foyer. Mais Colt ne l'entendait pas de cette oreille et s'élança vers lui en secouant la tête, lui bloquant le passage.

- Carven, non.

- Non ? aboya son frère en le regardant fixement. *NON ?*

Il tourna cette rage dans ma direction, puis prit une inspiration et fit un pas en arrière.

- Tu sais quoi ? Je t'emmerde... et j'emmerde tout le monde ! cria-t-il dans ma direction. *Putain de sale gosse.*

- Putain de sale gosse ? hurlai-je en m'élançant vers lui, jusqu'à ce que Colt m'arrête avec sa main sur ma poitrine. *Je t'emmerde* ! Tu n'as aucune idée de ce que j'ai vécu !

Même Colt a tressailli à mon cri. Sa main tomba, il se retourna et percuta Carven qui s'approchait de moi. C'était frère contre frère, tous les deux mortels, tous les deux sauvages alors qu'ils s'empoignaient... luttant l'un contre l'autre à cause de moi.

- Je crois pas, mon frère.

Carven tourna sur lui-même, l'évita avec une fluidité incroyable et, en un instant, m'attrapa le bras.

- Lâche-moi, putain !

Je me suis débattue, luttant contre lui, même si je savais que c'était inutile.

Il se pencha, n'esquivant même pas mes coups, et me souleva par-dessus son épaule.

- *Ce que tu as vécu, hein ! Ce que tu as vécu, putain !*

J'ai rebondi et sursauté, j'ai donné des coups de pied et me suis cabrée avant de croiser le regard de Colt qui montait les escaliers après nous. Il y avait de la peur dans ses yeux écarquillés et il a attrapé le bras de son frère en tirant dessus.

- Carven, elle n'est pas prête !

Mais Carven ne s'arrêtait pas. Il a écarté bras, me secouant comme une poupée de chiffon, et a continué à monter les escaliers deux par deux jusqu'à ce qu'il arrive sur le palier de London. Au début, j'ai cru qu'il allait m'emmener dans la chambre de London, et il était hors de question que j'y aille avec lui.

Mais il est passé et s'est arrêté devant une porte à côté de la chambre de London. De minuscules bips se firent entendre tandis qu'il entrait un code et poussait la porte. Je me suis retournée pour regarder derrière moi tandis que Carven me portait à l'intérieur. Colt referma la porte derrière lui et nous plongea dans l'obscurité avant qu'un minuscule déclic ne se produise et qu'une douce lumière n'éclaire la pièce.

Des mèches de cheveux me tombèrent sur le visage et je basculai lorsque Carven me relâcha. J'ai poussé un cri strident, frappant l'air mais c'était Colt qui était là.

- Carven ! rugit Colt en m'attrapant avant que je ne touche le sol.

Mais son frère était déjà derrière un grand bureau adossé au mur. En un instant, une rangée d'écrans s'anima. Des images en noir et blanc surgirent. J'ai aspiré de grandes bouffées d'air en serrant Colt dans mes bras et en le regardant fixement.

- Espèce de connard.

- Ah oui ? a grogné Carven. Je suis peut-être un connard, mais au moins je ne suis pas naïf.

Je fis un pas, voulant m'élancer vers lui, mais il poussa une chaise dans ma direction.

- Assieds-toi.

Je n'ai pas bougé pendant qu'il appuyait sur des boutons, les images en noir et blanc de ma chambre devinrent un écran d'accueil d'ordinateur. Puis il a entré ses codes d'accès.

- Carven... *ne fais pas ça.*

- Il faut qu'elle sache, a-t-il grogné en fixant l'écran où il avait accédé à ce qui ressemblait à des fichiers audio, avant de grogner, de cliquer et de chercher à nouveau.

- Voilà... voilà. Voilà tout ce que tu détestes chez lui.

- Frère, dit Colt en faisant un pas en avant.

Mais Carven s'est redressé et a fixé le siège vide, puis il a traversé la pièce à grands pas, m'a attrapé par le bras et m'a traîné jusqu'à la chaise.

- Assieds-toi !

Je me suis débattue quand il m'a forcée à m'asseoir, jusqu'à ce qu'il approche son visage du mien.

- Je ne suis pas London, chat sauvage, et je ne suis certainement pas mon frère. Alors pousse-moi à bout et tu risques de te retrouver scotchée à ce putain de siège pour un très... très long moment.

Je l'ai regardé fixement, mais mes mains sont tombées le long de mon corps. J'avais envie de lui crier au visage : *va te faire foutre.* Mais il est retourné au bureau et a cliqué sur un bouton qui a rempli la pièce de son.

Des respirations lourdes ont résonné dans les haut-parleurs. Les respirations d'une femme, rauques, lourdes, essoufflées, mais derrière, il y avait un gémissement bas et silencieux, si silencieux que j'ai failli ne pas l'entendre. Le gémissement est réapparu, mais cette fois, c'était la supplication d'un garçon :

- Pas... mon frère.

Colt s'est raidi à mes côtés.

Carven a baissé la tête.

- Je vais te battre à mort, saleté immonde.

La femme haletante grogna si près que le haut-parleur vibra de sa menace gutturale.

- Je vais te détruiiire !

Mais en arrière-plan, on entendait des cris. Des cris d'hommes. Des cris qui se sont soudainement arrêtés.

J'ai tressailli lorsque j'ai entendu un *boum*. Mon esprit s'est emballé, puis a recréé la scène. C'était le bruit d'une porte qui s'ouvrait, suivi du bruit sourd et lourd de pas qui approchaient.

- Laisse-les, Ophélia.

J'ai tressailli quand elle a sifflé :

- Si tu t'approches de moi, je te fais tuer. Je les ferai tous tuer, c'est ce que tu veux ? Je commencerai par eux, ceux auxquels tu sembles tant tenir.

- Non...

Ce petit gémissement est revenu...

Et devant moi, le bureau s'est mis à trembler. Je me suis tourné vers Colt, qui s'agrippait au bord, tremblant de rage.

- Pas mon frère, gémit cette petite voix brisée. Pas... Carven.

Pendant une seconde, je n'ai pas pu respirer, pas pu penser. Je ne vivais que dans la peur.

- Laisse-les, insista London, le son de sa voix s'amplifiant. Éloigne-toi des fils.

- Tu ne t'échapperas pas d'ici. Hale le saura. Il te traquera par pure rancune, tu le sais.

J'ai dégluti une boule dans ma gorge. Mon esprit me hurlait de courir, de sortir de là. C'était trop réel... *trop...*

Il y avait des griffures sur la porte.

Je fermai les yeux lorsque London reprit la parole.

- Alors dis-moi ce que tu veux. Quoi que ce soit, je paierai.

- Je n'ai pas besoin de ton argent !

- Alors, quoi ?

- *TOI.*

J'ai sursauté comme si on m'avait giflée, et mon sang s'est glacé.

- Non.

- Tu veux ces saletés minables ?

Un bruit sourd.

Et un doux gémissement suivit.

Carven a penché la tête vers Colt, ses yeux bleus brûlant comme jamais auparavant.

Je savais ce qui se passait. Je le savais et pourtant mon esprit rejetait la vérité. *Parce que... parce que...*

Le bureau a tremblé et s'est mis à trembler, le bord le plus éloigné s'écrasant contre le mur. J'ai tendu une main tremblante et j'ai touché son bras. Il sursauta au contact et recula, son regard furieux se posant sur le mien.

- C'est ce que je veux, dit Ophélia en se levant du siège. Je veux te baiser. Je veux te posséder. Je veux que tu te mettes à genoux quand je veux.

London ne disait rien.

C'était plus fort qu'un cri.

J'ai touché le bras de Colt une fois de plus. Il a secoué la tête, son corps tremblant de fureur.

- Je suis là, ai-je murmuré. Je suis là.

Il se tourna vers moi et, dans un élan, m'entraîna dans ses bras. Je fus engloutie par lui, par la dureté de son corps.

- Alors c'est d'accord, déclara London. Mais je les prends maintenant et tu ne prononceras plus jamais leurs noms et ne les regarderas plus jamais.

- Très bien, rétorqua Ophélia à travers les haut-parleurs alors que Colt tournait la tête pour me regarder.

- Je suis là, dis-je en glissant ma main dans ses cheveux, l'estomac retourné par la vérité.

Les larmes me montèrent aux yeux lorsque le bruit sourd des pas retentit dans les haut-parleurs.

- Doucement, dit London. Je vous tiens. Accrochez-vous à moi.

- Accroche-toi à moi, ai-je répété, et Colt m'a serré plus fort. *Accroche-toi à moi.*

Je me hissais vers lui autant que possible. C'était mon cœur qui commandait maintenant, c'était lui qui menait la danse. Mon corps n'avait d'autre choix que d'obéir et je l'ai embrassé. Sa bouche était rigide et refusait de bouger. Mais je l'ai embrassé à nouveau, plus doucement cette fois. Les souvenirs de la bouche de London ont afflué dans mon esprit. J'ai suivi le même chemin et j'ai embrassé les coins de sa bouche alors que, dans les haut-parleurs, un petit garçon gémissait de douleur.

- Ca va aller, Colt, d'accord ? Je suis là, Colt.

- M-mon...fr-frère.

- Nous ne laissons pas ton frère, hors de question. Vous êtes avec moi maintenant, fils... vous êtes avec moi.

Les larmes me montèrent aux yeux, je saisis sa nuque et le rapprochai de moi. Sa bouche s'est ouverte et il m'a embrassé avec une telle férocité que j'en ai eu le souffle coupé. Ses mains ont entouré ma taille et m'ont soulevée jusqu'à ce que mes jambes l'entourent.

Un faible gémissement a résonné à mes oreilles. Nous nous sommes déplacés, en nous balançant et en basculant, jusqu'à ce qu'il tombe dans le fauteuil et que mes jambes cèdent. Il a pris mes seins dans ses mains et m'a regardée. Dans ma tête, je ne voyais que toutes ces cicatrices. Il avait été battu et torturé par cette putain de salope. La salope qui avait utilisé le corps de London en guise de paiement pour leur liberté.

- Comme je l'ai dit, chat sauvage, a murmuré Carven derrière moi. T'es *naïve*.

Je tournai la tête quand Colt déchira mon chemisier, le passa au-dessus de ma tête et arracha le bonnet de mon soutien-gorge. Je me suis redressée, laissant sa bouche trouver mon mamelon, et j'ai croisé le regard vibrant de son frère.

- Il s'est vendu à elle pour notre liberté... murmura Carven, sans détourner le regard. Tout comme il se vend à elle pour la tienne.

Je fermai les yeux et poussai un gémissement lorsque mon chemisier fut déchiré par sa frénésie, mais ce n'était pas un son de plaisir. C'était un son de douleur. *Il la baisait pour ma liberté. Il était... il était... il était...*

Colt a tâtonné avec les boutons de mon pantalon et a tiré dessus en me soulevant pour l'enlever. Je déglutis difficilement tout en le laissant faire ce qu'il voulait. Ses doigts ont plongé dans ma fente et m'ont massé une douleur interne. Un grognement et il m'a soulevée comme si je ne pesais rien. J'ai levé une jambe après l'autre pour me défaire de mon pantalon. Mais ma douleur n'était rien. Ma colère n'était rien. *Parce que mon cœur hurlait la vérité.*

Le cliquetis d'une boucle, puis le glissement d'une fermeture éclair.

Il a enfoncé sa bite jusqu'au fond.

J'ai laissé tomber ma tête en arrière dans un cri.

Douleur. Plaisir. Désespoir. J'avais besoin de cette douleur. J'avais besoin de le sentir.

- Baise-moi, dis-je en ouvrant les yeux pour voir l'agonie dans ses yeux. Baise-moi, Colt.

Ses lèvres se sont retroussées et il a souri. Il s'est accroché à moi, a saisi mes hanches et a plongé dans mon corps, m'empalant jusqu'à la garde. Il m'a baisée sauvagement, avec de la fureur et de l'angoisse dans les yeux.

Une chaleur se pressait contre mon dos. Pendant un instant, je ne l'ai pas sentie. Tout ce que je sentais, c'était la frénésie et la folie de Colt. Mais la chaleur s'est déplacée, a glissé le long de ma colonne vertébrale pour effleurer mes cheveux. Et tandis que son frère enfonçait sa bite en moi, désespéré de trouver l'oubli dans la chaleur et le confort de mon corps, Carven baissa la tête, appuya son front sur mon épaule et trouva son propre réconfort.

- C'est ça, chat sauvage. Maintenant, tu sais jusqu'où on ira pour protéger ce qui nous appartient... *maintenant, tu le sais, putain.*

TRENTE-QUATRE

London

J'AI ESSUYÉ LA BRÛLURE ACIDE SUR MES LÈVRES AVEC LE dos de ma main et j'ai fixé le chaos sur l'asphalte devant moi. *J'ai apprivoisé ce chat sauvage. Je pourrais peut-être t'aider avec la tienne ?* La menace de Hale résonnait dans ma tête. Je me suis redressé alors que l'envie de faire couler du sang refaisait surface. Je fixai le tremblement de mes mains et me passai les doigts dans mes cheveux.

Mon passé me renvoyait à mes ténèbres, où des hommes comme Hale m'avaient payé pour un meurtre. Mais cette fois, c'est lui qui serait la cible. Je l'éliminerais sur-le-champ si j'avais la certitude qu'il était le début et la fin de tout cela. Mais je savais sans l'ombre d'un doute qu'il ne l'était pas... il n'était que l'un des éléments d'un nid grouillant de fous.

Si je coupais la tête de l'un d'entre eux... *ils se disperseraient tous*.

- Putain.

J'ai détourné les yeux de l'éclaboussure scintillante à côté de ma voiture et je me suis laissé tomber derrière le volant.

La portière s'est refermée avec un bruit sourd et pendant une seconde, j'ai été perdu dans l'instant, incapable de bouger, jusqu'à ce qu'elle se fraye un chemin dans ma pensée. *Ma chieuse, ma sauvageonne insoumise.* Celle qui était déterminée à m'envoyer dans une tombe précoce... ou à me donner un putain d'ulcère. J'ai grimacé et frotté mon torse avant d'attraper mon téléphone.

Je parierais qu'en ce moment même, elle était en train de saccager mon foutu bureau... encore une fois.

Le téléphone se déverrouilla d'une pression du pouce et j'ouvris le dossier de la caméra, parcourant les écrans un par un. Elle n'était pas dans le bureau, ni dans sa chambre... *merde.* J'ai défilé jusqu'au garage et j'ai trouvé l'Explorer de Carven, puis j'ai basculé sur les caméras internes pour scruter leur chambre, mais il n'y avait personne.

Mon estomac s'est serré lorsque j'ai appuyé sur l'icône de ma chambre... puis sur celle de la pièce voisine.

Un mouvement a attiré mon attention. Depuis l'angle en haut, je l'ai vue en train de baiser Colt sur la chaise au milieu de la pièce. Il avait la main dans ses cheveux, l'autre lui enserrait la taille tandis qu'elle se tordait et ondulait contre lui. Je me suis approché et j'ai zoomé. Putain, elle était somptueuse. *Indomptée. Indomptable.* C'est ce qui m'avait attiré vers elle. Sa peau olivâtre paraissait plus foncée sous l'effet de la lueur des écrans.

Sous mes yeux, Carven a fait un pas en avant et a placé sa main au milieu de son dos. Un élan d'amour m'a envahi à ce moment-là. Mon fils brisé se rapprochait d'elle, comme je l'avais prévu. Il s'est penché et a posé son front contre son épaule tandis qu'elle arquait le dos en chevauchant son frère. *Elle était pour eux. Elle était pour moi. La fille de King... et notre porte de sortie.*

J'ai pris une grande inspiration et mes pensées se sont assombries. J'ai appuyé sur l'icône pour mettre fin à la vue et j'ai ouvert une autre application. Des points rouges clignotaient. J'ai zoomé j'ai trouvé l'emplacement de Ryth en un instant. Si je devais les livrer, elle et ses frères, pour protéger Vivienne, je le ferais sans hésiter.

Mais ce n'était pas à moi de faire ce choix...

Je ferais en sorte que ce soit la décision de leur père et je forcerais King à sortir de sa cachette pour le faire.

Ensuite, je me servirai de lui pour éliminer tous ces ignobles connards une bonne fois pour toutes.

J'ai fermé l'application et démarré le moteur. Mes mains ne tremblaient plus, mais je ne suis pas rentré chez moi. Pas encore. Pas avec la menace de Hale qui résonnait encore dans mes oreilles. J'avais besoin d'un verre et d'un endroit calme, un endroit où je pourrais réfléchir et essayer de trouver une solution pour me sortir de cette situation. Une solution qui n'entraînerait pas la mort de ma famille... *et où je me retrouvais pas dans le lit d'Ophélia.*

Je me dirigeai vers l'est et m'arrêtai devant un bar discret au cœur de la ville. L'acier noir, les briques apparentes et la lumière ambrée m'ont attiré. Je suis entré, j'ai fait signe à un serveur et je me suis dirigé vers les chaises en cuir cossues du fond. J'ai déboutonné ma veste et me suis assis.

- Votre meilleur whisky, ai-je commandé lorsque le serveur est arrivé. Une bouteille.

Ses yeux se sont écarquillés, mais il a hoché la tête et s'est en allé.

J'ai apprivoisé sa sauvagerie...

Je déglutis difficilement et déplaçai mon regard, essayant de me concentrer sur autre chose.

Je pourrais peut-être t'aider avec la tienne ?

Peu importe où je regardais, les deux femmes qui buvaient des cocktails au bar, le type qui était arrivé derrière moi et qui s'était assis non loin d'elles, ou le connard qui s'était assis dans l'ombre et qui me fixait. J'ai grimacé quand j'ai réalisé que c'était du verre noir trempé et que ce connard, c'était moi.

L'une des deux femmes assises a jeté un coup d'œil dans ma direction et m'a souri. Je n'ai pas réagi et j'ai détourné le regard tandis qu'elle se levait, laissait son amie derrière elle et se dirigeait vers moi. *Va-t'en*, me dis-je intérieurement. Je ne suis pas d'humeur à bavarder.

- Bonjour, dit-elle avec audace. Je vois que vous êtes seul. Vous attendez quelqu'un ?

- Non.

Elle n'a pas bronché face à la froideur de mon ton, mais s'est approchée pour passer un ongle peint en rouge le long de ma main et sur ma Rolex.

- Je peux attendre avec vous, si vous voulez.

J'ai levé mon regard pour croiser le sien. Elles étaient toutes pareils, n'est-ce pas ? Sauf elle... *mon chat sauvage.*

- Non. Maintenant, si vous voulez bien m'excuser.

Je retirai mon bras et l'ignorai suffisamment longtemps pour que la tension s'empare de l'air.

- Très bien, a-t-elle marmonné en se retournant. Tant pis pour vous.

- J'en doute, murmurai-je alors qu'elle s'en allait.

Je pourrais peut-être t'aider avec la tienne ?

- Monsieur, dit nerveusement le serveur en contournant la femme qui se retirait et en s'approchant. Je suis désolé, mais je vais avoir besoin de...

J'ai fouillé dans ma veste, j'ai dégagé mon portefeuille et j'en ai sorti mon Amex.

- La bouteille... maintenant.

Il s'est précipité et est revenu quelques instants plus tard avec une bouteille fraîchement ouverte et des verres. Je n'en avais besoin que d'un seul. Je me suis servi et j'ai bu. Le premier verre m'a à peine réchauffé. Au troisième, cette putain de phrase nauséabonde avait ralenti dans ma tête. Au cinquième verre, mon esprit était devenu flou.

Des rires ont éclaté quelque part sur ma droite. J'ai levé le regard et vu des visages inconnus, bien content que la femme et son amie soient parties. *Mais depuis combien de temps étais-je ici ?*

- Puis-je vous offrir un verre d'eau, monsieur ?

Je me suis tourné vers le serveur, mais ce n'était pas le type maladroit de tout à l'heure. J'ai secoué la tête et j'ai attrapé mon verre... mais il était vide. J'ai donc attrapé la bouteille à la place. Elle aussi... *vide.*

- Quelle heure est-il ?

- Il est un peu plus de neuf heures.

J'ai jeté un coup d'œil à la porte, et j'ai vu l'obscurité à l'extérieur. *Neuf heures ?*

- Oui, monsieur. Vous êtes ici depuis un moment déjà. Puis-je vous appeler un chauffeur ?

J'ai croisé son regard et je me suis renfrogné.

- Non, merci.

J'ai pris mon téléphone à la place. Mes doigts ont tâtonné jusqu'à ce que j'appuie sur l'écran et le déverrouille. *Contacts...* où est-il, putain... là. J'ai appuyé sur l'icône.

- M. St. James.

- Lucas, je...

- Je peux passer vous prendre, monsieur ?

- Oui, je ferais mieux de ne pas conduire. Je suis à...

J'ai cherché le nom.

- Au Marquis Bar.

- Je vois. J'y serai dans trente minutes.

J'ai fait un signe de tête.

- Merci.

Puis j'ai raccroché.

Il m'a fallu presque le même temps pour aller aux toilettes, m'asperger d'eau et me sécher les mains, et sortir. Dès que je suis sorti, l'air froid de la nuit m'a frappé et m'a fait frissonner.

Je regardais les flammes de la cheminée danser à travers la vitre. Je n'avais pas remarqué le froid jusqu'à présent, tout comme je n'avais pas remarqué les chansons de Noël diffusées par les haut-parleurs des magasins.

Parce que ce n'était pas mon monde, n'est-ce pas ? Mon monde, c'était l'obscurité, la mort... *et elle.*

Les phares m'aveuglèrent une seconde avant que la Range Rover bleu foncé ne s'arrête le long du trottoir. Lucas laissa le moteur tourner et sortit pour m'ouvrir la porte arrière.

- Merci, murmurai-je, mes mots s'embrouillant un peu alors que je commençais à monter dans la voiture, et je me figeai. Attendez.

Lucas m'a regardé tandis que je sortais. La clarté m'a frappée plus froidement que n'importe quelle brise hivernale. J'ai fouillé dans ma poche, pris mes clés de voiture et appuyé sur le bouton avant d'ouvrir la porte côté passager et d'appuyer sur le bouton de la boîte à gants.

J'avais failli oublier. J'ai regardé fixement la boîte de velours noir avant de la glisser dans ma veste, de fermer et de verrouiller la voiture, puis de retourner à l'endroit où Lucas m'attendait. Les portières de la voiture ont claqué et nous nous sommes mis en route sans que je m'en rende compte. Les phares qui s'approchaient étaient flous et me faisaient détourner le regard.

- J'ai mis de l'eau fraîche dans le compartiment à côté de vous.

J'ai jeté un coup d'œil à Lucas et j'ai acquiescé avant d'attraper la bouteille. J'avais la tête qui tournait un peu, peut-être que boire une bouteille, c'était un peu trop ? L'eau glacée a glissé dans ma gorge pendant que je la buvais. Je fermai les yeux et laissai le balancement du véhicule me bercer jusqu'à ce que je sente les virages familiers et que j'ouvre les yeux.

J'ai apprivoisé sa sauvagerie...

Ma poigne s'est resserrée autour de la bouteille et l'eau s'est mise à couler contre les parois. Peu importe le nombre de verres de scotch que je buvais, ce malade avait toujours une façon de se glisser dans ma peau. Je relevai le regard lorsque Lucas se gara devant la maison et appuya sur le bouton pour ouvrir la porte du garage.

Je ne l'ai pas attendu, j'ai tiré la poignée et je suis sorti de la voiture. La portière du conducteur s'est ouverte et Lucas était là pour m'attraper le bras.

- Doucement. Vous voulez que je vous aide à rentrer ?

Je croisai son regard, secouai la tête et me redressai tout en serrant soigneusement la boîte de velours dans ma main.

- Non, ça va aller.

L'air froid de la nuit a traversé ma poitrine quand j'ai inspiré, et avec lui est venue la gifle dont j'avais besoin.

- Bonne nuit, Lucas, et merci. Rentrez chez vous retrouver votre famille.

La famille...

Je levai mon regard vers les fenêtres du troisième étage de ma maison. Ma famille attendait là-haut... mon... mon... petit diable... ce putain de chat sauvage parfait. Je me suis léché les lèvres et j'ai avancé en titubant.

- Je ferai livrer la Mercedes ici dans la matinée, m'a dit Lucas.

Je lui ai fait un signe de la main et j'ai continué à marcher en appuyant sur le bouton de la porte du garage. Le grondement a retenti derrière moi alors que je me frayais un chemin à travers la maison et que je montais les escaliers.

J'ai ouvert les boutons de ma veste, l'ai dégagée et l'ai laissée dans l'entrée avant de monter les escaliers jusqu'à sa chambre.

Je n'ai pas frappé, je n'ai pas hésité, j'ai tourné la poignée et j'ai poussé la porte pour la trouver allongée dans son lit, les genoux en l'air, en train de lire quelque chose. Ses yeux se sont écarquillés lorsque j'ai levé la main pour m'appuyer sur le cadre de la porte.

- London ?

Elle s'est redressée alors qu'un regard inquiet s'allumait dans ses yeux bruns envoûtants.

Pourquoi fallait-il qu'elle soit si belle ? Cela aurait été plus facile si elle ne l'était pas... si elle n'était pas si...provocante.

J'ai lâché un grognement, je me suis écarté de l'embrasure de la porte et j'ai foncé vers elle...

TRENTE-CINQ

Vivienne

- London ?

Je me suis redressée et je l'ai regardé fixement alors qu'il s'appuyait contre la porte.

- Tout va bien ?

Il y avait quelque chose de dangereux dans ses yeux. Quelque chose de diabolique alors qu'il s'éloignait du cadre de la porte et avançait vers moi, tenant quelque chose dans sa main.

J'ai jeté un coup d'œil vers le bas et je vis cette boîte de velours noir. *Je comprends pourquoi tu voulais la baiser...*

Les mots de cette salope me revinrent mais ils ont été étouffés par le grognement bas qui grondait dans sa poitrine alors qu'il s'arrêtait au pied de mon lit.

- Tu me provoques, marmonna-t-il. À chaque fois, bordel.

J'ai jeté un coup d'œil à la porte, puis je me suis retournée vers lui. La peur m'a envahie et je me suis léché les lèvres.

- Il s'est passé quelque chose ?

M'avait-il vue avec Colt ? Était-ce pour cela qu'il avait l'air si... en colère ? La chaleur se répandit dans mes veines lorsqu'il se pencha et tira sur le drap pour me regarder. Il se renfrogna en voyant la camisole en dentelle caramel et la culotte en satin. Il reprit son souffle avant de croiser mon regard. Le désir détonnait dans son regard. Je ne l'avais jamais vu aussi... *vulnérable*.

- Plus tu me pousses à bout, plus j'ai envie de toi.

Il passa une main dans ses cheveux, les laissant ébouriffés et indomptés.

Le désir m'a ébranlée jusqu'au plus profond de moi-même. Plus j'en savais sur lui, plus ce désir s'intensifiait, jusqu'à ce qu'il palpite entre mes jambes.

Il se lécha les lèvres tandis que son regard descendait le long de mon corps et s'attardait sur mes pieds.

- Tu as confiance en moi ?

Ma respiration s'est accélérée, mais je n'ai pas eu besoin de réfléchir.

- Oui.

Il a bougé, mais a gardé ses yeux sombres rivés sur moi en saisissant ma cheville. Mes fesses glissèrent contre les draps luxueux tandis qu'il me tirait vers lui sur le lit. Je ne pouvais rien faire lorsqu'il plaça mon pied contre sa poitrine et souleva la boîte.

- London...commençai-je, détestant cette vue.

S'il pensait que j'allais porter ce putain de collier après ce putain d'ignoble...

Il ouvrit le coffret. Quelque chose scintilla sur ses doigts, reflété par la lampe de chevet, lorsqu'il détacha la petite chaîne et laissa tomber l'étui sur le bout du lit. J'ai croisé son regard et je me suis figée. Mon Dieu, je m'étais tellement trompée à son sujet, tellement incroyablement trompée. Je le voyais maintenant... je le voyais... *lui*.

Si froid. Si indéchiffrable. Si brutal... et pourtant, il ne l'était pas. Pas pour ceux qu'il aimait.

Parce que lorsque cet homme aimait... *il aimait férocement.*

Il se lécha les lèvres en baissant le regard. Ses gros doigts ont trituré le minuscule fermoir avant de l'enrouler autour de ma cheville et de le refermer. Je fixai le scintillement, mon cœur battant à mille à l'heure lorsque je réalisai ce que c'était.

C'était des diamants.

Beaucoup de diamants, bon sang.

Une douleur m'a déchiré la poitrine.

J'ai dirigé mon regard vers le sien et j'ai ouvert la bouche pour lui dire que non, que c'était beaucoup trop cher. Je ne voulais pas de ça. Je n'étais pas à l'aise avec...

Le frôlement de ses doigts m'arrêta. Il baissa les yeux, effleura les pierres précieuses et continua le long de ma cheville.

- Tu luttes contre moi, murmura-t-il. Tu... me réponds.

Sa poitrine s'est soulevée dans un souffle lourd avant de retomber.

- Tu me rends dingue.

Je me suis figée à la sensation de ses doigts qui remontaient le long de mon mollet et saisissaient l'arrière de mon genou.

- J'ai envie de toi, putain, et je me fiche du contrat... je m'en fous maintenant.

Il a saisi mon autre genou et m'a tiré jusqu'à ce que je m'arrête au bord du matelas.

Une vague sombre. C'est ce qu'il était alors qu'il me dominait. Une puissance brute et impitoyable.

Il se pencha en avant, plaça un genou entre mes jambes et le frotta contre mon sexe.

- Ils ne peuvent pas te prendre. Il passa ses mains sur les côtés de mon corps et les glissa sous mes bras. *Parce que tu es à moi.*

La pression montait entre mes jambes lorsqu'il saisit mes poignets et les leva au-dessus de ma tête.

- Je t'ai vue aujourd'hui. J'étais dans la voiture et je t'ai regardée baiser Colton dans ma salle de surveillance.

J'ai regardé fixement ces yeux sombres sans fin tandis qu'il s'écrasait contre mon clito et se retirait lentement.

- Tu l'as bien baisé, chat sauvage.

Le désir s'est déployé tandis qu'il frottait à nouveau son genou contre moi.

- Tellement bien, putain.

Il s'est penché sur moi, son torse contre la mienne avant de murmurer à mon oreille :

- Tu penses que je ne peux pas avoir toutes les femmes que je veux ? Je pourrais, facilement, dit-il d'une voix gutturale.

J'aurais pu m'en taper une ce soir. Je l'aurais baisée dans le bar. Son amie se serait sûrement jointe à nous.

Une rage brûlante m'a traversé et j'ai dirigé mon regard vers le sien. L'odeur de scotch qui se dégageait de son haleine me disait la vérité.

- Tu l'as fait ?

Le désespoir a plissé ses sourcils.

- Non. Je les ai à peine regardés. Elles... elles me dégoûtaient.

J'ai envie de te baiser. Ces mots ignobles refirent surface, pas étonnant qu'il les ait détestés, elles devaient lui ressembler, toujours à vouloir, toujours à désirer. *Je veux te posséder... je te veux à...*

Cette colère brûlante a créé des taches blanches derrière mes yeux.

- Est-ce que moi aussi je te dégoûte ?

Il a cherché mon regard et pendant une seconde, j'étais terrifiée à l'idée qu'il puisse voir le désir en moi. Ce regard confus s'est enhardi tandis qu'il secouait la tête.

- Non.

Le moment est resté suspendu dans le silence, jusqu'à ce qu'il bascule doucement vers l'avant et frotte son genou contre mon clitoris.

- Tu ne me dégoûtes pas le moins du monde. Toi... Vivienne, tu me fais l'effet complètement opposé.

À ses mots, mon sang a bourdonné dans mes veines.

- Toi, ma belle, me dit-il en se penchant pour murmurer à mon oreille. Tu me distraits.

- Bien, ai-je grogné, sachant d'une certaine manière que c'était ce dont il avait besoin... ce dont il avait envie.

Il ne voulait pas qu'une femme se serve de lui et il ne voulait surtout pas qu'une femme lui fasse des propositions.

Non, London St. James était un prédateur.

Seulement, il choisissait ses proies...

Et avec qui il couchait.

La chair de poule a parcouru ma peau tandis que la tension montait entre mes jambes, se balançant et se relâchant... se balançant... et se relâchant, jusqu'à ce qu'il s'éloigne et relâche mes mains.

- Ne bouge pas.

Je n'ai pu qu'obéir lorsqu'il a saisi le bord de ma culotte et l'a fait glisser vers le bas. La dentelle a roulé et glissé le long de mes cuisses jusqu'à ce qu'il la jette sur le côté et fasse glisser ses grandes mains jusqu'à ma taille, saisisse le bas de la chemise de nuit et la fasse glisser vers le haut. De la dentelle douce a effleuré mes mamelons et m'a fait reprendre mon souffle.

- *Tu es à moi*, a-t-il chuchoté en regardant vers le bas, tandis que mes mamelons se dressaient. J'ai fermé les yeux devant la chaleur de son souffle. *À nous.*

La chaleur s'est refermée sur mon mamelon lorsqu'il l'a léché. La sensation a couru jusqu'à mon clito, où elle a bourdonné et palpité.

- On peut te baiser, te posséder... te faire tout ce que tu nous permettras de faire.

Ce que je permettrais ? Je respirais beaucoup trop vite, un gémissement s'échappait, jusqu'à ce qu'il se retire. J'ai ouvert les yeux pour trouver les siens.

- Qu'est-ce que tu nous permettras de faire, chaton ?

Ses mots étaient à la fois un défi et une promesse.

- Tout, répondis-je. *Tout.*

La courbe lente et séduisante de ses lèvres a fait palpiter mon cœur.

- C'est ma gentille chatte.

J'ai mouillé à l'évocation de ce nom.

- Appelle-moi encore comme ça.

- Ma chatte, dit-il en baissant la tête, murmurant le mot contre mon mamelon. Ma chatte.

Mon corps s'est tendu et a vibré pendant qu'il suçait doucement mon téton, puis il est descendu le long de mon corps et a embrassé mes côtes, puis le creux de mon ventre et le bord de ma hanche.

- Ma gentille petite chatte, hein ?

Il a levé son regard vers le mien en glissant entre mes jambes.

- Ma petite chatte qui m'autorise à l'emmener au sous-sol pour la baiser avec ma machine.

Il a écarté mes jambes en poussant ma cuisse et a fait glisser son doigt le long de ma fente.

- Tu mouilles en y pensant, n'est-ce pas ?

Je n'ai pu que hocher la tête.

- Attachée, sans défense et nue. J'aurai la télécommande, chaton. Je te baiserai comme tu as envie d'être baisée.

Ses doigts sont revenus sur mon sexe, ont glissé plus profondément cette fois et m'ont écartée un peu avant de s'attarder à l'entrée de mon vagin.

Il s'est enfoncé jusqu'à ce que je gémisse.

Mes yeux se sont mis à papillonner.

Mon souffle était coincé quelque part entre le tonnerre de mon cœur et la chaleur de sa bouche.

- Tu veux que je te ramène en bas ?

Il s'est enfoncé un peu plus loin.

- Je t'attacherai. On te baisera à tour de rôle, avec la machine. Une bite dans chaque trou. Qu'est-ce que tu en dis, chaton ? Ça te plairait ?

Je me suis mordu la lèvre et j'ai acquiescé.

- Colt dans ta bouche, la machine dans ton petit cul, et moi dans cette putain de chatte parfaite.

Il a retiré ses doigts et a baissé la tête pour lécher mon corps mouillé.

- Putain, tu es bonne. Meilleure que le meilleur scotch.

J'ai gémi et j'ai baissé les yeux pendant qu'il me léchait. Il a maintenu ce lien entre nous, puis il a ouvert la bouche et a sucé mon clito, ce qui m'a fait soulever les hanches du lit.

- Une petite chatte si gourmande.

Les basses vibrations de sa voix m'ont poussée au bord du gouffre.

Jusqu'à ce qu'il se retire et se lève. Mon désir scintillait sur ses lèvres tandis qu'il ouvrait les boutons de sa chemise, ses yeux sombres fixés sur moi. Les souvenirs de ce matin m'ont envahie... *tu peux regarder...*

Je voulais faire plus que regarder. Je me suis redressée. Il s'est arrêté et a soutenu mon regard.

- Je veux faire plus que regarder, London, ai-je murmuré. Je veux... *te toucher.*

Douleur. Dégoût. Confiance.

Les émotions se bousculaient dans ses yeux sombres jusqu'à ce qu'il hoche lentement la tête et me laisse placer ma main contre son torse dur. *Boum. Boum. Boum.* Son pouls battait la chamade, tandis qu'à l'intérieur de ma tête s'élevait un kaléidoscope de voix. London m'a sauvé la vie. London m'a sauvé. *London... London... London...* Je fermai les yeux et me penchai en avant pour embrasser son torse.

Il prit la base de mon cou et passa ses doigts dans mes cheveux avant de m'attirer à lui.

- Chat sauvage...

- Baise-moi, ai-je murmuré. Comme tu en as envie, tant pis pour le contrat. Je veux juste que tu sois en moi.

Mes mots étaient une torture. Des étincelles se sont allumées dans son regard jusqu'à ce qu'il se penche et m'embrasse. Non, pas embrassée... *il m'a dévorée.* Des lèvres dures prirent ma bouche et meurtrirent mes lèvres contre mes dents jusqu'à ce qu'elles palpitent lorsqu'il se retira. Il a lâché mes cheveux, a retiré sa chemise, puis a défait sa ceinture.

- Les mêmes règles s'appliquent ici, chaton. Tu te souviens du mot de passe, n'est-ce pas ?

Je me suis léché les lèvres et j'ai hoché la tête alors qu'il baissait son pantalon.

- Dis-le, chaton. Comme avant.

Il a enlevé ses bottes, puis son pantalon, ses chaussettes et son caleçon, il était nu. Je me suis forcée à me concentrer.

- Oui pour ve... Je veux dire, *oui pour vert*.

Je me suis léché les lèvres, fasciné par le fait qu'il prenait sa chemise pour la tordre.

- Continue, a-t-il dit.

- Jaune pour... faire une pause et rouge pour...*stop*.

Il a hoché la tête.

Il acquiesça.

- Tant que tu t'en souviens, dit-il en brandissant sa chemise. Donne-moi tes mains.

Je n'avais pas besoin qu'il le demande deux fois. Ce moment avait été en suspend entre nous et maintenant c'était une faim plus sauvage que tout ce que j'avais connu. Il s'est servi de sa chemise tordue comme d'une corde et l'a enroulée autour de mes poignets. D'un seul mouvement fluide, il m'a fait reculer, puis s'est avancé comme un prédateur pour me pousser contre le lit. Je ne voyais plus que lui. *Ses ténèbres. Son pouvoir... son corps magnifique et fort.*

J'ai tiré sur mes poignets liés, désespérée de le toucher.

Il gloussa en me tendant les bras d'une main, tandis qu'il attrapait sa bite de l'autre.

- Je t'ai déjà prévenue, chaton. Je t'ai dit exactement ce qui allait se passer entre nous. Mais... tu ne pourras pas dire le mot de passe de sécurité. Alors, pour ce moment spécial, deux doigts levés suffiront. *Tu as compris ?*

Mon esprit était en ébullition alors que j'essayais de suivre le rythme.

- Parle, Vivienne.

- Oui, dis-je en croisant son regard. Oui, j'ai compris.

Il a hoché lentement la tête et s'est élevé au-dessus de moi. J'ai tout de même levé la tête, embrassé son mamelon au passage, et effleuré de mes lèvres la légère cicatrice argentée qui lui traversait le flanc. Cela venait-il d'un couteau ? Mon pouls s'accéléra. Putain, cet homme était dangereux. Il était si... si... si *dangereux*, putain.

Toute cette puissance. J'ai embrassé son ventre et j'ai baissé les yeux pour découvrir sa bite épaisse, dure dans son poing, qui se dirigeait vers moi. Mon cœur s'est serré à cette vue. Ma bouche s'ouvrit et des coups puissants me parvinrent de ses hanches. Je fermai les yeux, absorbée par la sensation de la tension de mes bras au-dessus de ma tête et par ce contact doux et ferme contre ma bouche.

Il contrôlait la situation.

Toujours.

J'ai ouvert la bouche quand sa bite a glissé contre mes lèvres et s'est enfoncée.

Il a grogné en s'enfonçant plus profondément et en forçant ma bouche à s'élargir jusqu'à ce que les bords s'étirent.

Ma chatte s'est serrée et s'est contractée tandis qu'il s'enfonçait et se retirait lentement. J'ai ouvert les yeux, je l'ai regardé et j'ai vu que son monde se réduisait à ce moment.

- Ne me fais pas tomber amoureux de toi, chaton, a-t-il murmuré en s'enfonçant à nouveau, et je l'ai regardé entrer.

J'ai ouvert la bouche plus grand et j'ai fait tourner ma langue autour de son gland avant de sucer fort.

- Putain, a-t-il gémi.

La salive s'est accumulée dans ma bouche. J'ai avalé en ouvrant grand la bouche et ma langue a trouvé une veine épaisse qui s'est mise à palpiter quand j'ai continué à le sucer. Il a étouffé un gémissement alors j'ai recommencé encore et encore, le suçant jusqu'à ce que je n'en puisse plus.

Un jour, tu t'étoufferas avec ma putain de bite et tu adoreras ça.

Putain, j'étais au bout, j'avais envie de lui. J'ai léché et sucé jusqu'à ce que, avec un gémissement, il se retire et relâche mes mains. Je respirais difficilement et ma bouche me brûlait aux commissures.

Il a enlevé la chemise et l'a jetée par terre.

- Tu te fiches du contrat, hein ? dit-il en glissant ses doigts en moi. Alors je pense qu'on devrait faire en sorte que ça en vaille la peine.

J'ai ouvert les cuisses tandis qu'il s'enfonçait entre mes jambes. D'un coup sec, il était à l'intérieur, m'étirant jusqu'à ce que je n'en puisse plus.

- Une chatte si serrée, a-t-il gémi en se retirant avant de s'enfoncer à nouveau.

Son corps se déplaçait en coups puissants et élancés.

- Une chatte si belle et si serrée. Elle est toute à moi.

Ces yeux sombres m'ont clouée là où je me trouvais.

- Tout à moi, putain.

Mon corps s'est étiré et se tendait, jusqu'à ce qu'il se retire et revienne lentement. Il s'est levé sur des bras puissants et a regardé entre nos corps.

- Putain, gémit-il. Regarde, chaton. Regarde-nous.

J'ai suivi son regard jusqu'à l'endroit où nous nous rejoignions alors que sa bite s'enfonçait à nouveau en moi et s'y enfonçait complètement.

- Je vais en avoir pour mon argent avec toi, chat sauvage, a-t-il murmuré en levant ses yeux sombres et insondables vers les miens. Cette chatte parfaite vaut chaque putain de dollar.

J'ai gémi à ses mots et j'ai regardé vers le bas.

- Oui. Mon Dieu, *oui*.

Il m'a regardée fixement tout en s'élevant au-dessus de moi comme un dieu. Ses bras étaient une cage autour de moi alors qu'il me pénétrait de sa bite, me réclamant, me possédant de la seule façon qu'il connaissait. La pression montait et ma chatte se resserrait. J'aimais la façon dont il me baisait.

- C'est ça, chaton, a-t-il grogné en poussant plus fort. Comme ça, putain.

J'ai fermé les yeux et chaque cellule de mon être s'est concentrée sur la sensation tandis qu'il s'enfonçait encore et encore.

- *Oh.*

J'ai sursauté alors que des étincelles s'entrechoquaient derrière mes yeux et s'enflammaient.

Une seconde plus tard, il a poussé un grognement et s'est enfoncé loin en moi, il s'est enfoncé jusqu'au bout... *et s'est répandu.*

La chaleur m'inonda avant qu'il ne tombe à côté de moi sur le lit et soupire lourdement.

- Putain.

Mon esprit s'est mis à flotter. Mon corps vacillait.

Pendant une seconde, je suis restée suspendue dans l'oubli jusqu'à ce que London se tourne lentement vers moi.

- Tu vas bien ?

J'ai croisé son regard et j'ai hoché la tête...

Sachant qu'à cet instant, tout avait changé.

TRENTE-SIX

London

Je suis revenu à moi, j'ai pris une longue et lente inspiration… et j'ai eu l'impression d'avoir été renversé par un camion. Les souvenirs sont revenus.

Le bar… la bouteille.

Elle.

J'ai ouvert les yeux et j'ai trouvé un poing sur ma joue. Vivienne dormait à côté de moi. Les bras levés au-dessus de sa tête, ses cheveux sauvages formaient un éventail sur les draps de coton égyptien lavande. Elle était époustouflante et sereine, les yeux fermés, ses lèvres pulpeuses entrouvertes. Les légères taches de rousseur sur son nez m'ont serré la gorge. Je clignai des yeux et me forçai à me concentrer. Bon sang, elle était belle.

Mon cœur a fait un bond à cette vue. Mon souffle est resté bloqué quelque part dans ma poitrine, retenu par cette sensation de flottement. Non, je flottais pas… *je tombais putain.*

Ne me fais pas tomber amoureux de toi, chaton. Ma propre prophétie revint me mordre le cul.

Tomber amoureux d'elle, putain ?

Quelle blague.

Je détournai mon regard et me glissai sans bruit hors du lit. Les premières lueurs du soleil filtraient à travers la fenêtre. J'ai examiné le désordre à mes pieds, j'ai attrapé mon pantalon, mon caleçon et mes chaussures et j'ai quitté la chambre sans bruit. La chaleur m'est montée aux joues dès que j'ai franchi sa porte et j'ai jeté un coup d'œil en direction de la chambre des fils alors que je me dirigeais vers mon étage, nu.

Colt s'est immiscé dans mon esprit alors que j'entrais dans ma chambre. J'ai jeté mes vêtements sur le lit soigneusement fait et j'ai laissé tomber mes bottes à côté. Le fils était en train de tomber amoureux d'elle, s'il n'avait pas déjà plongé la tête la première dans le même putain d'abîme que moi.

Je me suis dirigé vers la salle de bains, j'ai ouvert les robinets de la douche et je me suis mis sous le jet d'eau. *Mais pas Colt, pas encore.* J'ai fermé les yeux pendant que l'eau chaude m'assaillait, et je me suis souvenue des images de la salle de surveillance, où Carven avait appuyé son front contre son épaule pendant qu'elle baisait son frère.

Carven ressentait quelque chose pour elle, ce qui me donnait de l'espoir. S'il m'arrivait quelque chose, il la protégerait. Je me suis lavé puis je me suis penché en arrière et j'ai laissé le savon s'écouler. *Il la protégerait.* Pour l'instant, c'est tout ce qui m'importait.

Mes pensées se sont tournées vers les menaces de Hale.

J'ai apprivoisé sa sauvagerie... peut-être que je pourrais t'aider avec la tienne ?

La haine frissonna en moi alors que je mettais fin à au jet d'eau et sortais. Je tuerais ce salaud avant de le laisser poser ses mains sur elle, puis je les tuerais tous, toutes les personnes infâmes associées à l'Ordre. Je me séchai et m'habillai d'un pantalon bleu marine, d'une chemise blanche et d'une cravate bleu foncé avant de descendre.

Guild leva les yeux lorsque je me dirigeai vers la cuisine. J'ai jeté un coup d'œil à sa lèvre enflée, puis j'ai détourné le regard.

- London... commença-t-il avant que je ne lève la main pour lui couper la parole.

- Non, dis-je en secouant la tête en contournant le comptoir. J'ai dépassé les bornes. Je suis désolé. Pardonne-moi.

Ses yeux s'écarquillèrent de surprise.

- Qui êtes-vous et qu'avez-vous fait de mon ami ?

J'ai poussé un petit rire, mais il s'est éteint aussi vite et je lui tendis la main.

- Je te demande pardon.

- Alors j'accepte, dit-il en me serrant la main. Et je te promets de ne plus laisser cette foutue fille prendre l'avantage sur moi. *C'est une... une...*

- Je sais, dis-je quand il a relâché mon emprise. Crois-moi, je sais.

- Que dirais-tu d'un café ? demanda Guild en se tournant vers la machine sur le comptoir de ma cuisine. Triple dose, assez fort pour réveiller les morts ?

- Un café serait parfait, répondis-je, avant de m'immobiliser.

Il l'a senti instantanément, s'est arrêté et s'est retourné pour croiser mon regard.

- Qu'est-ce qu'il y a ?

- Harper et le reste, sont-ils toujours là ?

- Harper ? Oui, ils sont là. Pourquoi ?

Un plan avait germé dans mon esprit, un plan dangereux avec un prédateur d'un côté et le Diable lui-même de l'autre. Un plan que je n'avais pas voulu envisager, et pourtant j'étais là...

- London, dit-il à voix basse. Fais attention, mon frère.

J'ai fait un signe de tête, puis j'ai jeté un coup d'œil à la machine à café. La dernière chose que je voulais, c'était de retourner dans le passé. Ça avait déjà été assez difficile de s'en tirer la dernière fois.

- Crois-moi, c'est le cas, répondis-je prudemment, puis je me retournai et me dirigeai vers le bureau.

Je ne pensais qu'à ça, faire attention. Mais cela ne me sortirait pas de ce fichu problème dans lequel je me trouvais. Non, ce n'était pas le moment de faire attention. C'était le moment d'être audacieux, d'être énergique, et de faire le genre de geste qui pourrait déclencher une guerre. Tant que cette guerre ne nous visait pas.

Je suis entré dans le bureau et j'ai fermé la porte derrière moi. Hale était au courant de l'enregistrement et il savait aussi que Killion avait attendu que son maître chanteur se montre. Mais ce qu'il ignorait, c'est qu'il n'y avait pas eu de chantage, pas vraiment. Il n'y avait eu qu'une vengeance des plus brutales.

Une vengeance que j'avais aidé à orchestrer pour amener Ryth et ses demi-frères là où j'avais besoin qu'ils soient.

Et c'est à moi qu'ils devaient la vie.

J'ai sorti mon téléphone en contournant mon bureau et j'ai appuyé sur un numéro que je ne pensais pas appeler un jour. L'appel n'a pas abouti et je suis tombé sur la boîte vocale.

- J'appelle au sujet de ma Chevy Impala noire, ai-je dit prudemment. Vous pouvez me rappeler au numéro suivant : ....

J'ai donné mon numéro et raccroché, puis j'ai démarré mon ordinateur et me suis connecté. Pas plus de cinq secondes plus tard, mon téléphone a de nouveau sonné et une voix grave et familière s'est fait entendre.

- L'Impala est sortie.

- L'Impala a besoin de quelques rénovations.

Silence. Puis :

- Quel genre de rénovations ?

- Quelques rayures et bosses, rien de grave.

- Alors, je vais vous donner un numéro que vous pourrez appeler.

J'ai mémorisé le numéro qu'il m'a donné avant qu'il ne raccroche. Il s'agissait d'une ligne sécurisée. Intraçable. Indétectable, créée par les meilleurs des meilleurs. Je devrais le savoir, j'avais travaillé avec eux pendant plus de dix ans. Ils étaient aussi prudents que possible. Mais je n'ai pas appelé tout de suite. Au lieu de cela, j'ai regardé fixement le bureau et j'ai pesé toutes les options qui s'offraient à moi. S'il y avait un autre moyen de s'en sortir, je le prendrais. Mais il n'y en avait pas, je le savais, et si je n'agissais pas, tout cela n'aurait servi à rien.

Je murmurai :

- Pour le bien de tous, puis je décrochai mon téléphone et composai le numéro qu'on m'avait donné.

- London, répondit Harper Renolt avec précaution. Je ne pensais pas avoir de tes nouvelles un jour.

- Je ne pensais pas avoir à rappeler.

- Et pourtant, nous y sommes.

- Oui, nous y sommes.

La porte du bureau s'est ouverte, attirant mon regard, puis je me suis figé lorsque Vivienne est entrée, portant deux petites tasses de café fumant. Je suis resté bouche bée en la voyant porter ma chemise... ma chemise froissée d'hier soir qui lui arrivait maintenant à mi-cuisse.

Tes mains... ma propre voix résonnait dans mon esprit.

Le souvenir m'est revenu en mémoire, les bras de ma chemise enroulés autour de ses poignets. Ses mains en l'air... comme elles l'avaient été à mon réveil. *Avait-elle rêvé de nous ?* Ma bite s'est animée instantanément à cette pensée tandis que mon regard se posait sur la même fichue chemise qu'elle portait maintenant. Bon sang.

- Tu es là ? murmura Harper.

- Oui, répondis-je, mon regard parcourant ses cuisses nues alors qu'elle contournait le bureau pour se diriger vers moi. Je suis là. J'ai besoin que tu ajustes certains enregistrements, que tu échanges une adresse IP avec une autre.

- Réacheminer des informations spécialisées. Autre chose ?

- Oui, murmurai-je tandis que Vivienne posait une tasse de café sur le bureau devant moi, son regard fixé sur le mien. Les dates et les heures.

- Ça a l'air assez facile. Pour quand tu veux ça ?

Elle a posé ses fesses sur le bureau en face de moi et a soulevé son pied pour le placer sur mon siège entre mes cuisses, ses orteils frôlant ma bite.

- Hier, ai-je répondu en croisant son regard.

Ses cheveux étaient attachés en un chignon désordonné et des mèches s'étaient échappées pour tomber sur ses épaules. Elle me regardait avec une telle innocence en sirotant son café tandis que ses orteils se courbaient pour titiller ma bite. Bon sang, cette femme était la folie dans sa forme la plus érotiquement stupéfiante.

- Et cette adresse IP que tu veux que je modifie, il s'agit de quelqu'un de dangereux ?

- Très, ai-je murmuré tandis qu'elle continuait à me caresser et à me masser.

- L'adresse ?

J'ai détourné mon regard d'elle et j'ai entré les détails sur le clavier, ce qui m'a permis d'obtenir l'adresse IP personnelle de Benjamin Rossi. J'ai donné le numéro à Harper en me léchant les lèvres et en me retournant vers elle, sachant pertinemment que je regardais cette beauté en même temps que j'orchestrais une guerre entre Haelstrom Hale et la mafia Stidda.

J'aurais pu être en train de faire une liste de courses, pour ce que j'en avais à faire... parce que tout ce que je voyais, *c'était elle.*

- Putain, tu sais qui c'est, hein ? grogna Harper.

- Je le sais.

- Et tu es prêt pour les retombées de tout ça ?

Vivienne a léché le bord de sa tasse, traquant la perle de café, et m'a fixé tout en pétrissant ma bite, jusqu'à ce que je ne puisse pas le supporter une seconde de plus. Je me suis élancé, j'ai saisi sa cheville et j'ai soulevé son pied.

- À quel point t'es impliqué là-dedans, mon frère ? demanda Harper et pendant une seconde, j'avais oublié qu'il était là.

J'ai baissé la tête et embrassé l'intérieur de son genou, tout en veillant à garder le téléphone à l'oreille.

- Tellement que je ne vois plus le jour.

J'ai saisi sa cheville et j'ai caressé les diamants avant de monter plus haut et d'écarter la chemise.

- Je n'ai pas le choix, ai-je murmuré, ce qui en disait plus long que je ne le voulais, et je me suis figé lorsque j'ai découvert la culotte sans entrejambe à bretelles noires.

Le coin de sa bouche s'est retroussé lorsque j'ai levé mon regard vers le sien. Elle savait ce qu'elle faisait...

Putain.

- Alors je vais mettre ça en place et je te contacterai pour les détails. Ça veut dire que tu es de retour ? demanda Harper à l'autre bout du fil.

Mais j'avais déjà baissé la tête et l'avais fait basculer en arrière, le téléphone toujours dans ma main.

- London ?

Le faible son de sa voix essaya de me parvenir alors que je passais ma main sous son genou et que j'écartais ses cuisses.

Elle sentait comme nous...

Elle sentait comme nous.

Je fermai les yeux et inhalai ce parfum profond et musqué. Le désir a pris le dessus. Je n'étais plus un homme en train de fonctionner, j'étais un homme allé trop loin pour en avoir quoi que ce soit à faire, un homme au-delà du point de non-retour. Une pression sur ma tempe m'a fait ouvrir les yeux, elle passait ses doigts dans mes cheveux et me prenait la nuque.

Aucun mot n'a été prononcé.

Mais le désir dans ses yeux disait tout ce qu'il y avait à dire.

Il était inutile de lutter contre cela...

Parce que peu importe à quel point j'essayais, je savais que je ne gagnerais jamais.

Ce serait toujours elle. Il en sera toujours ainsi.

Avec un grognement, j'ai baissé la tête et embrassé la chair tendre de sa cuisse, puis je suis remonté pour lécher sa fente. Elle n'a pas perdu une seconde, m'a saisi la tête et s'est penchée en arrière, la tasse de café toujours dans son autre main.

- *London ?*

La voix de Harper parvenait à peine à mes oreilles.

Mais elle a gémi lorsque j'ai sucé son clitoris. Ce gémissement était tout ce que j'avais en tête, tout ce que je voulais. Je voulais ce gémissement. J'avais envie de ce gémissement. J'ai resserré mon bras sous son genou et j'ai tiré son cul vers moi, la forçant à basculer encore plus. Elle a posé sa tasse sur le bureau et j'ai relâché sa jambe, l'ai laissée retomber et ai fait glisser mon doigt le long de sa fente.

- Il était temps que tu portes les vêtements que je t'ai achetés, ma belle.

- Et il était temps que tu me le rendes bien.

Elle a relevé la tête, croisant mon regard.

- Tu sens comme nous, ai-je gémi. Tu as le même goût que nous.

- *Nous*, a-t-elle chuchoté, et ce mot m'a bouleversé. J'aime ce mot. Est-ce que tu vas t'arrêter là, London ?

J'ai froncé les sourcils.

- Utilise des mots, rétorqua-t-elle et une lueur d'amusement a brillé dans ses yeux.

- Je vais te montrer quels putains de mots, ai-je grogné, et j'ai baissé la tête pour la lécher. Que penses-tu de « *oh mon Dieu* » ?

- Il faut le mériter, gémit-elle tandis que je glissais mes doigts à l'intérieur et que je commençais à la baiser. Oh, *putain oui*... il faut le mériter.

C'était à mon tour de sourire.

TRENTE-SEPT

Vivienne

London laissa échapper un gloussement profond et guttural tandis qu'il baissait la tête et léchait ma fente... j'en tremblais. Je poussai un soupir et glissai mes doigts dans ses cheveux tandis qu'il remontait plus haut et attirait mon clito dans sa bouche.

- Oh putain !

Mon corps s'est mis à trembler et mes jambes se sont écartées d'elles-mêmes.

Un gémissement a résonné au fond de sa gorge. La vibration ronronnait contre ce nœud sensible entre mes jambes tandis que ses bras puissants se resserraient sous mes genoux et qu'il me rapprochait, jusqu'à ce que je sois au bord du gouffre.

- Tu crois que tu peux venir ici et me distraire comme ça ? murmura-t-il en levant son regard vers le mien. *Tu crois que tu peux...*

- Oui, répondis-je à bout de souffle. Je le pense.

Le coin de sa bouche a tressailli.

- Putain de sale gosse. C'est ce qu'on va voir, d'accord ?

Il a glissé son doigt le long de ma fente et l'a enfoncé.

- Est-ce que tu crois que je suis un rigolo, Vivienne ?

Ses doigts effrontés attisent la chaleur. Je n'arrivais pas à me concentrer, mon corps se contractait à son contact.

- Alors ? a-t-il demandé, son regard fixé sur le mien tandis qu'il me massait lentement.

- Regarde, chaton. Ai-je l'air d'un homme avec qui on plaisante ?

Je me suis concentrée sur l'endroit où ses doigts avaient disparu et j'ai secoué la tête.

- Non, quoi ? grogna-t-il.

- Non, *daddy*, gémis-je.

- C'est ce que je pensais, putain.

Il a baissé les yeux, puis a glissé deux doigts à l'intérieur.

- Tu vas apprendre à m'obéir, Vivienne. *Je le jure, tu vas apprendre.*

Mon orgasme allait s'abattre sur moi comme une tempête. Ma chatte s'est contractée sous l'effet de la poussée d'adrénaline. *J'étais si proche... si proche... si...* Je fermai les yeux et gémis, fixée sur cette sensation avant qu'il ne retire ses doigts et ne me laisse tremblante, au bord de l'orgasme.

J'ai ouvert les yeux en sursaut et la colère s'est emparée de moi.

- Pourquoi tu t'arrêtes, putain ?

Il a bougé rapidement et a fait un pas en arrière, ses doigts brillants et lisses. D'un geste de la tête, il m'a indiqué le sol.

- À genoux, chat sauvage.

Mon corps entier a tremblé et mes jambes ont à peine fonctionné quand j'ai glissé du bureau, fait un pas avant de sombrer le sol. J'étais tellement désespérée que j'aurais fait n'importe quoi.

- Seules les gentilles filles ont le droit de jouir.

Il a empoigné mes cheveux alors que j'étais à quatre pattes.

- Tu vas être une gentille fille ?

Ma chatte s'est contractée, j'ai levé les yeux et j'ai hoché la tête. Ces yeux sombres se sont plantés dans les miens.

- Bien.

Il a débouclé sa ceinture, a déboutonné son jean et a baissé sa fermeture éclair.

- Montre-moi à quel point tu es bonne, putain.

J'ai tendu la main vers lui quand sa bite fut libérée. Bordel, le fait d'être à quatre pattes rendait pas la situation encore plus torride. Mon cœur s'est serré, j'ai saisi la base de sa bite et j'ai ouvert la bouche.

- C'est ça, ma belle. Ouvre grand.

Son gland lisse a glissé sur mes lèvres. Il m'a empoigné les cheveux et a écarté les doigts pour me saisir la tête, puis il s'est enfoncé plus profondément entre mes lèvres. Ma respiration s'est arrêtée et la pression est montée dans ma poitrine lorsqu'il s'est enfoncé plus loin, puis s'est retiré d'un coup.

- Tu es une fille très gourmande, n'est-ce pas ?

J'ai ouvert plus grand, désespérée d'en avoir plus.

Il me tira doucement par les cheveux, ce qui fit jaillir sa bite luisante de ma bouche.

- Deux doigts, chaton.

- Oui, oui, *deux doigts*, ai-je grogné. S'il te plaît, laisse-moi juste te sucer.

Il m'a souri.

- Putain, j'adore quand tu me supplies comme ça. Tu ferais mieux de t'y habituer, chat sauvage. Maintenant, ouvre ta jolie bouche.

C'est ce que j'ai fait, haletante et désespérée. J'ai glissé mes mains le long de l'arrière de ses cuisses puissantes tandis qu'il attirait ma tête contre son sexe. C'est ce que je voulais. J'étais si mouillée, au bord de l'orgasme lorsqu'il s'est enfoncé jusqu'au bout et m'a coupé le souffle.

- Respire par le nez, ma belle.

Il m'a tenu la tête doucement, puis m'a relâché et s'est retiré. Un liquide s'écoulait de son gland tandis que j'aspirais de grandes bouffées d'air.

- Tu vas finir par me tuer, a-t-il murmuré en baissant les yeux. Dans le bureau, chat sauvage, ne m'oblige pas à te le demander deux fois.

Je n'ai jamais bougé aussi vite de ma vie. Mes genoux tremblaient tandis que je me précipitais vers le bureau et me retournais vers lui.

- Hum hum, me corrigea-t-il. *Tourne-toi, Vivienne.*

C'était une machine brute lorsqu'il m'a attrapée par la taille, m'a fait tourner sur moi-même avec une main sur la nuque, et m'a forcé à poser ma joue sur le bureau.

- C'est ma bonne fille, a-t-il grogné en faisant glisser son doigt le long de ma fente jusqu'à mon cul. C'est ma gentille... *petite... chatte.*

D'une poussée brutale, il s'enfonça à fond dans mon corps, me faisant me cambrer sous l'effet de sa force. J'ai expiré en gémissant et j'ai fait glisser mes mains sur le bureau, essayant de trouver quelque chose à quoi m'accrocher.

Mais London était féroce et ne m'a pas laissé le temps de me stabiliser, laissant mes mains s'agiter sur le bureau et éparpiller dossiers et stylos sur le sol.

Il a lâché un grognement sauvage.

- Putain !

Boum.

- Ces fichiers...

Boum.

- Étaient...

Boum.

- Par... ordre alphabétique.

Sa bite s'enfonçait dans ma chatte comme des coups de poing punitifs.

Je me trouvais dans un état frémissant, gémissant continuellement.

Je me suis agrippée au bord de son bureau alors que mon orgasme menaçait de s'écraser sur moi et de m'emporter. J'ai poussé mes hanches vers l'arrière. Je n'étais plus qu'un corps palpitant et en manque.

- Plus fort, ai-je gémi alors que ma chatte se contractait... Baise-moi plus fort.

Avec un grognement guttural, il s'est enfoncé à fond et s'est arrêté net quand la chaleur s'est répandue en moi. Il a relâché son emprise sur mon cou et son pouce a glissé tandis qu'il grognait en tremblant.

- Je vais te ruiner, tu as compris ça, n'est-ce pas ?

Mes respirations étaient trop rapides, ma gorge trop sèche. J'ai avalé une fois, puis deux, alors que j'étais allongée sur son bureau, incapable de trouver la force de me lever, et j'ai haleté :

- J'ai hâte, putain.

Son sperme était chaud et lisse, il glissait et devenait froid sur l'intérieur de mes cuisses quand il s'est retiré. Mon ventre a alors décidé qu'il était temps de gargouiller tandis que je me suis lentement redressée sur mes bras tremblants et que je me suis retournée pour croiser son regard.

Mon Dieu, il était dévastateur.

- Vu que je t'ai baisée, a-t-il marmonné. Je peux aussi bien te nourrir.

- Oui, s'il te plaît... *daddy*, ai-je murmuré.

Le coin de sa bouche s'est plissé alors que de faibles bruits provenaient de l'extérieur du bureau. London m'a jeté un coup d'œil.

- J'aime bien que tu portes ma chemise.

- Bien, répondis-je. Tu ferais mieux de t'y habituer. J'ai l'intention de mettre le bazar dans tout ce qui t'appartient.

Son sourire n'a fait que s'accentuer. Je me suis rendu compte de deux choses : à quel point il était magnifique quand il souriait, et à quel point il le faisait rarement. Cet homme avait vécu dans des zones sombres pendant si longtemps qu'il ne savait pas comment être différent.

J'ai glissé du bureau pendant qu'il remettait son pantalon et ajustait sa ceinture. Au moment où j'ai glissé du bureau pour me mettre debout, je l'ai senti, le liquide gluant et humide qui enduisait l'intérieur de mes cuisses. Je me suis tournée vers la porte du bureau et j'ai senti que London me suivait de près. J'avais désespérément besoin d'une douche et de nourriture.

Mais avant que j'ouvre la porte, il plaça une main sur la porte et l'autre sur le chambranle et m'emprisonna.

- *Attention, chat sauvage*, m'a-t-il dit quand je me suis retournée et que j'ai croisé son regard. N'oublie jamais ce que je suis.

J'inspirai profondément et acquiesçai lentement.

Il y eut un battement de cœur avant qu'il ne retire sa main pour que je puisse ouvrir la porte et partir. Mais alors que je traversais la cuisine et me dirigeais à nouveau vers les escaliers, je fus frappée. London venait-il de me mettre en garde contre *lui* ?

Il l'avait fait...

Et je ne savais pas pourquoi. Mes joues devinrent brûlantes lorsque j'entrai dans ma chambre et que je me dirigeai directement vers la salle de bain. Mon lit était encore en désordre, mes sous-vêtements jetés sur le sol. J'étais descendue pour le taquiner plus qu'autre chose et j'avais fini par me faire prendre sur son bureau.

Une chaleur gluante glissait entre mes cuisses. J'ai enlevé sa chemise et je suis entrée dans la douche. Quand j'ai eu fini, je suis sortie, les cheveux lavés et le corps imprégné de l'odeur profonde et séduisante du gel douche qu'il avait acheté pour moi. Parce qu'il n'y avait pas une seule chose me concernant que London ne contrôlait pas.

Attention, chat sauvage. Son avertissement résonnait encore lorsque j'enfilai une jupe noire moulante, des bas transparents et un pull rouge en cachemire à manches longues ; puis je redescendis. Des voix étouffées provenaient de la cuisine et l'odeur de la nourriture en train de cuire m'a saisie dès que j'ai atteint le hall. Des grognements de mâles en train de se chamailler emplissaient la cuisine.

- Tu vas le faire brûler, dit London.

- Qui cuisine là, putain ? a crié Carven quand je suis entrée dans la pièce et que j'ai trouvé Colt assis sur un tabouret de l'autre côté du comptoir de la cuisine, en train d'observer la mise en scène.

- Tu ne m'écoutes pas, dit London en secouant la tête. Non, ce n'est pas comme ça qu'on retourne une putain d'omelette.

Carven lui a jeté un regard féroce, puis s'est figé lorsque son regard s'est porté sur moi, il a regardé mes seins sous le pull et s'est détourné.

- Qu'est-ce qui se passe ?

J'ai pris place à côté de Colt tandis qu'il piquait une saucisse dans l'assiette devant lui.

- Carven est en train d'assassiner ton petit déjeuner et London est sur le point de l'assassiner, a marmonné Colt en mâchant.

- Je n'assassine rien du tout, a protesté Carven, qui a fait un pas en arrière lorsque je me suis penchée pour prendre une saucisse dans l'assiette de réserve au milieu du comptoir.

Colt s'est figé en pleine mastication et m'a jeté un regard noir tandis que je mordais dans la saucisse.

- Mmm, c'est bon.

- C'était *mon* petit-déjeuner, dit prudemment Carven en me regardant prendre une autre bouchée.

Je haussai les épaules et engloutis le reste de la saucisse dans ma bouche, tandis que les trois hommes me regardaient avec des yeux de voraces.

- J'avais faim, marmonnai-je, et je me penchai à nouveau sur le comptoir pour prendre une deuxième saucisse dans l'assiette.

- *Carven*, avertit London, qui me vit sourire et mordre dans la saucisse.

- Ben te gêne pas surtout ! cria Carven.

Mais j'ai glissé du tabouret en un instant, j'ai poussé un cri et j'ai couru vers l'extrémité du comptoir alors que le fils mortel se précipitait sur moi. J'ai attrapé London, je l'ai tiré sur le côté, puis je l'ai poussé de toutes mes forces. J'ai surpris son sourire en coin avant qu'il ne fonce sur Carven.

J'ai rejeté la tête en arrière et j'ai ri, j'ai enfourné la dernière saucisse dans ma bouche et j'ai couru vers les escaliers. Je n'ai pas fait trois marches avant d'être frappé par un tsunami et d'être projeté sur le côté avant de tomber. Mais je n'ai pas heurté les escaliers. Non, Carven m'a rattrapée juste à temps. Il m'a quand même poussée contre les marches, a saisi ma bouche avec des mains cruelles et a serré jusqu'à ce que ma bouche s'ouvre.

- *A moi*, a-t-il grogné sauvagement en me fixant dans les yeux et en enfonçant ses doigts dans ma bouche.

J'ai mordu et me suis blottie contre ses doigts. Il s'est retroussé les lèvres et ses yeux bleus se sont plantés dans les miens. Lentement, j'ai ouvert la bouche et lui ai donné assez de liberté pour retirer la viande à moitié mâchée de ma bouche pour la mettre dans la sienne. Il s'est lentement redressé, a mâché et avalé en regardant vers l'endroit où ma jupe s'était relevée pendant la lutte et avait dévoilé le haut en dentelle de mes bas.

Mais le fils dangereux ne s'est pas éloigné. Au lieu de cela, il a poussé l'intérieur de mon genou avec force, écartant ma jambe.

- Mange encore ce qui est à moi, chat sauvage, et je pourrais bien m'en prendre à ce joli corps.

Il se lécha les lèvres en regardant entre mes cuisses.

- Seulement, je ne serai pas doux comme mon frère... et contrairement à tes jeux avec London, il n'y aura aucun mot de passe de sécurité. Je vais étouffer ta bouche et te baiser jusqu'à ce que tu cries. Tu n'aimeras pas... dit-il en levant le regard puis il fit un pas en arrière. Non, tu n'aimeras pas du tout.

Il s'est retourné et a repris le chemin de la cuisine tandis que je murmurais.

- Comment tu le sais ?

Il s'est arrêté, puis a tourné la tête pour me voir par-dessus son épaule.

- Parce qu'aucune femme n'a jamais aimé.

TRENTE-HUIT

Vivienne

LES JOURS SONT DEVENUS... ÉTRANGES, PRESQUE CALMES. Comme si le calme était un pistolet chargé, pointé sur chacune de nos têtes. Les hommes rôdaient autour de la maison, ce qui rendait Guild bizarre. Il y eut plus d'une altercation avec les fils qui se mettaient en travers de son chemin, jusqu'à ce que le cuisinier se mette à aboyer :

- Sortez de la cuisine... sortez !

Je me suis retrouvée à traîner au rez-de-chaussée, investissant le salon inutilisé et m'installant confortablement sur le canapé duveteux. L'énorme téléviseur à écran plat avait encore son emballage en plastique sur le devant. Le plastique a été le premier à disparaître. Du pop-corn, des chaussettes épaisses et un sweat à capuche trop grand que j'ai piqué à Colt, et je me suis installée dans un sentiment de familiarité.

Rester à l'intérieur, rester silencieuse.

Vivre ma vie à travers les films et les séries télévisées.

C'est tout ce que j'avais eu avant d'être traînée à l'Ordre et bordel, j'étais heureuse de retrouver ça. N'importe quoi, tant que je n'avais pas à retourner dans cet enfer.

Cela ne voulait pas dire que je n'aspirais pas à une vie normale. Une vie comme les autres. Je regardais avec plus qu'un peu d'envie London et ses fils se disputer et partir, me laissant seule avec Guild pendant de courtes périodes.

Carven poussait London à l'action, lui lançant des piques comme un prédateur enragé. Il n'aimait pas tout ce temps à rien faire et à attendre. Mais la dernière chose que London voulait faire était de réagir sans réfléchir, sans planifier.

Pendant ce temps, je restais à l'intérieur. Un après-midi, je suis restée à la fenêtre du salon pendant que Holidate passait sur l'écran derrière moi et j'ai regardé le vent glacial hurler à l'extérieur et fouetter les branches dénudées dans sa fureur. Jusqu'à ce que l'odeur enivrante du pop-corn s'échappe de la cuisine.

- Qu'est-ce que tu regardes ? demanda Colt en apportant un énorme bol si plein qu'il en débordait presque.

J'ai détourné mon regard de l'extérieur pour voir le fils entrer à grands pas dans le salon. Ses yeux d'un bleu profond rencontrèrent les miens alors qu'il s'installait de l'autre côté du canapé.

- Holidate, répondis-je.

- Un film de Noël ? dit-il en jetant un coup d'œil à l'écran, les sourcils froncés.

- Oui, répondis-je en me renfrognant. J'aime bien...

Cela l'a fait sourire.

- C'est... mignon.

- Mignon, hein ? dis-je en croisant les bras et j'ai croisé son regard.

Il était toujours aussi maladroit avec moi, restant à l'écart même si je sentais le poids de son regard me hanter à chaque seconde où nous étions près l'un de l'autre.

- Qu'est-ce qui est mignon, putain ? grogna Carven en se penchant sur le dossier du canapé pour attraper une poignée de pop-corn.

- Viv adore les films de Noël, répondit Colt, le regard fixé sur moi.

- Bon sang, je déteste ça, dit Carven en contournant l'accoudoir pour s'asseoir entre nous. Je déteste tout ce qui concerne cette période de l'année. Je déteste encore plus cette putain d'attente.

Ce geste lui valut un regard noir de la part de son frère.

- Viv était assise là.

Son frère haussa les épaules en marmonnant :

- Il y a plus de place qu'il n'en faut.

Je me suis renfrognée. Ce n'était pas la première fois qu'il se mettait entre nous. Je ne savais pas s'il s'agissait d'une attitude territoriale à l'égard de son frère ou s'il voulait vraiment être proche de nous.

- Je ne connais pas, marmonnai-je alors que le grognement de London s'amplifiait lorsqu'il sortit du bureau à grands pas.

Il était furieux à cause d'une adresse IP. Assise à côté de Carven, je me suis tournée pour appuyer mon dos contre l'accoudoir. Dès que je l'ai fait, Carven s'est baissé, a attrapé mes pieds et les a tirés sur ses genoux. Colt observait son frère du coin de l'œil, figé au milieu d'une poignée de pop-corn qu'il portait à sa bouche.

- Tu ne connais pas *quoi* ? s'écria London, d'une humeur massacrante.

Cela ne faisait que m'énerver. J'ai reporté mon regard sur le sien.

- Noël, je ne sais pas ce que c'est.

Cet homme pouvait être très énervé quand il le voulait.

Il s'est arrêté, a jeté un coup d'œil sur les fils, puis sur le film qui passait à la télé. L'air est devenu tendu. Des vérités inexprimées jaillirent et bourdonnèrent dans l'air.

- Mais vous avez connu ça vous, n'est-ce pas ? dis-je en les regardant attentivement.

Ils n'ont pas bronché, mais c'est comme s'ils l'avaient fait.

- Je n'ai jamais eu de vie normale, je n'ai jamais rien eu, dis-je.

Les fils m'ont regardé.

London s'est approché, a saisi le dossier du canapé d'une main et s'est penché pour me lancer un regard noir.

- Tu es en vie, n'est-ce pas ?

- C'est une façon de le dire, répondis-je avec un regard noir.

- Crois-moi, tu es plus en sécurité à l'intérieur.

J'ai détourné le regard, l'ignorant.

- Tu n'arrêtes pas de le dire. Je suppose que je vais vivre toute ma putain de vie attachée à cette putain de machine dans ton sous-sol, n'est-ce pas ?

- Reste à l'intérieur, a grogné Carven. Restons tous à l'intérieur.

La mâchoire de London se serra, mais il ne regarda pas Carven. Il gardait son regard brûlant fixé sur moi. Je fixais l'écran, sans rien regarder, jusqu'à ce qu'il marmonne :

- Très bien. Tu veux Noël, alors je te donnerai un putain de Noël.

L'espoir a surgi en moi. J'ai failli me briser le cou en deux en ramenant mon regard sur le sien.

- Vraiment ?

Ces yeux sombres ont frémi d'une fureur froide et glaciale alors qu'il hochait lentement la tête et levait son regard vers la télévision, où Sloane se frayait un chemin à travers un centre commercial surpeuplé.

- Le South Diamond Mall organise ses premières ventes nocturnes avant Noël. Il s'est tourné vers moi. Et nous irons.

J'ai retiré mes pieds des genoux de Carven et je me suis levée lentement du canapé.

- Ne te moque pas de moi, London. Ce n'est pas drôle.

Il s'est lentement redressé. Son regard n'avait rien d'amusant.

- Je n'essayais pas d'être drôle. J'ai oublié à quel point ta vie était cruelle, dit-il en faisant un signe de tête en direction de la télévision. Alors, si aller dans un putain de centre commercial te rend heureuse, alors on ira.

- Putain, non, je ne veux pas, marmonna Carven, ce qui lui valut un regard noir de la part de London. Sauf si c'est un code pour éliminer Hale, alors je suis d'accord. Bon sang, j'emmènerai Viv moi-même, pour que cette fille aient un peu de sang sur les mains.

London lui lança un regard fulminant.

- Si l'un d'entre nous va au centre commercial, alors nous y allons *tous*.

Tandis que le fils grognait et jetait des regards furieux, j'ai souri, serré les poings et forcé mon bonheur à travers les dents serrées.

- Putain de merde... putain de merde, *un vrai centre commercial* !

J'ai basculé en arrière alors que les trois me regardaient fixement.

- Je dois me préparer... je dois trouver quelque chose à me mettre.

- C'est juste un centre commercial, rétorqua Carven.

- Tu as tout l'après-midi, ajouta London.

- Je m'en fiche, aboyai-je en riant et en tournant sur moi-même, avant de me précipiter vers les escaliers. *JE VAIS AU CENTRE COMMERCIAL* !

- Bordel... marmonna London derrière moi. Dans quoi on s'est fourrés ?

- Tu veux dire dans quoi *tu* t'es fourré, corrigea Carven. Parce qu'il n'y a aucune chance que...

L'un a grogné.

L'autre a juré.

Je les ai tous laissés derrière moi en me précipitant vers ma chambre, l'esprit en ébullition. Mais dès que j'ai mis les pieds dans ma chambre, je me suis figée. Un centre commercial... *un vrai centre commercial*. La peur m'a saisie. Le genre de peur qui faisait pousser des serres dans mon esprit. Peut-être que c'était trop. Ouais, je me suis léché les lèvres... je pense que c'était *beaucoup trop tôt*. Je me suis retournée, prête à redescendre et à dire à London que j'avais changé d'avis.

Mais je n'en ai pas eu l'occasion... parce que Colt était là, debout dans l'embrasure de la porte, avec un regard torturé.

- Colt, dis-je en m'approchant d'un pas. Ça va ?

Il s'est approché comme un prédateur silencieux, a saisi ma nuque et m'a embrassée. Je fermai les yeux et m'abandonnai à lui. Son corps tremblait. Je ne savais pas si c'était la peur ou la faim.

J'ai pressé ma main contre son torse, puis je me suis éloignée pour le fixer dans les yeux.

- Hé, qu'est-ce qu'il y a ?

Il s'est renfrogné, puis a secoué la tête. Mais il ne s'éloignait pas de moi si facilement.

- Parle-moi.

Il s'immobilisa, puis releva son regard.

- Une tempête se prépare, dit-il, ses yeux bleus comme les profondeurs de l'océan. Je le sens.

J'ai secoué la tête.

- Ce n'est que l'hiver.

- C'est plus que ça.

Il a cherché mon regard.

- C'est... je n'arrive pas à mettre le doigt dessus.

Je me suis léché les lèvres en regardant les muscles de sa mâchoire se contracter sous l'effet de la tension.

- Je suis contente que tu sois là. J'ai un peu besoin de ton aide, dis-je en faisant un pas en arrière et j'ai attrapé la ceinture autour de ma taille. Je n'ai aucune idée de ce que je dois porter.

J'ai attrapé le sweat à capuche de Colt autour de mes hanches et l'ai enlevé d'un seul geste.

Son regard s'est écarquillé, puis s'est fixé sur le soutien-gorge en dentelle noire et la culotte assortie. Je me suis rendu compte qu'il ne m'avait jamais vue vraiment. Même lorsque nous avions baisé, c'était à la hâte et nous étions la plupart du temps habillés. J'ai laissé tomber la robe sur le pied du lit et me suis approchée d'un pas.

- Tu peux me toucher si tu veux ?

Il secoua rapidement la tête.

- Non, a-t-il marmonné en fixant mes seins, et la veine qui remontait le long de son cou palpitait et battait plus vite qu'un lapin qui s'enfuit pour sauver sa peau.

Il a levé la main et, pendant une seconde, j'ai cru qu'il allait me toucher. Mais il s'est arrêté, a serré le poing et s'est éloigné. Je l'ai alors aidé, j'ai pris doucement sa grande main et je l'ai posée contre ma poitrine.

- Tu ne me feras pas de mal.

Il déglutit difficilement, sa voix était rauque.

- Comment le sais-tu ?

- Parce que je le sais.

J'ai écrasé sa main contre moi, puis je l'ai décalée pour faire glisser la bretelle de mon soutien-gorge.

- Dis-moi d'arrêter et je le ferai.

- Je ne sais pas... je ne sais pas comment toucher quelque chose d'aussi parfait.

Je me suis figée et mon cœur a battu la chamade lorsque j'ai croisé ces magnifiques yeux bleus.

- Ces mains sont faites pour la violence, pas... ça.

Ma poitrine s'est dégagée du bonnet lorsque j'ai lâché sa main et que j'ai dégrafé mon soutien-gorge, le laissant tomber au sol.

- Tu penses que tu ne mérites pas ça ?

- Je ne *pense pas*, a-t-il répondu alors qu'il fixait toujours mon corps. *Je sais* que je ne le mérite pas.

J'ai glissé mes doigts sous l'élastique de ma culotte et l'ai fait descendre jusqu'à ce que je me tienne nue devant lui.

- Si tu ne mérites pas d'être touché, alors je ne mérite pas d'être touchée. C'est ce que tu veux ?

Il déglutit difficilement et secoua la tête.

- Alors, touche-moi, ai-je chuchoté. Touche ce que tu veux.

Il a croisé mon regard.

- Ce que je veux ?

J'ai hoché lentement la tête.

- Tout ce que tu veux.

Alors il a fait la seule chose à laquelle je ne m'attendais pas, il a levé la main et a effleuré ma joue avec son pouce. J'ai eu le souffle coupé par ce contact. Quelque chose de si tendre, de si prudent, et pourtant ce sentiment a grandi entre nous jusqu'à m'emporter. Il s'est approché d'un pas, me surplombant. Son pouce effleura ma joue si doucement qu'il était à peine perceptible.

Lentement, il a baissé la tête.

Cet homme qui avait à peine connu l'affection, et qui était si tendre avec moi.

J'ai fermé les yeux quand il m'a embrassée. Ses doigts ont couru le long de ma mâchoire et il a relevé mon menton. Lent et doux, le baiser s'est approfondi jusqu'à ce que mon cœur batte la chamade et que mes pensées s'évanouissent. Il n'y avait que ça... que nous, jusqu'à ce qu'il se retire.

Il me fallut un moment pour redescendre. J'ai flotté au contact de sa bouche et j'ai lentement ouvert les yeux.

- Putain de merde.

Il y avait une lueur de satisfaction dans les profondeurs de son regard. Le baiser l'a rendu plus audacieux, il a baissé son attention et a laissé tomber sa main de ma mâchoire pour effleurer le rond de mon sein. Un frisson a couru dans le sillage de son contact.

- Tu es sûr que tu n'as jamais fait ça avant ? murmurai-je.

Mais il n'a pas répondu. Son attention était fixée sur sa main, il a délicatement saisi mon sein, a passé son pouce sur mon mamelon, puis a baissé la tête. J'ai perçu le tremblement de ses doigts une seconde avant que la chaleur de sa bouche ne me fasse perdre la tête. Plusieurs jours s'étaient écoulés depuis l'épisode du bureau. Même si je commençais à m'habituer à vivre avec ces trois hommes, je me sentais encore mal à l'aise.

Ils venaient me voir quand ils le voulaient, mais il y avait toujours un décalage.

Et je ne savais pas comment le gérer.

Mais là... ce n'était pas gênant ou tendu. J'ai levé la main pour lui prendre l'arrière de la tête pendant qu'il suçait doucement mon mamelon, qu'il embrassait la chair sensible et qu'il passait à mon autre sein.

- Mon Dieu, tu es si douce, a-t-il murmuré. Comme du satin.

- Et tu es si beau, ai-je murmuré.

Il a relevé la tête.

- J'ai juste envie d'être près de toi, tout le temps. Je ne sais pas comment faire sans...

Quelque chose a palpité dans ma poitrine.

- Sans te sentir vulnérable ?

Il a hoché lentement la tête.

- Alors nous sommes deux.

Il arqua un sourcil.

- Vraiment ?

Je lui ai fait un lent sourire.

- Oui. Ce n'est vraiment pas le genre de sentiments que je m'imaginais avoir.

- Avec London ?

- Oui, avec London et avec toi.

Une douleur sourde m'a envahi la poitrine tandis que je regardais la porte.

- Carven n'est pas comme moi. Il est...

- Différent, dis-je. Je sais.

- Mais il change. Je ne comprends pas comment. S'il s'agissait de quelqu'un d'autre, il m'aurait probablement...

- Tué dans son sommeil ? dis-je.

Il a souri et a acquiescé.

- Probablement.

- Bravo d'être encore en vie, alors, dis-je en souriant puis je soupirai. Bon, tu vas m'aider à trouver une tenue pour aller faire du shopping, ou bien ?

Il a souri, s'est retourné et s'est assis au bout de mon lit.

- Absolument.

J'ai ri, j'ai baissé la tête et, sans réfléchir, je l'ai embrassé. Une poussée d'adrénaline a parcouru mes veines, j'ai relevé la tête et rencontré son regard. Ce bonheur persistait et, pour la première fois de ma vie, j'osais espérer.

J'ai reculé et je me suis dirigée vers mon armoire.

- J'ai toujours rêvé d'un de ces moments dans les films où ils dansent sous la neige vêtu de blanc et de rouge.

Puis je me suis figée, réalisant ce que j'avais dit.

Du blanc.

Je voulais porter du blanc.

Ma respiration s'est accélérée et un sentiment de panique s'est emparé de moi.

- Je trouve le blanc magnifique, murmura Colt, brisant ma transe. Mais je te préfère en noir. Ça te donne un air...

J'ai fermé les yeux. *Blanc. Rouge. Noir. Blanc. Rouge. Noir. Blanc... rouge...*

- Stupéfiant, a-t-il terminé dans l'embrasure de la porte de mon placard.

J'ai ouvert les yeux pour le trouver juste devant moi. Ces foutus yeux bleus en voyaient trop. Il savait. Je ne sais pas comment, mais *il savait...* tout simplement.

- Alors peut-être que la couleur que tu portes en dessous n'a pas d'importance ? dit-il en déplaçant son regard vers les tiroirs en verre de ma lingerie. Comme le rose. J'aime le rose.

Mes respirations étaient encore trop rapides quand j'ai murmuré :

- Vraiment ?

- Oui. Il a fait pivoter son grand corps autour de moi pour s'enfoncer dans le placard et en a sorti un ensemble rose tendre et pastel. Celui-là.

J'ai dégluti, je me suis forcée à bouger et j'ai pris la culotte d'une main tremblante quand il me l'a tendue. Il l'a vu et a continué.

- Mais il va faire froid. Tu auras besoin de chaleur.

Je me suis approchée de lui alors qu'il regardait l'étagère de vêtements coûteux et je l'ai entouré de mes bras, l'enlaçant par derrière. Il a glissé ses mains sur les miennes, pressées contre le milieu de sa poitrine. Nous sommes restés ainsi pendant un moment, jusqu'à ce que les frissons s'atténuent et que je me sente à nouveau moi-même.

J'ai alors lentement mis mes sous-vêtements roses et j'ai attrapé un jean noir de marque.

- C'est un choix judicieux, a-t-il approuvé.

Je l'ai enfilé, j'ai choisi un pull à col en V et je l'ai mis.

- Attachés ou détachés ?

Il s'est retourné.

- Détachés. Toujours, chat sauvage.

J'ai souri.

- Bien.

J'ai attrapé de grandes bottes noires et des chaussettes rembourrées, puis j'ai marché vers l'arrière pour m'asseoir sur le lit tandis qu'il s'arrêtait et s'adossait au mur, les bras croisés.

- C'est ce que tu portes toi ? dis-je en désignant son pantalon cargo et son t-shirt noirs.

Il a souri.

- C'est ce que je portais, mais je crois que je devrais au moins changer de haut.

Pour moi. C'est pour ça. Pas pour une autre raison.

Il s'est redressé et a traversé la pièce à grands pas, en direction de la porte. Je l'ai regardé partir, puis j'ai lacé mes bottes avant de me lever. J'ai mis du brillant à lèvres et un peu de poudre dorée, puis j'ai passé mes doigts dans mes cheveux et je me suis dirigée vers la porte, mais je me suis arrêtée au milieu de ma chambre.

- Comment tu trouves ? a-t-il murmuré.

Pendant une seconde, je n'ai pas pu respirer. Colt avait non seulement changé de haut, mais il avait aussi troqué son cargo noir contre un magnifique jean noir qui lui allait à merveille. Un col roulé noir rendait le bleu profond de ses yeux hypnotisant.

J'ai chuchoté :

- Waouh.

Mais c'est Colt qui s'est mordu la lèvre et a baissé le regard pour admirer le décolleté profond de mon pull et mes bottes hautes.

Son sourire narquois m'a dit tout ce qu'il y avait à savoir.

Autant il m'impressionnait, autant il semblait que je l'impressionnais aussi.

- JE TE FAIS savoir que je ne voulais pas y aller, grogna Carven en ouvrant la portière du côté passager de la Mercedes.

- Noté, dit London m'a ouvert la porte arrière pendant que son téléphone sonnait.

Une expression pincée se dessina sur son visage alors qu'il fouillait dans sa veste, sortit son téléphone, parcourut l'écran et répondit :

- J'espère que c'est une bonne nouvelle.

Au moment où ses yeux se sont rétrécis, j'ai su que ce n'était pas le cas. Il s'est retourné et a traversé le garage à grands pas.

- Tu m'as dit que c'était fait, et maintenant il y a un problème ?

Il y a eu une seconde de silence.

- Comment ça, tu ne peux pas pirater leur système ? Maintenant ?

Il a jeté un coup d'œil dans ma direction et mon cœur a sombré. *Nous n'irions pas...*

J'ai essayé de ne pas laisser paraître la déception sur mon visage.

Mais London a vu le moindre de mes mouvements.

- Ça ne peut pas attendre ? Oui... oui, c'est nécessaire. D'accord, j'arrive tout de suite. Mais il faut que ce soit fait le plus vite possible.

Il a mis fin à l'appel et je me suis éloignée de la portière ouverte.

- C'est rien.

- De quoi, Vivienne ?

J'ai secoué la tête.

- On n'est pas obligés d'y aller aujourd'hui.

- Oh, tu y vas, j'ai pris un engagement, dit-il en regardant Carven. Reste avec elle. Je vous rejoins dès que possible.

Il y eut un soupir lourd avant que le fils ne jette un coup d'œil vers l'Explorer.

- On dirait qu'on sera seuls, chat sauvage. Mais je jure devant Dieu que je ne porterai pas tes foutus sacs.

- Je le ferai, moi, dit Colt en me faisant un clin d'œil.

Son frère lui a jeté un regard noir et a regardé son col roulé noir et son jean.

- Je ne sais même plus qui tu es.

Je haussai les épaules, fermai la porte et me dirigeai vers London, avant de me hisser sur la pointe des pieds pour l'embrasser sur la joue.

- Merci.

Il m'a serré les épaules et m'a regardé dans les yeux, l'acte étant soudain et maladroit. Évidemment, nous baisions ensemble, mais ce niveau d'intimité me paraissait étrange.

- Reste près de tes frères et, quoi que tu fasses, ne prends pas à cœur l'attitude pisseuse de Carven.

- J'en avais pas l'intention, ai-je murmuré en m'éloignant lentement, jusqu'à ce que je contourne l'arrière de la Mercedes, puis je me suis retournée et me suis élancée vers l'Explorer.

- *Je monte devant !*

- Quoi ? cria Colt. *FAIT CHIER !*

TRENTE-NEUF

London

J'ai regardé l'Explorer s'éloigner avant de monter seul dans la Mercedes. Le bruit sourd de la portière emplit mes oreilles tandis que je me penchai en avant et appuyai sur le bouton pour démarrer le moteur. Trois putains de jours s'étaient écoulés depuis que j'avais contacté Harper pour pirater les routeurs de Rossi et modifier les registres de l'Ordre.

Ce dernier s'est avéré relativement facile... mais changer les métadonnées de Stidda s'est avéré être un putain de cauchemar. Harper et son équipe étaient les meilleurs des meilleurs. Le fait qu'il faille autant de temps pour pirater leurs adresses IP commençait à me mettre hors de moi.

Trois putains de jours.

Et je ressentais chaque seconde comme une lame contre ma nuque.

Pourtant, Hale était resté silencieux.

C'était pour le moins inquiétant.

J'ai enclenché la vitesse et je suis sorti du garage, j'ai laissé la maison derrière moi et je me suis dirigé vers le bloc de bureaux tranquille et sécurisé situé à quatre banlieues de là. Le sourire de Vivienne était gravé dans mon cerveau, me poussant à serrer ce foutu volant et à conduire plus vite. C'était la dernière chose que je voulais faire.

Je voulais être avec elle, voir le sourire sur son visage alors qu'elle entrait dans son premier putain de centre commercial à sa période préférée de l'année. Je voulais être celui qui la gâterait, qui lui montrerait toutes les putains de choses qu'elle avait manquées. Je voulais être celui qui lui donnerait ça... *moi, pas les fils.*

Bordel.

Écoute-toi...

J'ai serré la mâchoire si fort qu'elle a craqué et j'ai poussé la Mercedes plus fort. Peut-être que je pourrais faire face à ce qui se passait et être de retour au centre commercial avant qu'ils y arrivent. J'ai tourné le volant, je suis entré dans le lotissement tranquille et je me suis arrêté devant les grandes portes noires, puis j'ai baissé la vitre et j'ai appuyé sur l'interphone.

- Oui ?

Je me suis renfrogné.

- Comment ça, oui ? grognai-je. Je t'ai appris mieux que ça, Davies. Maintenant, ouvre ce putain de portail.

Une sonnerie a retenti avant que le portail ne s'ouvre et que je le franchisse.

- C'est quoi ce genre d'accueil ? Punaise, ces putains de gamins.

Au moment où j'ai prononcé ces mots, je me suis arrêté. Des gamins. Est-ce que Vivienne était une gamine ? Je me suis garé sur le parking, j'ai coupé le moteur et je suis sorti. Dix-neuf ans, c'est loin d'être une gamine. Un sale gosse, c'est sûr, mais pas une gamine. Mon cœur battait la chamade quand je pensais à elle... à ce que nous avions fait au sous-sol et dans le bureau.

Putain, j'en voulais plus.

Beaucoup plus.

Je tombais amoureux d'elle. Je le savais. Je détestais ça. Pourtant, *je ne pouvais pas l'arrêter.*

Son sourire. Son rire. Son putain de corps. Mon cœur battait la chamade quand je me suis approché de la porte, j'ai levé mon visage vers la caméra et je me suis renfrogné. *Bzzz.* La porte s'est ouverte instantanément, me laissant marcher dans le couloir à peine éclairé et monter les escaliers.

Je les ai sentis avant de les entendre. L'odeur âcre du café fraîchement préparé se mêlait à celle, entêtante, de trois hommes qui ne s'étaient pas douchés depuis des jours. J'ai grimacé et je suis entré dans l'appartement, où j'ai découvert des tasses de café éparpillés, des cartons de pizza vides, des vestes et des cravates éparpillées.

- Putain !

L'aboiement provenait d'un des bureaux les plus proches de la fenêtre.

Je me suis retourné et j'ai vu Harper se hisser du bureau avec un air de frustration sur son visage, qu'il a dirigé vers moi alors que j'avançais vers lui.

- Je ne veux pas le savoir, London, a-t-il grogné en secouant la tête et en se jetant pratiquement vers le bureau une fois de plus. Je veux dire, qui est ce putain de type ?

- Personne, juste le chef de la mafia Stidda.

- Non, dit Harper en secouant la tête. Je veux dire, *qui est* ce putain de type ?

Je me suis approché pour regarder les messages DOS qui défilaient, et j'ai vu un nom répété. *Le Fantôme. Le Fantôme. Le Fantôme. Le Fantôme.*

- Je n'ai jamais entendu parler de lui, ai-je marmonné. Une sorte de hacker ?

- Hacker, mon cul. Ce type est doué, vraiment très doué. Il s'est attaqué au clavier et a tapé des commandes que je comprenais à peine. Le problème, c'est que ce type n'est même pas là. C'est un réseau sécurisé... que je n'arrive pas à traverser !

Son visage était un masque de détermination, illuminé par l'écran pendant qu'il travaillait.

- *Nous l'avons eu !* cria-t-on au fond de la salle.

Harper dirigea son regard vers le son.

- *Nous l'avons eu !* hurla Brett une fois de plus. *Putain de merde, on est entrés !*

L'écran de Harper changea en un instant, révélant une sorte d'ordinateur central.

- *Putain de merde,* marmonna-t-il, ses doigts parcourant furieusement le clavier.

- Tu es en train de le modifier ? dis-je en m'approchant.

- *BRETT* ! rugit Harper. *T'ES PRÊT ?*

- Quand tu veux, mon vieux !

- Ok *mon vieux*, marmonna Harper en tapant une liste de commandes et en appuyant sur *Entrée. Et nous l'avons eu.* Nous l'avons, putain, *NOUS L'AVONS.*

Il eut une seconde de bonheur, ou de pur soulagement épuisé, avant que tout son écran ne devienne noir.

- Qu'est-ce que c'est que *ce bordel* ? aboya-t-il.

- C'est bon ! grogne Brett en attirant mon regard. Je suis toujours dans le coup. Putain de merde, cette défense est vraiment bonne. Mais, sérieusement... putain de bonne ! C'est fait. Celle de Rossi a été changée et maintenant je n'ai plus qu'à... modifier ça dans l'ordinateur central de l'Ordre...

La pièce est restée immobile.

Je pouvais presque entendre une épingle tomber, puis :

- Trois putains de jours, dit Harper en levant son regard vers le mien.

Dans la lueur sinistre de son moniteur revenu à la vie, j'ai vu ses yeux injectés de sang.

- *Trois... putain de jours qu'il nous a fallu à tous les trois pour passer à travers leur système.*

- Mais vous avez réussi, dis-je.

Harper a jeté un coup d'œil à Brett à travers la pièce sombre.

- Oui, on est entrés.

Puis j'ai compris ce que nous avions fait. Non, *ce que j'avais fait.* Non seulement j'avais donné à Hale une fausse piste loin de nous, mais j'avais jeté Benjamin Rossi sous les rails pour le faire. Mais il n'y avait pas d'autre solution, pas d'autre moyen d'éloigner Hale de ma famille.

Une vague de soulagement m'a envahi. Je m'étais peut-être fait un putain d'ennemi de l'un des plus puissants chefs de la mafia de l'État, mais il n'était rien comparé au venin qu'était Haelstrom. J'utiliserais les armes et la violence n'importe quand. Je ferai tout pour garder les fils en sécurité. Maintenant, Hale n'avait pas d'autre choix que de signer le contrat. L'ombre d'un sourire se dessina aux coins de ma bouche.

- Bien joué, nous félicitai-je. *Bien joué, putain.* Je te paierai le double.

- J'emmerde l'argent, s'est emporté Harper. Nous voulons que tu reviennes. Ils veulent que tu reviennes.

- Ils ne veulent pas que je revienne, Harper, dis-je en secouant la tête. Et puis, tout ça c'est fini pour moi.

Il s'est éloigné du bureau, s'est levé et s'est gratté les couilles.

- Arrête !

J'ai rétréci mon regard.

- Quoi ?

Il a penché la tête vers l'écran.

- Tu es toujours un chasseur, London. Peu importe à quel point tu essaies de le cacher.

Des flashs de souvenirs envahirent mon esprit. *Les fils. L'Ordre. Ryth et ses demi-frères courant pour sauver leur vie...* et à la fin, il y avait elle... *Vivienne.*

- Non. Pas un chasseur. Plus maintenant. J'apprécie vraiment tes efforts, toi et votre équipe serez bien récompensés.

Je l'ai remercié d'un signe de tête et je suis parti.

- Si tu n'es pas un chasseur, qu'est-ce que tu es ? m'a crié Harper alors que je me frayais un chemin entre les bureaux et que je passais devant la montagne de cartons de pizza et de gobelets de café.

- Qu'est-ce que tu es, London ?

Ces mots m'ont hanté alors que je me dirigeais vers la sortie du bâtiment. *Qu'est-ce que j'étais ?* Pas un bon gars, c'était certain. J'ai sorti mon téléphone de ma poche dès que j'ai mis le pied dehors et j'ai appelé le numéro que j'avais enregistré.

- Rossi, qui est à l'appareil ?

- Benjamin, c'est London St. James. Nous nous sommes rencontrés brièvement quand j'ai...

La réponse fut tout sauf amicale.

- Je sais qui vous êtes, St. James. Que voulez-vous ?

Il était froid, prudent. Il avait de bonnes raisons de l'être.

- Pour l'instant, je vous préviens que vous allez faire l'objet d'une attention particulière.

- De la part de ?

- Haelstrom Hale, ai-je répondu.

Il y eut un silence, puis un petit rire.

- S'il pense une seule seconde que s'en prendre à moi va lui permettre de récupérer sa fiancée, alors ce sale fils de pute va avoir un choc brutal.

Puis sa voix se fait menaçante :

- J'aimerais bien que ce salaud s'en prenne à moi... qu'il me donne une putain de raison.

Mon estomac s'est serré et un sourire crispé s'est à nouveau dessiné sur ma bouche.

- Nous ne sommes pas amis, St. James. Alors pourquoi appelez-vous vraiment ?

- J'appelle ça un problème de conscience, ai-je répondu en regardant la nuit.

Il y a eu un changement à l'autre bout du fil.

- Cela ne vous apportera que des ennuis.

- Ou me fera tuer.

- Oui, tué, acquiesça-t-il. Ou vous reverrez cent fois le même enregistrement d'un certain bain de sang, en essayant de comprendre comment une fille et ses demi-frères ont pu se voir offrir la vengeance sur un plateau d'argent. Si seulement ils savaient, n'est-ce pas ?

- Savaient quoi ? répondis-je, le ton froid.

Il ne savait rien. S'il le savait, nous n'aurions pas cette conversation, pas ici... et pas comme ça.

Non, connaissant la réputation du chef de Stidda, je serais bâillonné, les mains liées et un pistolet sur la tempe.

- S'ils avaient su à quel point il était proche. Peut-être que si elle avait fouillé la maison plutôt que ses frères...

Qu'est-ce que ça voulait dire, bordel ?

Je voulais pousser le chef des Rossi à me donner des réponses. Mais nous n'étions pas amis, et j'avais fait exactement ce que je voulais... retirer la pression sur ma famille et la placer sur quelqu'un qui voulait faire la guerre à Hale.

Et je laisserais le rester arriver.

J'ai appuyé sur le bouton de la télécommande de la Mercedes et j'ai déverrouillé la portière. Si je me dépêchais, je pourrais peut-être retrouver Vivienne et les fils avant qu'ils n'arrivent au Pays des Merveilles. Elle adorerait ça...

Bip.

J'ai ouvert la portière d'un coup sec, envisageant d'ignorer mon téléphone.

Bip.

- Putain.

J'ai soulevé mon téléphone, j'ai vu le nom sur le message et mon estomac s'est affaissé.

Ophélia...

J'ai fait glisser mon pouce sur l'écran et j'ai ouvert le premier message. C'était une photo....

Du 4x4 de Carven, garé derrière l'entrepôt où Hale avait envoyé ses hommes chercher Ryth.

Le même entrepôt que nous avions défendu avec haine.

Mon cœur a battu la chamade lorsque j'ai ouvert le message suivant. Il n'y avait aucune chance qu'elle ait ces images, aucune chance qu'elle sache ce que nous avions fait ce jour-là... *et si elle savait...*

Je ne voulais pas penser aux conséquences.

Ophélia :

Tu dois venir me voir, London. Cette fois, dans mon appartement de Westrock. Comme ça on ne sera pas interrompus. Je t'attends donc dans vingt minutes... sinon Hale recevra tout.

Hale recevra tout ?

J'ai avalé difficilement et j'ai ouvert la photo une fois de plus, voyant la date et l'heure et clairement l'entrepôt avec les hommes de Hale à l'arrière-plan. Je fermai les yeux et appuyai ma main sur la portière ouverte. Qu'avait-elle de plus ?

Qu'avait-elle, putain ?

L'écœurement m'a fait rouler l'estomac.

Comme ça on ne sera pas interrompus.

Elle parlait de Carven.

Cette fois, personne ne viendrait me sauver.

Cette fois, je devais coucher avec elle.

Pour Vivienne...

Et pour mes fils.

J'ai décroché mon téléphone, appuyé sur l'icône et attendu qu'il me réponde.

- Carven, dis-je prudemment. Il y a un changement de programme.

QUARANTE

Carven

REGARDE-LE...

J'ai regardé mon frère qui portait ses foutus sacs *Tooti Frooti Bumble*. Il avait dû la forcer à entrer dans le magasin de bonbons après qu'elle soit restée devant la vitrine à regarder ce foutu magasin pendant vingt minutes. Si je devais entendre encore une fois « C'est comme dans *Holidate* » j'allais vomir.

Non, ce n'était pas comme ce putain de film.

C'était pire.

Un cri d'enfant perçant a fendu l'air. J'ai grimacé au son et j'ai été frappé par derrière, ma tête heurta la vitrine d'un magasin de lingerie. *Bim*. La rage bouillonna juste sous la surface, me faisant jeter un regard féroce vers la femme qui luttait contre trois gamins terribles pour tenter de se frayer un chemin dans la foule.

Un son grave et menaçant a grondé au fond de ma gorge et s'est échappé de ma bouche. Sous le vacarme des clients, elle l'entendit, jeta un regard paniqué dans ma direction, fit avancer ses monstres et disparut.

Putain, je déteste Noël. J'ai scruté la foule et j'ai trouvé mon frère, qui me jetait un regard par-dessus son épaule pendant qu'ils marchaient.

Super...

Je me suis éloigné du mur et j'ai continué à avancer jusqu'à ce que je voie où elle se dirigeait.

- Oh putain non.

Un grognement résonna au fond de ma gorge alors qu'elle se dirigeait vers l'imposante exposition Winter Wonderland qui occupait toute la surface du centre commercial.

Un affreux traîneau rouge était coincé entre deux immenses sapins de Noël embourbé dans cinq centimètres de fausse neige, le genre de neige qui sortait d'une machine située dans un coin caché de l'exposition. Les enfants piaillaient tandis que les parents essayaient frénétiquement de regarder partout à la fois. Cette merde blanche flottait partout dans l'air. C'était un putain de cauchemar.

Mon téléphone a vibré dans ma poche alors que j'avançais plus vite dans la foule.

- Colt, dis-lui que c'est hors de question ! criai-je en sortant mon téléphone. *Colt ! COLT !*

Mais mon putain de frère a continué à marcher alors que Vivienne se précipitait vers l'exposition avec un affreux sourire niais sur le visage.

Non...

Putain non.

J'ai jeté un coup d'œil à l'identifiant de l'appelant : London, puis j'ai répondu.

- Je jure que je suis sur le point de les tuer tous les deux.

- Carven, commença-t-il, et son ton froid et prudent me glaça.

Quelqu'un me bouscula au passage, mais je l'ai à peine vu tandis que London continuait à parler :

- Il y a un changement de programme.

Un changement de programme.

La façon dont il l'a dit m'a fait froid dans le dos. J'ai levé mon regard vers Colt et Vivienne, qui riait et faisait la queue avec le troupeau d'enfants qui criaient pour entrer, et j'ai murmuré :

- Quel genre de changement ?

- Je vais en ville.

- Pourquoi ?

- Il y a... il y a une putain de photo. Je ne sais pas comment elle l'a eue. Je ne sais même pas combien d'informations elle a. Mais Ophélia a cette putain de photo. Elle l'a.

Bip.

J'ai éloigné mon téléphone et j'ai appuyé sur le message à l'écran pour faire apparaître une photo de mon véhicule. *Mon putain de véhicule à l'extérieur de l'entrepôt où nous avions sauvé Ryth et ses putains de demi-frères.* J'ai remis le téléphone sur mon oreille.

- Comment elle a eu ça, putain ?

- Je n'en ai aucune idée.

Puis j'ai compris.

- Elle te l'a envoyé à toi et pas à Hale.

Silence, puis :

- Oui.

J'ai serré la mâchoire, levé mon regard vers mon frère alors que la queue se rapprochait de l'exposition géante.

- Elle te fait chanter...

- Oui.

Je secouai la tête.

- Tu ne peux pas...

- Je n'ai pas le choix, mon fils. Je ne peux pas prendre le risque qu'elle ait plus. Ça pourrait... *nous ruiner*.

J'ai fermé les yeux et j'ai senti mon monde basculer. Les cris stridents des enfants qui entraient à l'intérieur...

Nous ruiner...

Me ruiner, il voulait dire.

- Je reviendrai quand je pourrai.

Ses mots m'ont serré les tripes.

- *London, non.*

Mais je n'ai pas eu le temps de le dissuader, car il a mis fin à l'appel.

La rage m'envahit lorsque je découvris que Colt me fixait d'un air inquiet. C'était comme s'il savait, comme s'il avait toujours su. Le lien invisible qui m'unissait à lui bourdonnait d'énergie. Puis, lentement, ma vision s'est élargie et le noir est apparu.

Crac !

J'ai dirigé mon regard vers le son en même temps que mon frère.

Crac !

Crac !

CRAC !

Les cris ont commencé, devenant assourdissants alors que les mères et les enfants couraient pour sauver leur vie. Colt se déplaçait déjà alors que les hommes armés se frayaient un chemin, déchirant l'exposition de Winter Wonderland pour tenter de se diriger...

Vers elle...

J'ai dirigé mon regard vers la femme qui se trouvait au centre de tout cela.

La femme qui ne pouvait rien voir derrière cet ignoble traîneau.

- *VIVIENNE !* criai-je avant de courir.

Mais la foule en délire me bousculait, m'empêchant d'avancer. Le noir m'envahit et entre les interstices des acheteurs frénétiques, j'aperçus d'autres bâtards qui se dirigeaient vers elle.

- Dégagez de là ! rugis-je en écartant les gens.

J'ai tendu le bras pour attraper mon arme et j'ai été bousculé sur le côté. J'ai pris mon arme et l'ai dégainée au moment où l'un des assaillants s'en prenait à mon frère. *Putain de merde.*

J'ai levé l'arme, j'ai visé et j'ai évité un gamin avant d'appuyer sur la gâchette.

Crac !

Le tir est parti sur le côté et s'est écrasé sur l'un des arbres de Noël. Je visai à nouveau alors que les clients continuaient à s'enfuir et j'appuyai sur la gâchette alors que Vivienne criait.

Crac !

La balle a fait mouche cette fois-ci et s'est écrasée sur l'agresseur de mon frère qui a dirigé la crosse de son arme vers la tête de Colt. Mais je n'ai pas eu le temps de tirer à nouveau car l'un des connards a attrapé Vivienne par derrière et l'a soulevée.

Colt a rugi en jetant son agresseur sur le côté, mais il s'est retrouvé encerclé par d'autres. Il a encaissé les coups et a levé les mains pour se protéger le visage avant de s'élancer, frappant l'un d'eux à la mâchoire.

Je me frayais un chemin entre les gens, j'ai levé mon arme, j'ai visé et j'ai été frappé sur le côté. D'autres enculés ont surgi de nulle part. L'un d'eux a arraché un enfant hurlant à sa mère et l'a jeté sur moi.

Ils agitaient les mains en l'air et avait la bouche grande ouverte. J'ai attrapé l'enfant en pleurs d'une main, l'ai poussé au sol, puis j'ai contourné le gamin et ai asséné un coup de pistolet au visage du truand.

Un calme m'a envahi. *Relaxe.* Je contrôlais la situation. Les cris de panique de la foule s'estompaient. Il n'y avait plus que du sang. Que de la violence. *Que tout ça.*

La mâchoire carrée du bâtard devant moi s'est brisée sur le côté, mais je ne lui ai pas laissé une seconde pour s'en remettre. Je m'élançai vers lui, dirigeant mon poing et le canon de l'arme vers le haut… mais une voix se fit entendre.

Sa voix.

Ses cris.

Son combat.

- Lâchez-moi, putain !

Je me suis enfoncé plus profondément dans cette rage froide et dure, où il n'y avait rien d'autre que la vengeance, et j'ai enfoncé l'acier de mon arme dans son nez. *Encore, et encore, et encore.* Alors qu'il trébuchait en arrière, j'avançais.

Le sang a jailli du nez de l'agresseur lorsque son ami a levé son arme. Mais je m'y attendais. Je l'espérais. J'ai donné un coup de poing et j'ai appuyé sur la gâchette. *Crac !* Et le côté de sa tête a disparu dans une gerbe de sang.

Je me suis retourné alors que le premier type s'essuyait le nez.

La peur avait rempli ses yeux.

Il me voyait maintenant.

Il voyait ce que j'étais.

Ce qu'ils avaient fait de moi.

Et cela le terrifiait.

Je me suis élancé et l'ai poussé en arrière dans la foule qui s'éparpillait, si vite que ses pieds n'ont pas pu suivre. Il s'est élancé vers moi mais sa tentative était pathétique et trop bancale. J'ai esquivé, puis je me suis précipité vers l'avant, je l'ai saisi à la gorge et je l'ai poussé.

Ses bras voltigèrent tandis qu'il tombait en arrière et s'écrasait sur le sol dans un bruit sourd et écœurant. Le chaos s'est installé autour de nous. Je n'ai vu que des bottes, des jambes et du noir. Du noir. Noir comme les mercenaires. J'ai risqué un regard vers le haut, pour voir mon frère se battre contre deux d'entre eux, avant de regarder Vivienne... mais elle n'était plus là.

Il n'y avait plus de cris à suivre, plus de poings qui s'agitaient pendant qu'elle se battait. J'ai balayé la foule du regard tout en m'élançant sur le bâtard, l'attrapant alors qu'il gisait sur le sol et lui saisissant la gorge tandis que d'autres membres de son équipe envahissaient les lieux, l'un d'entre eux écartant les clients paniqués pour atteindre mon frère.

Je n'ai plus réfléchi, j'ai juste levé l'arme. *Crac.*

La tête du type a basculé en arrière et le sang a giclé. Mais je scrutais déjà la foule, jusqu'à ce que je la voie *elle*. Un bâtard lui tenait les épaules, une main sur sa bouche. Un autre lui tenait les jambes, son corps entre ses cuisses alors qu'elle se débattait, tendant la tête pour griffer le visage de l'autre connard. Un autre type les suivait à travers le hall. Elle s'est débattue...

Mais ils étaient trois contre une.

J'ai poussé le bâtard au sol, me propulsant vers le haut alors que Vivienne disparaissait par la porte, et j'ai trébuché.

- Où est-ce que tu crois aller, putain ? croassa l'ordure sanguinolente sous moi.

J'ai tendu la main vers le haut, pour le viser. Mais il s'est jeté sur moi en un instant, se hissant du sol pour me faire tomber alors que je glissais dans cette putain de fausse neige.

Mon visage s'est cogné avec fracas et la douleur m'a transpercé la joue, me faisant larmoyer. Pourtant, à travers le flou, je voyais rouge quand il a brandi son poing. L'animal en moi a été libéré. Je me suis attaqué à son visage, enfonçant mes pouces dans ses yeux jusqu'à ce qu'ils soient exorbités.

- Tu ne sais pas à qui tu as à faire.

Un liquide a recouvert mes ongles et a coulé sur mes articulations.

- Mais tu le sauras.

Je n'ai pas arrêté, j'ai appuyé de toutes mes forces jusqu'à ce que j'entende un bruit sec qui me serre les tripes.

Puis ce fut fini... et *lui aussi*.

Son corps est tombé sur le sol.

Je n'ai pas perdu une seconde, je me suis redressé avec toute la force que j'avais, et j'ai pointé l'arme sur les agresseurs de mon frère. Mais ils n'étaient plus là. J'ai balayé la foule du regard, puis j'ai baissé les yeux. Non, ils n'étaient pas partis. *Ils étaient morts.*

Trois d'entre eux gisaient sur le sol, l'un avec la tête dans un angle peu propice à la vie, les deux autres immobiles. J'ai détourné mon regard et me suis précipité vers la porte de sortie ouverte, priant pour ne pas trouver mon frère gisant dans une flaque de son propre sang au bas de ces foutus escaliers.

Dégagez !

J'ai avancé... *et j'ai prié.*

QUARANTE-ET-UN

Vivienne

Non !

NON !

Je me suis débattue en griffant alors que mes cris étaient étouffés par la main sur ma bouche. Le type me trainait à travers une porte latérale ouverte puis dans une cage d'escalier. *Ils allaient m'emmener... ils allaient m'emmener...*

Une sensation froide m'a envahi le ventre. J'ai griffé la main sur ma bouche, j'ai ouvert grand la bouche et j'ai mordu.

- Aïe !

Par réflexe, mon agresseur a retiré sa main. Son sang a jailli de la marque de la morsure, tandis qu'il m'attrapait la gorge et la serrait.

- Mords-moi encore, salope, et je te jette dans ces putains d'escaliers.

Je m'en fichais.

Je savais ce qui m'attendait...

L'Ordre.

L'Ordre...

- *COLT* ! criai-je lorsqu'ils ont atteint la première marche, le bruit sourd de leurs bottes se mêlant à celui de mon cœur.

- Emmenez-la dans cette putain de voiture ! ordonna celui qui me tenait par les genoux.

Je me suis tortillée, donnant des coups de pied avec tout ce que j'avais.

- COLT !

Je continuais de griffer et de donner des coups, j'ai réussi à dégager un pied, puis je me suis élancée et j'ai donné un coup de pied à ce bâtard en plein milieu de la poitrine. Il trébucha en arrière, lâchant une jambe puis l'autre. Le béton se rapprocha vers moi jusqu'à ce que je heurte violemment le bord de l'escalier. Une douleur me déchira la joue, mais je me relevai et courus.

Les marches devinrent floues.

Mon cœur battait la chamade.

J'ai descendu une, puis deux marches avant d'être à nouveau saisie et soulevée. Des bras semblables à des bracelets d'acier m'enserraient la taille et me traînaient en arrière.

- *COLLLTTTT* ! criai-je en fixant la porte ouverte.

- En bas ! aboya l'un d'eux.

Je ne pouvais pas me battre, je ne pouvais pas me libérer d'eux. Les murs blancs de la cage d'escalier étaient flous tandis que nous descendions d'un étage à l'autre...

- Castlemaine, grogna à mon oreille celui qui m'avait tirée en arrière. On sait qu'ils l'ont. *Où il est, putain ?*

Mes pensées se sont figées. Mon esprit était en désordre... Castlemaine ?

Jack.

Jack.

C'est pour ça qu'ils m'ont enlevée ?

Je reculai les talons avant de frapper mon agresseur au tibia. Il laissa échapper un grognement douloureux, sa prise glissa, me laissant tomber sur le sol. Mais il me tenait toujours. Je cessai de me débattre, mes pensées s'affolaient. Protéger London...

- Réponds-moi, *salope*. Où est-il, putain ?

Je me suis retournée et j'ai fixé le salaud dans les yeux.

- Va te faire foutre !

Il a relâché un bras de son emprise sur moi, a serré le poing et l'a enfoncé dans mon ventre.

Oof...

Le douleur m'a fait basculer en avant sur son bras.

J'ai essayé de respirer, de ne pas vomir. Mais le monde blanc délavé tournait autour de moi et des étoiles clignaient devant mes yeux. C'est alors que la porte de service derrière moi s'est ouverte et s'est abattue sur mon ravisseur.

L'enfoiré a trébuché sur le côté tandis qu'un homme faisait irruption, poussant un caddie plein dans la cage d'escalier, puis il a aperçu les hommes... et moi.

- C'est quoi ce bordel ?

C'est tout ce dont j'avais besoin. Les lumières vives du centre commercial n'étaient plus floues. Je me suis dégagée et j'ai foncée, j'ai contourné le chariot et je me suis éloigné d'eux.

- *MERDE* ! a crié mon agresseur. Attrapez-la... Attrapez-la !

La cohue de la foule m'a entourée. Le bruit d'un coup de feu retentit dans les escaliers. Je ne m'arrêtais pas, je ne pouvais pas m'arrêter. *Colt. Carven. Se cacher. Colt. Carven. Se cacher.* Je me suis retournée et j'ai trouvé la porte ouverte d'un magasin de vêtements sur ma droite, tandis que les cris terrifiants de mes agresseurs provenaient de la cage d'escalier derrière moi.

- *Reviens ici, putain !*

Mes cheveux ont été tirés vers l'arrière, attirant les regards terrifiés des clients autour de moi. Les coups de feu avaient déjà provoqué une certaine frénésie et, alors que je trébuchais, j'aperçus le traîneau rouge à l'étage supérieur.

- J'en ai pas fini avec toi, a grogné mon agresseur.

Il a hurlé à la vendeuse :

- Comment on sort d'ici, putain ?

Elle nous regardait d'un air terrifié tandis que je donnais des coups de pied et me débattais, arrachant la main qu'il tenait dans mes cheveux.

- Aidez-moi ! la suppliai-je.

Mais elle ne me vint pas en aide, se contentant de lever une main tremblante et d'indiquer l'arrière du magasin d'un air terrifié. Des hommes en noir s'introduisirent dans le magasin.

- *BOUGE !* rugit l'un d'eux en fonçant vers nous, l'air paniqué.

Puis, au milieu de cette course effrénée, je vis Colt arriver à grandes enjambées. Il n'y avait plus de bleu dans ses yeux, juste une mer tourbillonnante de colère obsidienne. Il n'a pas bronché, n'a même pas regardé qui que ce soit d'autre, juste le connard devant lui, avant de s'élancer.

Le craquement écœurant des os m'a glacé le sang. Les clients ont trébuché en arrière, pressant leur dos contre le mur tandis que Colt se déchaînait, un coup après l'autre, hissant son poing en l'air encore et encore, jusqu'à ce que la tête du trou du cul se brise en arrière dans un craquement déchirant.

Je n'avais jamais vu quelqu'un avec des gestes aussi... *mécaniques*. Il était si froid. Si... *dangereux*.

Le connard s'est écroulé sur le sol, ses grands yeux ouverts, fixant le vide.

- Doucement, mon petit, dit le plus gros des types en levant son arme et a visé en marmonnant : On veut juste la salope, c'est tout.

Les secondes ont ralenti, le temps s'est étiré. Tout ce que je pouvais voir, c'était le doigt qui se recourbait autour de la gâchette et la lueur de peur dans ses yeux alors qu'il s'interposait entre Colt et moi. C'était la mauvaise chose à faire.

- Dis-moi où se trouve ce putain de Castlemaine, a grogné mon agresseur contre mon oreille.

Ils avaient peur maintenant.

Ils avaient raison.

Mais le doigt du tireur s'est resserré sur la gâchette

- Arrête, a-t-il dit à Colt. Tu es sourd, *putain*, j'ai dit...

Je n'ai pas réfléchi, j'ai juste réagi, je me suis élancée vers l'avant jusqu'à ce que mes cheveux se détachent de sa prise et j'ai saisi une poignée de vêtements rangés, puis je les ai projetés en l'air alors que le coup de feu partait.

Du rose, du noir et du bleu volèrent dans les airs. Mon cœur s'est arrêté jusqu'à ce que j'aperçoive le mouvement de Colt qui fonçait vers moi.

Le *chaos* a éclaté.

Un chaos brutal.

Un chaos effrayant.

Colt a fait reculer le tireur le long du couloir vers l'arrière du magasin jusqu'à ce qu'ils s'écrasent contre la porte de la cabine d'essayage. Je me suis retournée et j'ai frappé mon agresseur au visage.

- Laissez-moi partir, putain !

Mais c'est le bruit sourd glaçant qui m'a figée.

Un bruit de verre brisé.

Mon cœur s'emballa et mon sang se glaça. L'emprise de mon agresseur s'est relâchée, me permettant de courir vers la sortie. Mais je n'étais pas la seule. Des silhouettes noires foncèrent vers la cabine d'essayage tandis que des grognements et des rugissements retentissaient.

Des éclats de miroir crissèrent sous mes bottes tandis que mon agresseur m'attrapait à nouveau et me tirait vers l'arrière. Mais un autre s'est placé derrière Colt, à deux contre un, et le bruit brutal des poings sur la chair a retenti, me glaçant jusqu'à l'os. *Ils allaient le tuer... ils allaient le tuer !*

Je me suis tournée, j'ai donné des coups de poings et de pied avec tout ce que j'avais, jusqu'à ce qu'un bruit violent à glacer le sang retentisse... et que la cabine devienne terriblement *silencieuse.*

Non...

Non.

NON !

Je me suis débattue jusqu'à ce que l'emprise de mon agresseur se relâche et que je puisse me libérer. Je ne regardais que la petite porte de la cabine d'essayage. Mes bottes glissèrent sur des éclats de verre et je tombai sur le sol. Je ne voyais que Colt. Colt allongé sur le sol, couvert de verre... *Colt ne bougeait pas.*

Une rage brûlante m'a envahi. J'ai dirigé mon regard vers ces salauds. Je vais les tuer. *JE VAIS LES TUER, PUTAIN !*

Mon corps a tremblé sous l'effet de l'adrénaline, brisant quelque chose en moi.

- Voyons quel dur à cuire tu es maintenant, dit l'un des assaillants, reculant son pied et visant le visage de Colt.

- *NON !* criai-je en m'élançant, j'ai percuté son dos et j'ai libéré la sauvagerie qui sommeillait en moi, griffant son visage comme l'animal que j'étais.

Mes ongles se sont recourbés sous l'effet de la force. Des traces sanglantes sillonnèrent sa joue. Mon agresseur trébucha sur le côté et percuta l'autre merde avec un rugissement.

Des cris de terreur se firent entendre, stridents et sauvages. Jusqu'à ce que je réalise qu'ils venaient de moi. J'ai goûté au sang en donnant des gifles et des coups de poing, jusqu'à ce que le salaud m'attrape et me jette à travers la pièce.

J'ai percuté le mur et j'ai rebondi pour atterrir brutalement sur le sol à côté de Colt. Ils s'approchaient toujours, sortant leurs armes. La peur a transpercé ma rage.

Je ne me souciais pas de moi à ce moment-là. J'ai plongé tête la première dans un tsunami, prête à tuer avec le besoin désespéré de protéger.

J'ai écarté les bras en recroquevillant mon corps sur le sien. Une douleur mordante m'a traversé la paume lorsque j'ai senti et saisi un long éclat miroitant. Je me fichais de moi...

Seulement lui comptait...

SEULEMENT LUI.

- *Barrez-vous !* criai-je. *LAISSEZ-LE !*

Et du coin de l'œil... j'ai vu la mort s'approcher d'eux.

La mort aux yeux bleus perçants et à la soif de violence inextinguible.

Pan !

PAN !

PAN !

Un brouillard rouge de sang s'est répandu dans la cabine lorsque les têtes des trois tireurs ont explosé. Leur sang chaud m'éclaboussa le visage. Je ne pouvais ni bouger, ni penser. Tout ce que j'ai vu, ce sont les yeux bleus perçants de Carven, qui m'a regardé, puis a regardé son frère.

- *Laissez-le*, continuai-je à dire, sans pouvoir m'arrêter. *Laissez-le, laissez-le.*

Pourtant, Carven ne m'a pas fait de mal.

Il ne s'est pas approché.

Il a juste aspiré de grandes bouffées d'air et murmuré :

- C'est moi, chat sauvage... *c'est moi.*

Un gémissement bas et guttural a retenti en dessous de moi, attirant mon regard. Mon bras ne me faisait plus mal. J'ai regardé dans ces yeux couleur obsidienne et ils m'ont regardé en retour.

- Je viendrai te chercher, chuchota Colt. *Je viendrai toujours te chercher.*

Une douleur m'a cinglé la poitrine. Plus violente que n'importe quel éclat de verre. Il a déplacé son regard, d'abord vers son frère, puis vers les hommes à ses pieds.

- C'était qui ces types, bordel ?

- Je n'en ai aucune idée, répondit Carven, en regardant la façon dont je me suis recroquevillée sur Colt. Mais on doit partir... *maintenant.*

- Je ne pense pas pouvoir bouger, ai-je murmuré.

Colt m'attrapa par la taille et me hissa vers le haut. Des éclats de verre tombèrent lorsque je fus debout, puis il regarda l'éclat de verre que je tenais dans la main, enduit de sang. Il était si prudent lorsqu'il a déroulé mes doigts avant de jeter le bout de verre.

- Voilà, dit Carven en s'éloignant et disparut une seconde avant de revenir avec une écharpe rouge.

Une écharpe que son frère a enroulée autour de ma main.

- Rentrons à la maison, murmura Colt.

Mais Carven n'a pas bougé.

J'ai senti le froid.

La peur.

La douleur.

Colt tourna son regard vers son frère.

- Qu'est-ce qu'il y a ?

- London a appelé une seconde avant l'attaque.

Il me jeta un coup d'œil et mon cœur se serra.

- Ophélia le fait chanter, elle l'a menacé d'aller voir Hale avec une photo de ma voiture à l'entrepôt où nous avons sauvé Ryth Castlemaine et ses frères. Il n'a pas le choix, chat sauvage. Il est en route pour aller la voir.

QUARANTE-DEUX

Vivienne

- Il va voir Ophélia ?

Mes mots étaient un murmure.

J'ai fermé les yeux et la cabine d'essayage s'est mise à osciller.

Ça fait mal...

Bon sang, ça fait mal.

J'ai fermé ma main, appuyant contre la douleur dans ma paume. Pourtant, ce n'était rien comparé à la jalousie qui me rongeait la poitrine. Le souvenir de cette salope remontait à la surface. Je ne voyais qu'elle, son putain de sourire hideux et la façon dont elle le regardait avec son regard de prédateur en tripotant le putain de collier que London lui avait acheté.

Il l'avait acheté pour elle.

Parce qu'ils baisaient.

Comme en ce moment même, *ils baisaient.*

Non pas baiser... *plutôt violer.*

Cette pensée m'a arrêtée net. Une rage blanche et glacée brûlait en moi. Elle avait forcé London, l'avait acculé dans un coin où le seul moyen pour lui de s'en sortir était de la satisfaire. Il le ferait... *je le savais.* Il le ferait parce qu'il n'avait pas d'autre choix. Mon estomac se serra. J'allais vomir.

- Chat sauvage.

J'ai tressailli à ce nom et j'ai ouvert les yeux, trouvant le bleu profond et sombre de ses yeux.

- Tu me fais confiance ? dit Colt en me fixant.

Les cris provenant de l'extérieur se sont fait entendre alors que je hochais lentement la tête. - Oui.

Un mouvement a attiré mon regard. Carven est revenu dans la cabine, a jeté un coup d'œil à son frère et a hoché la tête.

- Il faut qu'on parte.

- Ça va être dangereux là-bas alors reste près de moi, insista Colt en nouant l'écharpe autour de ma main. Tu peux faire ça ?

Je fis un signe de tête prudent tandis qu'il saisissait mon autre main et me tirait hors de la cabine d'essayage.

J'ai essayé de ne pas regarder les cadavres ou les clients terrifiés qui fuyaient le magasin. Le sang était d'un rouge vif et renforçait ma migraine. J'ai détourné mon regard de la vue de ces hommes morts. J'avais l'impression que cela faisait une éternité que j'étais entrée dans ce magasin. *Tout ce chaos, toute cette douleur.*

Ma joue me lançait et je grimaçais. Mais j'ai repoussé la douleur et je me suis concentrée sur ma course dans le couloir qui reliait l'arrière des magasins.

- Qu'est-ce qui se passe, putain ? a aboyé un type alors que nous passions à toute vitesse.

Nous n'avons pas répondu, nous nous sommes contentés de franchir une autre porte de service et de pénétrer dans une foule paniquée. Carven a ralenti et nous avons suivi, en veillant à garder nos regards baissés et à nous déplacer dans la cohue effrénée des acheteurs.

J'ai été bousculée et j'ai trébuché. Mais Colt était là, il m'a maintenue fermement et m'a attirée contre lui alors que Carven se rapprochait de nous. J'étais coincée entre les fils, deux hommes qui sentaient la poudre et le sang.

- Dégagez de là, a-t-il grogné aux clients alors que nous nous frayions un chemin jusqu'à ce que nous soyons enfin à l'extérieur.

Je n'entendais plus qu'un grondement sourd et étouffé lorsque nous nous sommes séparés. Carven est passé devant, se frayant un chemin à travers la foule puis s'est mis à courir pour disparaître entre les voitures garées.

- C'est bon, dit Colt, attirant mon regard alors que je cherchais son frère. Il va juste chercher la voiture.

Les phares des voitures qui passaient m'aveuglaient. Je les ai toutes balayées du regard, à la recherche de la voiture à quatre roues motrices. Mais je n'ai pas eu besoin de le faire. Colt m'a tiré vers lui lorsque l'Explorer s'est arrêté devant nous.

Les klaxons retentirent tandis que Colt ouvrait la porte arrière et attendait calmement que je sois montée avant de la refermer et de s'asseoir sur le siège passager. Puis nous nous sommes éloignés de la horde de moteurs qui tournaient et des klaxons. Carven a passé les vitesses et fait tourner le 4x4 dans des virages serrés jusqu'à ce que nous débouchions dans une petite rue tranquille.

Une rue qui semblait vide.

La frénésie de la circulation derrière nous s'étendait encore loin à l'horizon. Mais nous étions libres. Bordel... *nous étions libres.* J'ai fermé les yeux tandis que le moteur du 4x4 rugissait et nous éloignait du centre commercial.

Le centre commercial où j'avais voulu aller.

J'ai émis un faible gémissement et j'ai basculé vers l'avant.

- Chat sauvage ? dit Colt, la voix pleine d'inquiétude.

- Tout est de ma faute, dis-je en secouant la tête. Tout ça est arrivé... *à cause de moi.*

Je n'aurais jamais dû quitter la maison. Je n'aurais jamais dû demander à y aller... je n'aurais jamais dû... *je n'aurais jamais dû.*

Carven a poussé un grognement, a tourné le volant et s'est arrêté brusquement. J'ai saisi la poignée de la portière et je me suis accrochée alors que la voiture s'arrêtait brusquement.

- Laisse-moi te dire quelque chose, chat sauvage, dit Carven en tournant la tête pour me fixer d'un regard glacial. Écoute-moi bien, car je ne le dirai qu'une seule fois. Ce sont des pensées comme ça qui te briseront. Tu veux être une victime ? Alors continue à te comporter comme telle. Mais si tu veux être l'une d'entre nous, alors tu dois être dans l'action. Tu es un sous-produit de ce qu'ils ont créé... *une fille,* dit-il en faisant demi-tour avant de changer de vitesse. Tout comme nous sommes des fils.

J'ai aspiré de grandes bouffées d'air tandis que le 4x4 arrivait dans la rue. Ses paroles n'étaient pas tendres. Si je voulais de l'apaisement, je ne l'obtiendrais pas de Carven. Mais il me donnerait la vérité.

- Le fait que tu veuilles aller dans un putain de centre commercial n'a rien à voir avec le fait que tu te sois fait attaquer, chat sauvage, grogna-t-il en balayant la zone du regard. Et tout à voir avec ces enculés qui veulent te contrôler.

- Ils ont posé des questions sur Jack... Jack Castlemaine, ai-je chuchoté.

Carven a freiné, ce qui m'a projetée en avant jusqu'à ce que la ceinture de sécurité me retienne. Colt poussa un grognement sauvage, mais son jumeau lui jeta à peine un coup d'œil.

- Ils quoi ?

- Ils voulaient Jack, Ryth aussi...

Carven lança un regard noir à Colt, qui s'accentua en hochant prudemment la tête.

- Putain.

Carven a appuyé sur l'accélérateur et a roulé encore plus vite tandis que nous nous frayions un chemin dans les rues, et ce n'est qu'à ce moment-là que j'ai réalisé que rien ne me semblait familier.

- Où va-t-on ?

- Eh bien, il semble que ce soit le bon moment pour le découvrir, chat sauvage. Es-tu une proie ou un prédateur ?

marmonna-t-il en tournant dans une rue sombre et en s'arrêtant devant un énorme portail noir à l'extérieur de ce qui ressemblait à un entrepôt de deux étages.

Il appuya sur le bouton pour baisser la vitre et pressa son pouce sur un lecteur digital. Le portail s'est instantanément ouvert et il s'est garé rapidement. J'ai à peine eu le temps de reprendre mon souffle, et encore moins de réfléchir, qu'il s'est garé brutalement devant une porte double avant de descendre de voiture, laissant le moteur tourner.

Colt l'a suivi mais s'est retourné pour ouvrir ma portière. J'ai grimacé à cause de ma migraine lorsque nous avons suivi Carven jusqu'à une lourde porte en acier et que nous l'avons regardé taper un code à six chiffres et déverrouiller la porte. Il m'a jeté un coup d'œil par-dessus son épaule avant de franchir la porte et de disparaître dans l'obscurité.

La chair de poule courait sur ma peau lorsque Colt m'a jeté un coup d'œil, puis a disparu derrière Carven. Ce regard attentif en disait long. Ils me faisaient confiance, m'autorisaient à entrer dans un endroit où personne d'autre n'allait, à part London, bien sûr.

Des lumières ont clignoté et dansé au-dessus de ma tête avant que l'espace ne s'éclaircisse un peu. Je me suis arrêtée et j'ai regardé fixement. Ce n'était pas un entrepôt. Des lumières sombres s'allumaient pour éclairer une Camaro noire et élégante garée dans une travée, et au fond se trouvait une salle d'armes ouverte.

Le métal noir et le verre brillaient. J'ai regardé les armes.

- Putain de merde.

Carven s'est avancé, a saisi un bidon d'essence et l'a porté jusqu'à la porte.

- J'ai un plan, a-t-il marmonné, avant de faire demi-tour.

J'ai essayé d'écouter, mais en réalité, je regardais ce qui ressemblait à des lance-roquettes.

- Je ne peux pas entrer et les interrompre cette fois-ci, a-t-il poursuivi. Cette putain de vipère s'est débrouillée pour qu'ils soient seuls. Alors, si on peut pas les interrompre, il nous faut quelqu'un qui le fera... et une sacrée bonne raison, dit-il en jetant un coup d'œil à son frère. Si tu es avec nous, chat sauvage.

- Pour faire quoi ? murmurai-je en fixant un mur rempli de noms, un mur qui m'appelait à avancer.

Des noms. Des images. Des informations. Tout était là. Tout était inscrit dans un cercle noirci... et au milieu, il y avait un nom. *Weylyn King*.

King...

- Pour brûler la maison de cette salope, a répondu Carven, et il a lancé quelque chose en l'air vers moi.

Je l'ai attrapé d'instinct et j'ai vu que c'était une cagoule.

Ma tête me lançait.

Mon cuir chevelu me brûlait.

Mon estomac se serra à cause de l'odeur nauséabonde du sang au fond de ma gorge...

Malgré tout, je fixai le masque de laine dans ma main en réalisant que tout cela était bien réel.

L'Ordre.

King.

Et elle.

- Oui, dis-je en levant les yeux. Je suis avec vous.

Un signe de tête prudent et Carven s'empare d'une petite lampe de poche posée sur le banc.

- Alors il faut que tu nous suives, compris ?

J'ai pris la lampe de poche et l'ai glissée dans ma poche.

- Oui.

Il a baissé les yeux vers mon haut décolleté.

- Tu auras besoin de quelque chose de chaud. Frère, a-t-il marmonné. Tu peux l'aider ?

Colt se dirigea vers une étagère suspendue au milieu de la pièce, juste à côté de ce qui ressemblait à... une énorme chambre froide ou un congélateur. Pourquoi diable avaient-ils besoin d'une telle chose ? Je frissonnai, regardant Colt prendre un t-shirt noir et une veste sur l'étagère et se tourner vers moi. J'ai passé mon chemisier par-dessus ma tête et j'ai frissonné de froid en enfilant le t-shirt que Colt me tendait.

La chaleur de leurs regards dansait sur mes seins. J'étais habituée à Colt, mais la façon dont Carven me regardait maintenant était virile. La perspective de son désir m'excitait et me terrifiait à la fois. J'ai jeté un coup d'œil dans sa direction, puis j'ai enfilé la veste, la fermant jusqu'en haut alors que je frissonnais.

Il n'était pas indifférent.

Je l'ai compris quand Carven a jeté un coup d'œil à Colt, puis a penché la tête vers le bidon d'essence et a marmonné :

- Allons-y.

Il pouvait être hargneux et maussade autant qu'il voulait, mais quelque chose était en train de changer entre nous, et il le sentait. J'ai couru avec eux et je me suis dirigée vers l'Explorer tandis que Carven s'installait au volant et que Colt rangeait l'essence à l'arrière.

J'ai serré mon poing endolori en l'utilisant pour me hisser à l'intérieur avant de refermer la portière derrière moi. Pourtant, je n'ai pas pu détacher mon regard du fils alors que je tirais sur la ceinture de sécurité pour la mettre en place.

- Continue à me regarder comme ça, chat sauvage, et je pourrais bien faire quelque chose, a prévenu Carven en reculant et en se dirigeant vers la portière.

Colt jeta un coup d'œil à son frère, puis se retourna pour me regarder par-dessus son épaule.

Il eut un tressaillement au coin de sa bouche, comme s'il savait.

Un petit clin d'œil et il me tournait le dos à nouveau.

Nos phares se frayaient un chemin dans l'obscurité, et celle-ci ne faisait que s'épaissir à mesure que nous laissions derrière nous les faibles lumières de la ville. La route était calme. J'ai entrevu de grandes maisons imposantes en retrait de la rue.

Mais c'était sinistre, le genre d'endroit où l'on n'aimerait pas se retrouver coincé au cas où l'on rencontrerait des yeux bleus dans le rétroviseur. Le regard de Carven était froid, affamé, dangereux—lui tout craché. *Au cas où l'on tomberait sur quelqu'un comme lui.*

Il a jeté un coup d'œil dans le rétroviseur avec le regard perçant d'un tueur, parce que c'est exactement ce qu'il était. Puis il a éteint les phares.

J'ai regardé à travers les vitres teintées et j'ai aperçu une allée derrière une clôture en fer forgé que j'avais vue avant qu'il s'arrête. Une seconde plus tard, nous étions arrêtés sur le bas-côté de la route, le capot entre deux grands frênes.

Le martèlement lancinant dans ma tête s'est calmé lorsque je suis sortie et que j'ai frissonné de froid. La portière arrière de la voiture s'est ouverte en silence et l'intérieur est resté sombre. Nous étions silencieux lorsque Colt sortit le bidon d'essence et referma la portière.

De l'argent scintillait au clair de lune et attira mon regard tandis que Carven me tendait un pistolet.

- Si tu es avec nous, tu dois te protéger.

Je fixai l'arme, puis relevai mon regard vers le sien.

Il a saisi ma main et a pressé la poignée contre ma paume sans plaie. Mon cœur battait la chamade. Pourtant, j'ai refermé mes doigts autour de l'arme.

- Pointe et tire, chat sauvage. Seulement si nécessaire

- Mais ça ne le sera pas, a murmuré Colt en s'avançant. Personne ne te touchera plus jamais, je le jure.

Ils ont enfilé leurs cagoules, on ne voyait rien voir d'autre que leurs yeux bleus perçants. J'ai rapidement suivi, la laine réchauffant instantanément mon visage tandis que j'y rangeais mes cheveux.

- Sois discrète et ne traine pas.

Les mots de Carven étaient étouffés alors qu'il se dirigeait vers la clôture au loin.

En un instant, cette nuit de panique où j'avais échappé à l'Ordre m'est revenue en mémoire. C'était une nuit comme celle-ci, pleine de terreur. Mais le souvenir a vite été englouti par ce mur couvert de portraits à l'entrepôt des fils.

Les portraits des types de l'Ordre.

J'ai jeté un coup d'œil à Colt, à mes côtés. J'avais vécu avec ces hommes suffisamment longtemps pour savoir qu'ils ciblaient chaque nom, trouvant des moyens d'infiltrer et de détruire l'Ordre de l'intérieur. L'idée m'aurait autrefois choquée. Maintenant, je connaissais la vérité... mieux qu'ils ne voulaient l'admettre.

Ceux avec qui je vivais étaient des hommes mauvais, dangereux et intègres.

Le genre qui risquait sa vie pour ceux qu'ils aimaient.

Et maintenant, j'en faisais partie...

Cette pensée m'a envahi lorsque Carven s'est penché un instant, puis a tiré la clôture vers le haut pour élargir l'entrée. Colt se laissa tomber au sol et se précipita à travers, puis se retourna pour m'aider alors qu'il faisait passer le bidon d'essence.

Puis on s'est mis à courir, légèrement courbés pour ne pas se faire remarquer. Carven avançait, un fusil dans une main, tandis qu'il levait l'autre avec deux doigts vers le ciel et faisait signe vers la façade du manoir vers lequel nous courions.

Pas un manoir...

Son manoir.

Un manoir acheté avec le sang et la terreur de tous ces enfants battus, comme Colt. Il courait à côté de moi, son regard de pierre fixé sur les fenêtres sombres devant nous alors que Carven fonçait droit devant. Le martèlement dans ma tête s'intensifiait à chaque pas brutal. Je faisais de mon mieux pour suivre.

Mais bon sang, ils étaient rapides.

Je respirais la laine contre mon visage à chaque respiration prise tandis que nous nous dirigions vers l'arrière de la maison. Le bruit des vitres qui se brisent résonna bien trop fort dans la nuit. Je cherchai les deux gardes que j'avais vus auparavant, mais ils étaient introuvables. Une mince porte latérale en bois s'ouvrit sur la cour intérieure. Mon cœur s'emballa lorsque Carven sortit et nous fit signe d'avancer.

Nous étions alors à l'intérieur.

Le simple fait de fouler ce sol me parut une trahison.

Une partie de moi ne voulait pas voir le train de vie somptueux que ses viles habitudes lui avaient permis de mener.

Mais c'est la faible odeur d'essence qui m'a empêché de m'effondrer. Je devais me rappeler ce que nous faisions ici... et pourquoi.

London.

Carven a jeté un coup d'œil dans notre direction, puis nous a fait signe d'avancer. Je ne sais pas comment il savait où aller, mais nous nous sommes retrouvés dans une vaste pièce lugubre. J'ai balayé les murs du regard, découvrant des contours sombres accrochés aux murs.

Clic.

Le bruit venait de derrière moi. Je me suis retournée, et j'ai trouvé un regard plissé dirigé vers le mur.

- Qu'est-ce que tu fous ? siffla Carven.

Mais Colt n'a pas répondu, et cette fois, ce n'est pas parce qu'il a choisi de ne pas parler. Il ne pouvait pas. Parce qu'il fixait un tableau sur le mur, ses yeux bleus incroyablement écarquillés. Je me suis approchée et j'ai déplacé mon regard vers la masse noire sur la toile.

C'était un garçon accroupi, les mains levées en signe de reddition. Mais ce sont les yeux d'un bleu profond qui m'ont saisie. La seule couleur sur la toile noire et maculée, un bleu profond qui ressemblait presque à...

J'ai levé mon regard vers Colt, puis je l'ai lentement déplacé vers le reste des tableaux qui tapissaient le mur.

Les Garçons Perdus.

La plaque en laiton au milieu du mur m'a donné la nausée. *Garçons perdus... Garçons perdus... Garçons perdus...*

Ces gémissements terrifiés me revinrent en mémoire à travers les profondeurs de ma douleur. Les sons torturés de l'enregistrement. Je savais ce que c'était maintenant. Ce que tout cela représentait. C'était eux.

Carven.

Colt.

Elle ne s'arrêtera jamais. Elle ne s'arrêtera jamais. *Putain.*

Pas avant de les posséder. Pas avant d'avoir ce qui était...

À moi.

J'ai respiré l'air glacial de la nuit, qui brûlait contre la rage glaciale et bouillonnante que je portais en moi. J'ai poussé un rugissement et je me suis élancé pour arracher cette putain de toile du mur.

J'étais incontrôlable lorsque je l'ai arraché du mur, puis je l'ai jeté sur le sol, où le cadre s'est brisé.

- Vivienne, dit Colt.

Mais j'étais déjà trop loin. Je n'aurais pas pu m'arrêter même si je l'avais voulu... et je ne le voulais pas. Mes doigts étaient endoloris après que j'ai essayé de sauver Colt dans le centre commercial. Mais je m'en moquais à présent alors que j'arrachais le dessin du cadre brisé.

Je me moquais de la douleur.

Ou du sang.

L'odeur âcre de l'essence s'est répandue. Carven n'était plus qu'un spectre sombre tandis qu'il arpentait les bords de la pièce et éclaboussait ces putains d'images immondes qu'il le pouvait.

Quand il n'a plus eu d'essence... j'ai pris le relais. J'ai arraché les tableaux du mur et je les ai jetés à travers la pièce pendant que Carven allumait un briquet et approchait la flamme de la flaque d'essence sur le sol. Colt fixait toujours cet espace sur le mur. La douleur m'a envahie à cette vue.

Le besoin de protéger a suivi. J'ai jeté l'affreuse toile que je tenais dans ma main vers les flammes grandissantes et j'ai attrapé la main de Colt.

- Hé... je suis là.

Il n'a pas bougé.

Carven a jeté un coup d'œil dans notre direction en laissant tomber le bidon d'essence vide.

- Colt, ma main... chuchotai-je. J'ai mal.

Je savais que si quelque chose pouvait le ramener, ce serait ma douleur. Il cligna des yeux, son regard reprit vit et il jeta un coup d'œil à l'écharpe rouge enroulée autour de ma paume.

- On doit se barrer et vite, insista Carven en jetant un coup d'œil autour de lui.

À cet instant, le son strident de l'alarme incendie retentit alors que les flammes gagnaient du terrain.

- Vite, Colt ! rugit Carven en se dirigeant vers le couloir.

Colt me prit la main et m'entraîna avec lui. Je risquai un dernier regard par-dessus mon épaule vers les flammes orange affamées qui atteignaient le plafond. *Brûle, enfoirée, brûle...*

Nous sommes retournés dans le couloir sombre et avons franchi la porte de la cour tandis que les gardes poussaient des cris. Il n'y avait plus de retour en arrière possible, pas avant d'en avoir fini.

Le bruit du verre qui se brise se fit entendre derrière nous alors que nous nous précipitions à travers le grillage coupé.

Lorsque les gardes se sont précipités dans la maison, il était bien trop tard.

Ces flammes affamées avaient consumé la pièce et rempli la nuit d'une lueur glorieuse. J'ai trébuché en arrière, tiré par Colt. Nous nous sommes précipités vers la voiture, avons jeté le bidon d'essence vide à l'intérieur et sommes montés à bord.

Le moteur a démarré en rugissant. Les roues tournaient et soulevaient des cailloux tandis que nous revenions en trombe sur la route. Je n'arrivais pas à reprendre mon souffle, je me suis penchée et j'ai attrapé mes genoux. Colt s'est approché et a glissé sa main le long de mon bras.

Je me suis accrochée à lui tandis que Carven allumait les phares et que nous foncions dans la nuit.

Mais cette peur panique était toujours là.

Le genre de peur qui s'étiolait au fur et à mesure que les pensées de London s'imposaient.

J'ai prié pour que ce ne soit pas pour rien.

Et que nous n'étions pas arrivés trop tard...

S'il te plaît, London, tiens bon.

QUARANTE-TROIS

London

L'ambre tourbillonnait, les bords translucides contre les parois du verre. Il n'y avait pas de glaçons dans mon verre. Non pas parce que je n'aimais pas le froid, mais parce que je ne voulais pas de dilution... pas ce soir. Non, pour l'instant, j'avais besoin d'un alcool aussi fort que possible.

Je me suis léché les lèvres, puis j'ai fait glisser l'alcool dans ma gorge, chassant la dernière goutte avec ma langue, et j'ai regardé les lumières scintillantes de la ville en contrebas. Il y eut un léger soupir derrière moi, suivi d'un mouvement tandis qu'Ophélia se levait du canapé de son appartement-terrasse hors de prix au milieu de la ville. Je luttai contre une grimace, puis me tournai vers la bouteille à moitié vide.

J'avais l'intention de me bourrer la gueule ce soir.

D'être tellement défoncé que je ne sentirais rien.

Et avec un peu de chance, demain, je ne me souviendrais pas de cette nuit.

- Tu n'as pas mangé le repas que j'avais préparé, dit-elle en se rapprochant et j'ai essayé de ne pas la remarquer dans le reflet des fenêtres.

Mais c'était comme essayer de ne pas voir une vipère se rapprocher.

- Pourtant, tu as l'air d'avoir soif, termina-t-elle.

Elle s'est arrêtée à mes côtés et a tendu la main pour me saisir la mâchoire. Ses ongles s'enfoncèrent cruellement tandis qu'elle forçait mon regard à trouver le sien.

- Tu crois que je ne vois pas que tu es différent ? dit-elle en cherchant mon regard. Que tu es hyper... froid.

Je me dégageai de son emprise, repoussant ma rage aussi loin que possible.

- Tu m'as fait chanter, tu m'as forcé à venir ici. À quoi tu t'attendais, putain, *des fleurs ?*

Ses narines se sont dilatées.

Ses lèvres couleur rouge sang se sont pincées.

Sa longue robe de soie noire se déplaçait tandis qu'elle posait lentement les mains sur ses hanches. Je n'avais pas besoin de mieux regarder pour savoir qu'elle était nue en dessous. Ophélia avait orchestré ce rendez-vous à la seconde près. Il n'y avait rien qu'elle n'ait pas prévu, y compris le lit au milieu de l'appartement spacieux.

- C'est ce que nous sommes, London, dit-elle avec insistance. C'est ce que nous avons toujours été. C'est ce que nous avons toujours été, je le fais pour toi et... tu le fais pour moi.

Mon estomac s'est serré. J'ai détourné le regard vers les lumières scintillantes en contrebas.

- Le yin et le yang, dit-elle en faisant glisser ses ongles rouges le long de mon bras. On s'entraide. Mais peut-être as-tu oublié tes alliés maintenant que tu as cette jeune chatte fraîche sous ton toit ?

La colère s'est emparée de moi et je me suis tourné vers elle.

- Ne parle pas d'elle comme ça.

Ophélia s'est immobilisée, ces putains d'yeux haineux brillant. Mais sous la surface, elle était froide, et le devenait de plus en plus.

- Pourtant, tu es là, murmura-t-elle. Et nous avons un accord, n'est-ce pas, London ?

Ce putain de scotch n'était pas assez fort, loin de là. Pas pour ça.

Je me suis levé et j'ai détaché ma cravate d'une main.

Qu'on en finisse. Que ce soit fait... et je pourrai sortir d'ici. Je pourrai retrouver...

Vivienne...

J'ai avalé avec force pour refouler ce goût amer dans ma gorge et j'ai posé le verre sur le bord de la table à manger. Ophélia m'a regardé avec avidité, puis a tendu la main par-dessus son épaule et a défait le nœud de sa robe pour la laisser tomber autour de ses pieds en un seul mouvement.

- Tu vas me baiser, n'est-ce pas, London ?

Son regard de prédateur dériva le long de mon corps.

- Tu vas déverser toute ta colère sur mon corps et je vais en savourer chaque seconde.

Je me suis approché de la table, j'ai pris la bouteille et je me suis servi un autre verre avant de porter le verre à mes lèvres. Elle a tressailli. Mais je n'étais pas là pour flatter son putain d'ego. J'étais ici pour faire mon devoir. C'est sur ce devoir que je me suis concentré en avalant le scotch et en reposant le verre sur la table.

- Tu veux que je te baise, dis-je en l'attrapant et en la faisant tourner, la forçant à avancer jusqu'à ce qu'elle n'ait plus d'autre choix que d'appuyer ses mains sur la table.

- Je vais te baiser... à ma façon.

Elle a reculé, essayant de se retourner.

- Non. Je veux...

J'ai attrapé son bras et l'ai serrée contre moi. La douleur s'est allumée dans ses yeux. Mais je ne me souciais plus de rien, je ne contrôlais plus le côté sauvage de ma nature.

- Tu n'as pas le droit de vouloir quoi que ce soit quand il s'agit de moi, compris ?

Je l'ai repoussée alors que la haine s'accumulait en moi comme une tempête vengeresse.

Je pourrais la tuer.

Ce serait mieux que... *ça.*

Mais sa mort ne m'apporterait que des problèmes supplémentaires, et en ce moment, j'avais déjà assez à faire. J'étais encore en train de gérer le dernier putain de bain de sang. J'avais besoin d'un moyen de m'en sortir. Un moyen que je puisse contrôler. J'inspirai un grand coup, laissant libre cours à ma rage... jusqu'à ce qu'elle s'en prenne à moi.

Bam !

Ma tête a basculé sur le côté sous le coup de la gifle.

Elle était sur moi en un instant, me griffant la nuque pour me tirer vers elle. Ses lèvres froides et plates se pressèrent contre les miennes avant qu'elle n'introduise sa langue dans ma bouche. Je poussai un sifflement et la bousculai violemment.

Elle trébucha en arrière, puis sa cheville se déforma et elle tomba sur le sol avec un bruit sourd.

Oh, merde...

Elle posa une main contre le sol, levant son torse vers le haut, puis retomba. Ses yeux brillaient d'un éclat sauvage lorsqu'elle me regarda, un regard de colère désarticulé. Je l'avais poussée à bout et j'avais creusé un fossé entre son désir et mon besoin de la contrôler.

- C'est ce que tu fais avec *ta pute* ? a-t-elle grogné en se relevant et en trébuchant un instant, jusqu'à ce qu'elle s'approche. Tu aimes la malmener ? Tu l'emmènes au sous-sol, London ?

Je me suis figé et mon sang s'est glacé.

- Comment tu le sais ?

Elle a esquissé un sourire qui m'a glacé le sang.

- Je suis au courant de *tout*, London.

Quelque part dans l'appartement, son téléphone s'est mis à sonner.

- Je sais aussi pour le contrat. Le contrat dont l'encre a séché depuis très... *très longtemps*. Mais tu n'aimeras pas ça... non, tu n'aimeras pas ça du tout.

Qu'est-ce qu'elle raconte ? J'ai jeté un coup d'œil vers cette sonnerie insistante, mais à l'intérieur, j'étais ébranlé. J'ai serré la mâchoire, désespéré de la forcer à dire ce qu'elle savait. J'avais besoin de ce putain de contrat. La vie de Vivienne en dépendait. Hale avait dit qu'il était signé. Il n'oserait pas me trahir.

- Alors, voilà comment ça va se passer. Tu vas me baiser. Tu me baiseras aussi longtemps que je te le dirai et tu continueras à me baiser chaque fois que je le demanderai, tu comprends ?

Elle détourna son regard vers son téléphone qui n'en finissait pas de sonner.

Avec un grognement de frustration, elle se dirigea vers son téléphone et le pris sur le comptoir.

- *Je croyais avoir dit que je ne devais pas être dérangée,* s'emporta-t-elle, avant de se figer.

Ses sourcils se froncèrent avant que ses yeux ne s'écarquillent.

- Qu'est-ce que tu as dit, putain ?

Je me suis léché les lèvres en voyant la peur céder la place à la rage.

- *Et mes tableaux ? Qu'est-ce que tu veux dire, tu ne sais pas à quel point ? POURQUOI JE TE PAYE, PUTAIN ?*

Son cri a résonné dans l'appartement. Sous mes yeux, elle a changé de visage.

Elle n'était plus concentrée sur moi...

En fait, elle ne me regardait même pas.

Au lieu de cela, elle s'est précipitée vers le lit et a porté son téléphone sur l'autre oreille tout en enfilant une culotte et un soutien-gorge.

- Ne fais rien jusqu'à ce que j'arrive. J'appelle Howie tout de suite. *Tu ne fais rien, tu m'entends ?*

Il a dû l'entendre.

Car elle a raccroché et jeté le téléphone sur le lit tout en s'habillant à la hâte.

- Je suppose que notre dîner est annulé ? dis-je en riant.

- Je vois bien que tu as le cœur brisé, m'a-t-elle rétorqué, avant de me lancer un regard noir. Ne fais pas l'erreur de croire que c'est fini, London, parce que je peux t'assurer que ce n'est pas le cas.

Elle a refait le nœud de sa robe et pris son téléphone sur le lit avant de se dépêcher d'attraper son long manteau et son sac près de la porte.

- Je te recontacterai, tu as beaucoup de choses à te faire pardonner.

Mais je me suis renfrogné, alors qu'un sentiment étrange rampait le long de ma colonne vertébrale. L'appel et ma présence ici n'étaient pas une coïncidence, ce n'était pas possible.

- J'en doute pas, ai-je répondu.

En un battement de cœur, elle est partie, laissant derrière elle le claquement de la porte.

Je suis resté silencieux pendant une seconde, jusqu'à ce que je réalise.

Elle était partie...

Elle était partie.

J'ai fermé les yeux et j'ai basculé en arrière, avant de me figer.

Qu'est-ce qu'ils avaient bien pu faire ?

J'ai ouvert les yeux. Je savais que c'était grave. C'était évident.

Cela signifiait qu'ils allaient avoir des ennuis.

Je bus mon verre avant de le poser sur la table et je me dirigeai vers la porte, sans même prendre la peine d'enfiler ma veste. De toute façon, je ne sentais rien, rien d'autre que la panique qui m'habitait. Le froid a traversé ma chemise en coton, me dégrisant rapidement. Je me suis dirigé vers l'ascenseur et j'ai descendu les escaliers jusqu'au parking.

En un rien de temps, j'ai démarré la Mercedes, mes pensées étant fixées sur cet appel et sur la peur grandissante envers ceux que j'aimais. Je devais rentrer chez moi... *je devais rentrer chez moi.*

- *Qu'est-ce que vous avez fait, putain ?*

QUARANTE-QUATRE

Vivienne

MES DENTS CLAQUÈRENT, ENVOYANT DES ONDES DE CHOC dans mon crâne. Carven détacha son regard de la circulation et ses grands yeux bleus rencontrèrent les miens.

- Nous y sommes presque, chat sauvage, m'a-t-il rassuré. Tiens bon.

La chaleur qui s'échappait de la bouche d'aération de la banquette arrière m'asséchait les yeux. Mais je n'entendais que le claquement de mes dents. *Clac...clac...clac.*

Le son ressemblait à celui de coups de feu.

Dans le centre commercial.

Et le magasin...

Et le verre qui se brisait dans la cabine d'essayage.

J'ai resserré mes bras autour de mon ventre en regardant les cheveux pâles de Carven, encore mouillés par la douche prise à la hâte à l'entrepôt. Nous avions jeté le bidon d'essence et les vêtements tachés de fumée, alors j'ai dû remettre le haut décolleté que je portais en début de soirée.

Avant que tout ne dégénère.

Des lumières rouges et bleues clignotaient encore dans ma tête. Je n'arrivais pas à me débarrasser de cette image, même si j'essayais de toutes mes forces.

Le rouge et le bleu des camions de pompiers que nous avions croisés en fuyant le manoir. Mais ils sont arrivés bien trop tard. J'ai fermé les yeux. *Ils sont arrivés bien trop tard.* J'ai serré la mâchoire, essayant d'arrêter le claquement violent.

Carven a dit que je redescendais de l'état d'alerte.

De la rage.

Et de l'adrénaline.

Pourtant, dans les profondeurs obscures de mon esprit, tout ce que je voyais, c'était ce tableau.

Ce fils aux grands yeux bleus, les mains levées au-dessus de la tête en signe de soumission.

La soumission que cette salope avait provoquée.

J'ai ouvert les yeux pour regarder Colt, silencieux sur le siège avant. Pas n'importe quel fils... *le mien.*

La voiture a pris un virage serré et les phares ont éclaboussé des maisons familières. Nous avons à peine ralenti en arrivant dans l'allée, le portail étant toujours ouvert. J'ai sursauté lorsque la ceinture de sécurité s'est tendue et que Carven a freiné brusquement, puis il a ralenti lorsque la porte du garage s'est relevée. J'ai scruté les alentours, mais je n'ai vu personne d'autre. Il n'y avait pas de gardes pour protéger la maison ce soir, ni de témoins.

J'ai sursauté lorsque l'Explorer s'est arrêté brutalement et que les portières se sont ouvertes. Colt sortit lentement, ses mouvements étaient étranges et mécaniques. Il n'avait pas dit un mot depuis que nous nous étions enfuis de cette maison et c'était plus que quelqu'un plongé dans ses propres pensées. C'était quelqu'un qui souffrait.

Mes doigts tremblaient lorsque j'ai tiré sur la poignée de la porte et que je suis sortie.

- Colt, ai-je dit.

Mais il avait déjà atteint l'entrée de la maison.

La porte du garage se referma dans un grondement. Je me lançai à sa poursuite en espérant que Carven suivrait rapidement. Guild n'était nulle part et j'en étais reconnaissante. J'aperçus mon reflet dans la fenêtre de la cuisine. Je ne me reconnaissais pas avec ce teint pâle et délavé, et ces yeux écarquillés qui ne clignaient pas.

J'ai suivi Colt dans l'escalier, Carven était juste derrière moi.

- Tu dois aller te doucher, murmure Carven. Frotte-bien, surtout les cheveux.

J'ai acquiescé tout en continuant à claquer des dents. Mais je ne pouvais détacher mes yeux des cheveux bouclés du fils qui se trouvait devant moi.

- C-Colt, ai-je crié alors qu'il s'avançait sur le palier du troisième étage. S'il te plaît, arrête...

Il s'est arrêté juste devant ma porte. Mais Carven ne l'a pas fait, il est passé devant pour ouvrir la porte de ma chambre avant de regarder son frère. Il y avait de la panique dans son regard, une vraie panique. Il s'est léché les lèvres, a jeté un coup d'œil dans ma direction et a fait demi-tour.

- Mon frère, tu devrais peut-être l'aider.

Je savais ce qu'il faisait.

Il se servait de moi.

Et je voulais être utilisée.

- J'ai l'impression d'être en train de m'effondrer, ai-je chuchoté. Je ne peux pas m'empêcher de trembler.

Colt a lentement tourné la tête vers moi. Je pouvais voir, même dans le bleu profond de l'océan, qu'il me voyait. Il luttait, luttait pour remonter à la surface à travers ses souvenirs et sa douleur.

- Colt, ai-je chuchoté. J'ai besoin de toi.

Son regard était rempli d'angoisse.

Je me suis approchée jusqu'à saisir sa main et la presser contre ma poitrine.

- J'ai tellement besoin de toi.

Il y eut un frémissement, un souffle plus profond.

- J'ai besoin de ressentir autre chose que cette panique.

Carven poussa un faible gémissement et détourna le regard.

- Je te l'ai déjà dit, mon frère, c'est ce que fait un homme bien. Tu prends soin de ta femme. Tu lui donnes ce dont elle a besoin.

J'ai soutenu le regard de Colt.

- Alors, prends soin de moi.

Un crissement de pneus a traversé la nuit et a attiré notre attention. J'ai tourné la tête en même temps que les fils lorsque ce bruit strident a pris fin et que le léger bruit sourd d'une portière de voiture a suivi.

Quelques secondes, c'est tout ce qu'il a fallu pour que la porte d'entrée s'ouvre avec fracas, puis se referme avec un *boum* !

Je ne pouvais plus bouger, figée par les bruits sourds qui résonnaient dans les escaliers à mesure qu'ils se rapprochaient. Puis il fut là, dans une obscurité impitoyable, s'avançant vers moi à grands pas. Son visage était un masque de rage à peine contrôlé. Il tourna son regard impitoyable vers les fils, d'abord vers Carven, puis vers Colt, avant de se retourner vers moi.

Il était en colère...

Non, il était sauvage.

Tout ça à cause de ce que nous avions fait.

- Personne ne le saura, tentai-je de le rassurer en lâchant la main de Colt et en m'avançant devant eux, les protégeant en secouant la tête. London... personne ne saura jamais que c'était nous.

Il lâcha un grognement et combla la distance pour m'attraper par la taille et me soulever.

- Tu sens la fumée.

Il me chercha des yeux tandis que j'enroulais mes jambes autour de sa taille, puis me porta dans la chambre.

Carven et Colt suivirent, mais restèrent en retrait lorsqu'il posa mes pieds sur le sol devant le lit et continua.

- Et la peur et la douleur.

J'ai levé les yeux vers lui alors qu'il me dominait. Ces yeux dangereux m'ont volé mes pensées. Pourtant, j'ai murmuré :

- Nous n'avions pas le choix.

Il a levé la main, pris ma mâchoire, scruté mon visage et s'est renfrogné.

- Tu crois que je suis en colère pour ça ? dit-il en croisant mon regard. Tu aurais pu être blessée. Ils t'ont attaquée dans ce foutu centre commercial. Ils ont essayé de te prendre. Putain, quand Guild a appelé, j'ai cru que tout mon monde avait disparu. J'ai cru que tu étais partie.

- Mais ce n'est pas le cas, l'ai-je consolé.

Il a tiré sur le bord de mon haut.

- Lève les bras, Vivienne. Laisse-moi te regarder. Laisse-moi voir ce qu'ils t'ont fait.

J'ai obéi et j'ai levé les bras au-dessus de ma tête, comme je l'ai toujours fait.

Allonge-toi sur la table.

Écarte les jambes... gentille fille.

Ma respiration s'est arrêtée lorsque le tissu est passée sur mon visage. L'odeur nauséabonde de la fumée a envahi mon nez, puis elle a disparu.

- Ma petite incendiaire.

Il a laissé tomber mon haut et m'a tendu la main pour dégrafer mon soutien-gorge.

- Tu m'as sauvé ce soir, vous m'avez tous sauvé ce soir, dit-il en croisant mon regard. Je ne veux plus jamais que tu fasses ça, dit-il en saisissant ma mâchoire et ses yeux se sont plantés dans les miens. Tu comprends ?

J'aspirais de grandes bouffées d'air alors que la douleur s'intensifiait.

- Tu aurais pu être coincée, a-t-il murmuré. Tu aurais pu être tuée.

- Nous ne laisserions jamais ça se produire, protesta Carven.

London le regarda.

- Tu crois que je prendrais ce risque ? Tu crois que je risquerais de perdre l'un de vous ?

Il s'est placé derrière moi et s'est arrêté dans mon dos.

- Vous êtes ma putain de famille. Vous êtes... vous êtes tout ce que j'ai.

Le désespoir s'est emparé de ces mots.

Tout ce que j'ai.

Je n'avais jamais eu cette... cette connexion, ce besoin sauvage d'appartenance. Mais il faisait rage à l'intérieur de moi maintenant, se déchaînant et hurlant comme une bête. Mon regard était fixé sur celui de Colt tandis que London s'occupait du bouton de mon pantalon, puis faisait glisser ma fermeture éclair vers le bas.

J'avais besoin de lui. J'avais tellement besoin de lui. J'ai eu le souffle coupé lorsqu'il s'est levé, a saisi ma mâchoire et a approché ma bouche de la sienne. Le baiser était exigeant et fort. J'ai cédé à la force et me suis fondue dans cette faim exigeante.

Mon pantalon est tombé à mes pieds.

London rompit le baiser et laissa mes lèvres palpitantes en se tournant vers Colt.

Le regard du fils était rivé sur la façon dont London me touchait et il rougit lorsque London effleura mon ventre et prit mes seins. Mes mamelons ont réagi instantanément, se contractant lorsqu'il a effleuré la chair sensible.

- L'idée de devoir faire ça avec l'autre ce soir m'a rendu malade, a murmuré London contre mon oreille. Je ne veux plus jamais faire ça.

Il a baissé la main, ses doigts s'enfonçant sous l'élastique de ma culotte.

- Je veux ça... *seulement ça.*

J'ai frémi lorsqu'il a trouvé mon clitoris.

- Plus d'Ordre. Plus d'entraînement.

Il est descendu plus bas et a glissé son doigt en moi.

- Il n'y a plus que nous à partir de maintenant. Tu comprends ?

J'ai frissonné pendant que ses doigts habiles me caressaient et que je regardais Colt dans les yeux.

- Oui.

Mais mon protecteur silencieux jeta un coup d'œil à son frère, puis murmura.

- Je l'ai fait... saigner.

London laissa échapper un gémissement torturé.

- Tu t'es donnée à nous, grogna-t-il, son souffle chaud contre mon oreille, tandis qu'il se penchait pour écarter mes jambes avant de redescendre et de glisser deux doigts à l'intérieur.

- C'est bien ça, Vivienne ?

- Oui.

- Oui, quoi ?

- Oui, *daddy*, dis-je.

London leva son regard et trouva celui de Colt fixé sur le mouvement de ses doigts.

- C'est ma gentille chatte.

Des sons humides ont jailli de mon corps tandis qu'il enfonçait ses doigts au plus profond de moi, attisant cette douleur.

- Putain, j'adore doigter ta chatte, regarde comme tu es mouillée pour moi. Tu es toujours en manque, n'est-ce pas, ma belle ? Toujours une putain de fille en manque.

Son souffle était lourd, et de lentes poussées derrière moi poussaient sa bite dure contre mon cul. Une main saisit ma gorge tandis qu'il enfonçait deux doigts en moi. J'ai émis un gémissement en me frottant à ses doigts.

- Tu es en manque, ma chérie ?

Je tremblais tandis que London faisait courir ses doigts de chaque côté de mon clito pour me rapprocher de l'orgasme. J'ai tendu la main derrière moi pour saisir la nuque de London.

- Uh huh.

- Des mots, Vivienne.

- Oui, gémis-je, haletante.

Mes sens ont été submergés, puis ils se sont effondrés sous l'effet de l'euphorie, avant d'être balayés une fois de plus.

- Oui, je suis en manque, putain. C'est ce que tu veux entendre ? Oui, je suis en manque. Je veux baiser... je veux être baisée. *Je veux...*

- Dis-le. London a baissé la tête pour grogner contre mon oreille.

- Dis ce que tu veux.

- *Je veux être possédée.*

Son ricanement profond m'a fait frissonner.

- C'est ma gentille fille. Ça fait du bien de le dire, n'est-ce pas ? Répète-le.

- *Je. Veux. Être. Possédée.*

- C'est une gentille fille, grogna-t-il, ses mouvements plus rapides et plus désespérés, appuyés par des halètements durs dans mon oreille.

- Je vais y aller, murmura Colt, la voix rauque, en détachant son regard de la scène et en se retournant.

- Non, souffla London dans mon cou. Reste.

Il a retiré sa main de ma culotte, l'a lentement tirée vers le bas et s'est agenouillé alors qu'elle tombait sur le sol.

- Elle te veut et tu la veux. J'ai envie que tu la veuilles.

Il s'est redressé derrière moi, a débouclé sa ceinture et a enlevé ses chaussures.

- Je veux que vous la vouliez tous les deux. Ce sera juste pour nous. *Elle* peut être juste pour nous. On peut se relayer, la partager.

Colt s'est retourné vers nous, ses yeux bleu foncé remplis de tant d'espoir. London a déboutonné sa chemise, fixant son fils.

- Laisse-la te toucher... laisse-la t'aimer.

Sa chemise est tombée sur le sol à côté de moi.

Il s'est levé, a saisi délicatement ma mâchoire et a tourné mon regard vers le sien.

- C'est ce que tu veux, ma chérie ? Tu veux être *notre propriété* ?

Son regard dévorant était empli de faim. Il me cherchait du regard, le souffle court. Je ne l'avais jamais vu aussi cru, aussi... *primaire*. Si *réel*.

- Oui, ai-je répondu. *Oui, c'est ce que je veux.*

London a reporté son regard sur Colt.

- Tu l'as entendue, Colt. Reste ou pars, mais sache que tout ça reste entre nous. Il n'est pas question de la partager, avec qui que ce soit d'autre. Est-ce que tu comprends ?

Colt s'est renfrogné, comme si l'idée de me partager ne lui avait jamais traversé l'esprit... *jusqu'à présent.*

Puis il a regardé London puis moi et s'est lentement léché les lèvres.

Mon pouls s'est accéléré lorsque Colt a fait un pas, puis un autre, et s'est arrêté devant moi. London a desserré ma mâchoire pour que je puisse regarder le fils. London ne s'est pas arrêté pour autant et a descendu sa main jusqu'à ma poitrine.

Je suis restée suspendue au désir de Colt, alors que les doigts de London effleuraient mon mamelon. Le fils a baissé le regard pour regarder London toucher, puis embrasser le côté de mon cou.

- Décide-toi, a-t-il insisté derrière moi. Je suis sur le point de la baiser, de toute façon.

Le désir monta en moi à ses mots.

Colt n'a pas parlé... il n'en avait pas besoin. Mon protecteur silencieux était tout entier tourné vers l'action : il a saisi sa chemise et l'a fait passer par-dessus sa tête d'un seul geste fluide. Ces doigts calleux étaient si doux lorsqu'ils ont effleuré ma joue. Si tendres, si précis. Je me suis retournée et j'ai embrassé son pouce tandis que London descendait à nouveau et glissait ses doigts dans ma peau lisse et me pénétrait à nouveau.

J'ai frémi et gémi sous cette invasion.

Lentement, Colt s'est penché vers moi et m'a embrassée.

Je fermai les yeux au contact de ses lèvres.

La chaleur contre mon cou.

Les doigts qui se glissaient au plus profond de moi.

J'ai laissé mes mains glisser sur le torse dur de Colt et j'ai senti son pouls s'accélérer.

- Je veux ça, murmurai-je contre sa bouche. Je te veux, tout entier.

Carven n'avait pas bougé. Je savais qu'il ne le ferait pas, mais il n'est pas parti. Non, il s'est appuyé contre le mur et a regardé.

Oh, mon Dieu.

Des frissons m'ont parcourue lorsqu'il a touché mon clitoris. J'ai laissé tomber mes mains sur le bouton du pantalon de Colt.

- *J'ai besoin de toi*, dis-je à Colt en le regardant dans les yeux. *S'il te plaît, Colt, j'ai besoin de toi.*

- Écoute-la, elle te supplie.

London m'a saisi l'intérieur de la cuisse et m'a écarté les jambes.

- J'adore quand elle fait ça. *Supplie-le* encore, ma chérie. Supplie-le de te baiser, grogna-t-il en se redressant pour saisir ma mâchoire une fois de plus. Supplie-le de glisser sa bite dans ta bouche.

- J'ai envie... commençai-je, cherchant ce regard sans fond.

- S'il te plaît, ma petite chatte, réprimanda London en cherchant mes yeux. Commence toujours par « *s'il te plaît* ».

Mes joues étaient rouges, mais je ne pouvais rien faire d'autre que de lui obéir.

- *S'il te plaît*, gémis-je. S'il te plaît.

- Gentille fille, dit London en tournant mon visage vers celui de Colt. Maintenant, supplie-le.

- S'il te plaît, ai-je soufflé à Colt quand London a sorti ses doigts de ma chatte.

D'un seul coup, il a enfoncé sa bite à l'intérieur. J'ai eu le souffle coupé par le choc. Ma chatte s'est étirée et j'ai gémi.

- Oh putain... oh putain. *S'il te plaît, Colt ! S'il te plaaaaît.*

- C'est ça, gémit London. *Ce que papa veut, papa l'obtient.*

Ma chatte s'est étirée un peu plus sous l'effet de l'invasion. Sa bite était grosse... tellement grosse, putain. J'ai ouvert plus grand mes jambes, désespérée d'en avoir encore plus.

- Regarde en bas, a-t-il grogné en se retirant, avant de s'enfoncer à nouveau. *T'es tellement serrée, putain.*

Mon corps tremblait, mes genoux frémissaient et tremblaient. London a posé sa main sur le milieu de mon dos et m'a incité à me pencher en avant. Colt avait déjà ouvert le bouton de son pantalon et abaissé sa fermeture éclair. Il n'y avait plus que ça, *plus que nous.* J'ai tendu la main et saisi la cuisse de Colt quand London m'a pénétrée par derrière et m'a fait avancer d'un coup sec avec un grognement guttural.

J'ai ouvert la bouche, désespérée de sucer la bite de Colt. Sa chaleur a glissé le long de ma langue et j'ai fermé les yeux. Il était si doux, si doux, putain, avec des gestes légers comme des plumes lorsqu'il passait ses doigts dans mes cheveux pendant que London libérait tout son désir brûlant sur ma chatte.

Brutal.

Doux.

Mon cœur s'est serré tandis que je faisais glisser ce gland lisse le long de ma langue. Colt a frémi et a saisi doucement ma mâchoire alors qu'il s'enfonçait plus profondément dans ma bouche.

- C'est ça, fiston, l'exhorta London. Baise sa jolie bouche.

Je ne pouvais pas arrêter leurs impacts brutaux... ni la vague qui montait en moi.

Colt a poussé un gémissement et m'a coupé l'air en enfonçant sa bite dans ma bouche jusqu'au fond. Mon corps s'est contracté et a palpité autour de London tandis que Colt poussait plus fort et plus vite, transformant ce grand et doux mâle en un homme exigeant... *et sauvage*. Un gémissement s'échappa. *Oh, mon Dieu... oh, mon Dieu...* je me contractais alors que mon corps débordait et que des étincelles jaillissaient derrière mes yeux.

- Je me suis serré plus fort alors que mon corps débordait et que des étincelles jaillissaient. *Regarde-le*, grogna London.

J'ai ouvert les yeux alors que mon orgasme atteignait son paroxysme. Les yeux bleus profonds de Colt étaient rivés aux miens. J'ai ouvert la bouche en grand lorsque London a poussé un dernier grognement. Mon corps tremblait tandis qu'il agrippait mes hanches et se maintenait enfoui profondément tandis qu'il jouissait en moi.

Des respirations courtes et brèves, des gémissements. C'était tout ce que j'étais.

Le front de Colt se plissa et ses paupières se fermèrent tandis qu'il saisissait ma mâchoire, sans jamais me faire mal, et enfonçait sa bite profondément pour inonder le fond de ma gorge de chaleur. J'ai avalé, encore... et encore, puis j'ai saisi la base de sa bite et je l'ai léchée.

- C'est ça, ma petite chatte, m'a félicité London lorsqu'il s'est retiré de ma chatte. Prends tout... ne gaspille pas une seule goutte.

J'ai avalé et avalé, et j'ai attrapé la dernière goutte avec ma langue quand Colt a relâché ma mâchoire. Il a aspiré de grandes bouffées d'air, son regard fixé sur le mien alors que je me redressais.

- Tu la veux, tu la baises, a insisté London en jetant un coup d'œil de Colt à Carven. Mais tout ce qui est plus brutal doit être discuté entre nous tous, compris ?

La surprise m'a envahi lorsque Carven a hoché lentement la tête.

Cela signifiait-il... *qu'il y réfléchissait ?*

Il m'a observée, puis son regard s'est porté sur mes cuisses.

- Maintenant, j'ai... des choses à faire, dit London en se penchant pour ramasser ses vêtements. J'en déduis que vous pouvez vous divertir... cette fois sans feu ?

Carven lui jeta un regard noir, mais les commissures de ses lèvres tressaillirent lorsque London s'approcha de moi, me saisit par la nuque et m'embrassa doucement.

- Vivienne, murmura-t-il en cherchant mes yeux. Tu sais où me trouver.

Puis il a baissé la main... et a quitté la pièce.

Je me suis retrouvée avec les genoux tremblants et l'odeur de la fumée et du sperme dans la bouche.

- Je crois qu'il est temps de prendre une douche, chat sauvage, marmonna Carven en hochant lentement la tête.

Puis il suivit London vers la sortie.

- Tu veux que je reste ? demanda Colt.

J'ai hoché la tête.

- Je ne veux pas être seule.

Avec un semblant de sourire, il s'est dirigé vers la salle de bains, puis s'est arrêté et m'a tendu la main. Ce besoin douloureux d'appartenance s'est enflammé en moi une fois de plus. Je savais que ce n'était pas normal... mais alors, *qu'est-ce que l'amour ?*

Le sifflement de l'eau retentit lorsque Colt ouvrit les robinets et régla la température, puis il se tourna vers moi tout en se débarrassant du reste de ses vêtements. J'ai fondu dans ses bras et j'ai posé mon front sur son torse.

J'ai murmuré « Putain de merde » lorsqu'il a passé ses grandes mains dans mon dos, et dans un élan, tout est remonté à la surface.

Les perdre.

Me perdre.

Nous retrouver...

Le vrai *nous*.

Celui que j'avais désiré toute ma vie et que j'avais trouvé... *enfin*.

Et tandis que l'eau chaude ruisselait sur mes épaules et que ses bras se refermaient autour de moi, j'ai laissé tomber mes murs et j'ai pleuré.

QUARANTE-CINQ

London

J'AI RALENTI DEVANT SA CHAMBRE POUR ÉCOUTER UNE seconde avant de me diriger vers les escaliers. Je donnerais n'importe quoi pour pouvoir rester avec elle, pour panser chaque putain d'égratignure et chaque putain d'ecchymose que ces salauds lui avaient infligé. Je voulais être le genre d'homme qui embrasse ses blessures et murmure des promesses de la protéger.

Mais je n'étais pas cet homme. Je n'étais pas du tout ce genre d'homme.

J'étais un homme de vengeance.

Un homme de colère.

Je ne parlais pas beaucoup parce que la violence parlait pour moi... et elle ne chuchotait jamais... elle ne faisait que crier, supplier et implorer. Aucune supplication ne les aiderait maintenant, qui qu'ils soient.

J'ai fouillé mes poches, sorti mon téléphone et tapé un message.

Où en êtes-vous avec l'enregistrement ? Puis j'ai envoyé le message.

Depuis l'appel de Guild, j'étais en pleine effervescence. Je voulais que ces salauds soient identifiés... et que l'on remonte jusqu'à l'homme qui s'en était pris à elle. Car s'il n'était pas déjà mort, il le serait bientôt.

La porte de la chambre s'est ouverte derrière moi.

- Rejoignez-moi en bas, murmurai-je sans me retourner.

- London, écoute...commença Carven.

Je lui lançai un regard noir. *Il savait très bien.* Les yeux bleus de Carven se sont rétrécis avant qu'il acquiesce lentement. Je l'ai quitté et je suis descendu dans ma chambre, nu. Je voulais un compte-rendu détaillé de tout ce qui s'était passé ce soir. Le simple fait qu'ils soient en vie et en sécurité avec moi ne me rassurait guère. Je voulais du putain de sang...

Mes pieds nus résonnaient doucement dans les escaliers. Mon esprit était en plein désordre, oscillant entre les conversations et la violence. Si seulement ils avaient su à quel point il était proche. Les mots de Benjamin Rossi résonnèrent lorsque j'entrai dans ma chambre.

Bip.

Si seulement ils avaient su...

J'ai attrapé mon téléphone en jetant mes vêtements sur le pied du lit et j'ai ouvert mes messages.

Guild : L'enregistrement pose problème mais on y travaille. Les hommes sont à la maison. Je vais rentrer maintenant.

Je déglutis ma colère. Carven savait très bien qu'il ne fallait oublier aucun détail.

Mais le fils n'avait jamais confiance, surtout quand il s'agissait de moi.

J'ai répondu :

Envoie-le dès que tu peux. Je ne vais pas dormir.

J'ai jeté mon téléphone sur le lit et je me suis dirigé vers la douche. Le sifflement de l'eau emplit la salle de bain tandis que mon esprit vagabondait. Rien de tout cela n'était une putain de coïncidence. Le fait que cela se soit produit si peu de temps après mon appel à Benjamin Rossi n'était pas une coïncidence. Ce n'est pas possible. Mais le chef de Stidda s'en prendrait-il à Vivienne ? Probablement pas.

Mon instinct me disait que ce n'était pas son... *style*.

Si ce n'était pas la Mafia, alors qui était-ce ?

J'ai avancé sous le jet d'eau chaude, grimaçant jusqu'à ce que les fines aiguilles de l'eau engourdissent ma peau. *Si seulement ils avaient su... si seulement.* J'ai pris le savon et je me suis savonné. Pourtant, je n'arrivais pas à me débarrasser de ses foutues paroles, ni des putains de mensonges qu'Ophélia avait proférés.

J'ai appuyé ma main contre le mur. *Réfléchir, putain, trouver une solution.* Je devais garder une longueur d'avance sur eux. Les mensonges. Les putains de diversions.

Je sais aussi pour le contrat. La voix de cette salope a résonné. *Le contrat dont l'encre est séchée depuis très longtemps. Tu n'aimeras pas ça... non, tu n'aimeras pas du tout.*

Mais Hale a dit qu'il venait juste de signer le contrat, alors pourquoi ces mensonges ? Quel avantage cela pouvait-il leur donner ?

Aucun.

Signé maintenant ou plus tôt, ça n'avait pas d'importance. Je m'en moquais d'ailleurs comme d'une guigne. J'ai ouvert les yeux et j'ai retiré ma main du mur. *Tant que Vivienne était à moi.* J'ai coupé l'eau et je suis sorti, attrapant une serviette.

Mes pensées se sont tournées vers les paroles de Rossi à propos de Ryth. Peut-être que si elle avait fouillé la maison plutôt que ses frères...

J'ai trouvé mon propre reflet. Fouiller la maison... voulait-il dire *la maison de Killlion ?*

La voix de Rossi continuait à refaire surface. *Si seulement ils avaient su à quel point il était proche...*

La maison...

J'ai drapé la serviette autour de mes épaules en me dirigeant vers la chambre à coucher et j'ai enfilé un caleçon et un pantalon de survêtement gris avant de me rendre pieds nus dans la salle du moniteur. L'écran s'est allumé. J'ai attrapé la chaise qui se trouvait au milieu de la pièce et je me suis assis en faisant défiler les détails.

J'avais visionné les images un millier de fois, revivant les moments où la maison de Killion avait été envahie par Ryth et ses frères. J'avais tout vu... *mais quand même.*

Mes sens se sont aiguisés, j'ai perçu des mouvements lorsque la porte s'est ouverte sans bruit et que Carven est entré. Le fils se déplaçait comme un putain de fantôme, aussi mortel que silencieux.

- J'ai merdé, commença-t-il.

C'était ce qui se rapprochait le plus d'une excuse.

Mais je n'étais pas là pour lui pardonner ou pour calmer ses nerfs.

J'étais là pour le garder en vie, pour le garder en sécurité. Pour qu'ils soient tous en sécurité.

Il s'est arrêté derrière moi alors que je repassais la vidéo, rembobinant à partir du moment où Killion a connu une mort atroce. Tobias reculait au ralenti. Les éclaboussures de sang ont cessé lorsque le demi-frère a baissé son arme, puis a regardé Ryth. Elle enjamba le type et retira le couteau de la cuisse de Killion.

L'homme était mort, même sans balle dans le cerveau, destiné à se vider de son sang en quelques minutes à cause d'une artère fémorale sectionnée. Mais Tobias l'avait tué pour la protéger. Il l'avait volée plutôt. Mais ce salaud l'avait bien cherché, après ce qu'il avait fait.

Je pouvais encore entendre ses cris sur l'enregistrement, l'entendre supplier ses putains de demi-frères de la sauver. J'avais entendu des cris comme ça bien trop souvent.

- Qu'est-ce que tu cherches ?

- Je ne sais pas, ai-je murmuré alors que je faisais avance rapide jusqu'au moment où ils fouillaient la maison. Il doit y avoir quelque chose.

Peut-être que si elle avait fouillé la maison à la place de ses frères.

J'ai suivi ses frères alors qu'ils se frayaient un chemin à travers les pièces sombres. Caleb s'est enfoncé dans la maison et s'est arrêté dans le bureau, où il avait trouvé la liasse de billets qui m'était destinée, du moins c'est ce qu'avait cru Killion. Je faisais chanter ce salaud, mais ce n'était pas son argent que je voulais, c'était sa foutue vie.

J'avais donné à Ryth et à ses frères la possibilité de se venger, et ils m'avaient donné leur allégeance, me rapprochant un peu plus de King. Parce que c'était le vrai but...

- Qu'est-ce que c'est ? marmonna Carven.

J'ai levé les yeux au ciel quand il s'est approché de l'écran, l'air renfrogné.

- Rembobine, dit-il.

J'ai rembobiné la vidéo.

- Là, dit-il en désignant l'écran. Il y a une lumière.

- Impossible, dis-je en me rapprochant.

J'avais regardé cette séquence plus de fois que je ne pouvais compter. Je savais à quel moment Caleb avait mis l'argent dans le sac avant de partir. Donc il n'y avait aucun moyen...

Un éclat brilla dans l'obscurité du bureau et attira mon attention. C'était si rapide qu'un clignement de paupière aurait suffi à la manquer.

- Qu'est-ce que tu crois que c'est ? demanda Carven.

J'ai rembobiné et je l'ai regardé à nouveau tandis que les putains de mots de Rossi se répétaient dans ma tête. Si seulement ils avaient su à quel point il était proche.

À quel point il était proche...

À quel point il...

- King, ai-je murmuré alors qu'un frisson me parcourait l'échine. C'est forcément lui.

J'ai rembobiné la vidéo, j'ai vu cette lueur et j'ai ralenti la vidéo.

- C'est un téléphone portable, a ajouté Carven. Si c'est King, alors il était juste là.

- Et s'il a utilisé son téléphone, alors peut-être...

J'ai pris le mien, j'ai parcouru mes contacts et j'ai appuyé sur un numéro.

La voix de Harper était un bredouillement.

- Tu veux me pousser à bout, n'est-ce pas ?

- J'ai besoin d'autre chose. Tu as toujours accès aux adresses IP de cette nuit-là ?

- Oui, dit-il d'une voix plus aigüe.

- Et tu as identifié toutes celles que vous avez trouvées ?

- Toutes sauf une. Elle n'est plus active.

Mon pouls s'est accéléré.

- Mais elle était active avant cette nuit-là ?

- Pendant environ une semaine. Une carte SIM prépayée, sans aucun doute.

- Tu peux tracer l'adresse IP, m'envoyer les emplacements des connexions ?

- Oui, maintenant ?

- Maintenant.

Il y a eu un bruissement de literie et un gémissement.

- D'accord, donne-moi cinq minutes.

- Je te dois bien ça, ai-je marmonné, l'esprit en ébullition.

- London. Tu ne me dois rien du tout. Mais merci tout de même. Surveille ta boîte de réception, a-t-il répondu, avant de raccrocher.

Cinq minutes. Je pouvais presque le chronométrer. Comme prévu... le message a atterri dans ma boîte de réception. Carven s'est penché sur mon épaule pendant que j'ouvrais le document. L'adresse IP était là. Mon pouls s'est accéléré. *L'adresse IP de King*. Nous n'avions jamais été aussi près de le retrouver.

Maintenant, nous devions...

- Entrer les localisations.

J'ai entré les coordonnées GPS une par une. Il n'y en avait pas beaucoup à parcourir, pas beaucoup du tout.

- Regarde, celui-là se répète. Là, là et là, là, m'a indiqué Carven.

Je me suis concentré sur l'emplacement sur la carte, puis j'ai basculé sur la vue satellite.

- On l'a, a chuchoté le fils. On l'a, putain.

- Ne t'emballe pas, lui ai-je rappelé, mais il était difficile de ne pas se laisser emporter par l'excitation.

Les coordonnées ont permis de le localiser dans un endroit du centre-ville. Les arbres masquaient la vue, mais j'ai tout de même aperçu le bord d'un bâtiment caché avant de me lever.

- Je vais m'habiller.

Il a croisé mon regard, l'excitation remplissant ses yeux.

- Je viens avec toi.

Je me suis dépêché de retourner dans la chambre, j'ai enfilé un pantalon cargo noir et une chemise noire à manches longues, et j'ai enfilé mes bottes de combat. Le sentiment de déjà-vu m'a frappé de plein fouet lorsque j'ai tapé les coordonnées. En un instant, j'étais de retour dans cette autre vie, où j'avais tué des gens pour de l'argent. Mais cette fois, je ne voulais pas le tuer.

Je voulais me servir de lui.

Le forcer à détruire l'Ordre et tous ses membres.

Maintenant que j'avais ses filles, il n'aurait d'autre choix que de faire ce que je voulais. Je contrôlais King et je contrôlais le jeu. Cette pensée m'exaltait et m'effrayait à la fois. J'ai jeté un coup d'œil sur le mouvement à l'extérieur de la porte de ma chambre.

Mais il n'y avait pas une paire de bottes... *il y en avait deux.*

J'ai pris mon sac et je suis sorti, trouvant mes deux fils qui m'attendaient sur le palier. Je me suis renfrogné et j'ai jeté un coup d'œil à Colt.

- Je pensais que tu resterais avec elle.

- Elle dort, a répondu Carven comme si c'était la chose la plus naturelle au monde.

Ce qui était le cas, puisqu'il avait répondu à la place de son frère presque toute sa vie.

Je n'aimais pas la laisser... mais chaque seconde perdue était une seconde de trop, et nous avions déjà attendu bien trop longtemps. J'ai attrapé mon téléphone et j'ai envoyé un message rapide à Guild : *Nous sortons. Vivienne dort. Nous serons de retour dès que possible.*

Puis je leur fis un signe de tête avant qu'on descende et qu'on grimpe dans l'Explorer, Carven au volant. *Si seulement ils avaient su à quel point il était proche.* Si c'était King, alors il les avait observés pendant tout ce temps. Comment avait-il pu savoir ?

J'ai jeté un coup d'œil à l'horloge du tableau de bord... il était plus tard que je ne l'avais pensé, presque déjà le petit matin. Et si King était là quand on arriverait ? Se battrait-il ?

- Je n'ai pas besoin de te rappeler à quel point il est important de le prendre vivant ?

Carven me lança un regard noir.

- Non, pas besoin.

J'ai fait un signe de tête, puis j'ai repensé à la capture. *Il se battrait.* Je savais qu'il se battrait. Il pourrait même nous faire du mal.

- Je veux que vous restiez en arrière quand on arrivera. J'y vais en premier, compris ?

Je n'ai pas attendu leur réponse. Ils s'y attendaient de toute façon, pensant que je voulais avoir la primeur pour moi, être le chasseur qui traque sa cible. Mais c'était surtout parce que cet homme était imprévisible... et rusé comme le diable.

Nous avons pris un autre virage. J'ai jeté un coup d'œil aux coordonnées et au petit point qui se dirigeait vers la localisation.

C'était là...

C'était... enfin là.

J'ai sorti mon arme et l'ai serrée contre ma poitrine, tandis que mon autre main se dirigeait vers la poignée de la porte. Des arbres gigantesques s'élevaient devant moi et cachaient le complexe d'appartements. Un complexe qui devait être en construction, sauf qu'il n'y avait pas de clôture ou de barrière. Carven a freiné et s'est arrêté brusquement, mais sans bruit.

J'ai quitté le 4x4 sans m'en rendre compte et je suis retombé dans cette faim froide et prudente, mes bottes ne faisant aucun bruit sur le sol. Les fils me suivaient de près, à deux ou trois pas. C'était tout ce dont j'avais besoin. J'ai balayé la zone du regard, j'ai trouvé les escaliers extérieurs et leur ai fait signe d'avancer.

Le gravier crissait sous mes pas tandis que je me précipitais vers le haut.

Si seulement ils avaient su à quel point il était proche.

Je respirais bruyamment en grimpant, me concentrant sur les débris qui se trouvaient à mes pieds.

J'ai allumé une lampe de poche, puis je l'ai éteinte. Il y avait une légère trace usée sur le sol... qui menait vers le haut.

J'ai grimpé, je me suis dirigé vers l'étage suivant... la trace était toujours là. J'ai grimpé encore une fois, jusqu'au troisième étage, où la trace prenait fin. J'ai jeté un coup d'œil derrière moi à mes fils et leur ai fait signe d'avancer en silence. Carven a hoché la tête, le Glock noir serré contre sa poitrine.

Je me suis déplacé sur le palier du troisième étage en cherchant une entrée, et j'ai aperçu une lumière rouge clignotante.

C'est là.

Le cœur battant, j'ai saisi mon sac et en ai sorti l'explosif. Les fils se sont tenus à l'écart pendant que je travaillais rapidement à la disposition de l'engin et que je reculais, me retournais, puis appuyais sur l'icône de mon téléphone.

Bang !

La charge a explosé et nous nous sommes précipités à l'intérieur. Des rayons laser couvraient le sol en diagonale. J'ai balayé les alentours du regard. Je n'en attendais pas moins. J'ai sorti la deuxième charge en balayant le couloir du regard et en m'arrêtant devant la porte en acier noir.

Putain de merde.

Je ne pensais pas que la charge serait assez puissante, mais je ne pouvais pas prendre le risque d'être plus bruyant. La panique s'est emparée de moi lorsque j'ai calé la charge contre la serrure, les fils ont reculé, flingues levés, leur attention fixée sur cette porte. Ils avaient faim, une putain de faim. J'ai reculé, puis j'ai appuyé sur l'icône.

BANG !

Le son était assourdissant dans l'espace étroit, mais il savait déjà que nous étions là. Pour King, il était bien trop tard. Je me suis précipité, j'ai appuyé sur la poignée et j'ai enfoncé mon épaule contre la porte... puis j'ai trébuché à l'intérieur lorsqu'elle a cédé.

De l'obscurité...

Puis une lumière terne provenant d'une rangée de moniteurs accrochés au mur. Un seul était allumé... mon visage remplissait l'écran. J'ai balayé l'appartement du regard, à la recherche de mouvements, et j'ai essayé de tout assimiler. L'obscurité, les moniteurs de surveillance. Les murs d'informations. Tout ça occupait la plus grande partie de l'appartement ; un lit et une cuisine élégante et coûteuse occupait le reste de l'espace, avec ce qui devait être une salle de bain sur le côté.

Ce n'était pas un appartement. C'était un repaire, rempli d'équipements sophistiqués que même moi je n'aurais pas pu me procurer.

- Bon sang, a marmonné Carven. *C'est quoi ce bordel ?*

- Putain, murmurai-je en m'approchant du mur d'écrans.

L'appartement était vide. Ça sentait le renfermé. Mais j'étais attiré par le mur d'écrans.

Clic.

Le son venait de derrière moi. J'ai jeté un coup d'œil par-dessus mon épaule et j'ai vu Carven appuyer sur un autre bouton. En un instant, le mur s'est transformé en une projection numérique remplie de noms, de détails, de lieux. Cinq visages défilaient sur le côté, avec des éléments qui tournaient numériquement.

- Putain de merde, murmura Carven, le regard fixe.

Haelstrom Hale.

Killion.

Ophélia.

Macoy Daniels.

Moi... *moi ?*

J'ai regardé mon nom, ma date de naissance, mes données de sécurité sociale, ma liste d'adresses. J'ai poussé un cri, puis je me suis figé, même ma putain de formation y figurait. Putain... puis, en dessous, *niveau de menace élevé*.

Niveau de menace élevé ? Mon pouls s'est accéléré à la lecture de ces mots, tandis que Carven touchait l'écran. Il ne savait rien. En un instant, l'écran a changé, faisant apparaître le visage d'Ophélia. À nouveau des détails sur elle et tous ses putains de secrets dégoûtants, et la longue liste d'adresses des gens qu'elle fréquentait. *Daniels...* son nom en rouge.

En rouge.

Je me suis rapproché de l'écran.

- Clique sur Daniels.

- London, c'est de la folie, cette merde... a marmonné Carven en cliquant sur tout.

- *Daniels*, ai-je insisté en m'approchant.

Des frissons m'ont parcouru l'échine lorsque Carven a cliqué sur le nom de Daniels et que ce putain de visage hideux et suffisant s'est affiché à l'écran. Un avertissement clignota... attirant mon regard. *Contrat initié.*

Contrat initié ? Il y avait une icône de trombone à côté.

Je suis au courant du contrat. La putain de voix d'Ophélia s'est insinuée dans mon esprit. *Le contrat dont l'encre a séché depuis très longtemps. Mais tu n'aimeras pas ça... non, tu n'aimeras pas du tout.*

J'ai dégluti, oubliant où je me trouvais, oubliant tout le reste.

- Clique sur le lien.

Carven a tapoté le mur, faisant apparaître la pièce jointe, et en un clin d'œil, une page s'est ouverte.

Droit permanent de possession/utilisation :

Je scannai le document et tombai sur les noms cités...

La propriété : Vivienne Evans.

Propriété de Macoy Daniels.

Propriété de Macoy Daniels ? Propriété... de *Macoy Daniels.* L'appartement se mit à tourner, le texte en néon sur l'écran se brouilla.

- London... gémit Colt, le regard fixé sur les détails, avant de tourner son regard terrifié vers le mien.

Le contrat dont l'encre est séchée depuis très longtemps. Mais tu n'aimeras pas ça... non, tu n'aimeras pas du tout.

J'ai dirigé mon regard vers la date... la date qui datait de quelques semaines, le jour même où je l'avais enlevée à l'Ordre. La signature de Hale était à côté de celle de Macoy.

Il l'avait vendue...

Même après avoir pris mon putain d'argent, m'avoir regardé dans les yeux et m'avoir promis qu'elle était à moi.

Cette putain de vipère l'avait vendue.

- *Non...non...non...non...non...*dit Colt à travers ses dents serrées.

Sa mâchoire était aussi serrée que ses poings jusqu'à ce que le fils murmure :

- Je vais le tuer.

Il se détourna de l'écran et se dirigea vers la porte.

- Je vais le tuer, putain.

Des lumières clignotaient sur l'écran....

Je me suis focalisé dessus alors qu'une rage froide me traversait, plongeant jusqu'au creux de mon estomac. C'était lui, les voitures qui me suivaient, l'attaque du centre commercial. Dès que Carven avait appelé Guild et lui avait raconté ce qu'ils avaient fait, tout avait changé.

- London, dit Carven en fixant son regard sur le mien.

Il y avait de la terreur là-dedans... de la vraie terreur... elle nous appartenait à tous les deux.

Sur cet écran, une lumière rouge clignotait, se déplaçant dans les rues tracées par le GPS. Daniels... le traceur clignotait.

Il n'était pas seulement surveillé... *il se déplaçait.*

- *C'est notre rue,* chuchota Carven en trébuchant en arrière et en tournant sur lui-même. *London, c'est notre rue putain !*

Je n'ai vu que leurs yeux écarquillés et paniqués quand j'ai compris.

Il venait la chercher...

IL VENAIT LA CHERCHER...

Je tournai sur moi-même et m'élançai vers la porte tandis que la panique m'envahissait les veines et que je rugissais :

- *NON !*

QUARANTE-SIX

Vivienne

____

CRAC.

J'ai gémi, puis je me suis retournée dans le lit.

Crac !

Le son faible et agaçant m'a envahie.

CRAC !

Mon pouls s'est accéléré lorsque j'ai ouvert les yeux. Le battement frénétique de mes oreilles rendait ma respiration superficielle. J'ai regardé autour de ma chambre sombre, détestant la façon dont les souvenirs s'infiltraient. Des souvenirs vifs et brutaux. *Le centre commercial... l'attaque... Colt.* Je grimaçai alors que ma tête me lançait. Je sentais encore la poigne sur mes cheveux, je sentais encore la terreur quand ils m'avaient traînée dans la cage d'escalier. Mais j'étais ici... *j'étais en sécurité.* J'étais avec...

Eux.

J'étais avec eux.

Ma chatte s'est contractée et j'ai senti cette délicieuse douleur. J'ai fermé les yeux et j'ai chassé la peur. Je n'étais plus là-bas. J'étais ici, en sécurité dans mon lit et dans ma maison.

Bordel, je ne peux pas croire qu'on ait fait ça ensemble.

London.

Colt.

Carven qui regarde.

Je me suis léché les lèvres. Mon corps s'est réchauffé à ce souvenir, m'a arraché à la peur et l'a transformée en désir. J'ai murmuré « Oh putain » et j'ai tendu la main sous la couette pour me masser les seins.

Crac !

Le son m'a de nouveau envahie. J'ai ouvert les yeux d'un coup sec et je me suis redressé. Ce n'était pas un rêve. Non, c'était réel.

- *PUTAIN !* cria une voix qui venait d'en bas.

Je suis sortie du lit en vitesse et j'ai couru vers la porte. La peur me déchira la poitrine et me serra la gorge, mais je l'ignorai. *London, Colt et Carven étaient là...*

J'ouvris la porte de la chambre au son des voix qui s'élevaient. Je jetai un coup d'œil rapide au couloir sombre et sortis sur le palier.

- Colt ? dis-je.

Boum ! L'impact a ébranlé toute la maison. Je me suis agrippée à la rampe et je me suis figée alors que la porte d'entrée tremblait et s'ébranlait.

- *London ?* rugit La voix de Guild a rugi. *Viens immédiatement !*

Il n'est pas là ?

IL N'EST PAS LA ?

Boum !

J'ai crié en entendant le son, la panique m'envahissant une fois de plus. Mais je me forçai à bouger et dévalai les escaliers alors que la porte d'entrée s'ébranlait. Guild avait son arme braquée sur la porte alors que le cri strident et douloureux d'un homme provenait de l'extérieur. Je sus immédiatement de qui il s'agissait. Il s'agissait des hommes chargés de nous protéger, les hommes que London avait fait patrouiller sur le terrain. Les hommes qui se faisaient maintenant massacrer un par un.

- *Je peux pas les arrêter !* rugit Guild en se retournant jusqu'à ce que son regard paniqué rencontre le mien.

Je sus immédiatement...

Les hommes du centre commercial qui étaient venus pour moi.

Je ne vis que l'arme dans la main de Guild et la porte d'entrée de la maison qui tremblait à nouveau.

BOUM !

Le bois se brisa et tint à peine tandis que je me précipitais dans le hall d'entrée et que Guild fixait son regard sur le mien, ses yeux écarquillés remplis de panique.

- Le sous-sol, Vivienne, ordonna-t-il. *Va au sous-sol MAINTENANT !*

Je ne me suis pas arrêtée, je n'ai pas réfléchi, j'ai couru. Mes pieds nus dérapaient sur le sol glissant alors qu'un autre *BOUM* se faisait entendre et, avec lui, le bruit de la porte fracturée qui cédait.

- S'il vous plaît...s'il vous plaît...s'il vous plaît... gémis-je en tapant le code avec des doigts tremblants.

- *Vous ne la prendrez pas !* rugit Guild.

Crac !

Le bruit écœurant d'un coup de feu retentit. La terreur m'envahit lorsque la petite lumière rouge de la serrure passa du rouge au vert. Mais le bruit sourd des bottes a retenti, et lorsque j'ai tiré sur la poignée pour ouvrir la porte du sous-sol, mon univers a été envahi par le visage terrifiant d'un homme familier....

Ashwood.

Ses yeux sombres brillaient et ses lèvres se retroussaient en un sourire dément.

- Où est-ce que tu crois aller, putain ? a-t-il crié en s'avançant vers moi.

Je saisis la poignée de la porte, l'ouvris et m'élançai dans l'obscurité, jusqu'à ce qu'une poigne impitoyable me saisisse par les cheveux et me tire en arrière.

- Laissez-moi !

Je hurlai, me débattant et donnant des coups de pied tandis qu'il me tirait vers lui.

L'Ordre... ils me ramenaient à l'Ordre !

Je l'ai griffé et me suis débattue violemment. Ma vision se brouillait sous les larmes tandis que j'étais traînée en arrière. Tout ce que je voyais, c'était la porte ouverte du sous-sol qui s'éloignait tandis qu'Ashwood me faisait basculer sur son épaule et m'emportait vers la porte d'entrée.

- JE N'Y RETOURNERAI PAS ! JE N'Y RETOURNERAI PAS, PUTAIN !

L'air froid de la nuit m'a saisie. Tout ce que je voyais, c'était des cadavres allongés autour de la maison, leurs visages se confondant avec le bruit sourd des pas et le son guttural du moteur d'une voiture tournant au ralenti. J'ai été basculée à nouveau et je suis tombée à côté d'Ashwood jusqu'à ce que mes pieds touchent le sol.

Mes genoux se dérobèrent sous l'impact et me firent chuter au sol. Mais je n'allais pas me laisser faire. J'ai frappé de la main contre la surface dure et me suis hissée vers le haut. Je n'ai vu que les lampadaires et la nuit pendant que je me hissais.

- Ramenez-la ici, a dit une voix d'homme.

En un instant, le bruit sourd des pas s'est fait entendre et j'ai été empoignée une fois de plus. J'ai crié, donné des coups de pied et hurlé tandis qu'il me traînait jusqu'à la voiture qui m'attendait.

- LONDON ! LOOONNNDDDDOOOONNNN !

VLAN !

Ma tête bascula sur le côté et mon corps suivit.

Des étoiles s'allumèrent derrière mes yeux tandis qu'Ashwood me traînait jusqu'à la voiture, dont la portière était maintenant ouverte. Le visage flou de l'homme qui m'attendait devint plus net. À travers la brume de la douleur, les souvenirs revenaient un à un. Les couloirs de l'Ordre, le sourire en coin qu'il avait lancé à London. Ils étaient ennemis. Je l'avais su à l'époque… tout comme je le savais maintenant.

Daniels. C'est ainsi que London l'avait appelé.

- Je ne retournerai pas là-bas, gémis-je, forçant les mots à sortir. *Je préfère mourir, putain !*

- Non, a-t-il répondu froidement. Tu n'y retourneras pas.

Ses mots m'ont arrêtée net. À travers le flou des larmes, j'ai vu le papier qu'il tenait dans sa main et qu'il m'a mis sous le nez.

- Tu rentres à la maison avec moi.

Il me saisit brutalement la gorge et se mit à serrer fort.

- Maintenant, sois une bonne petite pute et monte dans cette putain de voiture.

Non…

Non !

NON !

Ashwood m'a attrapée, puis m'a poussée dans la voiture par la portière ouverte. Il n'y avait plus de lutte possible. Plus de coups de pied ni de cris, Daniels s'est glissé sur le siège à côté de moi et la portière s'est refermée avec fracas.

- Je vais m'amuser comme un fou, dit Daniels en me poussant vers l'avant jusqu'à ce que mon visage s'écrase contre le siège.

Ses mains m'ont caressé les seins à travers le pyjama en satin que London m'avait acheté, tandis qu'il gémissait contre mon oreille.

- London ne voudra plus jamais de toi... quand je t'aurai assez utilisée.

On m'a menti, on s'est servi de moi... et on s'est joué de moi.

L'Ordre m'a volé quelque chose...

Mon bien.

Vivienne.

Et maintenant elle appartient à un autre homme...

Macoy Daniel's.

Au moment où il a signé ce contrat, il a signé son propre arrêt de mort.

Avec les fils, nous partons à sa recherche.

Mais une fois sur place, nous découvrons quelque chose d'inattendu.

Elle... sauvage et déchaînée.

On ne l'appelle pas chat sauvage pour rien.

Je ne sais pas si je la sauve de son ravisseur... ou si c'est l'inverse.

Tout ce que je sais, c'est que je veux des réponses...

Et une vengeance.

Je deviens l'homme que j'ai tenté désespérément d'oublier.

Un mercenaire froid et sans cœur.

Je me servirai des autres... je trahirai... et je mentirai.

Tout ce qu'il faudra pour la garder en sécurité.

Pour elle, nous chassons.

Pour elle, nous tuons.

Et quand Haelstom Hale nous force à faire un échange, un contrat contre une vie...

Je fais la seule chose que le besoin féroce de la protéger me permet de faire...

Je renvoie Macoy Daniels à Haelstom Hale...

En plusieurs morceaux.

9 781922 933454